U0943065

心灵的故乡

精神的家园

尚书房

名家随笔

秋林集

楚地的高手刘益善，诗人兼小说家，《秋林集》浸润着冲淡的诗意，讲述着人生的秋林种种平静而哀婉的情思。

刘益善　著

地震出版社

图书在版编目（CIP）数据

秋林集 / 刘益善著 . —北京：地震出版社，2012. 1
（名家随笔）
ISBN 978-7-5028-3951-2

Ⅰ. ①秋…　Ⅱ. ①刘…　Ⅲ. ①随笔—作品集—中国—当代
Ⅳ. ①I267. 1

中国版本图书馆 CIP 数据核字（2011）第 228049 号

地震版　XM2494

秋林集
刘益善　著
责任编辑：赵月华
责任校对：孔景宽

出版发行：地 震 出 版 社
北京民族学院南路 9 号　邮编：100081
发行部：68423031　68467993　传真：88421706
门市部：68467991　传真：68467991
总编室：68462709　68721982　传真：68455221
E-mail：seis@ mailbox. rol. cn. net
网址：http：//www. dzpress. com. cn
经销：全国各地新华书店
印刷：北京振兴源印务有限公司

版（印）次：2012 年 1 月第一版　2012 年 1 月第一次印刷
开本：710 ×1000　1/16
字数：389 千字
印张：23
书号：ISBN 978-7-5028-3951-2/I（4620）
定价：39. 80 元

序

时下随笔写作成风。与此互为因果的是,随笔的读者甚众,一些随笔集成为热销书籍就是明证。现在,又有一些颇负名气的作家联袂出版随笔,并冠以“名家随笔”结成丛书,亦是一项引人注目的选题。

在诸类文学样式里,散文是最利于作者表达情思(即感情与意思),也最便于读者接受理解作者情思的一类,而随笔则堪称散文中之精灵。文学的本质是人们对情思的表达,即如梁代诗评家钟嵘在《诗品序》中所言:“气之动物,物之感人,故摇荡性情,形诸舞咏。”又言:“凡斯种种,感荡心灵,非陈诗何以感其义?非长歌何以骋其情?”英国人爱德华·杨格1795年在《原始作文研究》一书中也作如是说,大意是:一切有价值的文学作品其本质是抒情的,就是发表思考的文学也使用这种原理——只有直接从人们心灵上发生的思想,才值得永垂不朽。六朝文论家刘勰则在《文心雕龙》中直陈文学创作须“因情而造文”而不可“因文而造情”。情思是一切文学创作成功的重要基础,而其关键之处又在于情思的表达和传播。在文学样式中,诗词歌行是至为抒情的一种,故有清代金圣叹“诗者是心之声”一说,然而,囿于诗词歌行的形式格律,人们情思的表达和传播常常会遭遇技术上的困难。小说戏文也常常源于情思、倚重情思,《红楼梦》就有“一把辛酸泪”“都云作者痴”之语,然而作者和读者常常会迷失于“满纸荒唐言”以及“无奇不传”的故事中。在情思的充分表达和有效传播方面,当首推散文,而散文中又首推随笔。随笔叙事抒情说理兼备而又文无定法、不拘一格、形式多样、短小活泼,可直抒胸臆,可俯首低吟,可消愁舒愤,可述往思来,较少矫情编造,较少强词夺理,因而作品的斧凿痕迹较之别的文体要少得多。优秀的随笔往往随意走笔而涉笔成趣、涉笔成思、涉笔成理、涉笔成情,有的亲切自然如围炉夜话,有的意味隽永如老僧悟道,有的如诗歌却明白如话,有的像故事却真切感人,故而士农工商爱读,传播效果深入人心。近十余年来,文坛学界、政界商界乃至广大学子民众,随笔写作持续升温,竟有遍地鲜花之盛况。上溯九十余年,五·四时期,随笔亦十分流行,有如火如荼之势。而纵观数千年中华文化史,每值社会转型期,或值社会思潮激荡期、学术繁荣期、文化交流活跃期,只要不是“文网太密”,总有随笔写作与传播盛行。回望历史,思考当下,随笔盛衰其规律大体如此。今日之华夏,正值社会转型时期,思想解放,改革创新,各种利益关系亟待调整,各种矛盾凸显而多发,各种思潮激荡活跃,各类学术艺术流派放言争鸣,而社会主流文化的建设受到广泛重视,传播媒体空前繁荣,随笔写作势必汇成澎湃之势。我们正处在一个改革开放的时代,人们精于观察、敏于感受、敢于思辨,继而要讨论、要倾诉、要抒发、要交流,随笔文体就是最为自由开放、传播便捷的载体,因而这也将是一个随笔作品大量涌现的时代。我们正处在一个求真务实的时代,文学作品、媒介传播稍微过度的矫情雕饰都会使得读者感到不安,因而崇尚简洁而鲜活的随笔写作,帮助我们更确切地对生存状态加以思考和表达,更好地感受哲学意味、人生况味，因而这也将是一个许多随笔作品深入人心的时代。我们还处在一个信息化时代，互联网的海量博客、微博汹涌而至，不断有作家宣称，从此将以博客、微博随笔写作为生，海量博客、微博经过去芜存菁、去伪存真，一定还有大量具有思想性、文学性、学术性的优秀随笔作品得到广泛传播。为此，我们不由得要拍案惊奇：难道这是一个随笔的时代！

现在奉献给诸位读者的“名家随笔”丛书，便是在当下如此这般的随笔热中一个偶然的机会里编辑而成，奉献给读者。丛书作者均为著名作家。有新鲜出炉的第8届茅盾文学奖得主刘醒龙，他的随笔集《人是一种易碎品》，一如他获奖长篇小说《天行者》，真切细腻而多情。醒龙的小说大体是以悲苦、尴尬的底层生活状态作为底子，而随笔作品则把生活写得五味俱全，丰富而驳杂，“易碎品”的意象足以让我们领会作家的多情与敏感。全国中短篇小说奖老牌得主陈世旭的随笔集《谁决定你的世界》，继续着他早年间的获奖小说《小镇上的将军》的深沉，作家本来就长着一双蒙难老将军鹰隼一般的眼睛，一个《谁决定你的世界》的书名引领着一大批直面现实的随笔作品，犹如老将军发出的一连串尖锐激越的追问。号称短篇圣手的聂鑫森、阿成二位，分别来自一南一北，都用充沛的情致用随笔来记录历史和关注现实。鑫森的《名居与名器》，前可见古人，后能顾来者，古意盎然，感慨古今；阿成的《风流闲客》，一腔悲悯情怀，寻觅名城变迁，触摸世事沧桑。还有二位来自楚地的高手刘益善、野莽，前者是诗人兼小说家，后者则是小说家兼随笔作家。益善的《秋林集》浸润着冲淡的诗意，讲述着人生的秋林种种平静而哀婉的情思；野莽的《竹影听风》犹如厉风穿过竹林时发出的刺耳啸声，对着世俗发出一个又一个的追问。一辑六书六君子，面貌气度各不同，相同的是他们的人生态度声气相投，是他们都乐于表达各自对人世间的真情实感，是他们都表达了“从人们心灵上发生的思想”，值得郑重地推荐给读者诸君一读。正因为如此，应几位作者邀约，作为朋友我写下以上的感想，权充作丛书的序。

聂震宁

2011 年 10 月 16 日于无梦斋

（作者系全国政协委员、中国作协全委会委员、中国出版集团公司前总裁）

C 目录
CONTENTS

第二辑　文学与人生

杂说与思考

常翻书　多受益

开卷有益，这话我信奉不疑。已是人到中年的时光了，这辈子没其他嗜好，只是喜欢在工作之余写点东西读点书，少年时在乡下，没有书读，那种饥渴感至今难忘。因工作的关系，如今我有读不完的书刊，只是缺少些时间。有些书刊不能细读，只能翻翻了。

翻翻也好，经常翻书，对于搞创作的人来说，是很有益处的。书刊中的知识，大量的信息，无疑会起到丰富充实创作的作用，甚至有时一句话一则趣闻，会捅开你头脑中素材蕴积的那道泉眼，立时涌出耀眼的景观来。

那年我随我省青年作家采访团去湘西，看了一个山洞。山洞深远，岔洞纷繁，景色奇异。这山洞确实是处景观，却由一个生产队管理，卖门票作副业收入。几个老头看守洞门，随便拉了几条电线进洞，挂几个灯泡照明。

看完山洞出来，见那几个守洞的老头在喝酒，很有意思。我不知怎么脑中突然冒出了一个想法：如果老头们喝醉了酒，洞里的电断了，在洞里游览的人走岔了路，出不来怎么办？这个想法只是一闪念，很快就被其他的事情冲淡了，再也没有从中思索出点什么东西来。

好几年之后，在一次翻阅《读者文摘》杂志时，见上面摘了篇《纽约大停电》的文章。纽约这个现代大都市，一旦没有了电，会发生些奇奇怪怪的故事可想而知。一群人困在地铁站黑暗的地道里，恐慌至极，找不到通向地面的通道口，最后却是一个女人，把几百人引出了地道。到了地面后，人们才发现她是个瞎子。

停电后地铁车站的故事，立刻使我想到湘西的那个山洞。这一想就不愿丢开了，于是一个完整的短篇小说的构思在我头脑中成形了。刚巧，当时在《芳草》作编辑的池莉，写信约我给篇稿。我就很快把这个山洞的构思写出来了，写了万把字，这就是后来发表在《芳草》月刊上的《暗洞之光》。我写了一个瞎子少女与断电后迷失在山洞里的小伙子的故事，着重写瞎子少女的美好心灵与超凡的感觉能力。明眼人看不清，瞎眼人却辨得明，生活中这种哲理含义，俯拾皆是。我的这篇小说还很得到几个文坛友人的称赞，盲人的启示永在。

读书是很快乐的事情，翻阅杂志报刊是很惬意的事情。书籍能告诉我们许多道理：生活的道理，为人的道理，甚至写作的道理，是不是这样呢？

开卷有益，我永远信奉。

有鸟相伴

余秋雨先生的散文蕴涵深邃，文化味浓，风采斐然，是大家手笔。对余先生的散文，我是见到就读，他的散文集也是见到就买。

那是余秋雨的《文化苦旅》刚刚出版的时候，我曾四处寻觅此书不得，新华书店和街头书摊均不见。后来从武钢的一位朋友那儿借到此书，如获至宝，燃灯夜读，跻身于余先生营造的文化之旅中，如行在山荫古道，别有一番享受。《文化苦旅》是我欲藏之书，但朋友的藏书我又不能据为己有，只能还他。我等待着此书的再次印刷。果然不久，此书再次印刷，新华书店与书摊摆出许多，我买了一本，虽说是第四次印刷，且定价比首次印刷的贵了许多。

我买到的这本《文化苦旅》是本宝贵的本子，发现其宝贵是在几天之后。我的一个写诗的学生特地买了本《文化苦旅》送我，我把两本书摆在一起时，就突然发现了我自己买的《文化苦旅》的奇异。奇异在哪里？我发现我的一本封面上多了一只小鸟。怎么回事？我仔细看，原来是印刷工人在制封面压膜时，将一块褐黄色的薄塑纸片压进去了。这块薄塑纸片如一只飞翔的小鸟形状，这只小鸟就永远地留在《文化苦旅》的封面上了。封面原本是深蓝的天，深蓝的天下是无尽的沙丘和沙丘下的沙路，现在添了一只快活飞翔的黄褐色的鸟，变得广漠中有了生命的穿行，壮阔中有了灵动的游走。我久久地把玩着，体验着造物主无意中给我的收获。

后来，我的一个写小说的朋友刘醒龙来家见我书架上的两本《文化苦旅》，让我送他一本，我将写诗的学生送我的那本给他了，留下了有小鸟的一本，珍藏着。收藏者有的收藏错版邮票，有的收藏错版人民币，我很高兴我收藏了这么一本宝贵的书。

文化苦旅，慢慢长途，学子旅人在艰难地跋涉着，这时从沙丘那边突然飞来一只轻灵的小鸟伴着你，使你的旅途少了许多的寂寞与孤单，你能听到小鸟的歌唱吧！

发在封面上的奇妙文章

1995年4月号的《四川文学》封面，是我很少见到的设计。在一幅小黑白画的上方，用2/3的版面发表了贾平凹的一篇900字左右的文章。文字与黑白画和谐地配在一起，挺别致的，效果显然比那些大红大紫美人图之类的要好。

我现在写这篇短文的原因，一是期刊封面干脆发表一篇文章使我觉得新奇，一是贾平凹的这篇文章所写的内容使我更觉得新奇。

贾平凹文章的题目叫《水不淹书》，文风质朴一如以往，仍是大家手笔。对于贾氏的散文，我是很喜欢的。《水不淹书》写了两件事，都发生在1993年。第一件事是他把《贾平凹自选集》百余册堆放在家里的地板上，出门去忘了关水龙头，回来后发现水漫了房间，地板上的东西都被水泡了，而书堆周围有一匝竟是干的，书安然无恙。第二件事过程也如此，他将《废都》原稿放在墙角的地上。这次水漫得更厉害，连楼下也被渗下来的水淹得不成样儿。他走进门，水深脚面，有报纸和一只拖鞋在厅里转悠。他第一个念头是《废都》原稿完了。周围的报纸泡得提不起来，“但《废都》却好，六七寸高的一摞稿纸一张也未湿，抱起来放在桌上，墙角就显出一个白白的方块。”

这真是令我感到十分惊奇的事情，贾平凹自己也觉得奇怪，所以才写出来。贾氏曾写过一些神秘氛围浓郁的小说，从禅学的角度观照人生和人的命运，比如他的那组《太白山记》的短篇。但《水不淹书》不是小说，是作者自己的记事。作者写这篇文章，决不是故弄玄虚，目的是为了让人从中悟出点什么来，作者在文中让王先生说：“八卦上讲艺书为离，为火，水火不相容吧。”可为我们解读这短文提供一些思绪，其意义自不必说。

我写这短文的目的倒是另有所求。其一，让更多的读者先知道有这篇奇妙的文章（这文章会收入贾平凹的集子中的），先睹为快；其二，假如贾平凹为了表达自己的禅悟而编造这两件事的话，就是很不应该的（我相信他不是无中生有的编造），这不是小说；其三，这两件事情是真的，但怎么解释这种现象呢？希望有能人作出解答。

生活中确实是有许多事情是解释不清楚的么？

梅派《起解》两俯首

很惭愧，只知京剧有流派，但具体都有哪些派及每派都有些什么风格特点，却是我辈说不清楚的。这是因为我们无缘观看京剧大师们的演出又未去研究京剧的结果，只能遗憾。今日写此小文的缘起，是读到一篇文章中论及梅派演《起解》折子戏的一个细节，很有感触。但此文与京剧流派与风格特色本身无多大干系。

说是梅兰芳演折子戏《起解》时，曾给山西洪洞县一位熟人写信，询问苏三监狱情况，熟人将苏三监狱画了一张草图寄给梅先生。从此，梅派演《起解》时，苏三走出监狱，要俯身弯腰两次。因囚禁苏三的是死牢，两重牢门都只有 1 米高。据说梅派这个细微的动作，是其他流派演《起解》时所没有的。啊，尊敬的梅兰芳大师，对艺术的要求之严之诚，细微如此，令我辈仰望。

想想当今的演艺界。如今的电视连续剧多矣，明星灿烂，明星什么都能演，明星演在歌厅舞厅谈情说爱当第三者喝酒抽烟的角色是拿手好戏，但如演山姑村妇老农，他们虽没下过乡但也能演，凭想象八九不离十，就那么回事吧！我看电视里那些乡姑村妇的作派长相，还是城市女孩，那么漂亮娇柔，好像今日乡村城市没多少区别，看起来就假。

又读过一则报道，说是电视连续剧《水浒》剧组，带着杠铃拉力器等体育器材上马，一边拍摄一边锻炼体力。说是演员们腾跳打斗尚不行，一演就演成歌厅舞厅大城市的那一套，全然少有梁山好汉的风采。于是导演就抓着他们练单杠双杠仰卧起坐俯卧撑，练出好汉们的味儿来。读这则报道，我倒佩服导演认真从艺、对演员从严要求的精神。

对艺术的马虎、不严肃，不仅是演艺界，文学界有没有？其他艺术门类有没有？肯定有。比如说，那种一边拉纤一边唱歌，唱得出来么？船行上水才拉纤，那纤绳荡悠悠，哪里有牵引力？这是脱离生活的艺术。有人说艺术源于生活高于生活，但高也要有个谱，离了谱就是笑话。

想想梅兰芳先生唱《起解》，我们想想我们所干的每一行，严肃认真过没有，从细微处要求没有？如果没有，我们就应该脸红就应该反省。

那些脱离生活不严肃地对待演艺的人，在梅兰芳先生面前一比，很快就能让我们辨出谁高谁低，谁是大师谁只是艺人！

不赶热闹的作家

诗人、散文家周涛在一篇文章里说："真正公正的准则，永远不会来自所谓文坛，而是来自民间，来自读者个体的判断。"周涛这里所说的是对文学作品的判断。

读到这句话时，我心里一震，这家伙语出惊人，敢于藐视文坛，道出实情，其勇气可佩可嘉。只是可惜像他这样头脑清醒而又敢于将真话写成文章公开发表的人太少了。他们明显有别于那些庸庸碌碌、满足于写出一些迎合时尚世俗而获所谓文坛叫好的作品的作家。

历史将证明，现今一些被文坛炒得沸沸扬扬的东西，不一定有生命力。

我们要更多地面向民众，寻求读者个体对我们作品的评价。人民对我们的作品说好说坏，那才是真的判断，那才有价值。

文坛上总是热闹的，总有热闹的作品热闹的作家。文坛上有专门设计操作方案、使某一流派某一作家某一作品热起来的人，这种人巧舌如簧，他们受一批欲借其力量热闹起来的报刊与作家的簇拥，南来北往，把文坛弄得五颜六色，眼花缭乱。但是过不了几个月时间，热闹劲一过，文坛就落满彩色纸屑，随处是一次性饭盒水杯易拉罐的残骸，就像散过的宴席或舞会，参与者打个饱嗝快乐了一宵，事后什么也没留下。热闹劲过了的作家的作品，好比前些年市民手里的各种过期票证，留到今天或者好玩，或者干脆弃之纸篓。而在文坛上可能热闹不起来、很冷清的作家，如果在读者个体中得到知音，引起共鸣，拥有一批热爱者，有时不一定写得很多，但这些作家的作品是有真价值的。这类作品所能释放的精神能量，肯定会超过那些五颜六色的肤浅的东西。

周涛是我的朋友，诗和散文写得都好，特别是他这些年的散文，雄劲苍茫，内在的力量撼人。周涛说这几句话，是他得知他的一位朋友，手抄了一本他的 17 万字的散文集《稀世之鸟》后。那是需要何等的心劲啊，青灯黄卷，字字心血。而且他的这位朋友与他同住在乌鲁木齐市，本可以向周涛要一本的，但却一字一字地抄。周涛是幸福的，他拥有这样的一位读者的热爱。我认为此举超过了所有的评价。周涛说这是社会给他的一份最高奖，这奖掺不了假。周涛说，他的这位朋友并不一定喜欢他这个人，却说："不管周涛那个人怎么样，我佩服他的作品。"

周涛，和像周涛这样在普通读者中寻求知音的作家，是有不少的。他们基本上不在意文坛对自己是怎么评价的，埋头写自己的东西，他们和人民在一起，和读者在一起，他们是有出息的作家，他们是不赶热闹的作家。

谢谢三百六十五个关照

陆续收到不少贺年片，那些吉祥的祝辞，令我愉快。作家刘醒龙写道："谢谢三百六十五个关照!"这话令我心里一动，温馨向周身弥漫。我不是说我对刘醒龙真的有多少关照，在醒龙的创作上，假如他当年从英山起步时，我和我服务的《长江文艺》月刊对他有什么帮助的话，那也是应该的。他的中篇小说《秋风醉了》最早向我谈故事时，我就叫他快写，写出来后我立即签发了，使得此稿与他的《村支书》、《凤凰琴》成为他的代表作，被多家杂志转载。后来上映的电影《背靠背脸对脸》，正是根据《秋风醉了》改编的。醒龙在《长江文艺》发表过不少中短篇小说，这其实对我和我服务的杂志也是一种关照。我写这些决不是表白什么，而是写我读到醒龙的祝辞时的那一刹那的感觉：关照。是的，我们太需要关照了，我们需要友谊，需要一份真情一份爱。随着经济大潮的到来，人们的商品意识越来越强，人与人之间的交往，金钱、利用的成分增多了，而人情与爱心似乎越来越淡薄了。有人落水，站在岸上看热闹，救人？给多少钱？看到歹徒行凶，赶忙弯路，把脸车到一边，少惹是非，保住自己的平安要紧。周围的人有困难，明明可以帮助一下，但干嘛要帮助他呢？帮助他有什么好处？没有好处的事作了何益？人们啊，怎么这么生分了？怎么这么没善心了？怎么这么没同情心了？让人与人之间，少一分麻木，多一些关照吧。

关照，不是停留在口头上的两个字，是人的一种教养，一种品质，一种档次。你可以没有多少财富，你可以能力不大，但你拥有关照别人之心，就是一个有教养有品德的人。缺爱人之心，缺少关照之心的人，虽是大款，虽有很强的能力，甚至位列高官，但仍然是一个人格不完善的人。西装革履，文质彬彬，见人握手，腰肢微躬，口里说着“请多多关照”的场面我们见得多了。但要人关照，首先自己要关照人。口说关照，实际上只要人家关照你，自己却不关照人，更是可鄙自私的了。让我们每个人在日常生活中，尽自己的能力关照别人吧！惟其如此，世界才进步，社会才前进，人间才会充满了更多的温暖，世界才会变得更美好！新的一年，愿我们每个人都付出三百六十五个关照。

不声不响地做自己的工作

我很喜欢读沈从文，七十年代初我从大学毕业出来做编辑时，还不知道沈从文。那时，中文系的教师不讲沈从文，我们在图书馆里也没借到过沈从文作品。参加工作后，单位里有个资料室，藏了一些当时从港台弄过来的书籍，我看到一本香港出版的《沈从文散文选》，厚厚的一本。当时我接到去宜昌、秭归等地出差的任务，就带上了这本厚厚的《沈从文散文选》，在火车上轮船上读起来，没想到这一读，就叫我大吃一惊。我真不敢相信，世界上还有这么美，这么朴实，这么深刻，这么有趣的散文。从这时开始，沈从文三字就深深地刻在我的脑子里了。在出差宜昌的旅途，我带着一本沈从文的散文，觉得非常愉快而充实。

八十年代之后，沈从文的文集、小说选、散文选、传记、丛书、改编的电影，一下子出得很多很多了。今天不知道沈从文的人，恐怕很难从文学圈子中找到。我仍然非常爱读沈从文，他的所有的书我都读，有关他的一切研究文章，以及消息报道轶事书信，只要见到的，我也要来读。我曾经到过湘西，在一个傍晚，来到凤凰，在那古城墙上留过影。也到过茶峒，据说是沈从文写《边城》的那个小镇。我们去时，为拍电影而搭的吊脚楼与一些布景还没撤去。

毫不夸张地说，这辈子我热爱沈从文，不仅是他的作品。在我书桌的玻璃板下，压着一封巴金先生写给沈从文夫人张兆和的信。这封信只有几百字，是我从一张报纸上剪下来的，现在剪报已经发黄陈旧了，但那铅字却变得更醒目，更能静静进入我的心灵。

这封信发表时，标题是“不声不响地做自己的工作”。信是巴金先生在沈从文去世后写的，巴金称张兆和为三姐，信中回忆了三十年代四十年代巴金在沈家作“食客”的事情，写了张兆和对沈从文的照顾。信中提到沈从文时，巴金说：“想到从文，我觉得眼前多了一个榜样：不声不响地做自己的工作。我要向他学习，这不是客气话。”几句很朴实的话，巴金却给了沈从文一生以很高的评价。榜样，是巴金先生的，也是我们一切热爱沈从文先生的人的。我想巴金老人确实不是说的客气话，而我们读到这封信的人，也不会只是在口头上说说，而是已经入脑入心了。

沈从文在中国现代文学史上的地位，在国际上的影响，他的为人，他的文学及解放后在文化研究上的成就，不是我这小文章所叙述得了的。沈从文这一辈子不为名困，不为官累，而只是不声不响地做自已的工作，淡泊明志。连他去世时，也是巴金在信中所说——“去得安安静静，没有痛苦，又不惊动别人”。他这一生，确确实实是我们的榜样。

人，以他不声不响的创造，为人类留下财富，然后又悄悄地离去。这种品格，这种境界，不是极高极高的么！

不声不响地做自己的工作，我永远记住这句话。我读沈从文时，我会记住这些伟大作品都是他不声不响地工作的结果。

作家的作秀

近读庄周先生发表在《书屋》上的连载文章《齐人物论》，很有感受。庄周对现当代文学的作品作家及文学现象的评点，虽有些条目过于苛厉，但大都是一篇中的，令读者十分痛快。庄周论及“当代作家十大病”中，有一病为“作秀的太多，优秀的太少”。引得我想就这种病说几句。

作秀和优秀是相对立的词。善于作秀的作家，也可能写过些好作品，有的甚至在当下是很热的作家，但从根本上来说，这类作家决不是优秀的作家。而优秀的作家，是凭自己的作品屹立文坛的，他是不会去作秀的，也不屑于作秀。作秀这词是新词，在词典里查不出，是个贬义词，我的理解是故作姿态，故意表现或干脆就是：作秀。作秀对于作家来说，是一种“功夫在诗外”的行为。

比如说谈出身家庭，叶赛宁自传开头就说自己是个农民的儿子，沈从文说自己是个乡下人，余华说他是个乡下的牙医，这很好，读者喜欢他们的作品，并不觉得他们出身的低下。而作秀的作家呢？在他的自叙中说他的父亲在某个重要革命根据地做共产党的某一级书记。要知道这个作家是50年代中出生的，他这样的表述好像他的父亲是个多大的官，其实他的父亲也就是做过现在的乡镇级党委书记吧！如果很明白地说出来，难道就影响了你的声誉了么？再比如说读书，米兰·昆德拉热时，他就说他喜欢昆德拉，当记者问他喜欢昆德拉哪本书时，他却一本也说不出来，事实上他一本昆德拉的书也没读过。时隔不久，博尔赫斯热起来，他不吸取教训，又说喜欢博氏，结果又闹笑话。再比如说学历，他本是上了某个大学的不脱产函授之类的班，可他经常在文章里回忆他上某大学中文系的事，让人觉得他是正规科班出身。还有，他特别喜欢在文章中写到，刚与某名作家通过电话，或是《人民文学》某编辑刚给他写约稿信，他正为某名刊写什么稿子。还有，他的名片是见人就撒的，名片上密密麻麻的有上十个会员、理事、委员的头衔，他是一个不落的。如果有幸是个“创作一级”的职称，他定会印上“国家一级作家”，哎呀呀，看那名片，就要令人拜倒。如果出过一次国，那他在几十篇文章中都会写到，“那年我到法国”之类的话。这类人出过一次国，回来后，那出国的文章是要写许多的，在哪里上车在哪里吃饭在哪里做什么，细得很，只可惜败坏了读者的口味，弄得读者一见到作家回国后写的出访文章就不看。

作家的作秀，还可以列出好多种类型来，但列得再多，也无非是说明一个问题：作家的作秀，自我炒作，是一种想通过捷径使自己变得更受重视、更走红更畅销更出名。这种作秀也可能达到一定的目的，有一群读者就信这个，这是没办法的事。但最终，作秀的作家如果拿不出优秀的作品，还是要被读者抛弃遗忘的。

一幅新婚贺诗

1979 年元月，我与大学低我一级的同学刘惠芳结婚。当时，我已在《长江文艺》月刊当了 6 年编辑。机关里的同事们和省内文艺界的朋友，知道这一消息后，纷纷祝贺，并且送份礼物。有的送对枕巾，有的送床被单，机关的同事们是每人凑 5 角钱的份子，给我们买了铁锅、铝水壶和炉子。那时的人际关系充满了革命感情。我从农村出来，工资又低，同志们和朋友们对我十分爱护，这份友情我终身不忘。

我们机关在武昌紫阳路 215 号，院子很小，徐迟先生从五七干校回汉后，一家人住在两间 10 来平方米的房子里，做饭在楼梯拐角露天处。我一个人住在二楼的一个 6 平方米的水管房。徐迟先生常常踏着木楼梯，笃笃地上楼，到我的小屋来聊天。我是个小编辑，他是个大作家，我们一老一少聊得十分投机。他辅导我写诗，给我开了一个读书的书目，还手抄了毛泽东主席关于文艺的许多论述给我，这些手迹原稿有的我还保存着。

徐迟先生也知道我要结婚的消息，那天晚上，他到我的小房间里来，送来他亲自为我与未婚妻刘惠芳所写的贺诗。徐迟先生平时很少写毛笔字，这次他是用毛笔把诗写在一张两尺余长一尺余宽的宣纸上。他的毛笔字与钢笔字很相像，流畅清逸俊秀，笔划瘦而有筋，是一幅诗与书法都极佳的作品。徐迟先生的诗写道：

祝贺你们开始了，
共同的幸福生命，

这新的历史时期，
开启了远大前程。

爱情越久越可贵，
要有互让的精神，
还要付出很大智慧，
以培育将来的人。

不要为了家庭的温暖，
忘记了对社会的责任，
强盛的社会还原，
为无上幸福的家庭。

我和我爱人得到这幅贺诗后，高兴异常，忙托人裱装了一下，镶在玻璃框中，挂在我们新婚的家里。这首诗简短明了，充满了一个长辈诗人对年轻人的祝贺与希望。他站在时代的高度，把爱情与培育后代，把家庭与社会作了非常完美的阐述。短短的12行诗句，给了我们一种咀嚼不尽的美感和体悟不绝的人生内涵，充满了一种积极向上、好好做人的情感。大诗人毕竟是大诗人，随手写来，特别是在上世纪七十年代末那种时代里，他的诗没有那种政治口号似的说教与帮气，是一种真正的诗。许多到我家里看到这幅贺诗的人，无不称赞这诗的隽永与珍贵。

我和我爱人把徐迟先生的这份贺礼作为镇家之宝珍藏起来了。几十年了，我们经常想着徐迟先生在诗中对我们的希望，不敢忘记我们对家庭对社会的责任，我们在各自的工作岗位上认真做事，踏实做人，与人为善，为社会为人民作出自己力所能及的贡献。我们的家庭也很稳定，夫妻二人也能说是相亲相爱，真正体会到了“爱情越久越可贵，要有互让精神”的真谛。有时两口子吵一下，想到“互让”二字，也能很快和好。我们的儿子今年即将大学毕业，已与北京一家建筑公司签定协议，毕业后去京工作。应该说在培育后代的问题上，我们也是按徐迟先生在诗中的要求做的。

1996年12月，敬爱的徐迟先生飞升天国，我和我爱人深感悲痛，曾在徐迟先生给我们的贺诗前久久哀悼。徐迟先生，你在一首小诗中对一对年轻人的希望与祝福，这对年轻人记住了。如今这对年轻人已到中年了，他们的家庭，他们的后代，他们的工作，都是按您的要求去努力做的。他们没有辜负您的希望，他们祝您在天国平安！

徐迟先生的一幅新婚贺诗，我将永久珍藏。

陪王蒙、李国文吃小酒店

1994年10月，全国第6届书市在武汉展览馆举行，那时的展览馆还没拆除，全国各地的出版社和期刊社把武展的各楼层挤得满满的，到处都是展台，到处都是书，到处都是招贴广告，那一份热闹劲和声势，我是头一次见到。

国庆节期间，时任漓江出版社社长的聂震宁就派了编辑兰峰到我家，并邀请了聂在鲁迅文学院的同学刘耀伦商谈，策划了10月8日在武昌江鹰大酒店举行“古典文学名著评点系列首发座谈会”。评点古典名著当时是漓江出版社的一项重点工程，带到会场的三套书是王蒙评点《红楼梦》，李国文评点《三国演义》，高晓声评点《三言精华》。参加座谈会的都是湖北的作家、评论家与新闻记者们，王蒙、李国文两位也到了。那天的会很热闹，与会者都得到三套书，高晓声没来，大家都拥到王蒙、李国文面前，请他们在书上签名，王蒙、李国文两位累了个够呛。

10月9日是个星期天，上午我带着妻子儿子到武汉展览馆逛了书市，买了一批书，下午3点才回家。约4点，刘耀伦打电话来说，王蒙、李国文要找个小酒店吃点特色菜，不要官员陪，要我与刘耀伦二人安排并作陪。那时东湖路尚未拓宽，省社科院门前有好几家小酒店，现为泰锦大酒店老板的杜齐明当时在这儿开了家金牛酒店，我们省作协省文联的人常去金牛酒店，与杜老板熟悉，我和耀伦就把地点定在了金牛小酒店。

下午6点钟前，聂震宁陪王蒙、李国文到了金牛小酒店，我和耀伦把金牛小酒店唯一的小包间订下了。我们五人围桌而坐，王蒙点了干煸牛肉丝，李国文点了豆瓣鲫鱼，另外还点了螃蟹、火锅等。为了体现湖北特色，我与耀伦点了排骨藕汤。王蒙与李国文都不喝白酒，我们就要了一壶加饭酒，实际就是烧热了的黄酒。喝酒时，王蒙谈笑风生，相对来说李国文的话就少得多，比起他在《文学自由谈》等杂志上发的一批谈古论今、针砭文坛的妙文逊色多了。说起评点名著的事，王蒙说各有各的评点法。什么是古典名著，各家出版社都可自己定，别的出版社还可以评点其他作品。评点《红楼梦》嘛，徐迟是阶级斗争评点法，周汝昌是另一种评法，他自己的评法只是一家之言。火锅是羊肉，王蒙说羊肉好，但牛肉不行，干煸的方法是正确的。北京现在已改良牛肉成功，那牛肉细嫩。聂震宁说羊肉味不好闻，他在广西收到张贤亮寄的长篇小说稿，那信封和稿子上都有股羊油味。王蒙说那是的，当年他在新疆，就是这样感觉，房子里、家具上、衣服与书籍上都有羊油味，连拉的尿中也有羊油味。谈到湖北的特色菜，我与耀伦说不多，但这排骨藕汤就是典型的湖北特色，外省人是做不出湖北的这种排骨藕汤的。王蒙和李国文连忙说是，莲藕粉烂，汤的味道正，这是最好的湖北菜。我们一共喝了三听加饭酒，王蒙高兴起来，唱起了卡拉 OK。他先唱了一曲《洪湖水浪打浪》，我们都唱了一支歌。王蒙问了我一些《长江文艺》的情况。酒店老板杜齐明知道王蒙是中共中央委员，还任过文化部长，高兴得不得了，跑到隔壁书店买了一本王蒙的小说集《坚硬的稀粥》，请王蒙签了字。不知不觉，我们在金牛小酒店呆了两个多小时。聂震宁这时提议撤退，因为晚上 8 点半钟，湖北省委的有关领导约好到饭店去看望王蒙，他们必须赶回去。我们握手告别。

在金牛小酒店里，我们一起照了相，我和王蒙与李国文三人照了一张。王蒙和李国文是我文学上的前辈，他们的作品曾经给我许多的滋养，他们是我敬爱的作家。这几张照片，留下了我们在武昌金牛小酒店难忘的一次晚餐。十几年过去了，想起那天晚上的情景，我总有许多的感触。如今，聂震宇调北京任人民文学出版社的社长，王蒙、李国文宝刀不老，新作迭出，还在中国文坛扛鼎举旗。去年 12 月的全国第六次作家代表会上，我碰到了聂震宁与王蒙，提起金牛小酒店的晚餐，他们都还记得。

金牛小酒店随着武昌东湖路的扩宽，早已不存在了，杜齐明后来开办了一个泰锦大酒店，规模比金牛小酒店大二十倍以上，而且生意兴隆，不知道他还是否保存着王蒙给他签了字的那本《坚硬的稀粥》!!

延年益寿的秘诀

看过这题目，熟悉我的朋友也许会说，刘益善现在就开始研究延年益寿，是不是太早了点。这些朋友大约是这样想的：青壮年时期，应该是干事业，下苦功，作奉献的时候。而延年益寿，是应该在退休之后，年老之时再研究的。现在研究延年益寿，工作怎么能干好？这些朋友的想法，不能说没有道理，我过去也是这么想的。不过现在我作了修正，理由有两点。

其一，保护身体，延年益寿，这是人生的特殊功课，应该早点提到每个人的议事日程上来。我们有许多同志，很好的同志，都是在青壮年时去世的。在科学界、文艺界，以及我们的身边，都能列出一串名单，但我确实不忍心在这里列出他们的名字来。我想说的是，他们若是早点注意身体，研究一下延年益寿的秘诀，他们的早逝也许不会发生。

其二，我这文章中所说的延年益寿的秘诀，并不是要我们花许多时间去研究，也不会妨碍我们的事业的进行。仅仅是要求改变一下我们的性情，换一种思想方法，调整一下心态。只是要求我们进行一番自我锻炼，自我修养，在心情和心理上达到一种状态，就可以延年益寿，这应该是很好的事情。何况人一生是要不断地进行自我修养的，只是要求人在自我修养之时，加进这方面的内容而已。

这话是培根说的："经常保持心胸坦然，精神愉快，这是延年益寿的秘诀之一。"

培根是英国十七世纪杰出的唯物主义哲学家。我手头正好有一本《培根论人生》的小册子，我从这本小册子中，找到了我压在玻璃板下这张字条的出处了，这句话在这本书的“论健康”一节中。不知朋友们信不信这话？我自己是很相信的，而且我把这话作为座右铭一般地记住了。想想有些同志，英年早逝，除去生活困窘、工作劳累的原因外，心情忧郁，长期愁肠百结，精神压抑，是更重要的原因。据医生说，人类的大敌癌症，患病原因多起于心情不好，精神不畅。

明白了这点，我们就努力去作。但是，要达到经常保持心胸坦然、精神愉快这一境界，也不是很容易的。有一种人，长期处于顺境，好事总是让他碰上了，事业、爱情、金钱无一不满意处，真是春风得意，心想事成。这种人经常保持心胸坦然，心情愉快，自然很容易了。而另一种人，人生之路艰难坎坷，挫折、打击、失败总是跟他结伴而行，命运对这种人毫不照顾。这种人要坚持下来，达到自己的人生目标，必须要付出比另一种人多得多的努力和辛劳，而胜利和成功却迟迟不来。这种人，要经常保持心胸坦然、精神愉快就很难了。而恰恰是这种人，保持心胸坦然、精神愉快的心态，比另一种人重要得多。因为弄不好，这种人就会“出师未捷身先死，长使英雄泪满襟”。而这种人，在逆境中，能够经常保持心胸坦然，精神愉快，就更难能可贵，更令人尊敬。这种人，才是大境界之人，大气大慨之人，是真的英雄。

我的这篇小文，如果有那么一点小意思的话，我愿意献给这样的在逆境中而心胸坦然还精神愉快的朋友。

但愿我自己能经常保持心胸坦然，精神愉快，能延年益寿。

防止老一套

报载：担心老一套遭观众厌烦，陈佩斯告别小品。陈佩斯的告别词是："拿不出好作品，年年晚会都是那一套，等到观众厌烦了，一脚把我踢下舞台，说行了陈佩斯，下去吧！那时我会更加悲哀。"陈佩斯就此演电影去了。

在陈佩斯之前，宋丹丹也告别了小品，也演电影电视去了。不过宋丹丹演《爱你没商量》里面的一个角色，却没怎么演好，我还是更喜欢她演的小品。

陈佩斯和宋丹丹都是演小品出的名，正在热头上，他们能看清形势，急流勇退，真是难为他们了。改换一种形式，来一点新鲜的，不断地保持自己在观众眼里的新形象，这是大智大勇、大家风范、大家追求，是有出息的艺术家，是十分可贵的。

这比那些耍贫嘴，在电视剧里当侃爷，一部是这样，两部是这样，三部还是这样，侃得观众烦透了的人，是要聪明多了，理智多了。

"防止老一套"，这五个字压在我的玻璃板下有两年了。这五个字我是摘自美国的广告商人雷蒙德·鲁比肯的文章。这五个字是这个美国人工作的信条，人生的座右铭。真好，这五个字，通俗易懂，却又蕴涵无穷，运用的面既宽又广。

初看到这五个字，我心里一震，于是赶紧写下来。我觉得这五个字对我很有用，可以用一辈子的。

当了多年的编辑，编一本省级文学刊物，每期都是小说、诗歌、散文、报告文学、理论几大版块，多少年不变，是不是老一套？年年如此，月月如此，编得烦不烦？烦，就要想法改换面貌，编出新意来。如今期刊如林，谁办得最好看？读者层不同，标准不一样，但出新弃旧，则是大家共同的追求。当然，一个刊物有一个刊物的方针和风格，不能今天一种风格明天一个方针。但是在我们选编的稿子的形式与内容方面，难道不可以出新吗？难道不可以防止老一套吗？当然可以，而且应该。在形式和内容上防止老一套更重要。我们要不断地动心思，想主意，给读者一期一个新面貌。

我写诗也有好多年了。写乡土诗，写农村，写了好多好多。现在是不怎么写了，是怕老一套。离开农村很久了，今天农村的变化知道得不太多，难以写出今日乡亲们的情感和内心来。有次读到一位理论家的文章，文章中有段话说：有的作家，一写起他那一亩三分地，那小河边的家，那童年捉萤火虫来，充满了感情，诗思不断。可是，昨天是这样写，今天还是这样写，明天仍然这样写，还有谁读？对新事物难以接受，对新变化不去体验，这类作家迟早会被时代抛弃，被读者疏远。我读了这段话后，出了一身冷汗，就再也不敢轻易写那一亩三分地了。不仅写农村诗的诗人，还有写长江的，写钢铁的，写石油的诗人，如何在老题材中写出新意，防止老一套，真是十分重要的事情。几十年了，还是搭肩一抖、杠子一抬的装卸工，是跟不上时代了。

夫人颇喜欢时装，虽说不能像有钱人家里的眷属，高级时装不断地更换，但在有限的经济条件下，更换一下装束，不敢说一天一个新模样，只说一周一个新模样，一月一个新模样，也觉得赏心悦目，使人没有陈旧之感，这是我内心颇有点引以为自豪的事。我比较赞赏这样作，是因为我心里有“防止老一套”这五个字。

演员的演出老一套，作家写作品老一套，女人穿服装老一套，工厂生产的产品，其样式、包装和质量老一套，都是跟不上时代的。这是一个求新套的时代，这是一个要变化的世纪。求新，求新，要不断地冲向前面去，高举一面旗帜，旗帜上写着：防止老一套。

我想，美国人雷蒙德·鲁比肯一定是个了不起的广告商，从他说的这五个字就可以推断出来。电视里，广播里，大街上，听的看的，广告形形色色，琳琅满目，有的能给人耳目一新的感觉，有的则使人腻味反胃。广告商都要“防止老一套”，作家艺术家以及其他领域的人，难道能够忘记这句话么？

防止老一套。我们人人都这样念叨，我们才能前进。

有空请多笑

在我写字桌玻璃板下压着的许多小字条中，有一张写着：有空请多笑。每逢看到这几个字，我就开始笑。起初是强迫自己笑，后来就习惯了，竟然能笑得自然随便，确实是真笑。笑了笑，就读点什么或写点什么，而且读与写还挺出活。你相信我说的么？

人生不可能不遇到烦恼事、伤心事、不畅快的事，或是受骗，或是被人误解，或是遭到失败，丧失了机遇，失了恋，受了污辱，等等，当然还可以写出无穷无尽的不好的事。这时候，人的心情无疑是不好的，情绪低到极处，心在痛苦之中颤抖，可能一夜之间白了头发，老了10岁。这是人之常情。遇到不幸，如果困扰在长期的痛苦之中，既于事无补，难以消除不幸，又于身心健康极端不利。怎么办呢？就自我调节吧，想办法从痛苦与不幸中走出来，抛弃烦恼，疗治创伤，向明天看，朝未来想。让自己多想些好事，多笑笑。对，一有空就笑，开始可能是勉强地笑，强迫自己笑，不自然的笑。想点办法，读本幽默故事，看看笑话大全，尽量去找能使自己笑起来的事情做，最后你就能真正地笑了。你的烦恼和痛若在这不断的笑中会消逝的，心情会变得好起来。

有个美国人叫马尔兹的，写了一本小书，叫《活着不是为了痛苦》。这本小书是上海文艺出版社出版的“五角丛书”中的一本，写的也是这个道理。我一直珍藏着这本小书，常翻翻，也很有益于身心健康。

多笑笑，想法子笑，一个人关起门来笑，绝对有好处。笑能平静人的烦躁不佳的心理，能使人活得更轻松愉快些。笑还能治病健身，这决不是天方夜谭。

1993年第一期的《海外文摘》上载有篇小文章，题目《有病吗？请大笑》。文中说，英国卫生服务署在伯明翰城开办了个“健康店”，店里笑声阵阵，这些人都是病人或失业者，这店又叫“笑诊所”，这些病人或失业者就在这里治疗。一百多年前，法国有关研究人员就揭示，笑可以触发脑中有治疗力的化学物质。两名美国人研究发现，人们在笑时，身体放出安杜芬，这种荷尔蒙是身体的天然止痛药。微笑是唯一对身体有好处的面部表情，可减低心跳、脉搏，平静身体的各系统。

我的身体尚无大病，所以一般不大笑。我经常遇到一些烦恼的事情，所以我就常常练习微笑，有空就练，关起门来一个人练。这是一种颇有意味而又独特的练习，我练习的微笑既是对生理的，又是对生活的。目前我尚未练到炉火纯青，一年四季在任何场合都保持微笑的水平。我将继续练习下去。

“我们不因为快乐而笑，我们为使自己快乐而笑。”请记住这句话。

我非常看重写字桌玻璃板下压着的“有空请多笑”这五个字。按照这五个字去做，你会过得很快乐的，我把这五个字送给你。

读了我这篇不伦不类的小文，你可能会发笑。好，我的目的达到了。

摆脱是一种疗法

人自离娘怀，到这个世界上，总会遇到许多的不幸。当人有了思想，由混沌的孩童到有了思维与精神，这些不幸就影响到了思想，精神上就出现了负担及压抑，时间久了，这些负担与压抑就会影响人的正常生活与工作。人处在一种痛苦与煎熬中，度日如年，活得很累很累。这种境况如果不改变，人的思想在承受不了的时候，就会发生神经错乱，发生精神崩溃，影响到肉体，发生早衰、夭折，有的干脆自戕，割断静脉或用一根绳索，结束自己的生命，以逃脱精神上的负担与痛苦。

这是人生很悲哀的事情。

这种情况是不是每个人都会有呢？没有作过统计，生活中可能有少数人，一生顺境，无灾无难无烦恼。我想这种人是少之又少的。我看大多数人在自己的一生中都会遇到逆境与灾难。凡人如此，伟人亦然。有的人遇到灾难与逆境，意志坚强，克服灾难，走出逆境，到达人生的另一种境界。灾难永远也难以击倒他，只会给他搏击的力量。这种人是伟人，虽说他可能在事业创造上未成伟人，但他是精神上的伟人。有些人经受不了灾难与逆境，就会出现上述所说的早衰、夭折或自戕。

关键是如何对待不幸与灾难。不同的对待方式，就会有截然不同的结果。伟人与凡人都是人，伟人也是凡人成长变化而来。凡人应该不断朝伟人目标努力。人要不断完善自己，修正自己，争取做一个伟人，精神上的伟人。

“安静，摆脱，放松——坐禅疗法”，我觉得这几个字对我们走出灾难与不幸，无疑是一剂良药，具有奇效。我用这个方法试过。

勤劳善良苦作一辈子、抚养了我们兄妹七人的母亲，58 岁那年去世。我对母亲的爱，只是记在心里，平时很少在面上表现出来。我是立志让她有个好的晚年的，可她没享受到儿女给她一天好日子，就突然地走了。母亲的去世，对我打击很大。那时我痛苦不堪，精神上已经有点受不了。这时，我突然看到“安静，摆脱，放松”这句话，心里一动。我把自己关在书房里，寂思冥想，使自己变得安静，放松自己的全身肌肉。我让自己的思想极力摆脱痛苦，凝想着我的农民母亲脱离了苦海，进入了天堂。我要是思念我的母亲，最好的办法是让自己好好生活，学习母亲的勤劳与善良，做出成绩来。我这样做了一段时间，精神上的痛苦得到了疗救。

我还遇到过不少的挫折与打击，包括受人排挤，包括事业的败绩，包括遭人误解而又无法解释。我往往只用很少的时间就使自己从这种精神的压抑与低谷中走出来，摆脱种种灾难与不幸，使自己活得鲜活而有力量一些。

当你遇到精神的灾难与不幸时，你不妨试试这种疗法。

先使自己安静，摒心静气，排除杂念，让全身放松，像打坐入禅一般。使自己安静，静得如无风湖面的水，静下来后，再将各种灾难、不幸、负担与压抑，从思想上清除出去，完全地摆脱开那一堆俗念与杂思，让思想变得单一起来，清晰起来，只想明天，只想下一步，走进一个亮丽的新境界。

每天这样修炼打坐一番，要不了几天，你会从灾难痛苦中走出来，你会觉得生活又是那样美好。

生活本来是美好的，生命也是美好的，关键在于我们要善于摆脱那些不美好的东西。

不能忍受的半途而废

罗素·贝克肯定是个外国人，但是否就是那个英国哲学家、数学家、逻辑学家罗素，我不敢肯定。查词典，罗素的全称是伯特朗德·阿瑟·威廉·罗素。罗素·贝克说：如果有什么是我不能忍受的，那就是半途而废。

这话说得好，简直就是在表述一个真理。想想看吧，凡是有事业、学术成就的人，有哪一个干事不是锲而不舍，一竿子插到底，有始有终？不说干大事有大成就者，就说我们一般的人，干成一件事，执行一项任务，你干到一半停下来，能成吗？任何人，任何事，如果半途而废，就不可能把事情干成干好。干事情不半途而废，应该说是我们作为一个人的起码要求，是我们人类生活中离不开的一个成功经验。

这话说得通俗，又好记。我记住罗素·贝克的这句话，受益不浅。对我为人、读书、写作都起了很好的作用。

小时候在乡下，条件所限，想书读。捞到手上的书，不管好看不好看，不管是文学书还是其他书，都能一口气读完。现在反思起来，那时候读的书，记得最牢。后来工作了，到了城里，见到好书就买，买不到就四处写信找朋友设法邮购。藏书多起来了，天天还是读书。但是有个习惯很不好，站在书架前，抽出这本书，计划中必读的，读了一半甚至只有一章两章，就放下了。抽出那本书，也是计划中必读的，也是读了开头或是一小半，又放下了，再抽出另一本书。下次见了第一次读了一半的书，拿起来又从头读起，读了一半又放下。每次这样子，一本书从头读到尾的不多，而且现在读完一本书要下好大工夫。这样读书，效果很差，真不如在乡下没书读的日子，逮住一本读一本。读书不扎实，读一半丢一半，就是一种半途而废，不是读书人的正道。我是在读了罗素·贝克这话时受到震动的。我的脸红了，我在读书的问题上，竟然容忍了半途而废，与其长久地读不完一本书，不如捞起一本就一鼓作气地读完，我这样要求自己。

写作的人，有时写到一篇感觉很好的文字，能一气呵成，有一种快感，这种文字写起来，不会半途而废。但有时候你想得好好的，写起来时，却遇到阻碍，写不下去了，特别是长篇作品。这种情况，作家是最痛苦的时候。思想发生动摇，想自己为什么要写这玩意，写出来后还不知成不成得了呢？这时候，去和三朋四友聊聊天，喝点小酒，搓搓小麻将，该是多么快活啊！好了，放下笔，去喝酒聊天搓麻将，或者做其他事情，所写作品就半途而废了。再回过头来写，怎么也续不下去了，原来怎么想的甚至都忘了。但是写作又丢不了，那么再从头写一个作品吧，写着写着，又遇到了前述的情况，就又丢下了。最终呢？是底稿残稿一大堆，而成功的作品一篇也没有。这种时候，就要想起罗素·贝克的这句话了，写下去，咬着牙写下去，我决不半途而废！不管这作品能成不能成，将来能不能发表，但我要把它写完，写完了就是一个胜利。在心里永远唾弃半途而废，永远记着写一部作品就必须将其写完的决心，坚持下去，养成习惯，你就会进步，就会成功。你就不会有许多的废稿和残稿了。爱好写作的朋友，不妨试一试。

我们做事要有始有终，不可半途而废。罗素·贝克的话很值得我们干各种事业的朋友记取。

耐心、恒心与报酬

“耐心和恒心总会得到报酬的。”爱因斯坦这样说。我的一位写诗的朋友在几年前看到这句话，硬是要我抄给他，我就把这话写在一张纸上送给他了。后来这位朋友去了深圳，诗是没怎么写了，却给一个企业家当秘书，听说干出了不错的成绩，正鼓捣着自己创办一家公司。我不知这张字条他带着没有？或许他记在心里吧！

就我看来，爱因斯坦说这句话，是有他切身体会的，这是他的一种宣告，而决不是写出来教训人的。我们来仔细地咀嚼体味这句话的三个基本词吧：耐心，就是不躁不急，不厌不烦；恒心，就是持久不变；报酬呢？就是一定的付出得到应有的报偿，这不是专指金钱，而是指一种成功。爱因斯坦被称作是开创了现代科学新纪元的伟人，他创立了代表现代科学的相对论，并为核能开发奠定了理论基础，他的名字传遍了全世界，他为科学所作出的贡献使他的声誉辉煌。如果爱因斯坦在瑞士专利局当一名小职员的时候，不是摒弃一切世俗生活的干扰去专心研究关于测定分子大小的问题，写出了一批论文，他能成为一名科学家么？如果爱因斯坦在16岁时，去追求有些青年所热衷的浪漫、游乐、享受，满足于学业的完成，而没有从那时开始，就苦苦思索空间、时间的本质，除了把自己关在物理实验室做实验外，还精读了从伽俐略、牛顿到基尔霍夫、马赫等一流物理科学家的著作，一边提出疑问，一边作出回答，他是不会成为一代科学巨星的。爱因斯坦是个伟人，我们不排除他的天分，但如果他做事浮躁，短时没出成果，失败了就半途而废，灰心丧气，他能成功么？所以耐心和恒心是爱因斯坦成功的两块基石，可以说他是踏着这两块基石上升的。

不仅爱因斯坦，一切有成就干大事业的人，耐心与恒心都是少不了的。他干成的那些事业，他的成功，都是因为他紧紧抓住了目标，不急不躁，持之以恒，排除一切困难，吃尽千般苦楚，一年两年五年十年地干，在未成功之前，名声及世俗的欢乐享受与他无缘，他是苦行僧，他默默无闻，他不羡别人的荣华富贵，他只醉心于自己所作的事。每一点进步成功，在他看来，都比那些获得金钱、美女、虚名利禄要重要得多、幸福得多。当他成功了，他创造的成果能为这个世界服务，能为人类服务，人们将会永远记住这样的人，而那些拥有金钱美女高官厚禄之人，会很快被人遗忘。

是的，人不会天生就有耐心与恒心，耐心与恒心是我们在生活中锻炼熬制而成的。要想有耐心与恒心，就必须有抗干扰的力量和意志。世俗的引诱很多，干扰很多，它们时刻都在动摇你的耐心与恒心。只有那些能抗得住干扰的人，能不被世俗的引诱所动的人，才能成功，才能有真正的耐心与恒心。

商品经济的大潮涌来，人们在那里大把大把地挣票子，住花园楼房，开名车，享豪华酒宴，一掷万金。你一介寒儒，国家给你发点工资，你咬定一个课题，在那里探索、攻关，头发日渐稀疏，人瘦如柴，你付出的努力与心血比常人多得多。这时就是检验你耐心与恒心的时候了，你如果走出了自己的精神天地，投向市场经济，你的耐心与恒心就没有了。或许还有，但只是用在市场上如何挣钱发财。你对那些诱惑不闻不问，还是潜心静气地干自己的事，吃差点，穿差点，住挤点，还是孜孜不倦地干你的工作。这种人，我崇拜你，你是我们民族的希望，是中国的未来。

耐心和恒心是会得到报酬的！爱因斯坦的这句话决不是空言。你们的成功将是真正的成功，你们得到的报酬，将是整个世界。

人们啊！让我们永远尊敬那些现在还默默无闻，却依然用耐心和恒心在干自己事情的人吧！

猪年读两部与猪有关的小说

猪年前后，认真地读了几部中篇小说，不想其中就有两部写的内容与猪有关。

这两部与猪有关的中篇小说是：苏童的《肉联厂的春天》（载《收获》1994 年第 5 期），孙健敏的《大师的欲望》（《载小说界》1995 年第 1 期）。两位年轻的先锋作家在他们的作品中都写到人与猪的关系。本来人就是人，猪就是猪，二者不可并论。但人与猪有没有相同的地方？作家在他们的作品里表达出了似有似无的见解，颇值得我们去咀嚼体味。

《肉联厂的春天》写的是某青年对外交事业特别感兴趣，但现实是他被分配到肉联厂工作，成天与猪肉、大肠、心肺、猪尾巴打交道，他厌恶极了，极力设法离开这个猪的世界。厂长终于同意他调离，与他在冷库里一边劳动一边谈话，下班的女工不知他们在里面，把他们锁进冷库。第二天人们上班时，看到他们与整库的猪肉一样，成了冻肉。而此时工厂的外面，正是春暖花开时节。苏童的这部中篇显然写的是一种生存环境，一个人为改变自己的生存环境所作的种种努力，但其结果与那些摆在市民桌上的猪肉一样，成了硬邦邦的一块。这里面是不是说到人与猪的一种宿命观点：人有一种生存环境，猪也有一种生存环境，人欲去改变这种环境，猪没去改变环境，其结果是一样的。这结论如何？是够荒诞的了，有没有什么道理，读者自己去作思考。

《大师的欲望》写的是一个研究“人”的 30 来岁的大师，生活中除了他的学术就是一种不可抑制的情欲。他利用机会，与女人做爱，写其欲望淋漓尽致。大师突发奇想，研究猪与人的相同处来。他从一农舍偷得一头猪回家，养在洗澡间里，天天观察。一日，来了他的年轻女朋友，他研究进入特殊阶段，就把女朋友杀了，剁成肉丁，再把猪杀了，也剁成肉丁，然后把人肉丁与猪肉丁拌在一起，看看有什么变化。结果没什么变化，大师的结论则是人是人猪是猪，二者不一样。但大师的荒诞行径，难道是人的所作所为么？孙健敏的这部中篇，写人的异化变态，那兽性的表现是离奇也是有些怕人的。

读这两部中篇，猪年就不知不觉到了。肥猪拱门，是吉祥丰收的象征，猪在这里是一种很可爱的动物。人的本质是什么呢？此时，窗外瑞雪飘飘，积雪映在窗玻璃上，分外明亮。冷风吹在人身上很凉，但空气是十分的洁净。这样的时刻，来思索人与猪的关系，似乎特别恰当。人与猪同为生命，猪在人眼里生来就是吃了睡，睡了再长肉，长肉后杀了给人吃。猪的生命价值在于它用自己的肉体丰富了人们的食物，提供了佳肴与营养。人呢，生在世上吃穿长大繁衍最后老去，人的生命价值是什么呢？是创造，创造精神的和物质的财富。人与猪的最根本的区别就在这里。但是人如果没有创造的话，那与猪在本质上有何区别？甚至活着还不如猪有用。我思索的结论是人必须要做点什么，必须要创造，否则不如可爱的猪。

中篇小说《肉联厂的春天》与《大师的欲望》中，揭示的人与猪的关系，看似深沉、荒诞，其实想清楚了，是十分简单的事情。小说写得好，耐读是一回事，但道理却是又一回事。

猪年开大门，把猪放进来，老百姓关心的，是猪年带来财运与平安，图个吉祥。

诗要走向群众

诗人聚会，容易激动，慷慨激昂，口若悬河，情感满溢。说起诗坛现状，无不跌足捶胸。诗没人读了，诗集难出版，自己掏钱印出来，卖不掉。诗的发表阵地少了，几个诗刊订户少，报刊把诗当做补白或报屁股，有的干脆就把诗排斥在门外。社会对诗太不公平了。诗人都成了受虐者，穷得只剩下一顶诗人的破毡帽了。总之，这个世界对诗人不起。

是的，在社会转型期，由于物欲的强化，人们对精神的东西淡化了，不仅是对诗，对所有人文科学方面的东西都不感兴趣。这当然是不正常的。长此下去，社会将会因为这种偏颇而付出代价。有识之士正在高呼，让人们不要冷淡了人文科学，这人文的东西中间也包容了诗。

但是诗人们，我们检查过我们自己没有？如果没有，是应该检查一下的，我们把诗写成了什么东西？写成了个人内心不清晰的梦呓，写成了莫名其妙打情骂俏吃饱了发胀春天来了叫春，写成了欲望的发泄兽性的嚎叫写成了谁也不懂或者读懂了却十分恶心的东西。而诗歌评论呢，则是对诗人无端呐喊奇异臆测所作出的一种更为极端的延伸，虔诚的读者看了几页便昏天黑地患起了偏头痛。这样的一些诗与诗论读者不读出版社不出报刊不发是理所当然的了。

诗是叙事也好抒情也好，总要反映一个时代的精神和社会的理想，即使是个人情怀的抒发，也要给人以美以上进以鼓舞。至少能有一些愉悦，诗还是要走向人民，走向群众，让他们读了喜欢，愿意掏钱买。所以你的诗就要为群众为人民大众说点话，代个言，你的个人的感受，也能与老百姓相通。

你不要在那里自以为是贵族，你也不要在那里自以为高明，你跌足捶胸也好，你哭爹骂娘也好，都无济于事。根本的改变就是不要一天到晚唠叨你个人的那点痛苦呀失落呀惆怅呀，而要关心了解群众心里的东西，你愿为群众歌唱，为群众说话。慢慢的，你的诗就会有市场的，你会成为真正的诗人，人民的诗人。

不要去做小圈子里的诗人，不要当个神经错乱的诗人。诗要走向群众，这是唯一的出路。

学识与创作

学识的积累是无止境的，学识与创作的关系极大。学识不高的人可以搞创作，而且还能写出作品来。但学识高的人搞创作，所写的作品在品味与档次上往往不是学识不高的人的作品所能比的。不断地读书思考，提高自己的学识水平，提高自己的创作档次，我是这样勉励自己的，也是这样去行动的。

我记得几个因学识功夫不到家，而在创作中闹出笑话，出现错误的例子，这例子有的是我亲眼见到的，有的是从报纸上读到的。

有一次评奖，评委们对某部历史题材的小说的赞扬是一致的，舆论对这部作品也给了很不错的报道。这作品获奖好像已成定局。不料一位资深评委提出了作品中一个不可原谅的错误，即作品中写到主人公读的一段古文，是主人公死后，主人公的孙子辈的人写的。这位评委把原文都引了出来，确实是作者因不太了解这段历史而犯下的错误。这位资深评委的发言，大家很信服，而这部小说未能评上奖也是正常的了。还有一部写蒋介石的作品，其中写到蒋介石收买韩复榘时，蒋从衣袋中掏出一个钱包来，从钱包里取出一张支票，然后拿起笔，当场在支票上填写多少万元，再签上自己的名字，递给韩。这段描写看上去好像合理正常，但是理智的读者却不免要问，蒋介石身为“最高统帅”，这种收买下属的事情，只要授意，自有人为他去办妥，何必要他亲自动手呢？何必要像商人一样，当场交易，一给一受呢？而且，身为“最高统帅”身上装着钱包做什么用，难道他要经常上街买东西吗？闹出这类的笑话，当然是作者的无知，凭想当然想象出来的，是作者的学识水平太低的缘故。还有一个例子，是某部获奖作品，其中写两个人对话，甲向乙问候乙的父亲说：“家父身体好吗?”读者读至此不禁愕然。作者以为，称呼对方的父亲，是应当称“令尊”的，意思是“你家里的父亲”云云。这就如一个相声的情节，作者在这里是连起码的常识都不懂了。

我们的作品中时常出现一些错误，迫切需要创作者不断地提高修炼自己的学识水平。任何人都不敢保证自己的作品不出错，但学识水平高的人，就能少出差错或不出差错。再好的作品，假如不小心地出了那么一两个小差错，都会使作品的档次受到影响的。

是的，学识不高的人可以搞创作，但搞创作的人一定要提高自己的学识。作者的创作态度是个方面，而学识修养是更重要的方面。不注意提高自己的文化学识素养，你的无知与浅陋终究会在你的作品中表现出来，闹出笑话，丢人现眼。不断地提高自己的学识水平，是我们每个搞创作的人都不可忽视的事情。

作家的尊严

省委宣传部、省作家协会、省科学技术协会三家组成了个编委会，请了一批作家，准备写我省的一批科学家与科技人员，宣传他们所创造的业绩，然后编成一本书，作为我省“五个一工程”的项目，省里拨了专款。

我被邀参加此书的写作，分配给我写的是一位私营科技企业家。作家们要写的对象，都是省科协提供的名单，有不少专家教授、学部委员的名字，过去都知道，他们是我们民族、我们湖北的骄傲。我写的这位，摆在名单的最后，过去没听说过。据说此人年龄不太大，比起前面那些科学家老教授来，他是年轻人了。我很有信心，摩拳擦掌，作了充分的准备，要将我的这位主人公好好地作一番文章，把任务完成得漂亮一点。于是，我很慎重而又礼貌地给他写了一封信，说了省里三个部门编写此书的意图，希望他在工作不太忙时，安排一个时间，我专程前往采访。我在信里把我办公室和家里的电话都告诉他了，希望他在合适的时间通知我，我就立即去找他。但是一个星期，一个月，半年过去了，他既不回信，也不打电话。这期间，省委宣传部有关同志给他打了几次电话，他也置之不理。我还托与他在同一地区的朋友从侧面了解一下是怎么回事。那朋友告诉我，他在家里，没有怎么回事。其他领了任务的作家，早已将那些老科学家老教授等写出来了，据说那些学部委员、科学家、教授们都很配合，态度和蔼可亲。唯独只有我，碰到了这么样的一位，既不回信也不回电话。其实，你只要说一声，你不愿意被采访被宣传，别人也不会死皮赖脸地去找你。你这种不理睬的态度，就显得太傲慢，太没礼貌了。即使你是个很了不得的人，也不应该这样嘛！

我是个作家，我也有我的尊严，我没有必要低三下四地去找你，我想这种人恐怕也没什么好写的。后来组织编写此书的人员找我，我很明确地表态，我不写这么个人了。我不是那种招之即来挥之即去的文人，我是一个独立的有自己人格的人，我看不起一切没有礼貌没有教养的人。这种人，即使发了再大的财，再有钱，也是一个有缺陷的人。

作家，应该有自己的尊严。

哲理诗人

生活中有许多事物，粗略地看过，平常极了。树就是树，叶就是叶，白云、蓝天、海浪、麻雀、小草……有什么特别的地方呢？不就是树叶白云小草么？生活太匆忙，这是个消费的时代，物质的时代，有多少事情等着去干啊！你是这样想的，你就当不了诗人，这没办法，气质与命运使然。生活中，不可能人人是诗人，不可能人人能发现，要不然天才就随处可见，诗人满街都是，那这世界就会是另外一个样子了。

有人长脑子，用来思索道理；有人长脑子，用来思索衣食住行。用来思索道理的脑子，是思想者，能诞生思想；用来思索衣食住行的脑子，只能是一般常人的脑子，常人的脑子产生不了哲理。

能思索道理的脑子，留心生活，细心观察，于是他处处发现哲理。平常的司空见惯的事物中含有好深的哲理，好深的哲理又能用很平常的事物形象地表达出来。贺拉斯说："诗人的愿望是给人益处和乐趣，他写的东西应该给人以快感，同时对生活有帮助。在你教育人的时候，话要说得简短，使听的人容易接受，容易牢固地记在心里。"用诗的形式表现出在生活中发现的哲理，就是哲理诗。

哲理诗，顾名思义，是既有哲理又有诗意。它是哲理化了的诗，是诗化了的哲理，哲理美与诗意美在这里水乳交融。哲理诗必须具有诗的特质：诗情、诗意、诗美。它不是哲学道理的图解和说明，而是让自己的发现生活的哲理渗入诗性的土壤，培植出一株株有思想的诗歌之树。哲理诗是用感情化的、整体化的、抒情式的，去感知时代、人生、社会，将哲理融入意象，让诗意蕴涵哲理，它借着意象的媒介，借着那些浸染着诗人感情色彩的具体事物和生动的画面，形象地贴切地表达出来。

哲理诗能将深奥的道理用平常的人人能懂的话说出来，说得朴素而实际，使那些不爱思索的脑子见了这些平常的话，也能懂得其中的道理，他会吃惊：嗯，为什么他能看出来说出来，我却不能呢？

这是因为他是哲理诗人，你是个一般的常人。

谷子哥哥与爷爷的梦

听大人们说，我是有一个哥哥的。我的哥哥生于1948年，小名叫谷子，就是田里长的能碾成米的谷子。我说我怎么没见过哥哥呢？大人们就说，那时还没有你呢。谷子头天还蹦蹦跳跳玩得十分欢乐，玩得人见人爱，第二天就发高烧死了。谷子死时才一岁多点。谷子的死，对我的父母，对我的爷爷奶奶，对我的二叔和细姑，都是一个尖刀剜心的痛窟窿。他们是第一回当父母、当爷奶、当叔姑，而且那孩子长得是那么的漂亮聪明，见人笑起两个小酒窝，白嫩嫩胖嘟嘟，怎不是他们全体的心肝呢？可突然地，就死了，就没有那稚嫩的叫那动心的笑那摇摇晃晃的身影。听说谷子死后，我20岁的母亲哭得昏过去了，我那还未成人的细姑哭得用头撞杨树，我那正当小伙的二叔用鞭子猛抽耕田的老牛，好像他侄儿的死是老牛造成的。

他们这么一说一描述，我也哭了。多么好的哥哥啊，怎么就死了呢？要是还活着，该多么好，那我上学时，就不会挨别的孩子的打了，我有一个哥哥，谁还敢欺负我！可是哥哥就那么死了，死在我还没出生的时候，我根本就不知道他长得什么样子。我是1950年冬季出生的，比哥哥小两岁。当然，我的出生给父母、爷奶、叔姑那残破的心以一个安慰，他们又可以真正当父母、爷奶、叔姑了。

在我们刘家，本来刘谷子也就是我哥哥是老大的。现在我变成老大了。

我的爷爷是个裁缝，解放前，他穿着破长袍，腋下夹一蓝布包袱，包袱里是剪子尺子划粉针线，带着我奶奶、父亲、二叔和细姑，从老家鄂城华容段店乡下步行到如今的江夏区金口乡下，在一个叫范湖八大家的地方种田为生。我哥出生时，我们家已成了能有饭吃有田种的自耕农了。我们家在临解放时能有钱买几亩田，与我爷爷的“针屁股”是有关系的。爷爷凭着一根针，四乡作裁缝，省吃俭用攒了钱，买了几亩田，土改时就被划为中农成分。父亲二叔细姑都怨过爷爷，说是不划算，但爷爷似乎并不后悔，因为他毕竟有过自己的田，虽说这田合作社之后就归了公。爷爷最后悔的是他在一个奇怪的梦中不该割晚谷的。爷爷认为他的第一个爱孙，也即我哥哥谷子的死，全缘于他在梦中割了晚谷。

爷爷对我说他的梦时，我已经懂事了，大约是上了村小学的一年级。爷爷和奶奶很早就分床睡，冬天里，和爷爷睡在一床给他煨脚的总是我，而给奶奶煨脚的孙女就很多了，因为我后来有六个妹妹和堂妹。爷爷在一个晚上对给他煨脚的我讲，你知道你哥哥是怎么死的么？那是怪我，我不该去割晚谷的。

爷爷在我哥哥蹦蹦跳跳人见人爱的那天夜里做了一个梦。梦里的情景是，我们家的田里长满了谷子，爷爷一看，那谷子有早谷，有中谷，有晚谷，真是奇怪，怎么早中晚三季的谷子都在我们田里出现了呢？爷爷手里握着雪亮的镰刀，准备割谷。那早谷中谷晚谷长得都茂盛饱满，沉甸甸的，是丰收气象。特别是那晚谷，微风拂过，摇头晃脑，十分的可爱。先割哪季谷子呢？爷爷喜欢晚谷，就先割晚谷吧！爷爷下了田，挽住一把晚谷穗子，伸出镰刀一拉，晚谷穗子割断了，那谷禾秆子却喷出了鲜红鲜红的血。爷爷扔了镰刀，抱住那把割断的谷穗子哭起来。这时，爷爷的梦就醒了，醒了后，爷爷出了一身冷汗。

爷爷做这个奇怪的梦的第二天，我的哥哥谷子就死了。谷子死后，我爷爷一个人关在屋子里哭得捶胸顿足。

自从爷爷给我讲了他的梦后，我再也不提我的谷子哥哥了。但我却永远忘不了爷爷的这个奇怪的梦。如今我已年知天命，爷爷是 70 岁去世的，他去世时，我刚好大学毕业。爷爷去世已经 28 年了，但我还记得爷爷的这个梦。

因此，我总是承认我本应排行老二的，我是有一个哥哥的，我的哥哥叫刘谷子。

上学路上

曾看到一幅题名为《上学路上》的油画：四周和远处是高山秃岭，一条羊肠小路在乱石丛中穿过。十四五岁的农家孩子，将背着被包的背倚在崖壁上，把装有脸盆、衣物和书籍的网兜放在脚边，单脚立着，另一只脚提起，手上握着从脚上刚脱下来的布鞋，正往外倒沙子。那背景是凝重的，农家孩子的专心与宁静，那小路伸向远处的意境，顿使我怦然心动。我久久地读着这幅画，感谢画家准确而生动地勾勒出了我少年时也曾有过的一瞬间。

我十三岁那年，由乡村的高小毕业，考取了县一中。县城离我家所在的村子很远，公路有一百多里，山路是八十多里。公路有班车到县城，车票一元三角。当时家里太穷，拿不出这钱来。上学那天，父亲为我扛着粗布被子，我提起网兜，父子俩走山路到县一中报到。和父亲在一起，我不感到孤单和累。虽然双脚打起了血泡，但我们还是在半晌午时愉快地到达了县城。

我读初中时，每月七块钱的生活费，班上评给我助学金两块五角，父母在乡下还得卖鸡蛋每月攒四块五角供我交伙食费。我过着一个穷学生的生活，感觉也不是太苦。

太苦是学校放假时回家。无钱乘车，我一个人孤零零地走那八十多里山路。孤单，寂寞，疲劳，充满了我一个少年的心。那时，我最大的愿望是：下一个假期能有一块三角钱和同学们高高兴兴地坐公共汽车回家。

山间，一个孤身少年，背上背着的是捆成长方形的被子，手里提着的是一只大网兜，网兜里是只木脸盆，木脸盆里放着换洗衣物和一摞书籍练习本。我顶着太阳，在山间的羊肠小路上走着。我的个子小，身上背的手里提的东西不轻，显然不可能走得快。一步一步，我默默地走着。路上没有同伴，周围没有村庄，树也不多，多的是石头和荒山。

小路像一根没有尽头的带子。我知道，沿着这条带子走哇走哇，走到天尽黑时，那里有座小村庄，村庄里有一幢茅草房，茅草房里有我的奶奶，有我慈爱善良的母亲，有我勤劳老实的父亲。一个学期不见，我想念他们，他们也想念我。我擦擦脸上的汗，咬咬牙，驱除袭来的困倦和疲累，尽量地加快步子赶路。

走到一处崖壁下，有些荫凉。我将背上的被包倚靠在崖壁上，喘了口气，再将手上的网兜放在脚边。脚上的布鞋底子磨得卷了边，那是我母亲在灯下一针一线做的啊。鞋里有沙子了，轮流地提起脚，脱下鞋，倒净里面的沙子。歇了一会儿，再往前走，我每次都能坚持走到家或学校的……

现在，在城里住着，出门就有公共汽车，那车票也是掏得起的，如果去的地方只有两三站路的距离，我是宁愿步行前往的，这或许是我少年时常走远路留下的习惯吧！

记得《上学路上》那幅油画的作者好像是罗中立，他画的是大巴山风情。他的这幅画，是那般深沉地拨动了我的心弦，使我永远也忘不了我少年时节那上学的路上。

膝盖上的伤疤

家乡有人来采访，要我说说少年时代的经历，恰好又有编辑朋友约写“那年那月”栏目的文章。回望少年岁月，心间有几多温馨又有几多酸涩，多多地咀嚼与温习，品得辛甘，对我中年的人生会增加些许的滋补。只是时光不再，人事已旧，我们难以回到那年那月了。

我少年的时代是在金水河边度过的，金水河是长江的最大一条支流，我的乡下农民父兄在金水河边耕种繁衍，有几十年了。我的父母子女多，我们家在生产队里是比较穷困的户。1963 年我从家乡的小学考上了武昌一中，上学仅一个月，校医检查身体，用手在我的肚子上摸了半天，量出我的肝大 1. 5 公分，让我休学回家。前些时医院给我们检查身体时，医生问我的病史，我说过这段往事。医生笑了，说经过三年自然灾害，营养不良，谁的肝不大？那算不了什么病的。

我读了一个月中学就回了家，13 岁的少年回到生产队，没有条件养病，就当了放牛郎，每天挣 3 个工分，劳动力的标准工分是 10 分。我牵着一头豁鼻子牛到处找草吃。我放的这头牯牛性子极烈，鼻唇被牛桊拉缺了，就改用一只铁环穿透了鼻梁。关于这段放牛的生活，我后来写过一部长篇小说和一篇短篇小说出版和发表了。

我要说的是我右膝盖上的一块伤疤。这块伤疤有一只铜钱大小，我夏天只要穿短裤，它就嵌在我的膝盖上，闪着淡紫色的光泽。

我放的豁鼻子牛是耕田的好手，每天总是被派出去拉犁耙。这时我就得扛着冲担提着绳子拿着镰刀四处割青草。傍晚豁鼻牛下班了，我就把它牵回牛栏，用青草喂它。割青草在文学作品中经常被描写，这种劳动充满了清新的诗意。但我当时却无法感受到这种诗意，却也有些许愉悦。金水河畔比较平展，水田毗连，是大面积水稻产区，荒闲田地少，我们割青草就像觅金子。当傍晚我费力地挑回一担青草时，想到豁鼻子今天的晚餐和明天的伙食都有了着落，心里就很快活。为了割到又嫩又鲜的青草蒿草，我们几个放牛郎结伴到了一个与金水河相通的大湖，那湖叫鲁湖。鲁湖浩瀚辽阔，碧水蓝天，鱼舟满湖，湖滩长着茂盛的蒿草。我们划着桨驾着船到鲁湖。那是一个夏日的中午，我们脱得光溜溜的跳到齐腰深的水里，那一蓬蓬的嫩蒿草在水里摇，我们握着镰刀从水下捞着蒿草割起来，一把一把，很快地就割好了几大捆，码在船上。我在还想割得更多一些的时候，手中的镰刀在水中用力割向一蓬蒿草，一刹，只觉得膝盖一阵钻心的疼痛。我大叫了一声，同伴们忙把我拉到船上，我看到我的右膝盖被镰刀割开了一个深深的大口子，口子两边的肉皮翻卷过来，鲜血淋漓。我抱着膝盖，痛得直掉泪花。

伙伴们很快把我送回了家。乡下那时缺医少药，母亲用干净布带给我包扎了一下，也就没再管它了。天气热，又没消炎，伤口很快化了脓，我痛得日夜不得安宁。虽然受了伤，但我还得照样放牧看护我的豁鼻子牛，只是不再下水割蒿草，而只是在旱地四处寻觅可食的青草了。拖的时间久了，我膝盖上的伤口久久不愈合，脓血充溢，发出难闻的臭味。

就在母亲和我为我的伤口着急之时，我一生中遇到的少有的几件奇特事之一发生了。那天中午，我坐在堂屋里的小板凳上吃饭。我只顾吃着碗里的米饭和腌菜，几只鸡在我的身边转悠着，随时准备啄食我掉落下的饭粒。我自小爱惜粮食，吃饭时很少撒下饭粒。我们家的一只芦花大公鸡，在我旁边等了好久，一粒饭都没吃到。它不耐烦了，它发现了一处精美的食物，它觊觎已久，它趁我没注意时，伸出那铁样尖锐的嘴，对准我膝盖上那溃烂的伤口，狠命地一啄。我丢掉了饭碗，“哇”地一声大叫，痛得昏死了过去。芦花公鸡把我伤口里的脓血连带着腐肉拉出来，衔着就跑了。可怜我的膝盖啊，被挖了一个大洞，血肉糊涂，惨不忍睹。我恨死了那只大芦花公鸡，恨不得把它砸死，但我不能动，我痛得只有吸冷气的份，看着它跑了。

事情起了意想不到的变化，在被芦花大公鸡啄去了腐肉与脓血后，我膝盖上的伤口很快就愈合了，痒痒了几天后，就结了疤。啊，治好我右膝盖上伤口的医生，竟是我家的那只大芦花公鸡。谢谢了，那只大芦花公鸡，它在我的记忆里，已有几十年了。

少年的旧事一桩，只是一种温馨而酸楚的记忆，那种质朴，那种辛劳与贫困，离我久远了么？我怎么保留我身上潜藏的那种乡下人的品质呢？大公鸡，大都市今天很难听到你的啼鸣了，我很想念你，真的！绝不是矫情。

编辑的修养

我曾写短文，谈编辑的不负责任，粗心大意，把别人的照片署上我的名字发表；印出来我的一首诗，前半截是我的，后半截却是别人的。文章发表后，似乎意犹未尽。干脆再写一篇，也是谈编辑的事，也是我的亲身经历。

先说一件最近的事。某经济报一位朋友约我写了篇1500字的文章，我交给这家报纸后，这朋友说，可以用。等了好久，问这朋友，这朋友说马上发表，稿子已送厂了，但被版面编辑删得只剩几百字了。这可是我写作以来碰到的最尬尴的一件事了。我当即表示，希望把文章撤下来，把稿子还我。报社领导知道此事后，算是高抬贵手，把文章撤了，但稿子一直不退我。事后，听别的同志说，删这稿的是个刚大学毕业20来岁的编辑，还说，刘益善不就是个小有名气的作家么？我听了，只好笑了笑。我当了20多年的编辑，我从来不敢这样说我的作者。

第二件事使我难忘。我给一家书刊类报纸寄了3篇评论我省诗人诗集的千字文，是个系列。责任编辑来信，说3篇都留用。不久，发了一篇出来，我看了看，千把字的文章，错字、脱漏的地方有四五处，其中的“天籁”全错成“无籁”。我好心好意给这编辑写了封信，指出了错处。这编辑立即回我一信，称我“刘益善同志”（这编辑过去一直喊我老师，他在下面时，最早的报告文学作品是经我的手反复修改后发表在《长江文艺》上的。据说他后来上某大学插班生，那报告文学起了些作用），然后把剩下的两篇文章退给我了，有一种恼怒与惩罚之意。我与这报纸的总编是朋友，但我一直没对总编说这件事。后来总编问那两篇稿子，这编辑慌了，写信道了歉，把文章再要回去。还好，他能知错改错。

第三件事，是我给一家日报的周末版写文章，按报上登出的责任编辑名字寄去，并写了很客气的信希望不用时退我。两个月没消息，我又给这位编辑写信，再次恳求退稿，并附了邮票，但这位编辑仍不予理睬。我有点伤心。后来这个周末版的负责人找我几次约稿，我均未能给她写稿，心里有对这位负责人的内疚。但想起她领导下的那个麻木不仁的编辑，我就再不愿给这周末版写稿了。咱们敬而远之，让你高傲个够，好吧！我后来重抄了这文章，在广东省的一个杂志上发了，那杂志不比这周末版差，使我从心理上得到了某种补偿。

这是我近两年内投稿遇到的事情，本来是琐屑事，但给人感慨颇多。我们的编辑，对作者是热情负责，还是冷淡摆架子，这是个职业修养问题。想想老一代的编辑，与作者交朋友，满腔热忱地培养、帮助作者，对事业是无私的奉献，更使我们尊敬和怀念他们。

我是个编辑，我所工作的《长江文艺》月刊，历来就有对作者热情负责的传统，上世纪五六十年代，有口皆碑。今天，我们是否忘了呢？我不敢说现在做得很好，但是决没有忘乎所以，麻木不仁，听到作者的意见后恼怒并以退稿为惩罚的现象。

回想一下我遇到的几件事，使我更不敢随便地对待作者的来稿与来信了。我觉得这是个编辑的起码修养，我们要不断努力。

但愿我们的老一代编辑不要感叹：如今的编辑，是一代不如一代了！

信任与责任

我有一个公安部所属群众出版社颁发的特邀作家聘书，还有一本《武汉公安报》颁发的特约撰稿人聘书。在许多的聘书中，我对这两本聘书是十分看重的，这是我与公安战线的一种联系，是公安战线的干警对我的信任与希望。

是一种机缘，我受《警探》杂志之邀，采写原荆州地区公安处千里赴福建解救被拐卖的 8 名男孩的事迹。接着我受《警笛》杂志之邀，再赴荆州，采写小北门派出所干警破获特大抢劫团伙案的事迹。这两次采访，我都写了中篇报告文学发表。后来我又受群众出版社之约，三赴荆州，将小北门派出所破获抢劫团伙案扩写成一部长篇纪实文学出版。1998 年长江大洪水，公安部宣传局与群众出版社又约我采写湖北公安消防总队在簰州湾溃口后进行了生命大营救的事迹，写成 6 万字的中篇报告文学。

几次深入到公安干警中采访，我一直处在一种激动之中。这些祖国的优秀儿女，这些可爱可敬的人们，他们为了保卫人民的生命财产，为了社会主义建设的安定与繁荣，为了人民生活的幸福与安乐，日夜都在奔忙，都在战斗。他们没有节假日，他们与犯罪分子斗智斗勇，他们没日没夜，狠狠地打击着各类犯罪分子。他们不怕流血不怕流汗甚至不惜牺牲自己的生命，他们是人民的保护神。特别是在采访湖北公安消防总队总队长、一等功臣李金文时，我被他的那种救人民于水火，“要死我先死”的大无畏精神所感动。这样的好人们，他们做的大量工作，他们作出的奉献，应该让更多的人们知道。应该说，我们的传媒做得还是很不够的，公安战线还有很多人物与事件没有被写出来，还不被人知道，他们的奉献与牺牲被埋没了。

我有幸成为公安战线的特邀作家与特约撰稿人，我感到光荣，但更感到一种责任，要写好人民的公安干警，要歌颂他们中的英雄，要让全国人民爱护这个战线的成员。否则，我会觉得不安，那是有负于干警们的信任的。

“白日见鬼”说

近日整理剪报，看到这样一则文字：《语言大典》厚厚的16开本两大册，4600页。我想，这词典若是烫金精装，竖在书架上，可谓煌煌然也！但其定价怕也要普通工人半月的工资数。看该典内容，我却默然，忍不住要说几句。

有读者从这“大典”中随意抽样挑出一个“四”字，其释文为：四年：为其四年；四大威胁：任何四种威胁力量；四开本：一张纸裁切成四张后尺寸，又指这一大小的纸或书页；四点：扑克牌或者骰子上的四；四壁：用东西把（房间的）墙壁遮住。

另有词条其释文为：谈恋爱：特指散步时求婚；菜单：菜单上的菜。当我看到“白日见鬼”的词条的释文为“大白天看见鬼”时，不由笑得把刚喝到嘴里的一口茶喷了出来。白日见鬼，我在我的书桌上真是大白天见到鬼了。

平时闲逛书摊书店，前些日子逛在武汉举办的全国书市，看到我国的辞书出版业是大大地繁荣起来了。那一本本像砖头厚烫金精装辞典，豪华辉煌，摆成一排排的在架上傲然示人，真使我肃然起敬，恍如面对着一座座知识文化的高山，深感自己的渺小。据说辞书词典类销售得不错，其品种类别五花八门，齐全得似乎一切学问都包容其间。使得搞研究做学问的人大可不必再去苦思冥想，你搞的那一套这些厚得像砖头的典们都有，你只要买上一本与你的专业有关的“大典”，一切都是现成的。

在各种各样的典们面前，我很彷徨，因而我的书架上除了几种已有定评的辞书外，其他的典我很少买，也不去列在书架上给自己增加压力了。现在，我很有点庆幸自己的做法，假如我买了像《语言大典》这样的东西，而且去翻它，那我不是大白天见到鬼了?!难道我就不知道四年、四点、四壁等词意么?!难道我就不知道谈恋爱、菜单的解释么?!

书摊书店书市，不仅辞书大典之类的出版物中有白日见鬼的东西，其他的出版物白日见鬼的东西也很多。出版体制的改革，我国的出版事业正朝着规范化法律化的方向发展，在其发展的进程中，泥沙俱下是免不了的。剪刀加浆糊，几个人加几个班就可以编出本书来。高小毕业初中毕业文化程度的人，能够编出语言学者和其他专家终其一生才能编纂出的大典来，这类出版物不白日见鬼就不正常了。

在社会的转型期，假货劣货见空子就钻，充斥市场，打假打劣的斗争不断。辞书及其他出版物的出版过程中，也要打打假打打劣，把那些貌似庞然神圣厚得吓人在华美包装之下的假货劣货，从架上拉下来，让其轰然倒地，扔到茅厕里去作解手纸。

关键在于读者要有一双识别鬼魅的眼睛，让“白日见鬼”见鬼去吧!

节水模范贾平凹

水是一种资源，这资源在中国的分配，是极不平衡的。多水的南方，江河湖泊多，人们把水不当回事，谈不上珍惜，如遇汛年，比如1998年的大抗洪，人们对水就是诅咒与痛恨了，那时希望水少一些方好。

但是，中国西部的一些省份，那里的水奇缺，别说种庄稼用水，人畜饮水都困难。西部一些地方贫困，与缺水关系很大。为了水，人们苦苦煎熬，攒下一点雨水，人饮用牲口饮用，用场多啦！为了争水源，村与村发生械斗而流血死人，小说和电影《老井》说的故事一点都不夸张。

除了西部外，我国还有一些城市也缺水，北京、天津，那水的使用就得要十分的节约，浪费不得。国家有南水北调的大工程，把湖北丹江的水利用渡槽和运河的形式调到京津，那花费那艰巨是可想而知的。我曾在湖北枣阳看到过调水的渡槽，大地上许多的水泥柱子托起长龙一般的流槽，遇到低洼的地方还需要用动力把那水提升起来。

据媒体说，我国缺水或严重缺水的地区的比例是很大的。节约用水，我们为什么不多提倡呢？

节约一粒米一分钱的口号我们很久没提了，节约一滴水的口号是不是应该再提出来呢？我写以上文字是缘于作家贾平凹的一件轶事。那文章好像说平凹小气，朋友进卫生间拉尿，贾平凹也跟进去了。朋友拉完尿准备拉水箱冲厕，平凹即拦住，也上前挤出一泡尿。完了后，平凹喊客厅其他朋友，叫他们有尿快进来拉，完了他好拉水箱冲洗。拉一泡尿放一箱水冲实在是太浪费了。别人笑贾平凹小气，我却笑不起来。因为我自已有些生活习惯与平凹相同。这放水冲厕所的习惯就与他一样。我还经常用桶子把洗衣机漂完衣物放出来的水接起来，留着冲厕所。为什么不这样呢？恐怕不是为节约那几个水费钱，而是因为水，即使是一桶水，也是资源啊！

在不影响生活质量的情况下，能节约而不节约是不好的习惯。从作家贾平凹的这件轶事，我认为贾平凹是节约用水的模范，我们应该向他学习。

不要活得太累

首先声明，我这篇短文所说的“累”，不是那些为了民族、国家、人民的强大与富有而勤奋工作忘我劳动的累。这些人民的公朴、民族的脊梁之累，是值得我们永远歌颂的。

我这里所说的累，是另外一种类型的累。

比如说，我最近读到一位青年作家的创作谈，他说：“目前，我过着一种比较舒适的生活，有条不紊地写作使我活得不是很累。那些活得很累的人，都是一些志向远大的人，他们想要的东西太多，不能不累。再说，累一下也是应该的。”

再比如说，我时常听到周围有些人说“我活得太累了”，说这些话的人们我是了解的，他们所说的累，决不是为了民族与人民的事业干得太累，而是另一种累。是一种自己感觉到很累的累，是那位青年作家所说的想要的东西太多而引起的累。简单些说，就是一种精神上的疲乏，心理的劳顿。这些人所说的累，与民族的兴盛强大关系不是很紧的。

干嘛活得太累呢？太累，自然是想要的东西太多。熬了几十年，官阶总要一级一级地往上升，升到能住大房子能坐小汽车的光景，还不满足。涉足商海的，拼命地扒分赚银子，5 位数 6 位数 7 位数地积累，不当个亿万富翁不罢休。当名星的，希望自己红得发紫；搞艺术的，希望自己得尽天下大奖。这些人渴望自己报上有名，电台有声，屏幕有形象。目标的追求是永无止境的啊，就日复一日，月复一月，年复一年地苦心经营，殚精竭虑，冥思苦想，上奔下跑，走门子，献笑脸，费心血，下力气，可怜见的，这还有不累的么！头发累白了，腰累弓了，皱纹累多了，人也老了。老了还不算，哪能停息呢？还要为儿子辈孙子辈累呢！为儿孙弄套好房子，找个好位子，攒多些票子，或是送到国外，找个好前程。这些人是真累啊，但想一想，也就觉得他们是应该累的，他们不能不累。

你想要获得的东西太多了，你就默默地去干去，你就不要叫累了。你想不累，过得轻松些，过得舒适点，你就清心寡欲一点，除了自己必要的东西外，其他的东西则少要一些。这就是有得必有所失。

“累”字在《新华字典》上的解释是：疲乏，过劳。这个疲乏过劳我想恐怕是指体力的。有的人干得很多，体力上确实疲乏过劳，但精神上却轻松快乐，一点也不感到累。有的人干事并不多，体力并不疲乏过劳，精神上却长期处于紧张疲惫，感到很累。精神上的疲乏过劳，才是真正的累。世界上的好东西太多太多，人的欲望呢，也是太多太多。而人生有限，这些好东西是要不完的，而人的欲望也是永远满足不了的。再说，那些东西，有时并不是你想要就能得到的。有时你并不想要这些东西，而这些东西却偏偏又给你送来了。这也真是一个奇妙的规律。人在任何时候，都不要让自己活得太累，有规有律地过日子，快快活活，轻松愉快，活得不累的人，也并不是得不到好东西的。

我说的那位青年作家，我是读过他不少的小说的，他每年的产量不低，档次也较高。他说他舒适，不累，是因为他在有条不紊地写，能成则成，成不了再来，精神没有非弄一个获诺贝尔文学奖的负担，所以他很潇洒。

人生是短暂的，活得潇洒些，活得快活些，不要太累，是何等的好啊！这不是不要社会责任，这是将社会责任包容在活得轻松活得不累之中了。

不妨来一点阿Q精神

鲁迅先生写了篇伟大的《阿Q正传》，概括出了国人的一种精神，即精神胜利法。鲁迅先生的笔如刀如剑，把国人潜意识中的这种劣根性挖掘得赤裸裸地令人心惊。先生的用意在于揭示这种精神是误人的，甚至是误国。先生是哀其不幸，怒其不争。但先生也并没有将这阿Q精神一棍子打死，毕竟是人民内部矛盾，批评教育为主么！

半个多世纪过去了，中国人中的阿Q精神绝迹了么？没有没有，阿Q在我们生活中处处存在。当然我们也在不断地铲除，不断地矫正，使人们的心理更加坚强和正常化。但是，让我们生活中留一点阿Q精神，在必要的时候当一回阿Q，是不是可以呢？这个想法早就有了，可就是一直不敢说。

近读到一篇小文章，好像是与我的这种想法相同。而且文章从生理和心理健康的角度论述，证明阿Q精神有那么一点是有益的。生活中，我们会常常遇到不如愿的事，遇到不可更改的事实，遇到比自己强大得多的力量。怎么办？如果认真下去，既改变不了已存在的事实，也把自己气死，有损身心健康。

比如说，评职称，可能业务比你差的人评上了，你自己却没评上；再比如说，当官，能力比你差的人提升了，而你却在原地踏步，一个副职当了半辈子，心理不平衡，气就不顺畅。怎么办？你去要，别人不仅不给，还会说你这个人伸手要，下次仍然不会给你。如果生闷气，你会气死，至少要生一场病。假如这时有阿Q精神，问题就能解决了。算了算了，有什么了不起，你的运气好而已。我的业务能力和工作能力比你强，今后还有机会的。饭照样吃，觉照样睡，心理上的不平衡会慢慢变得平衡起来，有的人运气比我还差呢！

我这人不喜欢阿Q，有时候也很认真的，像个血性汉子。但随着年龄的增长，我有时也学学阿Q，觉得似乎也不是什么坏事。那年上武当山，和一个作者在一起，我们从南岩上了一辆旅游车，武当山这样的旅游车有好多，我们的住地在紫霄宫。上车后，我买了两个人的票，钱给了司机（无售票员），他没撕票给我。车到紫霄宫时，我们下了车，找司机要票，因为我们的车票是可以报销的。司机个头大，长了一身的横肉。他跳出驾驶室，撕了两张票给我，顺手给了我一拳。我大叫起来，你为什么打人？还有王法没有？司机笑了笑说：这里我就是王法，你不服气，还想吃拳头么？我看到车上一车人都没谁做声，而与我相伴的那个作者，早躲一边去了，大气不出。我只好噤了声，忍住了心中的火气。我打不过他，说不准他还会几手武当拳的。“这个狗日的司机，儿子打老子。”我在心里学阿Q，灰溜溜地回了招待所。这是我永远记住的一件事，我在武当山当了一回阿Q，没有和那个家伙拼命。与他拼命不值得，与他生气，只会对自己的身体有害。我就在心里骂他，在这文章中骂他，说儿子打老子，搞个精神胜利法，事情也就过去了。

我写这篇小文章，决不是提倡阿Q精神，也绝不是反对鲁迅先生的《阿Q正传》。我只是说，人生偶尔来点阿Q精神，大约不会坏大事吧！现在写出来，以求教于各位朋友。

《包青天》与“包拯”读错字

近些日子有好几家电视台在播放电视连续剧《包青天》，我估计收看率决不低，连我这个不怎么看电视剧的人，也连着看了几集。这部电视剧什么机构拍摄，其中的演员叫什么名字，我不怎么关心。我感觉演包公的那个演员的演技似乎还不错，那种正义、铁面无私为民做主的性格基本出来了。包拯，封建社会的一个清官，在民间流传了将近千年，他的许多故事在百姓中并不陌生。他是正义“清廉”公正的化身。当人们受到冤枉和苦难时，都会情不自禁地呼唤青天大老爷，呼唤各个时代的包公。

所以包公戏，总是不缺少观众的，虽说演了数百年，仍不衰竭。而最近放的《包青天》中，我还看到加进了不少的机关布景，那人能飞能变，格斗起来，声光电色的都用上了，更是好看。

但我这篇小文要说的，却是我在看这部电视剧时，发现的一个小问题，这问题很小，可能不注意的观众没有发觉。可我确实发现了，这里写出来，但愿不是吹毛求疵。

那天晚上，我们一家人看《包青天·青龙珠》，看到“包拯”正在痛斥那个坏人“王干”时，“包公”抑扬顿挫，振振有辞地大声说了句你这个“奸妄之人”。

我们一家三人，一个是作家，一个是中学语文教师，一个是初中三年级学生。我们听了“包公”的话，面面相觑。过了一会儿，我问那个中学生与语文教师，他们都说是听到“奸妄之人”了。这时，我们笑了，显然是“包拯”读了错别字，把“奸佞”读成“奸妄”，使一个好端端的清官形象，开封府的大老爷，变成一个文化不高的工农干部。遗憾，遗憾！青天大老爷啊，你怎么能把“奸佞”读成“奸妄”呢！

是的，演员不是教师，可能会有读错别字的情形。我曾写过小文章，谈电视、电台播音员读错别字的情况。但是现在我要加上电视剧演员了，特别是像“包拯”这样的人，读了错别字，影响就更不好了。我这里诚心提出：希望“包拯”在“办案”之余，常翻一下字典，尽量少读错别字。

谁也免不了读错别字，我这个有点吹毛求疵的人，也经常读错别字。但演员、播音员读错别字就不一样了。

“闻腥即止”精神说

近日，在湖北咸宁温泉，与温泉开发区一位负责同志同桌吃饭。不知谁谈起今年年关期间，一些单位的车辆忙着给有关领导和部门送年货的事，引起了开发区这位负责同志的感慨。这位负责同志是当通讯员出身，他说起了60年代他给地委某领导当通讯员时遇到的一件小事。

那时地委领导只有吉普车坐，领导、通讯员和司机3人一起下去，到鄂南各县检查工作，布置任务。每到一县，除了工作外，吃饭住宿，按规定交钱。那也是临近年关的日子，领导特别嘱咐过了，不许接受任何单位任何个人的任何礼物。在蒲圻县时，当地同志悄悄放了6条鱼在吉普车的后面，然后悄悄告诉司机与通讯员，这是给他们带回去过年的，每人两条。司机和通讯员要当地同志拿走，当地同志坚决不拿，并说：“这算什么，鱼是我们自己的，又不是什么贵重物。”司机和通讯员无法，只好接受。第二天早饭后，他们离开蒲圻回地委。车开后不久，领导皱了皱鼻子，闻到了一股腥味，不对头！他立即命令司机停车，说车内哪来腥味，这是怎么回事？司机和通讯员瞒不住了，只好如实汇报。领导当场把他们批评了一顿，并让车马上掉头，把鱼送还给蒲圻的同志后，才回地委。

开发区负责人讲完30多年前的那件小事后，满桌人都没做声。我沉默了一会儿，问道：这样“闻腥即止”的领导今天还有没有？

半天没有人回答我。最后还是开发区的负责人回答了我。他说：这样的领导肯定是还有的。我从他的回答里听出另一层意思：但这样的人太少了。

现在的风气是，不论你是领导干部还是一般干部，只要你手中掌握了一部分权力，这权力能控制一些部门和个人，那么你下基层，必定是前迎后送，陪吃陪喝陪玩，离开时，大包小包的礼物或纪念品早塞满了你的车后盖下的空间。即使你不下去，节假日时，也会有人把礼物给你送到家里来的。虽说有关方面三令五申，禁止请客送礼，但一些地方却照行不误。如果出现了某个干部拒收礼品，或是将别人送的礼品交公，那就视为不正常了。别人可能会说你是装姿态，捞资本，而新闻媒介还会宣传报道，觉得这是了不得的事情。其实是完全没有报道的必要的。不拿群众一针一线，是毛泽东同志早年就制定了的共产党人的纪律。不收礼物是应该的，有什么先进可言，还值得报道?

温泉开发区负责人讲的30多年前的小事，我称其为“闻腥即止”精神。我们的干部和一些领导，缺少这种闻腥即止精神久矣！送礼是行贿的前奏，收礼是受贿的起步。而闻出腥味，马上警觉，及时抵制，是拒贿的先声，是反腐倡廉的最有效的预防针。这次送你两条鱼，你收了，下次送你一台电视，你也收了。再下次，他会送你现金美元，你收吧，最后你会被他送上法庭。闻到腥味时，要赶快止步，像30多年前的那位地委领导一样，把两条鱼送回去，这样你才不会掉落进腐败的泥淖里。

“闻腥即止”的精神，是了不起的精神，是每一位共产党员干部应该拥有的精神，在反腐倡廉的今天，这种精神更加难能可贵。

我真希望在我提出“这样闻腥即止的领导今天还有没有”时，有许多人异口同声地回答：

“有！有！这样的干部和领导在今天有很多。”

而不是沉默。

思索的快乐

除了傻瓜与神经系统有严重疾病的人，凡正常人都会思索。会思索也是人类与动物相区别之处。人类的发展，社会的进步，文明的形成，都是思索的结果。人的大脑的重要的作用就是思索，如果长个脑子不思索，也就与动物无异了。正常人都会思索，也都在思索，但思索是有高低之分、简单与复杂之别的。人的创造之大小，科技上学术成就的高低，都是与思索紧密联系在一起的。平凡简单的劳动者，他们的思索是与科学家政治家艺术家的思索不一样的。一个人只会思索他的衣食住行，是简单的低等思索，一个人能思索新问题寻找新领域，思索他感兴趣的一切复杂事物，并且锲而不舍，是高等思索。高等思索就有高等的收获，他在事业上就有大成就。

能思索，思索着是快乐的。“思索吧，思索能引人人胜。”19 世纪俄罗斯的大评论家车尔尼雪夫斯基这样说。

思索能使人进入到一种境界，这种境界是逐步清晰而美妙的。开始思索，只见一个大概的轮廓，若再进一步细细思索，将那轮廓的细部都看得清清楚楚。遇到某个难点，碰到某处障碍，苦苦思索，难以解决，连续不断思索，越不过障碍，还是要思索下去，不可半途而废。就不断地攻坚吧，思索难点就像攻打一座久克不下的城池。退一步思索，换个角度思索，正面进攻，迂回包抄，突然地，火光一闪，那难点那障碍的症结露出端倪，再一进击，问题迎刃而解。难题的解决，方案的形成，对于思索者来说，都有一种由衷的欣喜，一种获得的快乐，一种圆满完成某件任务后的愉悦。

世界是复杂的，生活是多种多样的。思索也是有一定的条件限制的。有从事简单劳动的人，却能思索出高等的东西来，从平凡岗位上走出的科学家政治家艺术家，例子举不胜举。也有在重要岗位上工作的人，由于懒于思索，一辈子平庸地过去了。也有一种情况，本来有才气，上进心也强，但他从事的工作是机械性的，不容他有半点疏忽。他愿意思索．但他的工作实在是不容许他去思索，他无时间，没办法思索，他的才智与创造的火花，就淹没熄灭在日复一日的机械性劳动之中。这种人在生活中是有许多的。

思索是快乐的，但愿意思索而又没有时间和条件思索的人，是痛苦的。

我所认识的一位老编辑，是有很高的创作才能与天赋的。但他从事的是编辑工作，每天每月都有那么多的稿件要看，又要接待作者辅导作者，又要参加各种会议，又有那么多的书刊报纸要读，因为不读，就无法更好地了解这个世界和时代，办不好刊物。上班干这些事，下班后又有作者来找，还有家务事，还有在班上没干完的事拿回家做。他心里积存了不少东西要写，真想找个安静的时间和地方好好地思索一番，寻找一个角度，碰撞出灵感的火花，把心中的作品写出来。可他就是找不出这个时间，刚想思索，刚想坐下来动动笔，又有其他的事情找来了。几十年都这样过去了，他多想安静下来好好思索好好地写东西啊！后来，他从编辑岗位上退下来，他摆脱了行政工作，放下了抓稿件培养作者的担子，时间属于他了，他有了整块的时间思索，他感到十分的快乐。他以每年一部长篇小说的速度出版了他思索的成果，他的创造才能到晚年得到了充分的发挥。

我们应该对那些为了事业而牺牲了思索的快乐的人，表示一种尊敬。

思索能引人入胜，脑子经常思索，会越来越灵，思想也会越来越活跃。经常思索的人，生性愉快、豁达，生活里充满了阳光，热爱世界，健康长寿，会少走弯路，少跌跤。

世界因为思索的人多起来，会变得越来越光明。人因为思索，会变得越来越聪明。

“中国文坛第一拍”与点子与广告

在报上读到一则消息，开始有点不理解，甚至觉得当事人不是疯子，就是神经有毛病，后来与“点子”联系起来想，就觉得很合理。某地有一位“著名作家”近来创下个奇迹，他的一篇散文、一首诗、一部短篇小说、一部中篇小说、一部长篇小说5年的使用权被当地的几个企业单位、商业单位买去，共卖人民币42.4万元。其中一篇散文8万元，一首诗6.6万元。散文写得如何没有透露，而诗呢？据介绍题目为《悟》，诗句只有两个字：“……来/去……”两个字6.6万元，平均每字3.3万元，这价码是否创造了世界之最我不敢说，但在中国是创造了天下第一的。所以在拍卖场上高悬的280平方米的巨幅上所写“中国文坛第一拍”倒没吹牛，可谓名副其实。呀呀呀，我辈写了20年30年40年50年诗的诗人，着实惊讶惭愧，这两个字这么值钱么？我们写了那么多诗，如果细挑一下，挑个10首8首与这《悟》不相上下的诗还是不成问题的。为何我辈的诗即使发在中国最权威的《诗刊》杂志，还被转载被翻译到海外，而稿酬无论如何也超不出1元钱一个字呢？这是运气呢，这运气为何没被我辈碰上？

据报道，“中国文坛第一拍”是由某地的十几家企业单位与商业单位鼎力协办的。买去这个“著名作家”作品5年使用权的单位为的是什么？是为了支持文学吗？但他们为什么只支持这一个“著名作家”呢？是买去创造经济效益吗？不可能。那么，这些单位不是亏了吗？他们是傻瓜是疯子是神经不正常？不，他们既然是搞企业搞商业的，没有赚头没有利益的事他们是不会干的。他们到底是为什么？这好像是个谜，但若一联想到“点子”的作用，这谜也便好猜了。我认为，所谓“中国文坛第一拍”是个点子，是个哗众取宠的广告行为。

试想想，这么多个企业与商业单位花了钱买“著名作家”的作品，每家出个几万十几万元的，也不多。拍卖时声势造得不小，再把当地大小新闻单位的记者请到，再冠以“中国文坛第一拍”。成交了（我认为这是个形式），传媒就纷纷报道。因为这事情有点离谱，必定引起人们的好奇与争议。有争议，那么全国的许多大小报刊就要转载转摘，从而使得这事情越传越远，而花了钱的企业、商业单位的名字也就传远了，这比他们花几万元十几万元做个广告的效果要大得多。这实在是个好点子、金点子呢。

但是我写这篇短文，只是就事论事。别的报上都把这“著名作家”的姓名及购买各个作品的企业及商家的名字都写出来了。我就偏不写，连这事发生的地点也不写，我才不愿再炒他们一次，为他们作广告呢！

最后我也出个点子：我家乡的村子正在修小学兴文化，他们找我弄钱。我收入不高，只能自掏腰包表示一点心意。但我有不低于《悟》的水平的诗。我愿将我的诗以千元一首卖出，哪个企业和商家愿买，请与发此文的报纸联系，我卖的钱将全部捐给我家乡的村子修学校。

我知道我这个点子不高明，是学别人的么！

别去包装牛粪

“包装”一词，查《辞海》有两义，一指盛装和保护产品的容器；二指包扎产品的操作活动，两义颇相近。近期，我们生活中使用“包装”这个词的频率很高，也很时髦，但多与经济行为联系。有朋友来电话，问他忙什么？他说他正在为某企业和老板搞包装。怎么个包装法？他说，你这都不懂呀，就是造舆论做广告，使其在社会上有个好形象。这个我怎么不懂呢，我说这不就是出版社给某作家搞包装，穴头或是音像公司给歌星搞包装么？给企业和老板搞包装就是这个意思吧！朋友说，Yes！

我却立即想到关于包装而引起的不舒服来。某次参加座谈会，所获纪念品有一盒卡拉OK音像带，包装漂亮极了，塑料盒子，歌星的彩照印在上面，外有一层薄膜覆面，盒子上印有8首歌曲的名字。我很高兴，拿回家放着，在一次朋友的聚会上拿出来卡拉一回，结果电视上只见麻点，不见图像，虽有音乐，却只一首曲子，令我十分的尴尬，朋友说：水货。而这却是在这家音像出版社社长在场的情况下，发给大家的。

发现一双式样很好的皮鞋，鞋盒也很漂亮，印有中外合资生产的字样。买回来，穿了不到一个星期，鞋帮裂口，鞋底翻卷得像西瓜皮。给厂家写信，杳如黄鹤，我只好苦笑，骂了声：骗子！

再一次，在公共汽车上，见一打扮时髦漂亮的女郎，金项链金耳环，艳丽的服装，皮鞋跟高而尖，站在那儿，亭亭玉立，引一车的男人注视。车子开动，一农民打扮的人不小心撞碰了她一下，她立即一连串地骂出：“×××，××××！”字正腔圆的武汉话，好倒人胃口。

我举出这三件因包装而引起不舒服的事来，目的并不是要诋毁上面说的给歌星给作家给企业搞包装的做法。我是想说，包装是包装，内容是内容，我们不能一味地迷信那漂亮豪华的包装而上当受骗，我们应该看重内容。内容的真实与漂亮的包装统一起来，才是好货。内容是假的劣的，包装再漂亮，只能骗人一次，第二次就骗不了啦！

我国音乐界的权威徐沛东有句论包装的话说得很好：牛粪再怎么包装也是牛粪，乌金不用包装也是乌金。

包装这词在我们的生活中出现得多了，并不是坏事。好的东西有好的包装，是好事，可以提高人们的购买欲。只是我们的出版社、音像公司以及善于给人搞包装的朋友，千万别去包装牛粪。如果为了几个小钱而昧心去包装牛粪，你自己也会弄得满身牛粪臭的。

不要凑热闹

曾几何时，一个“炒”字在我们生活用语中出现的频率很高。炒歌星影星，炒文坛大腕，炒某部作品或电视剧，一时闹闹嚷嚷，各种新闻媒介紧锣密鼓，其热度几至沸点。

究“炒”字其意义，是将某种食物放在铁锅里翻动搅拨。这里有很重要的两个因素，一是必须有人操纵，就火候因势利导方能达目的，否则那食物将成一块焦糊；二是必须要有大火将铁锅烧热，无火，那铁锅是冷的，也难以将食物炒熟。

再看看我们现今生活中的“炒”。文坛之炒作家炒作品，这里不说，只说炒歌星，而且仅只说炒港台歌星。港台歌星到大陆唱支歌，一夜能赚百万元，而且不交税。大陆本来只有极少数人富，大部分人还不是大款，何以这些歌星能赚这么多钱，唱一夜的歌，能比上一个教授干一辈子的收入呢？这是因为炒，你把他炒热了，他要的钱当然多。回想当年，他们能登上大陆舞台演唱，就光荣得不得了，哪里计报酬。好了，现在你请他来，这个城市请，那个城市请，这个城市一张票卖到200元，那个城市就卖280元，有的卖500元，据说重庆市竟卖到1000元一张。他真的值那么多？非也，是你炒他，心甘情愿将钱送给他的。这就叫作贱，贱了自己。

分析对港台歌星的炒，还是两个因素。一是操纵者，那些专门组织这类演唱会的公司什么的，他们搞这些活动，卖门票，拉赞助，大赚其钱，就越干越有劲。二是追星族观众，你的热度高了，去买高价票，去送花，去破着喉咙叫好，去疯狂地跳到台上与歌星亲吻。这些人把火烧得很旺，那锅也就越烧越热，歌星也就被炒得发烫。而最后呢，歌星赚了钱，组织演唱会的穴头们赚了钱，而追星族和观众们，掏了钱。

中国人多，人多就喜欢凑热闹。那些追星族，那些花几百元钱买一张票的观众，就是一群喜欢凑热闹的人。我在这里说句不恭敬的话，喜欢凑热闹的人，基本上是些层次不高的人，头脑容易发热的人。想想看，歌星演唱，不就是那几首歌么？你想听，买盘磁带，可以天天听。还可以坐在家里，从电视里看那些演唱者，既舒服又安静，何必到那上千人的场子里去，看又看不清，听又听不明，赶那个热闹干嘛呢？留得那买门票的钱，去买几套衣服穿穿，或是买几本书看看，甚至还可以去给希望工程捐款呢！

我们不要去凑热闹。现在凑热闹的人是越来越少了，观众有了觉悟。不是说港台歌星在南京演唱失利，百元门票只卖 10 元，还卖不出去吗？在郑州就更惨了，演出时观众很少，而门票已降到 5 元一张了。

我们不要凑热闹，凑热闹的人越少，让那歌星在冰冷的锅里热不起来，让那些操纵者无处发财，让他们破产！

电视与文明

我们应该十分肯定地说：电视的普及，对推动人类文明的进步，起了巨大作用。文明也即文化，是靠传播来推动来提高的。电视是一种传播媒介，试想一下，目前有什么传播工具能超过电视？

回答是肯定的，没有！文字、图画、声音、表演等等，从单个比较，都不如电视。电视将文字、图画、声音、表演等等综合起来，是一种全方位的，逼真而又快速的传播形式。我们读文字，首先的条件是要识字，然后要许多的书刊报纸；看图画，就要画幅和画册；听声音，要收音机和音响；看表演，你要买票进剧场。读文字时就仅仅是文字，看图画仅仅是图画，没有动感，听声音只有声音而没有图像，看演出倒是既有声音又有演员表演，但如今星们的演出票价太高，工薪族哪里买得起。还是电视好，就放在自己家里，想看时，舒舒服服往沙发上一坐，打开电视机，文字图画声音表演都有了，你想怎么看都可以。电视的频道多，节目也多，这节目不想看了，再换一个台，一天 24 小时，总是有东西供你看的。你不想看了，关上就是，没人干扰你。电视是多么好啊！

电视的普及，使得这种传播媒体的覆盖面大得没有边沿。电线拉过去，建个转播站，就能收到电视了。电视对文明的促进，最明显最巨大是在乡村。中国幅员辽阔，乡村的面积和人口所占比例很大。长期以来，乡村是闭塞的，农民埋头耕耘，没有机会接触外界信息。报纸看不到，村里订的报纸可能被村干部拿回家糊了墙。电影有时去放一下，都是几部老片子。演出呢，更是难以看到了。外面的世界是个什么样子？城里人怎么生活的？楼房有多高？火车是什么样子？外国人长得是否青面红发？这些对于那些一辈子没走出过山里的农民来说，都是个谜。改革开放了，农村都有了电视了，啊，外面的世界多么精彩！电视给农民带来了多少信息，农民通过电视了解了多少新鲜的东西！他们的眼界提高了，胸怀变大了，政策通过电视传到他们耳里眼里，致富开发。农民走出了山村，农民闯到城里，少数在城里站住了脚，也能像城里那些人一般生活了。落后闭塞的乡村进步了，农民与乡村文明有了飞跃进步。这一切，除了党的政策，电视难道不是一大功臣么？电视的传播作用功不可没。

人类文明在不断进步，将来是否会有比电视更先进的传媒工具，暂时不去管它。我要说的是，就电视产生以来所起的作用与影响，我愿高呼电视万岁。真不敢相信，我们今天的生活里，突然没有电视，将会是一种什么情况。对于中国老百姓来说，电视是他们生活中不可缺少的一种需要。就像不能缺少的吃饭、穿衣、睡觉一样，人们不能缺少电视。

电视有没有负面作用？有专家曾写过文章进行了讨论。如电视文化的泛滥，使人们对高深一些的文化失去兴趣，电视培养了人们的浅表思索，缺少深沉。我想，即使这些负面影响存在，但弊比起利来，则是很小很小的了，只要加以正确引导，是会得到矫正的。

电视，人类文明进步的功臣，实在应该为你写点颂歌了。

儿子的压岁钱

年底，以儿子的名字存的600元定期存款到期。这钱是儿子过年得的压岁钱，儿子嘱咐我：爸，再帮我存起来。

小时候在乡下，过年时我也得过压岁钱，但哪有这么多？那时一年能有十几元的压岁钱，就是很阔绰的了。这是一笔不小的进项，我就用它来买笔买本子，跑十几里路到镇上新华书店买几本爱看的书。这一年家里也就不再给我零用钱了。

给儿子谈这些时，他沉思一会儿，说：爸，你们那时候是够苦的，不过现在好了。我们班有个同学，去年她爸带她去给几个人拜年，她总共得了3万元的压岁钱。

儿子说完，我和他妈都很惊讶。儿子的脸色倒很平静，那上面并没有羡慕和向往的神情。显然，儿子是漫不经心地说出来的。我放心了，那一刻觉得儿子长大了，有自己的头脑了。

儿子还是个初中生。

我老家的亲戚大都在乡下，儿子的外公外婆舅舅姨妈在城里，但也都是工薪阶层，收入都不高。每年过年，儿子在城里给各位长辈拜年，能收到几百元的压岁钱就不错了。农村的那些亲戚是没办法给儿子压岁钱的。儿子收到钱，过完春节，就上交我们。但是，600元和3万元比起来，相差何其远！

大约是因为我这当爸的影响，儿子比较节俭，一般不乱花钱。我曾给儿子说过一个故事：某亿万富翁使用竹制牙签，总要一折两半，分两次用。这决不是亿万富翁小气舍不得多买牙签，而是富翁一种为人的准则。我生长在乡下，自幼受过困难生活的磨炼，知道乡下人一分钱掰两半用的艰辛。

几百元钱存起来，我问儿子这钱将来他打算干什么？儿子说，将来上大学时用，现在也花不了什么钱。我又问他对他的同学收到3万元钱的压岁钱是什么看法时，儿子说，她的压岁钱是别人给的，她爸爸是个官。用自己的劳动获取报酬才是真本事。再说要那么多钱，怎么花呀？

15岁上初中三年级的儿子啊！他说这话时很自然，很平静，可我眼中甚至要涌出泪花了。儿子，我会帮你把几百元压岁钱存起来的。钱虽然少，但我看重的是儿子你对人生的认识。我将把它作为一笔珍贵的精神财富存入我的记忆之中。

儿子与电视

十几年前，妻患病住院手术，我来往于医院，一日送三顿饭并兼任护理。儿子当时只3岁，我从乡下把母亲接来照顾儿子。母亲按照乡下的习惯，对城里这个孙子疼爱是疼爱，但不去多管他，让他自己玩。老人家洗衣买菜做饭，为病人做好吃的东西，成天忙。

那是个星期天，我从医院回家取午饭。走上宿舍楼的走道，只听家家屋里都传出电视连续剧《霍元甲》的音乐与打斗声。那时《霍元甲》在武汉放疯了，家家户户都看。走近我家门旁，我突然发现我3岁的宝贝儿子四肢贴地，趴在隔壁一家门口，从人家的门缝里看《霍元甲》，看得津津有味，身边放着他的一把玩具木刀。那一刹那，我愣了，心里很不是个味儿。儿子，你为了看电视《霍元甲》，竟然这么个姿势，好可怜啦，弄得爸爸心酸。我们家里有电视，但是儿子的奶奶不会开，而且老人家忙她的事去了，全然忘了孙子在干什么。儿子最爱看那些英雄打斗的电视，见了这类电视节目，非看不可。今天的这种看电视姿势，恐怕只有我3岁的儿子才做得出来。我冲动地从地上抱起儿子，几步跨进家门，打开我家的彩电，让儿子舒舒服服地坐在凳子上看，儿子马上就进入电视剧情之中了，看得手舞足蹈，嘴里哇哇地叫着。事后，我问隔壁人家，原来那家人也只顾自己看电视，居然没有发现一个3岁的孩子趴在地上从他家门缝里看电视。

多少年过去了，我总忘不了这件事，每每想到儿子小时候趴在地上看电视的可怜样儿，就有一种内疚之感。因此，我们家看电视，多少年来，总是先满足儿子的要求，让他选择他愿看的频道。小时儿子总是看《动物世界》

《聪明的一休》《忍者神龟》《星球大战》等等。有次儿子坐在小凳子上看《西游记》，突然哇地哭起来了。问他怎么回事，他说唐僧这坏蛋总是冤枉孙悟空，他是为孙悟空受委屈而急得哭起来的。还有一次，电视里主持人向参加知识竞赛的人提问：刚才放的是支什么曲子？那个大人回答不出来。儿子却嘻嘻笑起来，说：连这个都不晓得！我晓得，这是某某电视节目的开场曲子。儿子是天天听熟了，当时他只五六岁。现在，儿子还是喜欢看电视，但喜欢的是足球，能一看就是半夜。对于足球界的各种情况，哪个队的实力，哪个球员的情况等等，都很熟。他都高中生了，学习紧张，凡电视里有足球赛，他是非看不可，我和他妈怎么说都不顶用。儿子和电视的这种亲密关系，看来是从小结下，难以分开了。儿子还喜欢航空知识、兵器知识、舰船知识等等，除了从杂志上看的外，许多都是他从电视上看来的。

电视与儿子，都是我离不了的东西。

而且，自小就在电视文化熏陶下长大的孩子，他们对电视的体验，比我们这一代是要强烈得多的。

翻车、地震与人的素质

碰到熟人 A，向他打听熟人 B 的情况。A 说 B 遇车祸受伤住院。详情是：一辆中巴车翻倒了，B 侥幸从车窗里爬出来，转头就跑。B 边跑边想，中巴车可能马上爆炸起火，那些人非死即伤，自己连点皮都没碰，真是祖宗保祐。没想到 B 在奔跑时摔到山崖下受了重伤，而翻倒的中巴车上旅客遇救，除几个轻伤外，竟然都平安无恙。

我听到这件事时，刚好读到一篇写日本神户大地震的报道。神户地震发生在 1995 年初，无数幢房屋倒塌，火灾四起，死亡人数达 5300 余人。但是，当时从死亡中逃出来的人，并没有丢下城市去逃生。在没有人组织的情况下，自动地投入救人灭火的行动。没有工具，他们用双手扒砖石瓦砾，抢救压在下面的人，冒着生命危险。那些人双手扒出了血，忍着饥饿，只要听到哪儿有呻吟声，就奔向哪儿扒砖石。震后的街上丢弃着俯拾皆是的财物，没有人去动一动，没受损失或损失不大的市民，倾其家中所有，吃的穿的用的，全搬出来救助灾民。避难所里，妇女们主动承担服务性的工作，帮助老人孩子及残疾人。没损坏的私人电话，都拉到街头使用，不论你是打长途短途，都不收费。总之，神户人民在灾难面前表现出来的团结互救精神，是令人感动的。

我把听到的翻车事件与看到的神户大地震事件联系起来，对比一下，说实话，心里很有点不是滋味，从这里，我看出了人的素质问题。就说熟人 B 吧，你逃出后，该转头看看那翻倒的车吧，不说你去从车窗再拉出几个人来，你也该跑到路上拦车呼救才是。你只顾自己逃命，实际你是没危险却成了重伤，也是活该。除了B之外，在生活中我们还遇到过不少不仅不救人，还趁火打劫的事，作为同胞，感到脸红。这种人在神户地震那样的灾难面前，你指望他自发地组织起来救人，那是不可能的。这是一种低素质的人。

当然这种人只是少数。中华民族中，在危险灾祸面前表现出无私大勇，敢于牺牲的人还是很多的。唐山大地震，那感人的事也是很多的。神户地震中，日本人的那种精神是可贵的。不论哪个民族，那种素质高的人所作所为与素质低的人的所作所为是截然相反的。我们要颂扬那些在灾难面前勇敢无私的人，要批评那些自私怕死者。

提高人的素质，是每一个国家、每一个民族共同的任务。

哥伦布的老婆是个什么样的女人

有则外国幽默，说是有人这样问：如果哥伦布有个老婆，他还能够发现美洲新大陆吗？他老婆会说：“你上哪儿去？和谁一块去？去找什么？什么时候回来？我看你们这次航海什么也别想得到！”

500年前，意大利人克里斯托福罗·哥伦布在西班牙女王的支持下，第一次向西远航，企图找到一条通往印度的航道，到达了今天的巴哈马群岛和古巴、海地等岛。接着他又三次西航，到达中美、南美大陆沿岸地带，史称是第一个发现美洲的人。当哥伦布归来时，凯旋的队伍在塞维利亚和巴塞罗那穿过拥挤的街道，为人们展示了无数的稀世珍宝、红种人、奇禽异兽——呱呱叫的斑斓鹦鹉、笨拙的貘和不久在欧洲安家落户的玉米、烟草和椰子。从此哥伦布名声大振，在历史上的地位也就确定了，他的事业到达了光辉的顶点。

哥伦布航海出发前，是否有个女人作他的老婆，尚未有资料记载。但人们可以设问，如果他当时有个老婆呢？他如果有个老婆，她会不会说：“你上哪儿去？和谁一块去？去找什么？什么时候回来？我看你们这次航海什么也别想得到！”

哥伦布的老婆这样问了，哥伦布怎么回答呢？哥伦布愿不愿意回答呢？如果他的回答老婆不满意，又会怎么样呢？老婆也许就拉住他，一把鼻涕一把眼泪地撒泼哭叫：“你不能走，你走了丢下我们婆娘儿女一大堆，谁来管？谁知你这个没良心的会不会找上别的女人？我看你根本就没安好心，家里有吃有穿，你还要往外跑，不就是想扔下我们娘儿吗？要走我们一家都走，不带上我们娘儿们，你休想走。”

哥伦布被老婆闹得没办法了，看着哭叫着的女人和孩子，他只好苦笑着摇摇头说：“我不去了好不好？就在家里陪着你们行了吧！”老婆这时会破涕为笑，上前搂着哥伦布说：“这才是我的好老公呀！”

但是，500 年后我们就没哥伦布可说了，发现美洲大陆的可能是另一个人，哥伦布也就没有成功和荣耀了，历史是另外一种写法。

如此说来，女人对男人的影响是何等的重要啊，她能使男人平庸，一事无成。

但是，如果反过来说，女人就不能使男人成功，到达光辉的顶点吗？我说：如果哥伦布有个老婆，他也能够发现美洲大陆。

他老婆会说：“你放心地出去吧，家里事你不要管了，儿女们有我照看呢！你要挑选几个好帮手，去寻找宝贵的东西，你一定会成功的，祝你平安！”

哥伦布受到老婆的鼓励与支持，一鼓作气西航，终于取得了巨大成功，发现了美洲大陆。关键在于哥伦布的老婆是个什么样的女人。

《幸福》杂志有个“男士观点”栏目，要求从男士视角出发，谈对女性的选择等问题。我想，一般男士都不会去选择那种爱问“你上哪儿去？和谁一块去？去找什么？什么时候回来”等问题的女性的。这种女性烦人，你说她是关心你么，不是！她是不放心你，是要把你控制在她的手心，使你干不成什么事。其实这种女性也许不太坏，但是不讨人喜欢，是败事的根子。

男士们会选择那种鼓励哥伦布远航，相信哥伦布一定会成功，并且默默地祝祷和等待哥伦布回来的女性。这种女性可能本事和才能都不出众，但她有理解、相信男士的一颗心，并全心支持男士，这种女性是可爱的，她是成事的保证。

哥伦布如果有老婆，关键是他老婆是个什么样的女人。

假医、假药和假医药广告

我大学同学的女儿，十三四岁，患淋巴癌。我这个同学荒了学问，变卖家产，带着女儿治遍了国内的医院，女儿终于还是死了。同学说起爱女的死，悲痛欲绝，我也陪着流了半天泪。我的作家朋友中，有几位五十岁还不到，患癌症死去，大家参加追悼会时，也是唏嘘不已。本来，生老病死，是自然规律，无话可说。我们只是惋惜那些英年早逝，本可以再活一些年的人。但没办法，大凡患了不治之症的人，医院虽说尽了全力，还是不能挽救其生命，我们只有悲悼了。癌症和其他一些绝症，全世界都没有办法，人类在这些绝症面前，暂时是束手无策的。

和几个朋友议论此事时，却有朋友说：不对，你应该去看看时下的医药广告，你会觉得你说的话是站不住脚的。癌症，癌症算什么！那些贴在车站、码头、电线杆上的广告，那些登载在大小报刊中缝、杂志尾页的广告，所说的医术和药品，或祖传秘方，或最新发明，或独家生产，或个人专利，什么病都可以治，什么病都可以医，别说癌症，连艾滋病都不在话下。还有，有气功大师级的发功者，只要对着患者的癌肿块发功，肿块就会消除。你如有朋友或熟人患了癌症，就应去找他们，按广告上提供的地址，或寄上人民币若干元，他们就会给你寄药来，将你朋友或熟人的癌症治好。

如果治不好怎么办呢？我问。治不好怎么办？那些广告上没有说，朋友回答道。

我很困惑，在当今世界，谁能攻克了癌症，肯定是可以得诺贝尔医学奖的。我们报刊登载的广告和街头电线杆、车站、码头贴的广告，如果能治好各种癌症，为什么不去申请诺贝尔医学奖呢？如果能得诺贝尔医学奖，会有很大一笔奖金，比这些人到处贴广告登广告行医卖药所赚的钱要多得多，而且那是何等光荣的事，为民族也争了光啊！可惜他们不去申请。

到处都有治癌的医生，到处都可买到治癌的药，但在我们周围的人群中，患癌症不治而死的事经常发生。

这种现象只能说明一个问题，就是那些治癌医生治癌药品都是假的，是骗子，他们的目的是为了骗钱。据报载：山西运城市区不足 12 平方公里，10 余万人口，却有医药医疗门市部 400 多家，市内密布各种药医广告，迄今世界都没有攻克的疑难病症，都可以在运城找到良方。

为什么会这样？据说是国家目前对社会办医、个体医疗基本不收经营税，医疗行业有巨利可图。

呜呼，要发财，就去开诊所卖假药吧！

但我要呼吁，患了病的朋友，千万别听那些医药广告上说的那一套。你如果信了，只会是赔了钱又误了病。

文明中华，泱泱大国，怎么能容忍这些骗子和假药贩子行世？该是打击假医假药和假医药广告的时候了。

老百姓的良心

良心是个道德概念，良心是平民老百姓区分人的优劣的一种通俗标准。老百姓说这个人有良心或是无良心，就是在说这个人是好人或是不好的人。良心在以阶级斗争为纲的时代，前面是要加上定语的，或是革命的良心或是反革命的良心，否则就是人性论。但在任何时候，老百姓心中的那杆秤是不变准星的，老百姓说不出更多的理论，他们的话简单明了，有良心就是有良心，没良心就是没良心，并不去区别什么阶级性。就我的认识，老百姓说的有良心的人，就是一个人品比较高的人。

甲戌年腊月尾，我与几个朋友结伴去武昌县城纸坊。纸坊对我来说是个在情感中忘不了的地方，我在这里上的中学，然后又从这里上大学进入武汉。同行中的青年作家Y，是纸坊乡下人，与我同毕业一个中学。乘车回武汉时，Y带我们到他老家看了看。车从宽阔的公路拐向一条凸凹不平的土公路，土公路窄，旁边还有座小学校。走完土公路就到了Y的家。Y的父亲，淳朴温厚，给我们递烟倒茶，Y则忙着与村里的乡亲们打招呼问家常。村里虽说有几幢楼房，但土砖平房居多，十分的简陋。我们在村里逗留了一会儿，就在乡亲们的送别下离开了。我看到乡亲们对Y很亲近，那份情感是真切的。

我们的车还是沿土公路行进，汽车颠簸不止。我说：Y，想法弄些钱来把这路修一下。Y听后停了一会儿，说：其实这条土公路还是我找有关部门弄的两万块钱修的哩！他顺手指了指路边的小学说：我还为这学校弄了几千块钱。我家是村里比较穷的一户，我没给家里弄钱。Y的话说得很随意，全不像表白。我心里却一热。我与Y同为农民的儿子，在乡下都有一个尚未脱贫的家，我与他交往的时间不短了，他平时为人真诚直爽，对朋友的关爱之心，这时都在我脑子里浮现。他出生在这样的小村，他有这样的父亲，这乡村的质朴之气孕育了他，他的作品里也处处透露出质朴的风格。啊，Y，这是我们的根啊！这样的朋友，这样的友谊，我要珍惜。

修路、支持教育，乡亲们没有当我们的面夸赞Y什么，但我想他们有句话肯定是要在心里经常说的：这孩子有良心。人没有进了城市就忘了乡村，没有当了作家就不认乡亲，他支持过家乡，他的笔写的也是乡亲们的生活。一个有良心的农家孩子，不忘根本，肯定是一个有良心的作家。

平民老百姓用有良心来评价他们心目中的好人，你给他们办了事，人们是不会忘记的。他们口里不说，心里却记住了。良心啊，是人生的金子，对于我们每个人来说，都是宝贵的，万万不可丢掉。一个没有良心的人，还谈什么人品文品道德修养呢？

从武昌县纸坊乡村出来的那个写小说的孩子，是个有良心的人，老百姓会这样说。

别一种生财之道

生活发展到新世纪的第一个十年，丰富无比，什么事都可能发生。比如说，占着茅坑不拉屎，便是新近在上海被人找到的一种生财之道。

据报载，在上海街头的公厕里，出现了不少占着茅坑不拉屎者。他们煞有介事地蹲在坑位上，向排队急需方便者索要小费，最少1元，待钱到手后，他才起身让位，又到另一处去占位子。

这真是个好办法，这占坑者虽说闻的臭气多一点儿，但他只需每天钻厕所蹲坑，弄个20元30元的，不在话下。他们每月的收入，够他们生活的。这种人的这种做法，好像也不太好治理。你说他犯法，法律上又没这一条。你说他敲诈，这又是周瑜打黄盖，一家愿打一家愿挨的事。他占着茅坑不拉屎，愿占多久就多久，你还不能赶他是不是？治理这种现象真还有点难呢！报上只登了这种现象，也没登载上海人是如何治理这些人的，想必是治理的办法还没找到。

占着茅坑不拉屎，这话在我们生活中是经常使用的，但过去把这现象来比喻某种人，占着某个位子不干事。这意思是很明白的，就是你在岗位上，就要干这岗位上的事。如果不干，就是占着茅坑不拉屎，是贻害人民和事业的。治理的办法，就是把这人撤换下来，让那些干事的人上去。过去我们理解这句话时，到这个层面为止，还没有更深入一层。

现今上海公厕里出现的某些人，把这个占着茅坑不拉屎的本意发展了，他们挖掘了这话的更深一层意思：占着茅坑不仅不拉屎，还要赚钱“扒分”。在厕所里干蹲着闻臭味呀，那不是神经病么！干蹲着闻臭味，目的是为了赚钱，这才是真正的本意呢！我们理解占着茅坑不拉屎这结论的意思，要追索到其本意才行。

某些人占着某个岗位，不愿干事，也不愿退出来，你以为他是怕闲得无聊才占那个岗位吗？不！他是因为占着那个岗位有好处，所以他才不让，而这好处，其内容就很丰富，绝不会比上海公厕中让一次茅坑收至少1元钱的好处少。

占着茅坑不拉屎，确实不犯法，但这又是一种很坏的现象。而我们只能从道义上去谴责它，批判它。我们是否应该研究确立一种法，即在我们的法律中加一条占着茅坑不拉屎罪？有了这一条法律，我们才能处罚那种害国害民的占着茅坑不拉屎又要得好处的人。

赔你一只烟灰缸

我们这些到珠海参加笔会的作家和编辑们住的地方，叫翠海大厦，座落在一条颇热闹的街上。这是一家很一般的饭店，虽说名字叫大厦，但绝对上不了星级的。听珠海的朋友说，这饭店是渔民办的。当然是过去的渔民啦，今天在特区这块土地上，他们都是开发者。

我们住的房间，有彩电，有电话，但放了 4 张床。每晚收多少钱，我们不知道。只听《中国故事》杂志的同志讲，这次笔会是给珠海有关方面承包了的。《中国故事》杂志把钱交给他们，食宿他们安排。

我们在珠海听政府部门的同志介绍情况。那个年轻的女同志，从湖南来的，很会讲。她把珠海的发展以及未来的远景说得十分灿烂，令人振奋。我们随后又参观，到了拱北，看了许多度假村、建设工地和大饭店。我们看到了珠海这座城市的美丽和辉煌。

故事是我们离开珠海前往深圳那天发生的。笔会的主持者在结账，我们收拾好了行装，准备离开房间。这时，一个近 50 岁的女服务员到房间里来了。她进来后，不问也不说，就在房间里查看起来。床在被子在彩电在椅子在电话在枕头在枕巾也在，但是只有 3 只烟灰缸，她说：还差一只烟灰缸。

要说明的是，我们这房间的 4 人，有 3 人不抽烟，只有一个是抽烟的。我们住进来时，压根就没注意这房间里有几只烟灰缸。那烟灰缸是很一般的厚玻璃制成的，决无任何纪念意义与保存价值。而且我们在珠海买了不少的衣服之类的东西，提包装得鼓鼓的。大家是从湖北、江西、江苏来的，还要去深圳与广州呢，有什么必要拿这么一只丑陋的烟灰缸，给自己的行李增加一块沉甸甸的负担呢？

但那老服务员非常坚持原则：你们这房间里差一只烟灰缸，你们要赔。你们不赔，就不能离开这里。

我们是4个作家，我们苦笑了。有什么话说，说不清楚，差一只烟灰缸，就得要赔。三大纪律八项注意中的一条：损坏东西要赔（天知道是怎么回事，我们4人决没有砸坏那东西）。我们问了价，3元钱。算是好，没有丢了彩电，要不然就不是3元而是3000元了。

我们就掏了3元钱，赔你一只烟灰缸。奉劝各位旅客，住房时一定要先把房间的东西清点好，免得走的时候服务员找你的麻烦。

珠海，给我留下许多美好的记忆，也留了这一只烟灰缸的故事。翠海大厦的管理是真不错，到底是搞开发的渔民，连一只烟灰缸都不能少的，财富是不容有一点损失。

我们作家这种职业的坏毛病不少，其中有一条就是到了一个地方，某一细小的情节使他不忘，他就要写出来。不为什么，只为记叙生活。

我文章也是这样的。

情人节消费与3毛钱买盐

这题目的组合实在有点不美，全由我读几则报道之后所得，有一种非说不可的欲望。

过情人节本是西方人的风俗。随着改革开放，这风俗也于近年开放进国内了。情人节这天的消费，西方人与东方人平均各是多少，没有人统计过，但这天无疑是男人或女人为情人大把花钱的日子。仅我读到的有限报道，就有香港一名男子花4万港元买下《南华早报》半个版面，向他的女友示爱，称女友为浪漫女神，使他的生活充满了意义。另有几则说是各大城市的鲜花店顾客盈门，鲜花的销售额是平日的数十倍。南京城花店的玫瑰卖到15—18元1支，最高的卖到78元1支。南方的一张报纸登载一幅照片，一位男青年抱着一捧鲜花走出花店，旁边的文字介绍：这位男士花了1000多元买了这捧花去送给他的心上人。据说有位公司总经理的女秘书这天收到7捧玫瑰花，她都无法应付了。这一天，请情人上舞厅进酒店，给情人买礼物，这类消费当然是不会少的啦。玩的就是心跳，花的就是心跳，这是当今潇洒一族的风尚。

说到这里，我就想起前不久读到《中国青年报》头版上的一则报道，把两则报道比较一下，心里就有一些想法。《中国青年报》的报道说，云南昭通那地方，今日仍然很穷。一老太婆用5分钱买盐，下乡检查的地委宣传部长看不过去，掏出3毛5分钱补上，给老太婆买了1斤盐，老太婆感激涕零。另有一农妇带3毛钱去买盐，在路上不小心把钱弄丢了，回家后暴怒的丈夫用刀把农妇的3根手指头剁掉了。我的天哪，仅仅是3毛钱，那穷极了的丈夫丧失理智残妻，那3毛钱可能是他家的全部积蓄。云南昭通那农村穷到如此地步，也着实令人震惊。5分钱3毛钱，在大城市里，丢在地上可能没人捡。

情人节消费和贫穷地方农民的消费比起来，天壤之别，差别之巨，在20世纪90年代中期，令人沉重。

有钱人该消费的还是要消费，但我想，如果他们拿些钱来支持一下贫穷地方，比如那些上不起学的孩子们也好啊！而贫穷地区，也要想办法发展起来，改变自己的面貌，再别让为3毛钱剁掉3根手指的事情发生啊！

把两种消费的报道比较一下后，我应无言。

生命的意义

我在一个傍晚读到两篇文字。朋友送我一本刚由人民文学出版社出版的他的长篇小说《生命是劳动与仁慈》，我读此书的第一章。农民父亲50多岁就要死去了。父亲的一生是劳动，修水利开山种田做家务抚养儿子（妻子早亡），父亲有合作化到人民公社各个时期获得的一叠劳动模范奖状，他生来好像就是为了劳动。父亲的劳动人生，是许多无名劳动者的写照。朋友这本书的名字开始就震动了我，开章之中的婉转叙述，不时几句哲理式的平凡俗语，使我产生了思想共鸣。我从此书第一章中读出了我劳动的父亲的影子。

这个傍晚，我还读到了另一篇文字，是南京一张报纸上的短消息：余姚市某迪斯科舞厅举行“迪斯科吉尼斯”大赛，一小伙子比倒了所有参赛者，以连续跳迪斯科30小时30分钟而夺冠，获奖金1800元。

由于是连续的读到两篇文字，我情不自禁地在头脑中将两种东西比较了一下，不由得有种苦涩，有点茫然莫名想说什么又不知怎么说才好的感觉。现代的变幻，时空的不同，生活如万花筒一般转动出千种万种形态，但是，我觉出了生命的沉重，觉出了其中的崇高与平庸或者说无聊。

生命啊，奥斯特洛夫斯基那段关于你的表述，曾激动了几代人。生命啊，多少人在追求你的质量与内涵，追求你的层次与分量。热爱生命有抱负理想的人，无不把生命看得十分的珍贵，无不在以自己的劳动来充实生命的内容提高生命的质量！在这里，一个科学家的劳动与一个农民的劳动虽说创造的价值不同，但在本质上是一样的，都是在用自己的生命创造财富，他们的生命都是有意义的。生命是劳动，这生命就有一种崇高存在，《生命是劳动与仁慈》的第一章中，父亲的一生虽说是沉重的，但也是崇高的。跳迪斯科，在那快节奏的音乐中，手舞之脚蹈之头摆之臀摇之，作为一种休息放松锻炼身体甚至某种宣泄，也未尝不可。正是基于这点，迪斯科在国内流行，原来皱眉的人也容忍了，甚至自己也跳一下。但是，现在好了，有人搞起“迪斯科吉尼斯”大赛，叫你跳吧舞吧摇吧，看谁坚持的时间最长，不吃不喝不停止，让那个坚持了 30 小时又 30 分钟的小伙子得了头奖。获这头奖者，我不知他停下来后身体会有什么变化，还能够动弹么？还有气喘出来么？没有 10 天半月，他怕是恢复不了正常的。我想问问，这种比赛的意义何在？是锻炼身体？是寻求快感？还是以此来促进人类文明世界进步？跳下去舞下去，拿个第一名，最后是痛苦无快感，不是锻炼身体而是戕害身体。当然，搞这活动，更谈不上对世界对人类的进步有用！这种活动，只能说是一种无聊。主办者与参加者，都是一种无聊，都是在用生命做游戏，虚抛光阴，没一点价值，没一点意义。难怪报纸上写着，当地群众对此活动提出不同看法。

生命啊，创造或者虚抛，劳动或者无聊，对我们每个人来说，都是一种检验。生命是属于我们自己的，如何去把握去消耗自己的生命，主动权在我们自己手上。有价值有意义的生命，是劳动创造的。那些无聊的事无任何意义的事，不要去做，那是对生命的浪费。当我们离开这个世界时，我们反观自己的一生有无价值。我们如果说：我的生命是劳动与仁慈，那就是无愧无悔了。

童声

历经了喧嚣热闹繁华，有时特别地渴盼朴实简洁清静。大红大紫的多了，没有单一的绿色或土地的本色来得醒目。春节是中国传统的节日，又逢改革盛世，何处不热闹何处不繁华何处无歌声呢！今年街头流行的是唱九月九的歌，唱得震天价响，人们的耳畔流动的是那略有些沙哑的嗓子吼出的强音。

我在城里过年，我很向往乡下那冒着热气的土地和那老牛拉长的哞叫。初一初二初三，给亲戚同事朋友拜过年，打过电话，吃过饭，唱过歌甚至还玩了一场麻将，就巴不得快躲回书房寻找那一份心里的安静。可初三的晚上，我的连襟接我们一家到水中天娱乐厅去卡拉OK，唱歌听歌跳舞都可以。不好推却，就去了。我们把十几张沙发围成一个包厢，服务小姐在圆桌上点亮了粗短的蜡烛。点歌簿也送过来了。歌厅里挂着的投影电视屏幕上放着图像，别的包厢有人正唱歌。卡拉OK是自娱自乐，有人唱得好，有人唱得刺耳。那些歌也是嘈杂的强劲的，即使是抒情的也被唱成直通通的呼喊。连襟请了同辈的好几家人，带来四个孩子。虽说市政府已下了禁止在公共场所抽烟的通知，但人们似乎并不介意。歌厅也有人抽烟，烟雾缭绕，歌声浑浊，我今晚是又无安静了。我叹口气，情绪不高，靠在沙发上养神，被动地分辨着冲进耳中的歌声笑声谈话声嗑瓜子声。

这时，一阵清丽稚气吐词清晰又咬字不十分准的童音响起，压过了歌厅里的嘈杂和浑浊，令人精神一振。投影屏幕上放着一首《千年等一回》的歌，小女孩唱着："千年等一回，等一回啊，千年等一回，永不悔啊……"

小女孩是我的侄女，今年才 4 岁，此时正拿着话筒，偎在她妈妈怀里唱着。可以肯定的是，她不认得屏幕上的字，她全凭着那音乐与她记住的并不懂得意思的词在唱。她唱得认真投入，声音稚嫩而脆亮，似一股清泉石上流，如一道轻风林中过。歌厅里变得很静，说话声笑谑声嗑瓜子声都停了，大家屏息静气在听，听一个 4 岁的小女孩唱出的一首大人们的歌。我的小侄女凭着童真在唱，唱出了一片纯真与洁净。这片纯真与洁净净化了歌厅的空气，净化了大人们的心灵。我被歌厅里的情景震住了，静静地听着我的小侄女在稚气地唱："雨心碎风流泪，梦缠绵情幽远，我情愿和你化成一团火焰……"有眼泪在我的面颊上蠕动。

小侄女唱完歌，在她妈怀里撒娇。歌厅里这时响起一阵掌声，很是热烈。我的小侄女却没理会，自顾自地去从盘子里抓牛肉干嚼着。她并没理解这掌声是给她的。

又一阵歌唱起来了，歌厅里又恢复了嘈杂和各种声音的混合。有人把歌唱得走了调，听着实在有点难受。我又微闭着眼睛，去回味着我小侄女那稚气的歌声。

小侄女的歌声带给大人们的是另一种感觉。生活中的许多领域已经遭到严重污染，充满了太多的浑浊，需要一种孩童般的真切，需要童音一般的纯净来静静化解，渗入，澄清。儿童的声音，没被污染的童真，是我们生活中的亮点，是照亮人们心灵的瑰宝。生活，再多一些纯真！

春节的三天一过，我终于躲进了书斋。窗外阳光灿烂，阳光透进窗玻璃照在人身上有一种舒适与惬意。四周很安静，我一卷在手，让思想在文化之河里沉浮，乐趣无限。放下书，提笔写点文字，我就记起了小侄女那童稚的歌声。我们作文与作人，能达到那童稚中透出的纯净与真切么？净化生活需要的东西很多，但童稚不可缺少。

千年等一回等一回啊！

千年等一回永不悔啊！

歌词可以被我引用。我等什么？等的是一种回归么！

周末晚餐

那时，妻在华中师大二附中教书，儿子跟着妈在卓刀泉上小学，母子俩住在吴家湾那地方，每星期六才回家。

周末的晚餐总是我做。不光我一个星期吃食堂，妻子儿子据说在吴家湾，也是大部分时候吃食堂，到周末是应该做点好东西吃吃的。但妻说我这人最大的缺点就是做饭没技术，饭当然煮得熟，菜的味道就要差些了。他们仍然吃得很高兴，是因为我很努力，态度好，也有信心不断提高技术。

如果每个周末晚餐都能得到妻子儿子的夸赞，那就是在幸福之上再加一些幸福了。

住在省作家协会宿舍，买菜很不方便。想吃好一点的菜，那就得到水果湖。我是每个星期六都去水果湖的。

拿了大网兜，骑了自行车出发。口袋里装有刚领到的两首诗的稿费，精神焕发到了水果湖。猪肝、羊肉、香肠、鲜鱼，再加新鲜蔬菜，满满一网兜子，挂在自行车的笼头上，我就往家里赶了。

我姿态优雅地骑着凤凰车，嘴里哼着曲子，脑子在想些什么，事后我一点也回忆不起来了。到了家，我停好自行车，笼头上挂着的网兜没有了，我买的菜连片叶子都没剩。肯定是网兜的绳子断了，菜丢了。

今天的周末晚餐怎么办？我垂头丧气地站着，简直想哭。

看看表，已快6点了，妻子儿子回来，可不能没有菜吃呀！再去采购一次，骑自行车去水果湖，来回一个小时。我别无选择，为了周末的晚餐，累一点多跑一些路也在所不辞。

我重返水果湖菜场，好在稿费还剩一些，我以最快的速度采购了一批。这次把菜装在帆布包里面，结实得很。回家的路上，我不想事情不哼歌，眼盯着帆布包，保证菜的安全。

我终于在妻子儿子回家之前到了家。我手忙脚乱，匆匆地做了晚餐。

这个周末的晚餐当然差一点。但当我在餐桌上讲了一个丢菜的故事后，妻子儿子哈哈大笑，他们一人在我的左脸，一人在我的右脸，各给了一个很响的吻。啊，我家周末的晚餐，欢乐与幸福的聚会。

我现在做晚餐的水平有明显的进步。妻子儿子都这样说。

儿子的作文

上小学四年级的儿子，当中学语文教师的妻子，还有我——一家文学月刊的编辑，我们这三口之家是满可以的。

除了在编辑部里忙外，回到家我就扎进书房里读书写作。儿子跑到书桌边，看到稿纸上写满的字，问：爸，这有多少字呀？你么样能写这么长呀？我正赶写一部中篇，嫌儿子打扰，就随口答：有好几万字，编的呗！我连头都未抬，继续写。

对儿子的学习我管得很少，因为妻子是教师，她管儿子我放心。听说儿子的作文被老师当范文念过，我心中窃喜：作家的儿子有遗传基因。

一日，妻子备课忙不过来，让我检查儿子的作文。老师这天布置的作文题是《请不要责备我》。我拿过儿子的作文本读完，惊讶得好半天说不出话来。

作文写道：有一件很不好的事情藏在我心里好久了，我一直不敢说。我现在对你说出来，老师请你不要责备我。那天我放学回家，走到路边的小集贸菜场时，便停下来看那些大人讨价还价，很好玩。突然，我看见一个年轻人把手伸到一位老奶奶的口袋里，偷了3元钱就逃了。这时，我听到路边有卖大可乐冰棒的吆喝声，我很想吃一支，但又没钱。怎么办呢？我忽然想起了那个年轻人。于是，我就在菜场人堆中穿来穿去，我看准了一个大姐姐口袋里有钱，就从大姐姐的口袋里偷了5角钱，到路边买了一支大可乐冰棒吃了。我知道这是很不对的，今后我再不这样了。

这就是儿子的作文，天哪，我的儿子怎么学起小偷来了，这作文要是交上去了，老师会怎么看待儿子呢？我把作文给妻子看，妻子急得眼泪都要流出来了。

我和妻子郑重其事地找儿子谈话。我问：你的作文怎么能这样写呢？

儿子说：老师要我们写自己做错的一件事，怎么不能这样写呢？

妻子接着问：你写的这些是真的么？

儿子看了我一眼，想了想说：是真的。

听了儿子的回答，妻子叫起来了：你怎么能干这种事呀？这多丢人哟！妻子急得掉下了眼泪。

见妻子那模样，儿子吓着了，忙喊着：妈妈，我没干这种事，我没偷钱，这是编的。

妻子严肃地说：写作文怎么能编呢？再说，为什么要编自己当小偷呢？

儿子说：爸爸不是成天都在编么，他编几万字，我编几百字难道不行么？爸爸又没说什么能编什么不能编呀！

妻子狠狠地横了我一眼，我无言以对。妻子耐心给儿子谈起来：小学生写作文，一般都写自己经历过的真事情，而且老师也是这样要求的。爸爸写的是小说，写小说和写作文是不一样的……

很快，儿子重写了作文。这篇作文很真实，语句也通顺。

我读着儿子重新写的作文，看着那稚嫩的笔迹，我久久没有言语。儿子，我对你关心得太不够了，我只顾自己当诗人作家，就没有顾及你的童心和强烈的求知欲。那天，我如果好好地给你讲解写作文和写小说的事，你的作文就不会重新写了。

请不要责备我，儿子！我心里这样说。

反省你的店名

酒家、娱乐场及各种商业服务店堂，都有个名字。取名者对这些名字都是有个讲究的。或求发达，或求和气生财，或求一种特色。店子的名字取得如何，可以看出店家的寄托及文化品味来。

中国的名店很多，那店名越响亮，那生意就越兴隆，那店老板也渐成名人。北京全聚德的烤鸭，武汉四季美的汤包，老通城的豆皮，长沙火宫殿的臭豆腐，都是饮食文化发达的中国人想法子要进去吃一顿的东西。这些店名，或雅，但雅得明白，不难理解；或俗，但不低级庸俗。这些店名的出现，给城市给街巷增添了色彩，增加了地方的文化特色。店名或是名店的名字，不可小视。

改革开放，城市乡村的各种店子是雨后春笋，大小店挤满了凡是有人群的地方。但这些大店小店店名中，却出现了一批千奇百怪、莫名其妙的字眼，什么南霸天、恺撒大帝、帝国、大亨、夜猫子、魔鬼、黄世仁、一撮毛、三缺一、寡妇门等等。我们设想，这些老板取这样的店名，为的是什么？一种大约是为了体现出自己的霸气和有钱有派吧，结果沦人哗众取宠。另一种大约是想招人注意，结果变成了庸俗。

店名是一种文化现象，实际上担有传播社会主义精神文明的责任，既要使群众喜闻乐见，更要有高的格调，健康的的内涵。据报载：浙江省工商部门已开始在省内对一些格调不高、低级庸俗的店名进行检查，勒令这些店子改名。浙江省工商部门的做法，各地的有关部门很有仿效的必要。

我们的生活要一天天美好，我们的文化空间要不断地净化。

店名，老板们的文化窗口。

孩子为何要当“职业杀手”？

广东的《南方周末》报曾发表一篇文章，母亲与9岁儿子对话，母亲问儿子将来想干什么？儿子回答说，想当“职业杀手”。此话引起母亲惊恐，因而有了一番感慨。老作家陈荒煤先生就此事写了一文发表在《随笔》杂志上。荒煤老认为，这些年电影电视引进西方太多，这类影视片中凶杀占的比重大，而其中的“职业杀手”往往是英俊青年，活得潇洒，有豪华的住处有漂亮的情人，玩起枪来百发百中，很有英雄气概，引起孩子们的崇拜与羡慕。荒煤老呼吁：2亿多儿童中，即使有一个儿童想当“职业杀手”，也是文艺工作者的耻辱。其言外之意，是希望我们的文艺工作者应尽快拿出教育孩子们当英雄走正路的影视作品来，取代这些西方凶杀片。

荒煤老的意见是十分中肯与正确的。为了孩子们不当“职业杀手”，文艺工作者们是应该感到肩上担子的重量，是应该认真思考不断努力的。

但是，孩子有当“职业杀手”的愿望，仅仅是文艺工作者的耻辱么？让孩子们不当“职业杀手”，而具有高尚的道德情操及理想，仅仅是文艺工作者的责任么？

在这点上，我要补充荒煤老的一点意见，是孩子当不当“职业杀手”，文艺工作者有责任，整个社会也都有责任。社会的风气与不良现象的影响比文艺作品的教化更具体，更直观，所起的作用更大。

我熟悉一个孩子，是个不错的初中生。有一次，他对我说，他要找一个师傅，学成一身武功，成为武林高手。我问他成为武林高手后干什么？他说：杀人。我吓了一跳，忙问为什么？他就十分愤怒地讲了他的事情。

一件事是，他爸给了他20元钱去交班上的什么费用，在路上，三个高中生拦住他，把钱抢走了。他只有哭了，他打不过那三个高中生。再一件事是，孩子妈妈的一辆新女式自行车放在自家楼下的门洞里，被偷走了。妈妈又买了一辆新车，和孩子的一辆只骑了半年的三档变速山地车放在一起。在一个晚上，两辆车一齐被偷了，也是在自家楼下门洞里。妈妈又给孩子买了一辆山地自行车，不到两个月，又被偷走了。不到一年的时间里，孩子和他妈妈的4辆自行车，价值近3000元，就这么没有了。孩子上学必须骑车，他只好弄了一辆破车，再也不敢买新车了。孩子说，我要抓住偷自行车的贼，我要杀了他。

为什么派出所和机关的保卫科还有门房的守卫保护不了一个孩子的自行车？孩子觉得这些人没有本事，只能靠自己了，而自己要保护自己和家人，就要学武功，就要成为武林高手。

“职业杀手”与“武林高手”杀人，其实质是一样的。孩子心里向往的这些事情，决不是平白无故的，应该引起我们大人的警醒。面对孩子要当“职业杀手”要当“武林高手”杀人，文艺工作者感到耻辱，全社会都应该感到耻辱。为什么社会风气不好？为什么盗贼这么猖狂？这是一个全社会都要来努力解决的问题。

社会风气的廓清，社会道理的高扬，才是疗治孩子心疾的根本。文艺工作者，各行各业的人，都有着推卸不掉的责任。而保护人民群众的生命财产安全，更是我们公安干警的责任。

我们要为千千万万孩子的健康成长而努力！

假钞票和识钞机

读过几篇报道，说是不法分子假造人民币，其手段、技术之高，已经达到了乱真的地步，而犯罪分子造的假钞，多是百元或50元的面值，大约是骗一次算一次。因而市面上流通的人民币中，混有假钞是肯定的了。有次我去商场买只不锈钢的煤气炉，递给售票员几张百元的票子，售票员就拿着一张一张地照。她说，如果收了假票子，就得自己赔。她后来找了几张拾元的票子给我，我也故意地拿到眼前照，她一笑，说拾元的票子不会假的，造拾元的假票子不划算。其实我照票子是开玩笑的，即使我拿的是假票子，也是认不出来的。

我有个朋友在县里工作，有个月发工资，他的工资袋里的两张百元钞票是假的，拿出去用时，被别人认出来，没收了。苦了这位朋友，那个月的生活费就成问题了。现今的工薪阶层，每月的工资都只是那么两三张大钞，如果碰上了假的，那就叫苦不迭了。商场的营业员如果疏忽了一下，收了假钞，他的月工资能赔几次呢？

真是该杀的制造假钞的罪犯啦！你害得老百姓提心吊胆的，你扰乱了金融、商业、人们的日常生活，其危害之大，罪不可恕。

市场经济的大潮滚滚而来，我们的社会有些管理和法制还来不及完全配上套，总会出现一些问题的。市面上何止是假钞票？假烟假酒假药什么都有。一些不法分子，利用假冒商品，大赚其钱，坑害消费者，这类报道已有不少了。近日又读到一则消息，说是某地某执法部门，没收了一批假酒，却又当真酒运到外地去卖，获取暴利几十万元。本是打击假冒商品的，却去卖假冒商品，真是利欲熏心，知法犯法，使他走了个怪圈，最后栽在怪圈里，罪有应得。

还是说假钞票的事。说是现在有一种识别假钞的机器，钞票放在这个机器里，真假就识别了。这真是个了不得的发明。但是我第一次看到这个机器时，却是有点失望。一是嫌它个儿大，一般人难以携带在身边随时使用；二呢，是它不尽人意，灵敏度不高。那天，我刚好得了一笔稿费，从一家银行取出，然后又存到附近一家银行里。负责存款的小伙子拿钱，也不数，径直走到一个机器旁，把那叠百元的票子放进机器，然后开动机器，让票子从机器里通过，这就是识别钞票的机器了。糟糕的是，我那叠票子经过机器时，机器连着叫了几声。小伙子就把那使机器鸣叫的票子抽出来，大约有六七张。我的心慌了，怎么是假票子，我刚从银行领出来的，有六七百元呢！小伙子脸上阴着，另有一工作人员走过来，两人把那六七张票子放在眼前反复地照着，最后说：是真的。就给我办存款手续。

我说：既然是真的，那机器干嘛叫起来，吓我一跳？小伙子却不作任何解释。算了，我是虚惊一场，看来识别钞票的机器，也不是万能的。

近来听说又发明了一种识别假钞票的笔，能随身带着往钞票上一划，真假就出来了。

还是这种笔好，这笔带在身边方便，适合每个消费者。但是，我是真诚地希望，这个世界上消灭一切假的东西的，没有假商品，没有假钞票，没有假心假意假情假义，当然也就不需要什么识别钞票的机器和笔了。

这样，人民才放心。

教授为什么不看电影

近读一则报道，说是北京大学、清华大学等高校的许多教授、副教授不看电影，原因是受不了当前电影中那种“没文化的折磨”。北京大学中文系被调查的20位教授、副教授中，90%以上没有看过《摇啊摇，摇到外婆桥》《阳光灿烂的日子》《红粉》等走红电影。他们不进电影院是因为受不了一些电影在文化思想方面的平庸和浅薄。一位老教授曾与一位获过国际电影奖和国内电影奖的导演交谈。这位导演正在拍一部讲秦始皇的故事的电影，他反复强调自己不懂历史，也没读过任何与秦始皇有关的史书，他拍戏全凭感觉，瞬间感觉的历史就是影片要表达的主题。老教授说他真不理解这样无视文化的人怎么能成为获奖的电影导演。

教授们不看电影是很正常的事。如今的电影界，影片尚未拍好，各种宣传媒介早就炒得热闹而响亮，令你觉得如果不看这部影片就会终身遗憾。好吧，就去看吧！看了后却觉得这部影片远非那么回事，其平庸浅薄令人大倒胃口，上当了。而且越是传媒炒得邪乎的影片，你看了后，那上当的程度是成正比的。不是获奖了吗？有些影片专拍些旧社会腐朽落后畸形的东西，甚至不惜假造民俗去讨好外国人，弄个什么奖回来蒙人。这种电影你看过后，仔细想想吧，确实没能给观众什么有益的东西，对民族文化不仅没增添什么、开发什么，反而是丑化歪曲了民族文化。编剧导演不懂历史，没有思想，甚至没有起码的政治头脑，仅是凭着自己那一瞬间的感觉弄出来的东西，你能指望它深刻伟大么？那些吹得很响的电影，卖不出票，拷贝发行很少，就是证明。现在有些电影，不要说教授们不愿看，受不了，就是我辈一般知识分子，甚至工人农民也不愿看，也受不了。电影院赔钱，电影业萎缩，这恐怕是一个很重要的原因。大家不愿看，你不赔才怪。

教授们批评电影“没文化”，难道仅仅是电影没文化吗？不然。电视剧与电影很亲近，而电视剧制作中表现出的某些平庸浅薄没文化，比之电影是有过之而无不及。劳神费力，动用巨额资金拍摄出的20集40集的连续剧，看得你晕头转向，看得你絮絮叨叨不知所云，看得你对编导的水平之低、演员的水平之低先是愤怒，继而怜悯。对电视台安排这样的节目浪费观众时间很有意见，于是啪地一声关上电视机，叫做眼不见为净。据说这些电视连续剧，是几个人关在屋子里侃出来的故事，然后卖钱，每集开价先是几千后是几万。这些人没生活，你能指望他们写出伟大作品？而导演呢，在电视剧组混过几天就敢导戏，你想他导出有水平的电视剧那不是笑话？教授们不看电影，我敢肯定他们更不会看电视连续剧，因为有的电视剧是比有的电影更差，是更没文化的东西。

提高我们电影电视的收视率，让教授们、知识分子们、各行各业的人都喜欢看，就得从编导抓起。我们的编导们，不要太自信，不要对传统文化、现实生活不屑一顾，不要太相信自己的独特“学问”与感觉。要知道你的那套东西只是港台或西方没落文化的翻版，是难以出大作品的。只有老老实实地学习，提高自己的文化水准，懂历史，懂文学，懂哲学，使自己成为有文化的人。有文化的人才能拍出有文化的好作品。

她为什么不说声“对不起”

我们一群内地来的作家，到了珠海后，当地的一个作家朋友对我们说：这里是特区，金钱的味道是很浓的。你有钱就好办，你没钱，谁都看不起你，连妓女都看不起你。说这话的作家是从大西北来的，他到珠海谋职有大半年，这大约是他大半年生活的体验了。

我心想，看不起就看不起，我们实事求是，是穷文人，不是大款，你看不起，我不招惹你就是了。拿钱吃饭住店买东西，过几天就走人，还没准备来此地谋职，有这样的心理总可以吧！

那天我们观光旅游了大半天，很有些疲惫。吃饭时间到了，就到饭厅里围了两桌坐下，等着吃饭。服务小姐们在另外几张桌子旁边站着，年轻端正，穿着一色的服装，挺像一回事的。一会儿，那几张桌子上的菜都摆上了，服务小姐的态度特别的好。只有我们这两张桌子没人理会。领头的人上前去交涉，回答说：马上给你们上菜，不要急。于是我们耐心地等待，边聊着观光时的见闻，边嗅着从厨房里飘过来的香味，心里盼望着服务小姐快点送菜过来。

终于有服务小姐出来了，端了两盘虾，往我们的两张桌上一放。我们动筷夹了一只，服务小姐又急急忙忙地把虾端走了，大约是送错了。随着就又送菜来，那服务小姐脸上阴沉着，无一丝笑意，把菜盘往桌上一丢，碰得桌子乒乓响，好像我们得罪了她。我心里想，这小姐是怎么啦？遇到什么不痛快的事，也不该朝顾客发气呀！最后一道菜是上的汤，她端着汤碗从我的肩膀上往桌子上放，汤洒泼出来，全部洒在我的T恤衫上，烫得我一哆嗦。服务小姐仅仅只是望了我一眼，不作声响地噘着嘴走了。

我再也受不了啦，我掏钱吃饭，凭什么受你的这等对待？特区人的服务态度怎么是这个样子？据说是我们这两桌饭菜的标准低些，所以服务小姐不高兴。但是你把汤泼到我的身上，是你的不对吧！你为什么连声对不起都不说，你把我们当做什么人了？我火起来了，我跳起来，要维护我的人格。我把T恤衫脱了，光着膀子，朝着那服务小姐叫着：你过来！你把汤泼到我的身上，连声对不起都不说，叫你的经理来说说理。

服务小姐是对有钱人热情，但又欺软怕硬。我这么一声吼叫，饭店的顾客都把眼光转向了我们，这下服务小姐有点慌了，连忙跑过来，一连声地说：对不起先生！对不起先生！

很快地来了另一个服务小姐，把泼汤的服务小姐换下。

还是那位从大西北来的作家，走过来劝阻我说：算了哥们，她已经赔不是了，弄不好老板要炒她的鱿鱼，就算了吧！

听他这样说，我也就算了，把洒了菜汤的湿衣服穿上，吃完了这顿很不痛快的饭。同伴劝我别生气，我说我没生气我是要找回个道理。她要是说声对不起，不就完了吗？

特区繁荣，先进，但也有不少不尽人意的地方。

开发区随谈

我去过不少个经济开发区，是作为作家被请去参观的。这些开发区有省级有地级有县级也有乡镇级，都是经过某级政府批准建立的。开发区的领导一般都被认为是具有改革精神的人，这些人向我们介绍情况，口若悬河，一套一套的，把开发区的前景说得十分灿烂光明。比如将引进多少多少个项目，外商将投资多少多少亿资金，给人的感觉是，当地政府和人民将依靠开发区发很大的财，本地的经济建设将因有了开发区而突飞猛进。我们在开发区看到的是一大片圈起来的土地，土地上是推土机和脚手架，土地边竖着的是大牌子，牌子上描绘的是高楼大厦花园别墅。开发区这片土地被描绘得花团锦簇。开发区的人说，这就叫筑巢引凤：我们把房子修好了，外商就会带着项目和资金来这儿生产居住，开发区就能高速地发展。参观完开发区后，作家们回来，总要写点小文章，把开发区歌颂一下。我自己也写过几首诗，赞美过开发区的。

几年过去了，开发区的巢筑好了么？凤凰引来了么？不知开发区是否已建成像它旁边竖着的牌子上描绘的那般宏伟？不知当地政府和人民因了开发区的建设，赚了多少钱，发了多大财？

我得到的消息是，一些经济开发区（不是所有的，肯定有一些开发区搞得不错）热闹了一阵子，占了农民大片的土地，借了银行大批的钱，提拔了一批各种级别的干部，把那肥沃土地推平了，挖了基脚，修了些房子和道路，通了水和电，但是引来的凤凰却少。造好的房子只好空起来，银行的钱只好欠着，年年付利息，没建房子的土地就那么荒芜着，附近的农民看了心里疼，那是种庄稼的土地啊！开发区萧条荒凉，他们也不让作家们去看了，也不再好意思再谈未来的宏伟了。经济开发区处于一种十分尴尬的境地。

中央有过整顿压缩甚至撤销某些开发区的指示，我想各地政府和人民是应该很拥护很支持的。与其让不起作用的开发区的土地荒着，让资金压着，让房子空着，让人闲着，不如下决心把这些开发区撤掉。把那里的房子用来做其他之用，把土地还给农民种庄稼，让闲着的人干些实事，来慢慢地还花掉的钱。开发区不能一窝蜂地搞。每个乡、每个县、每个地区、每个省都搞开发区，赶时髦追风头，好像不搞开发区不划一块地不拿出一些钱来，就不改革开放似的。改革开放，要实事求是，要扎扎实实埋头苦干，不能搞花架子，否则就是劳民伤财，就会白费工夫和钱财。

经济开发区，不能空有其名，要有经济效益，要于国于民有利，这样才是改革。

两万元假钞与纳税教育

据报载：在川鄂交界的四川省巫山县楚阳乡九湾村，有一天来了个做猪生意的老板，他挨家挨户地传话，有生猪卖吗？7元钱一公斤．今晚送到村头，一手交钱一手交猪，并反复叮嘱不要声张，别惊动了收税的。这个价钱在山里面很有诱惑力。当晚有33户农民把猪送到村头，猪老板一面称猪一面装车一面付款，然后满载生猪融进夜色。卖了猪的农户握着新崭崭的票子，喜形于色。但是第二天他们用手上的钱买东西时，发现那钱全是假钞。九湾村33户农民卖生猪共得假钞两万余元，喜悦变成了悲哀，农民的辛苦被骗子骗走了。

农民为什么不将生猪卖给收购站？原来他们是为了逃税。卖给收购站每公斤7元，但到手只有5.2元，1.8元交纳生猪税。小农意识害了他们，逃税者的悲哀令人深思。

据有关部门调查计算，我国目前国营和集体企业的偷税漏税面约占50%至60%，个体和私营企业偷漏税面高达90%，偷漏税款约占实缴税款20%以上。按近年我国每年税收平均达3千亿元算，那么偷漏税款就达60亿元。我国现有12亿人口，就是说，全国每年偷漏税款人均5元钱。摊到每个人身上确实不高，但聚在一起数字也是惊人的。问题是，这些偷漏的税款，并没有落到普通人民手上，而是装进了少数人的口袋，或作为某些人的小金库，用来挥霍掉了。就说九湾村那33户农民，他们逃税的结果，好处不是全给了骗子吗？他们自己是猪财两空。

反偷漏税，在人民群众中进行税收法制教育，任务重大，意义也重大。

这里要区别开来的是，在逃税偷税者中，有些是故意对抗税法，把国税据为己有的犯罪分子，道理他们都懂，他就是要偷税。对这种人，要给予打击，绳之以法。而另有一些人，比如像九湾村的33户农民，他们的逃税行为，则属于认识问题、观念问题，对他们主要是进行纳税教育，讲清道理，转变观念。

首先，要让他们知道，税收是干什么的。在一般人简单的理解中，好像税收就是收钱。我赚了点钱，你要按一定的比例收一些去。我辛辛苦苦地赚的钱，为什么要给一些你呢？似乎没有道理，于是他们就要想办法逃税，不给你。九湾村33户农民就是这样想的，还有其他的一些群众，特别是赚辛苦钱的人就是这样想的。这些人的一个根本误区就是他们不明白国家将这些钱收去干什么！

那就告诉他们这个道理。马克思在资本主义商品经济初具规模的时候说：捐税体现着表现在经济上的国家存在，官吏和僧侣，士兵和舞蹈家，教师和警察，希腊式的博物馆和歌特式的尖塔，王室费用和官阶表这一切童话般的存在物于胚胎时候就已经安睡在一个共同的种子——捐税之中了。马克思讲的这段话，用于社会主义国家，用简单的话说：就是税收支持国家机器，支持着上层建筑，支持着国家建筑，支持军队、教育、科技和一切拿国家工资的人的存在。国家如果没有税收，这一切该找谁要钱去。如果没有税收支撑着这一切，人民群众能够在国家的安定平稳中享受着和平么？所以就要纳税。照章纳税是每个公民应尽的义务，皇粮国税，自古皆然，天经地义。如果一个纳税者逃税，两个纳税者逃税，国税收不到一分钱，国家支撑不下去，那人民还能过好日子么？皮之不存，毛将焉附？国家制定税法，每一个公民都要遵守，否则就是违法。

这就是道理。

我们的人民是讲道理的，只要我们的税法教育宣传到了位，人民是遵守的，大家是爱国的。不守法故意偷漏税的人只是一小部分。譬如四川九湾村那33户农家，还是属于不懂法的范围。如果他们懂得了税法，心甘情愿地售猪纳税，他们也不至于受骗子的害了。他们的遭遇也反过头来教育了其他人：不照章纳税，最后吃亏的还是他们自己，这个教训是深刻的。

屏幕上的“嘿嘿”声

小时候在乡下，看一次电影如过节。听说邻村放电影，十里八里都跑去看。有时消息弄得不确，白跑一趟的事也常发生。那时，把电影看得很神圣，特别是战争片，小孩们看打仗，更是看得大气不出。红军、八路军、解放军，我们受的好人与坏人的教育，有相当一部分是从电影上看来的。

如今人到中年，加之住的地方偏僻，看电影很少。偶尔看一部两部的，倒胃口的多。而且电视机已走进千家万户，有些电影在电视上也能看到。电影的神秘性离我已经远矣，即使是那些已被传媒炒得沸沸扬扬的片子，真的去看了，也少有激动的时候。

我想这是由于年龄渐长，生活阅历变化所致，大家都这样，怪不得如今电影院生意不好。

儿子是少年，是中学生，应该是最爱电影的时光。但奇怪的是，他也不怎么看电影，这真是稀奇的事，与我们少年时大不一样了。但儿子还是喜欢看一种电影，也包括电视，即银幕屏幕上出现对打，并且嘴里发出“嘿嘿”声的片子。每晚客厅放电视，儿子在他房里做他的事。突然听到电视里“嘿嘿”声响起，他就飞快地跑出房间，激动地看那对打，“嘿嘿”声不断。我也看这片子，明知其档次不高，故事瞎编，但因打得热闹，看着看着也就不想离开了。

说了这么多，是说了一个意思，即如今屏幕上的武打片吃香。管你拍得如何，只要大致过得去，就有不少的人来看。这样的片子消磨时间很不错。

所以，当我读到一则消息，说是一段时间来，各电影厂家或独资，或与境外合资，已经立项开拍的古装武打片多达数十部，而且来势凶猛，有增无减时，不禁有些想法。听听这些片名吧：《西门无恨》《将邪神剑》《冷血十三鹰》《飞狐外传》《火烧红莲寺》《天涯明月剑》等等，嗬，好热闹。到时候，屏幕上拳脚交加，刀光剑影，“嘿嘿”声不断，真是一片威武雄壮景象。

而且，据说拍古装戏武打片，明星们纷纷加入，收益丰厚；电影厂家还不愁资金，境外投资者大大的有。说是拍《东邪西毒》一片，某制片商一下就投资5000万元港币。参与拍片的人钱多，拍出的片子卖的钱多，有人投资，又无风险，真是一个好方向，一条光明的路子。我们的电影，似乎可以繁荣一阵子了。

这当然是市场经济的规律在电影界所起的作用。

但是，银幕上的“嘿嘿”声多了，其他的声音就少了，生活的时代的抒情曲就少了。儿童们、少年们，通过电影电视来认识红军、白军，好人、坏人，共产党、国民党反动派的机会就要少得多了。

我也不知道这到底是好事还是不好的事。电视屏幕上的“嘿嘿”声又响起来了，原来是妻子拿回盘录像带，正在放着。我忙将此文收尾，赶到客厅里看热闹。于是我们一家看那武打场面，眼都不眨。

人过四十不醉酒

四十岁前，和朋友在一起闹酒，喝醉了的事常有。那时，醉就醉了，醉得高兴，醉得快乐。虽然说着酒话，走路摇摇晃晃，见人傻笑，拉住个不相干的人说上半天话；回家后，吐得一塌糊涂，挨妻子批评，遭儿子埋怨，事后仍然不悔，觉得自己很豪爽，很够意思，醉了酒，值得。

就那时的体会，在两种情况下，是非醉酒不可的。一种是好朋友来了，高兴，边喝边唱行酒令，一杯一杯地干，确实喝了个八两一斤的，过了量。一种是心情郁闷，喝个三两五两的闷酒，也醉。

前一种情况，我大醉过两次。一次是北方有许久未见面的朋友来，说好来家喝酒。妻子在城市的另一端教书，带儿子住在学校，我一人住在作协大院。我骑了自行车到集市上买菜，一网兜的鱼肉蛋和各种小菜提回来，就自己动手做起来。菜做好了，朋友也到了。他们吃了我做的菜，评价很低。但菜的水平低白酒的度数却高，四个人就开始喝起来。这一喝不打紧，从中午开始，喝到晚上 10 点，还完不了。我们都醉得差不多，东北的一个朋友就用沙哑的嗓子唱起了歌，唱得我们四个醉鬼眼泪汪汪的。那是一首相思的民歌小调，苍凉而又动人。

口干了要喝水，一个自告奋勇地去烧，醉眼朦胧点火时，把火柴对着煤气坛的出口，“呼”地就窜起火苗一大片。另一个醉得轻些，手急眼快，拿起拖地的湿拖把扑上去，把火捂熄了，差点酿成大祸。这一夜闹到凌晨，四个人东倒西歪地在沙发和床上睡到第二天红日高照。醒过来，忆起昨夜情景，惊出一身大汗。

另一次是在夏天，我用全家一个月的肉票买了8斤排骨，放在冰箱里。妻子回来拿出来闻了闻，说是快变味了，批评了我买的时候就不新鲜，她很快就又走了，嘱我早点把排骨处理掉。我怎么处理？只有吃掉。我把排骨烧了一脸盆，叫了三个朋友来喝酒，把排骨消灭掉。我们吃那烧排骨，味道还不错。酒是从中午开始喝的，又是高度白酒，而且品种不一样。四个人喝了3斤半，当场有两位就先醉了。这次喝酒，我们除了吃完8斤排骨外，还把冰箱中的5斤黄瓜、6斤橙子吃了。我家桌上铺的新台布，被醉酒的老兄用刀子切橙子时，切割得四分五裂，上面还满是烟烧的窟窿。妻子当晚回来，一顿严厉的批评不说，我醉得吐了满地的酒菜，酒气熏得满屋子里睁不开眼。三个朋友眼睛喝得发红，摇摇晃晃的，都声称自己没醉。其中一个还骑摩托车从大街上驶回家。事后我听说了，后怕极了，要是他的摩托车出了事，那可是车毁人亡啊！

心情郁闷喝醉酒的事，在我只有一次。而这种醉，醉得伤身，醉得铭心刻骨。那年，我在乡下勤劳苦作一辈子的母亲，只活了58岁就去世了。办完丧事回城来，心里一直是忧伤的，加上又遇到另外不快之事，特别想找个地方倾诉一下。我的两个朋友在家乡县里作副局长，我就乘车去找他们，结果两个人都不在县城。县政府办公室的一个副主任招待我，中午喝酒。陪同喝酒的几个人不是很熟。大家一劝，我就喝了几杯闷酒，没想这几杯闷酒一下子就把我醉倒了。我当场头重脚轻，支持不住，在饭店里找几张凳子一拼，就躺下了，很是丢丑。另几个人很不好意思，草草地收了场，把我送到招待所房间里休息。他们走后，我在房间里痛哭，哭得好伤心，我是想把我心中的忧伤郁闷哭出来么？我不知道。我那天下午在房间里折腾得好厉害，胃里翻江倒海，将中午吃的东西全吐出来外，还吐出了血块子。这在过去是全没有的事情，过去就是喝三倍这样多的酒，也不会醉的。傍晚，我那两个朋友赶来了，在房间里一直陪我到半夜才离去。

四十岁后，我突然明白了许多的道理，对于醉酒，也有新的看法了。这醉酒确实不好。社会上现在流行的许多关于喝酒的民谣，一些作家写的喝醉酒的小说，我自己也写过一篇《酒姐儿》的小说，是一种情形。我们这档子文人和那情形不一样，只是寻找一种痛快寻找一种渲泄而已。但细细一想，痛快一下，渲泄一下，又能起什么作用呢？有些事实并没有因为醉酒而改变。重要的是，醉酒伤身体，影响健康。前年，我的胃部就开始不舒服，做了胃镜，医生说是萎缩性胃炎，这吓了我一跳。医院做了活检，说是阴性，我才略微放心。我另有一种病胆结石。女作家方方在一篇散文中写她有胆结石，而且说文人一般都有胆结石，“比如刘益善兄”。别人见了我就问胆结石的病，而不知我的胃病。胆结石与胃病，都与饮酒有关系，这两种病都不宜饮酒，特别是不宜醉酒的。所以，我现在是少饮酒，坚决不醉酒的。人过四十岁，似乎身上的那种豪气也少了，更多的是冷静，是实在。我真的不得不与昔日的酒友告别了，我只能陪你们饮一小杯。

喝酒，是痛快，是渲泄，醉酒，是高兴得喝过了量，是借酒驱赶忧愁。人过四十后，对于一般的悲喜也看得平常了，不会引起情绪的大波动。何况我也在不断地操练自己，欲走入一种“宠辱不惊，看庭前花开花落；去留无意，望天上云卷云舒”的境界，何需醉酒呢！

听摇滚乐记

1992 年 12 月 31 日，天阴，但无雨。朋友送我两张武昌洪山体育馆的演出票，看那票上定价，25 元一张。朋友说，是黑豹摇滚乐队，听说很不错。我本不喜欢看这类演出，一个大场子，你坐得远远的，听歌星在池中唱，又看不清楚，还不如坐在家里听磁带或看电视来得清楚明白，但听说是黑豹摇滚乐队，觉得去看看也不错。到底怎么个摇滚法，也长长见识。

等妻回来已近 7 时，说了票的事。妻是教师，挺累的，不想去。我就竭力动员。于是匆匆吃饭，收捡完毕，两人骑车从东湖往洪山体育馆踩。存好车进场找位子坐下，已经过了演出时间 20 分钟。

进场一刹的感觉是，我们进了一座硕大的蜂箱，洪山体育馆嗡嗡嗡地响成一片。一位女歌手在台上声嘶力竭地唱着，舞着，那歌声通过巨大的音响在每一个观众的耳边炸着。那声音嘶哑含混，直通通的没拐弯儿，像叫唤，你根本就听不出她在唱什么，只是感觉到一种很强烈的节奏。我和妻并排坐着，看对面的楼座边横扯的条幅，上写“狂欢之夜”，乐手只有两三个人，把他们手边的乐器弄得轰轰的，一种怪响。那女歌手做着各种动作，我看她自己都不知该怎么动，脚动着，手动着，头摇着，屁股摆着，一派乱舞。

观众大约只有六七成，没有满座。随着歌手的唱喊，观众席上不断有年轻人呼应。有一排人嘴里衔着哨子，不断地吹，我不知什么意思。妻说：那大约是啦啦队，特地请来助威的。突然，旁边座席上有人打架，立时就有穿保安服的保安队员前来制止。那边又打起来了，他们又朝那边跑，他们很忙。

我不知女歌手是不是黑豹摇滚乐队的，但可以肯定地说，她是在混时间。我想等她下场，定有好歌手上来。没想到她就一直不下去，唱了一首又一首，还不断地朝观众席上弯腰说：谢谢！唱着唱着，嗓子喊不出来了，她就停下来，到乐手身边拿瓶矿泉水喝，喝了几口，又唱。唱一会儿，又去喝。她的自我感觉太好了，要观众跟她一起唱，为她喝彩。有人耐不住了，喊着：滚下去！啊啊，滚下去！女歌手还以为是喝彩声，躬起屁股说：谢谢！谢谢！就接着唱，唱得更带劲了。

我看看手表，8 点多了，这女人在池中乱蹦乱唱已经近一个小时了。实在扫兴，受不了。

终于那女人下去了。静场了几分钟，上来 3 个穿着不同凡俗的衣服蓄着两三尺长披肩发怀抱古怪乐器的人，看不清是男是女。他们唱起来他们奏起乐来，那音乐立即轰隆起来。座席上有人欢呼：黑豹！黑豹！有人随那音乐的节奏在座席上扭动起来了。这才是黑豹么？当然那歌声那动作比刚才那女人好多了。但也听不清，只感觉着一种嘶叫一种节奏。

对面座席上突然亮起一星一星的烛火，一会儿那烛火连成一片，随着喝彩声摇曳着，哨子更响了。黑豹们的激情高涨，拖着带线麦克风满场跑。忙坏了工作人员，跟在他们后面把线拉直，免得绊倒了场上的各种物体。

烛火成片了。座席上方那电脑控制的条屏亮着字：为了你和公众的安全，请不要玩火。

条屏在不断地亮着字，可烛火时灭时亮，形成了一种有趣的对抗，也是一种风光。

老是在唱，老是在舞，没什么新花样了，唱了一会就停下来喝矿泉水，喝了再唱，观众有不少人离席而去。大约今晚上就是这么回事了，唱来唱去一个味。我和妻站起身，也离席走了。出了体育馆，来到广场上，音乐喷泉正在随着悠扬音乐，喷出五光十色的泉水。嘶吼和轰鸣关在体育馆了，我松了一口气。

有人拍我的肩膀：要票吗？我说：开演了这么久，还有谁要！他说：只收半价。我说：我这里也有两张，你要不要？那人就笑笑走了。

骑车回到东湖家里，已 9 点多了，乡下的老父亲来了。老父亲说：如今乡下的粮食卖不出钱啦，100 斤谷 15 元钱，还没人要，要了也给你打白条。

我与妻想起今晚的演出票，25 元呢，相当于多少斤谷子呢？而农民为收获这些谷子，又要流多少汗水？

哈，黑豹，摇滚，我的心也摇滚起来。

夏天的女人

夏天的女人使男人们兴奋，据说男人的本性是他爱，女人的本性是自爱。男人他爱就是爱别人，特别是爱女人；女人的自爱是希望得到别人的爱，特别是男人的爱。一个爱别人，一个需要别人的爱，这就是男女相吸了。夏天，女人们穿得单薄，姣小的身躯美好的线条毕现，苗条的、丰满的，各展丰姿。白皙的手臂，美丽的长腿，丰满的胸脯，白嫩的颈脖，都得到显现。不像冬天那么臃肿，不像春秋那么遮掩，夏天的女人来得直接真实，形体的美得到最充分的表现。男人们在夏天的街头走一圈，看到的女人个个好看，女人们把夏天的城市装点得五彩缤纷，琳琅满目。年长的男人兴奋，他们为自己的晚辈女人如此美好与幸福而欣慰。中年男子兴奋，他们欣赏女人的美，也回忆起自己的爱情季节。青年男人们兴奋，是去追求、去努力，以成功博得他心目中的女子的爱。连小男孩也兴奋："妈妈阿姨大姐好漂亮，我好爱你们啊！"没有女人便没有人类，没有女人生活就失去了光彩。夏天的女人最美（这里也包括我的妻子、妹妹及所有的女亲属），为了她们的永远美好，咱们男人要干得更好更成功啊！

夏天的女人是服装展示的模特。女人喜欢服饰是天性，如果不关心服饰不讲究服饰，那就少了女人的一大特点。讲究服饰是要有经济条件的，但经济条件好的和经济条件差的女人都讲究，只是讲究的档次不同。再穷的女人，她也讲究服饰，即使穿件有补丁的衣服，她也要把那补丁弄得好看些。夏天是女人讲究服饰的高潮季节，这个季节里，她们购买起服饰来，能倾其所有。只要是她看中了，而口袋里又有钱，她就一套一套地买，买多少套也不嫌多。夏天的服饰生意老板总是要赚一笔的。当丈夫或当父亲的男人，看到妻子或女儿这么不顾一切地买衣服，往往是敢怒不敢怨的。夏天的女人换衣服换得勤，她们都成了服装展示的模特。早上穿一套，中午又穿另一套，晚上再换一套，是很一般的情况。而一天换五六次甚或七八次衣服的女人多的是。她们向人群展示自己的服装，然后达到一种拥有的骄傲心理。夏天的女人出门前，在镜子前试衣服，一般要试上三四套，直到她自己满意为止。所以针对男人而言的新“三从四得”中有“妻子出门要等得”，这个等的时间就是留给女子去打扮。

夏天的女人火气可能大些，这里我用了“可能”两个字，因为我不敢说绝对了。是因为夏天天气热气温高的缘故？还是因为出汗容易毁了女人装扮而使心情变坏的缘故？或许是因为夏天女人觉得充分展示了自己的美而骄傲起来的缘故？总之，夏天的女人脾气要比春天秋天冬天大些，容易发火。这一现象在武汉就更多些。武汉气温高，武汉女人又是有名的厉害，你要是一不小心惹烦了她，她一开口就是“×××的”、“×××的”，字正腔圆的武汉口音。而且她穿着打扮及长相都是令男人兴奋的，可她柳眉一竖粉脸一板小口一张，你就觉得遗憾了。好在武汉市政府最近公布了武汉市民“十不”行为规范，这种遗憾会减少的。但是作为丈夫，夏天在家里最好是谨慎一些，主动多做点家务事，否则你的妻子的火气就会冲你而来，这不是我的体会。

夏天的女人还有许多可说的美好。以上所说有不当之处请女同胞们见谅！

窨井盖子问题

读到一则报道，1996年12月21日，西安一个上小学六年级的男孩，晚上和妈妈从亲戚家出来，往公共汽车站走准备乘车回家。因一截街道的路灯坏了，男孩一脚踩空，掉进没有盖子的窨井中，被水冲走，一星期后的12月28日才在城市的污水出口处捞到尸体。据说在几个城市，此类事不止发生一次。可怜的父母啊，失去了孩子的痛苦是多么深重呵。

大街上的窨井为什么没有盖子？是因为窨井盖子是铁铸的，被人偷走了，偷去卖给了废品收购站。一只窨井盖子有多重？又能卖得了几个钱呢？但这种黑了良心的缺德事却不断有人做。我想这个窨井盖子问题怕不会是难得不得了的问题吧！不就是小偷偷么，公安部门就认真地查，抓住这些小偷就严惩。小偷不是将窨井盖子偷去卖废铁么？把那些敢于将窨井盖子当废铁收购的废品收购站好好地整治一下，凡敢于收购窨井盖子的收购者，被视作违法，看你还敢不敢收？你不收，那些人偷了窨井盖子就换不成钱，他也就不会冒险再去偷了。就我等的想法，这是很简单的事，哪至于一年又一年，这个城市那个城市的窨井盖子被盗，还发生如西安男孩落进窨井而死人悲剧？

可是我等认为很简单的事情却没有那么容易去做，而且悲剧经常发生，这其中的原因何在呢？我们不能仅仅是为失去子女的家长一掬同情之泪，我们应该呼吁：市长同志，管理窨井的部门，还有公安部门，请下个决心，把你这个城市的窨井盖子管好，狠狠打击偷盗窨井盖子的小偷，整治那些收购窨井盖子的收购站，让我们城市的大街上不再出现黑洞洞的圆口，让我们的孩子，还有大人，再不担心有落进窨井里被水冲走的危险。

每一个城市都有下水道，都有窨井，我不知道这个窨井盖子问题在多少城市存在？但是在西安，悲剧出现了，这就是一个问题了。西安那个落水而亡的男孩的父母，你们是有权力向有关部门寻求赔偿，向社会呼吁，让大家保护孩子的生命安全的。

儿子买的蛋糕

我过去写的小文章中，写到我碰到的古怪事。比如说某本诗选选我的一首诗，诗的前半截是我的，后半截却是别人的 。再比如说，某青春年历印我的小传照片，署着我名字，照片却是别人的。这当然是编辑工作的差错。有朋友看到这些小文章，就说：这些稀奇事怎么都被你碰上了。我笑笑，不好回答这是我的运气好还是不好，只说是生活丰富。

今天我又要写 12 月我过生日碰到的古怪事。生日那天，虽说有几个作者从我的一首诗中知道我的生日给我来了电话，但我没告诉其他朋友，只是家人庆祝。上中学的儿子把节约的零用钱凑起来，给我买了只生日蛋糕。看到儿子懂起事来，我很高兴。因为平日为了他的成长，妻子和我投入了不少的精力。儿子给我送蛋糕，这种稚子之爱，令我心里充满了温馨。晚上，妻子做了几样菜，我和儿子像两个男子汉般地碰杯喝酒。儿子祝我生日快乐，我祝儿子学习进步！喝完酒，就吃蛋糕。儿子揭开蛋糕盒子，盒子里有一张小纸片，是产品合格证。为了判明蛋糕是否新鲜，合格证上印有出厂日期，当然也有厂家的地址和厂名。

儿子把小纸片抓在手里看了看，却咧了咧嘴没说话。妻子见状，接过纸片看了看，却哈哈大笑起来。怎么回事？我从妻子手中接过纸片看了，却皱了皱眉。这是一张出厂合格证，合格证上印的这只蛋糕是 13 月 14 日出厂的。这就是说，儿子给我买的这盒蛋糕，是它还未生产出来就被买来了，或者说是提前生产的，是个不足月的早产儿。这是怎么一回事呢？这家食品厂的时间概念是怎么弄的，这印在合格证上的日期有什么意义？蛋糕的保质保鲜还有什么可谈的！这月生产的蛋糕，可以印上下月出厂的日期。这就是说，蛋糕放到一个月后，还是不过期的新鲜货。多么好的合格证书啊！

问题是我们的公元纪年一年只有 12 个月，世界有史以来，我没见到哪年有 13 月。合格证上印的 13 月，这不是超历史的笑话吗？13 月，是一个不存在的时间，是一个莫须有的日子，是食品厂的伟大创造。

这张小纸片的合格证被我保存起来了，说不定是个好的收藏品。这纸片上有武汉某食品厂的地址与门牌号，我在这里就不写出来了。

读词典与直播

很难说一个人不读错字，即使是某些专家也不能避免。中国的汉字也太复杂了，你要想将其弄懂弄通，怕是要耗费毕生的精力。好些年前，我参加一个评论电影《闪闪的红星》的座谈会，一位著名的老作家发言，将影片中的椿伢子读成椿伢子。有人笑话，我想他是把字看别了。

不久前，我编发了一位朋友的散文，题目叫《读词典》。这位朋友先是当工人，后来作校对，现在一家出版社当编辑。据他说，他的业务水平的提高，主要得助于他读词典。他读过多部词典，他能指出许多作家著作中某字用错了（包括获得茅盾文学奖的作品）。他还多次指出中央人民广播电台播音员的错误读音，每次都能得到热情谦虚的回信。当著名播音员夏青将刹（cha）那的“刹”念成sha时，他去信纠正，夏青不仅回信，还在《人物》杂志发表文章提到此事。我的这位朋友的精神可敬，而播音员能勇于接受意见的精神同样可敬。

现在不少地方电台，改成了直播。播音员的普通话不标准，听众尚可原谅，但读错了字，听众可就要起哄了。我每天早上都要听广播。听中央台时，那播音员的水平确实高。当听地方台时，播音员直播，有时用夹生普通话东扯西拉无话找话说，真有点让人倒胃口，特别是播音员读错字，更是让人哭笑不得。比如说，有一次播音员播广告，把鹿茸的“茸”读成“耳”，而且一遍遍重复。还有一次，播音员读一篇报道，读到“亳”字时，她说：“这个字我不认识，就是毫字下面的毛字少一横。”她很勇敢，我不禁笑了。这个字读bo，是安徽省的一个县名。

播音员偶尔读错字也可原谅，但是如果经常读错的话，恐怕就有点不称职了。电台广播发展快，从社会上报考进来的新手多。搞直播，对于识准字音尤为重要。我想，我那位朋友读词典的办法，可以适用于他们。

读词典是个好办法，不仅播音员要读，一切从事文字工作的同志都要读。读与不读效果是大不一样的。

一种道理

人的一生难免不受伤害。我当然也受到过伤害，但如今我能在受到伤害后，平静地抚摸着伤痕，寻找化解办法，使其尽早结疤。结的疤多了，对再来的伤害就有了一种抵抗力。我说的伤害是指心灵的，但要声明，伤害我的对方，有的是一种无意，叫误伤；有的则是有意的。即使对这些有意者，我也能一笑了之，能避则避，不能避就迎上去，我首先是不怕。

我忘不了少年时受的一次伤害，现在想起来，心里还隐隐作痛。

在生产队贫协组长的家里，我们一群十几岁的少年，正跟社教工作组的女大学生学唱歌，那真是我们乡村少年的快乐时光，大家唱得卖力而兴奋。工作组长进来了，板着个脸，叫着我的名字让我出去，说是要开会了。我一时还没领会过来，为什么一群少年偏偏要我一个人出去？贫协组长赶紧把我拉到大门外，说："回去吧孩子，今晚开贫下中农会，你家是中农，不能参加这个会。"说完他叹了口气，进屋去了。我站在夜的乡村里，四周很安静，时有犬吠声，听着屋子里工作组长讲话的声音，我痛苦极了。我被抛弃了，因为我家是中农，没有和同伴们一起参加会议的资格，被人家赶出来了。那一年，我是在县一中上学，因身体不好休学一年在家。而农村的四清运动把我排除在外，我似乎觉得面前没路可走了。一个 14 岁的乡村少年，在乡村的夜里委屈地哭了。那晚，我拖着沉重的脚步回到家里，倒头便睡。母亲问我怎么了，我什么也不说。我辗转反侧，久久难眠，独自咀嚼着自己的痛苦。四十多年了，今天的青年读者看这件事，可能觉得好笑，不就是没让你开一个什么会吗？可那时我不这样认为，我觉得我被剥夺了某种权力，在人格上似乎低人一等。

我的祖父是个乡村裁缝，靠自学达到阅读《水浒》《三国演义》的文化程度，是个开明的乡村知识分子。他开导我，给我讲了一种道理，即人与人相比，既要与比自己强的人比，也要与比自己差的人比。与强的比，能使自己有一种前进的激励；与差的比，能使自己在挫折面前平衡心理。祖父说，你与贫下中农比，无非是不参加会，但你如果与那些地富子弟比，你不比他们强多了吗？地富子弟在乡村永远也没前途，受管制，做最苦的活，连老婆也找不到。祖父的话，使我化解了心中的痛苦。而且自此之后，每逢遇到挫折与伤害，就想起祖父所说的道理。那心理很快也就平衡下来。但是，我也不一味地与比我差的人比，否则就是一种阿Q精神。我时时也与比我强的人比，向他们学习，增强一种奋进的激情。

几十年过去了，少年时代的许多事都忘了，但那天晚上被四清工作组长赶出来的事却忘不了。这少年时受的伤害啊，虽然结疤，今日抚摸一下，悟着某种道理，不无益处。人免不了受伤害，但受伤害后能自我化解，想想那些比我们更惨的人，从而从惨痛中走出来，继续朝着自己的目标前进，我想这种人生态度是积极的吧！

我是模范丈夫

我一般是不给自己戴桂冠的，我是个平庸的人，也没资格给自己戴桂冠。比如说我是个编辑兼作家，我就从没说过我是著名作家，资深编辑，那样做，我感到脸红。有朋友说我自己不会推销自己，缺少现代人的意识。我想想也是，就决定现在推销自己，宣称我是模范丈夫，给自己弄顶桂冠戴在头上也荣耀一番。

我的模范表现，是我在家做不少家务事。我每天做的家务事排列如下：早上6点半起床，去食堂买早点。妻子儿子上班上学后，我就洗碗盏，收拾房子，擦地，待一切弄清爽了，已到我上班的时间了。好在我上班就在院子里，不用急。中午妻子儿子在学校不回来，我可以轻松一下。下午下班之后，我就快快地打开水，然后做晚饭。妻子儿子6点半左右回家，再炒点菜，一家人边吃晚饭边看新闻联播。新闻联播一完，当教师的妻子去备课，儿子做作业，我就洗碗，收拾厨房，弄完了，我才可以坐下来读读书，写点小文章。

家里衣服总是我洗。妻子说，不对，不是你洗，是洗衣机洗。我说，我还得把衣服放进去，加洗衣粉，再加水，按开关呀！何况衣服甩干后，还得我晾晒，这当然算是家务事啦！

好几次，住在我们家旁边的一位老同志夸奖我爱劳动，是个好丈夫。而几个与我年龄差不多的同事，碰到我就说：他们在家里，他们的妻子“教育”他们说，要向刘益善学习，看人家做了多少家务事。这几个同事也被迫加入了每天下班去食堂里打开水的行列。他们埋怨我说，都是我害的。我说，我这也是没办法的事啊！我如果有计划煤气或是煤气管道牵到家里来了的话，我干嘛不在家烧开水而提着一串开水瓶穿过院子招摇过市去打开水呢？我难道不知道时间的宝贵么！我们省作协没办煤气户口，每次煤气用完了，都得用自行车驮上煤气坛子走好远的路，去买那几十元一坛的议价煤气。为了节约煤气，就打开水，因为煤气烧完了，去买煤气的事还是我干。

洋洋得意地把别人表扬我、以我为榜样一事对妻子说了。妻子却委屈了，说，你不过就做了这么点事，我成天带儿子，辅导儿子学习，照顾儿子的生活，别人倒是没看到。你那么一点事，倒张扬开了，图表现。我说：我怎么图表现？妻子说：那个夸奖你的老同志我问了，他说总是看到你在凉台上晾衣服。我们家住在四楼，你晾衣服，别人都能看到。你打开水也是让别人看到。我说，我无法叫人不看到我，要不，这两件事交由你做。妻子说：不行呀，我要不是当老师，成天忙，我肯定是不会让你做这些事的。妻子的话，倒是说得很温情，我也就不再坚持要她减轻我的负担了。说实话，她的任务是重的。别人不知当老师的苦，我这个教师家属是深深知道的。

我的模范表现，还在于我能宣传我的妻子。这些是妻子的同事们说的。这几年，因为一些生活类报刊约稿，要写些家庭生活的小文章。我自己的生活情趣不多，不会玩，不会潇洒，没什么好写，我就写当教师的妻子。这类文章在报刊上一发，后来又收到一本集子中去，别人看到了。妻子的同事说：你们家里刘益善，写文章宣传你，既讨了你的好，又得了稿费，一举两得。妻子回来对我说，今后不要再写她的事了。如果发现我写了，稿费她将没收，作为补偿。我现在写的这篇小文章，稿费肯定就是她的了。我写妻子的文章也就那么几篇，那其实也是我在发牢骚。比如，她晚上出去家访，要我在人家屋子外等她，我只好在路灯下读那些贴在电线杆上的各种交换房屋推销产品治疗性病的告示，等到她从人家屋子里出来，再陪她回家。再比如，约好了一起去看电影，时间到了，她却和学生家长谈学生情况没完没了，硬是把那场电影耽误了。再有，我还写过她几首诗，无非是写她与学生那种动人的关系，写她由一个二十来岁的充满青春活力的女孩变成了今日母性十足的老师，粉笔染白了她的青丝。这些也是我对所有教师发自内心的一种礼赞。我还写过妻子的一个生活细节。那次她的一个学生从北京到广东，经过武汉特地下车来看她，那是个星期天，刚好我们一家人外出了。那学生用红砖头在我家门前的水泥地上写上：老师，祝您圣诞快乐！妻子回后，看到地上的字，后悔不迭。我的文章叫《一张特殊的贺卡》，老作家碧野读了这文章，在给我的集子写的序中，写了一段很感人的话。

我的模范表现，再找一条出来，是不是可以说，我这人除工资外，还能爬格子赚点小稿费，使家里的日子过得不是太紧巴。我还有一大优点是，不怎么乱花钱。钱到了我手里，除了买书外，好像再没什么东西可买。我穿的衣服无高档，妻子买什么样的衣服我就穿什么样的衣服，而且还很爱惜，一件衣服能穿好几年。这无形就给家里节约了一些钱。这个习惯的养成，是我自小在乡下受过生活的磨炼，吃了许多苦的缘故。不管人家怎么说我这种消费观落后，我还认为这是一个优点，是一种模范表现。可惜的是妻子对我这点并不欣赏，说是缺少些现代意识，但我想这条至少不能叫缺点吧！

我的模范表现本还可以再列出几条，还是到此为止吧！妻子对我不满意时，我就说：你也该知足了，我这样的丈夫不是太多，完全可以当模范的，是不是！

觅尾寻头说编辑

从学校出来时乃毛头小伙，时光悠忽而过，而今人到中年，做编辑已多年矣。刚做编辑时，毛毛糙糙，如今已深知干这行工作认真严肃的重要，也能对刚入门的年轻人说：要仔细啊，出了差错，白纸黑字，想纠正已经无法了，只能是永远的遗憾。

我说这话是有体会的。我做编辑，不能说没出过差错。我也是写作的，我的作品被别人编辑出来，出的差错却不少。这里只说两个很有点奇特的差错，令我啼笑皆非。

1985年，某出版社出版了一本新诗日历，选了我的一首诗，寄来样书与稿酬，我颇高兴。打开诗历，翻到我的那首《乡店》，读下去："曾经有过一个夜晚/我投宿在这乡村旅店/茅檐下一盏风灯/在黄昏前给旅人亮一星温暖……"接下去，我发现从诗的第7行开始，那诗句不是我的了，陌生得令我结舌。怎么回事？诗的意境与情绪完全遭到了割裂。我翻遍了全部诗历，我那首诗的后半部分杳无踪迹，只好叹息一声。

事隔几年之后，南方某一家出版社拟出一本诗历，约稿者还让寄一张只有头像的照片，并嘱将名字写在照片后面。我照办了，有人约稿总是好事。后来这本新诗历出版了，既不见样书也不见稿酬，我也就算了，因为我曾遇到过许多次这类事情。后来我终于得到了这本新诗历，发现其中选的《背景》一首诗，诗是我的，可照片不是我的。署着我名字的照片是个长头发戴眼镜的小胡子，完全是个二十来岁的现代派青年。我苦笑了，心想我如果像照片上的人一样年轻就好了，但我即使在二十来岁时，也不曾留过小胡子的。我在这本新诗历中寻找我的头像，算是还好，没丢，我的头像安在另一个年轻诗人的名下，而安在我名下的那头像不知是不是那年轻诗人的，无法落实，因我没见过他。

两本新诗历，由于编辑的疏忽与不负责任，使我失尾错头。幸亏头还在我的颈上，那失尾的诗，后来我自己弄明白了。我那诗是发表在《文汇月刊》上的，与我发表在同一版面上的诗是另一位老诗人的作品，诗历上我那诗的后半部分都是那老诗人的。大约是编辑从刊物上抄这首诗时，发生了转行的错位，将他的诗尾抄到了我的诗后，而我的诗后半部分呢？还留在《文汇月刊》上了。

这两本错了的诗历，我还保存在我的书架上，偶尔扫一眼，能引起我的警觉，使我在编辑工作中细心再细心，认真再认真。

当编辑的人，真真是马虎不得啊！

李德复的《四十年思索的一个人》

我的书架上摆着一本漓江出版社出版的《1991散文年鉴》，我在此书的扉页上写有："此书妥存，其中李德复文系我作的责编，书中妙文不少"，并盖上我的藏书印。我书房里有数千册书，写上字盖上藏书印的书只是一小部分，我是按书的价值含量取舍的。有相当多的书是没有长久保存价值的，没必要在上面留下什么。

《1991散文年鉴》，有个由严文井、佘树森、林非、秦牧、涂怀章等9人组成的评委会，是从该年度发表在全国（包括港台）各报刊上数万篇散文里评选出来的百余名作家的百余篇散文。这其中有史铁生的《我与地坛》、张承志的《离别西海固》、余秋雨的《风雨天一阁》、汪曾祺的《多年父子成兄弟》、贾平凹的《佛事》等。真是名家荟萃，妙文联翩，我敢说，有些篇章是能留传后世的。

李德复的散文《四十年思索的一个人》选入了《1991散文年鉴》，和诸多名家的名篇摆在一起，一点儿都不逊色。李德复的这篇稿我收到之后，一读即喜欢，就将其发表在1991年9月号的《长江文艺》杂志上。《长江文艺》当时每期散文版面只有6页，一般只发千把字的短小散文。李德复的这篇散文有1万多字，我们将其发出，是不多见的。当时我的想法是，这是篇好文章，发表好文章是不应吝惜版面的。

李德复是人到花甲才写这个人的。这个人是他10岁时，在湖南乡下他伯父家认识的，是他伯父家的住家佃户，即种主家的租田，并住在主家，为主家做各种事情。当年的"复少爷"和一个佃户结下的情谊，童年时乡下生活的回忆，孩童的恶作剧，佃户松爷子的质朴、善良、忠诚的性格及心灵，写得栩栩如生。解放后，当年的主家成了阶级敌人，最后回到乡下无人照顾。而当年的佃户却不怕背上阶级觉悟不高的名誉，养主家并为其送终。这中间不是阶级调合，而是一种人性的闪光。四十年后的李德复回忆这一切，笔下满含深情，是忆念，是怀想，是对岁月匆匆而逝的惆怅？都有。感情的倾尽注人，文字就动人感人。说实话，今天我为写此文再重读《四十年思索的一个人》时，眼泪都快要流出来了。这文字能使我们中老年读者进入一种境界，一种对往日的怀想，对我们所经历过的美好人物美好事物不能忘却的境界，我们重温过去，我们的灵魂得到一次洗礼。

《四十年思索的一个人》发表后，得到了读者的好评，许多朋友来电话说我们发表了一篇好文章。《1991 散文年鉴》所选湖北作家的文章，仅此一篇，选家遴选标准之严之准，可见一斑。

我的书架上的书时有更换，但《1991 散文年鉴》没有被我换下来，是因为这是一本很有价值的书，其中有很多妙文，当然也包括有李德复的《四十年思索的一个人》。

《隔岸琵琶》隔岸谈

兰干武是我的乡党，我们同孕于湖北江夏的土地上。初见兰干武，给我的印象是谦恭朴实真诚又有些文人气。待交往多了，对他的这种印象就更深刻了。那年我随铁道部大桥局的一批作者到汕头海湾大桥工地采访写作，兰干武也在其列。在大桥承建单位的基地广东花都，我患急性胆囊炎，痛得死去活来，大家把我送进医院，兰干武就在医院陪护我，使我得到弟兄般的照顾。这是我一段难以忘怀的记忆，也是兰干武真诚待人的一例。

兰干武习书法练文学，他的稿件用钢笔写，那字个个有体，他的毛笔字我没看过。我对书法只知皮毛，对他在书法上的造诣无庸置喙。兰干武练文学，写得多的是随笔散文，也写报告文学。他经常给我寄随笔散文稿。兰干武的稿子我是都看的，但有时工作一忙，就拖很长时间，他从没催过我。我作《长江文艺》月刊主编好些年了，兰干武从不在我面前提出给他发什么文章的要求。《长江文艺》至今只发过他的一篇散文，我对这个小我年岁的乡党照顾帮助不够，心有惭意，可兰干武没有过怨言。生活中的件件小事大事，是能看出一个人的品质与修养来的。

文如其人，大体如此。文与人不一样，在今日也是有不少例子的。兰干武的文章与他的人有着惊人的一致。他的文章质朴，实实在在地道来，叙人叙事，没有大话空话，没有漂亮得令人耀眼的词语，也没有前卫得令人佶屈聱牙的东西。他写父亲、写祖母、写舅父、写蔡哥、写女儿胜蓝的几篇文章，亲情真意都是在朴实的叙述中透射出来的。

兰干武对人谦恭，即使是对很平常的人，总是脸露笑容客客气气。兰干武的几篇写师长及朋友的文章，这种做人的谦恭表露得恰到好处。《神交余光中》、《莫伸和莫伸的两句话》、《西陵三友》等等，写了他尊敬的师友身上令人可学可仿的品质，宣扬了做人的品德之美，其实就蕴涵了作者自己做人的准则。作家善于从旁人身上发现人性美，并写出来让大家学，这比那些专挑名人刺专骂名人短，鸡蛋里面挑骨头，把个文坛弄得乌烟瘴气的行为要好。

兰干武身上有文人气，有夫子味，这在他的文章中也流露得十分充分。他写他访文友，写他读书藏书买书，都是很见他的学习的勤奋与追求的。《读书随笔》（二则）、《苦旅与奇葩》、《我的藏书梦》、《我读 <胡适杂忆>》，从这些篇章见出他读书的层次，不是休闲读书，不是市民寻刺激，而是一种文人的读书。他说："我平生最大的愿望是拥有四壁图书，独拥书城，在空灵的古典音乐声中，焚一炷印度香，随便翻着诗经、楚辞或《本草纲目》……"（《我的藏书梦》）。他连《本草纲目》也读，他为什么不翻翻那些走红小说明星传记呢？这就是文人。兰干武还有篇文章叫《姓名与斋号》，研究自己的姓名并给自己的斗室起了好几个斋号。他年纪轻轻，给蓝氏宗谱续修写序，文言用得不错，颇见功夫。

兰干武将他的随笔集取名《隔岸琵琶》，我在这里弹了一通，以示祝贺。兰干武的文章朴实是一特点，但有少量的文章朴实得稍嫌浅露，没有多少底蕴，这是今后要注意的。朴实是一种美，但朴实中要见内涵，要有深意。否则，朴实也可能成为一杯白开水。

诗人的写作

这是一位诗人写另一位诗人的绝妙文章。维·阿莱桑德雷和佩德雷·萨利纳斯同属上世纪20年代至30年代西班牙诗坛巨匠。

文中被写的佩德罗·萨利纳斯于1893年生于马德里，读过法科和文哲科，获文学博士学位，任过文学教授，出版的诗集有《占兆》《可靠的偶然》《寓言和符号》《悬空的恋爱》等，还翻译过缪塞、梅里美等法国作家的著作。

本文的作者维·阿莱桑德雷比被写的萨利纳斯年幼几岁，是1977年的诺贝尔文学奖获得者。《在佩德罗·萨利纳斯家》这篇散文中，作者是用既亲密又尊敬的笔调来写萨利纳斯是怎么写诗的。

萨利纳斯在写作，可他的膝头有个小男孩，另一个膝头有个小女孩。小女孩的脑袋贴在爸爸胸口，搂着爸爸的脖子，揪着爸爸的耳朵在说悄悄话。小男孩呢，骑在爸爸不断抖动的腿上，攀着爸爸的手臂，像骑着马朝着远处飞奔。这是一个父亲两个儿女组成的三位一体人堆，人堆中的一只手握着笔，在稿纸上写。而小女孩又站到爸爸的腿上亲吻着耳朵唱歌叫嚷，小男孩则吊着那只想写字的胳膊晃荡。

世界上作家诗人写作的习惯千奇百怪，但像萨利纳斯这样在儿女的纠结攀爬下写作，却是仅见的。作者当场抓住了这一场面，并见到稿纸上竟然写成了一首诗。

根据作者在散文中引用的这首诗的前四句，我查阅了有关资料，这首诗就是《夜之光》，我国现代著名诗人戴望舒在30年代就翻译过来了。

我们看到了一个著名诗人的写作场景，我们也找到了《夜之光》这首名诗的诞生资料。这首诗是在父爱高涨，父亲与子女嬉戏中写成的。细读原诗，我心里充满了一种向往、欢乐和悠悠的深情。

作者写萨利纳斯并不仅仅是为了描述他怎样写作，而是为了写萨利纳斯这个人。在文章的后半部分，作者对萨利纳斯展开了正面的刻画，作者勾勒了他的传神像貌，写他的身躯中具有“蕴涵色彩的幽默”，写他的眼睛，“嘲弄和亲切的光点在宁静深邃的蓝色中消失了，那是一个使你心旷神怡的境界。”看上去是在写形，其实却在写精神。

在最后一段，作者以带哲理性的语言，把他所敬爱的萨利纳斯推到了一个极高的境界，充分地显示了作者对他笔下人物的一片深情和由衷的推崇。

“岁月推移，人们了解了生活，几乎经历了一切。剩下的是对某些为人类立极的人的崇敬回忆，在那静谧的真正极限中，人们不会无所适从，仿佛找到并认识了自己。那就是安详真挚的佩德罗·萨利纳斯。”

读完这篇千余字的小散文，夜已静了。一个诗人不是平白无故去写另一个诗人的。我在夜的静谧中，慢慢地认识了一个安详真挚的萨利纳斯，从他的写作场面从他的诗，也从这篇短小的散文，我也体会到了如何安详真挚。

欢迎读书节

媒体报道，有关部门提出动议，请政府批准将每年的12月22日确定为中国读书节。

这是一个何等明智何等有见识有意义的动议啊！我相信中国人都会拥护和欢迎这个动议，并且呼吁政府早日批准这个节日。中国读书节，多么有独创意味有内涵的一个节日。

我们生活中大大小小的节日已经很多很多了，多得一般老百姓都记不全。你看看日历吧，翻开一页一页，那各种节日三天两头就蹦出来。但是许久以来，我们的日历上为什么就没有蹦出一个读书节呢？

我们太需要读书了，我们的生活不能没有读书。“三日不读书，言语无味，面目可憎”，苏东坡这样说。“生活里没有读书，就好像没有阳光”，莎士比亚这样说。“读书足以怡情，足以长才”，培根这样说。“几乎每一本书都在我面前打开了新的世界的窗口”，高尔基这样说。成功的人其成功的重要原因就是读书，所以他们论起读书来，无不充满了深刻的体验和带有真理性的启示。古今中外，有多少关于读书的故事啊！而我们每个人，只要是爱读书的，也能说出许多与读书相联系的遭遇来，那是有苦有乐，但又充满了无限温馨的回忆。一间洁净的书房，书架上摆满了一排排的书，或有闲的冬日，或无事的雨天，或宁静的夜晚，泡一壶清茶，捧一本书卷，平心静气地读着。窗外或雨打芭蕉，或雪落无声，或明月照地，屋内气息宜人，那清新之气，那浩然之气，那灵动婉约俊美之气，一缕缕从书卷中飘出，混合着茶香，沁入读书人的肺腑。这是我想象的一幅读书图，在这样的读书图中生活，是一种洁净心灵壮人筋骨养人之寿增人之道的修炼，是人生的享受。

我们欢迎读书节的到来，我们要自己拷问自己，我们读书么？我们是怎样读书的？我们读书后获得了什么启示？现今之时，我们是一定要这样拷问自己。

市场、商品、物欲满世界，我们处在一个喧嚣浮躁充满着变更的世纪末，我们想象的那种桃花源里的读书环境难得出现，但是那种读书的意境是可以营造的，关键在于我们的自身。我们在当下生活的海洋里搏击，我们要能掌牢我们的生命之舵。开放的年代，我们面临多少新的诱惑啊！大款大腕、明星炒作、酒店宾馆、卡拉OK、三陪小姐、多媒体、因特网、酒吧茶吧、劲舞桑拿、按摩洗头、蹦极股市、老板别墅、广场平价、一日游二日游、下岗奋斗……眼花缭乱的生活真是一片大海，我们每个人都难以避免这片大海，都得在海里航行，不愿在大海里翻船沉舟，我们就要把准自己的舵。

读书节，是高悬在每年年尾的一盏灯，照亮着我们的记性：不要忘记读书，一本一本地阅读我们能得到的一切好书吧，它能使我们充实而丰满，茁壮而有力，扳牢我们生命之舵方向才能正确。

法国人设有一种影响很大的文学奖，称作“女读者奖”，这个奖的评委是从千千万万个志愿者选出120名女读者担任的。要想竞选这个奖的评委，第一个条件就是她必须有每年至少读30本书的习惯。这真是一个好办法，比起某些奖项的评委只有虚名而没读多少书显得更科学。

真的，读书是一种习惯，是一种不可或缺的习惯，是一种值得赞美的能使我们生活得更美好更有质量的好习惯，这习惯能提高个人的素质，也能提高一个民族的素质。

12月22日，中国的读书节，从今以后，我们为什么不能养成一年至少读30本书的习惯呢？

鹤峰买特价书记

我敢说，由于我的一种嗜好，至少使鹤峰县新华书店特价书柜扩大了200多元的营业额，而且是在一天之内。

关于我每到一个地方，特别是偏僻山区喜欢逛书店而不喜欢逛百货商店的嗜好，我在一篇文章里写过。这次我们一伙子人跑到鹤峰，在崇山峻岭围着的县城蓉美镇开民族文学笔会，书店是非逛不可的了。而且经验告诉我，深山之中定有好书，因此我对在鹤峰能买到几本好书早有预感。

笔会安排很紧，头三天连气都没喘就翻山越岭到土苗山寨采风参观，在篝火边跳摆手舞。第四天开始由作家讲课，我与这作家早说好了，他讲课我可以不听，我讲课他也可以不听。

早饭后我去街上找新华书店，经人带路，下了40多级台阶，到了书店门口，但书店关门，还没到上班时间。我等到8点半，那门才开。进了书店，只有一个营业员，没什么顾客。我的眼睛在那一长溜柜台书架上扫瞄着，结果是失望。那都是传奇武打和新近出版的书，装祯堂皇耀眼。看中一两本想买，再看定价，都是8元10元的，就不买了。你这书也就这样，有也可无也可，而且这么贵，我不买可以了吧，由你在书架上摆着贵去。

书店的一个角落，用柜台围成了一个圈子，五六个书架塞满了陈旧脏黑的书，旁边挂一牌子，写着：优惠30%。心中大喜，这正是我要找的地方，可惜的是这个圈子锁住了。问店堂的服务员，说是那人还没上班。问什么时间来？答不知道。我一定要进这圈子去翻那书，那里肯定有我想买的书。于是我就等着，到10点钟，还不见人来。想那人今天大约不来了吧，决定先回宾馆，明日再来等吧！

于是就叹口气朝回走，爬那40多级台阶时，遇到了鄂西州文化局副局长，女作家叶梅。叶梅问我干什么。我就对她说了买书的事。她说：走，跟我去。她带我到了新华书店楼上的办公室，找到书店经理。经理一边派人去找那卖书的人，一边向叶副局长汇报工作，无非是新华书店钱少书没人买之类的事。我沾叶梅的光，被招待了一听健力宝饮料。这时楼下有人喊：请刘作家下来买书。

我立即下楼，那圈子果然打开，一个小伙子坐在桌边守着。我进了圈子，立即开始了淘书。我一本本地翻找，生怕漏了好书。翻到满意的一本，心里一跳，一会就将那书柜翻遍，手边已集了好大一摞了。我翻到的书是：（清）闲斋氏《夜谭随录》，岳麓书社；徐一士编著《一士类稿 一士谈荟》，文献书目出版社；（明）洪楩编《清平山堂话本》，上海古籍出版社；（宋）方勺《泊宅编》，中华书局；张潮辑《虞初新志》，河北人民出版社；（英）迈位·沙克利《世界野人之谜》，广西人民出版社；（美）雷特蒙·穆迪《濒死体验》，上海三联书店；（苏）斯·阿列克茜叶维契《战争中没有女性》，昆仑出版社；（美）杰克·伦敦《热爱生命》，人民文学出版社；（台湾）南怀瑾《静坐修道与长生不老》，三环出版社；秦牧《翡翠路》，上海文艺出版社；周梅森《庄严的毁灭》，江苏文艺出版社。数了数，一共12本。看看快吃午饭了，于是算账，才要16元多钱。望着这堆书，我什么也没说。我知道这些书的价值。同时，我也估摸了一下，这些书如果是今天定价，要的钱可就多了。

付了款，正准备走，却看到叶梅也在圈子里翻书，已翻到了好大一摞。今天得感谢她，不是她帮助，这圈子就进不了。如果迟一些进这圈子，说不定我翻到的这摞书中的某一本被别人翻走了。我突然想，这买书也有缘呢，某本书到了你的手上，是有千种万种机会的，绝对是缘分。提了一摞书回宾馆，立即吸引了他们一群人，这些人中有不少书痴。于是午觉也不睡，都去书店翻书。他们回来时，每人手上都拎了一捆书，脸上都露出抑制不住的高兴，纷纷向旁人展示他们所买到的书。

我本来很坦然，因为他们买的这些书，都是被我翻过了的，也可以说是我挑剩的。但这坦然很快被懊丧打破。《民族文学》的尹汉胤竟在书店淘到唯一的一本《编辑笔记》，孙犁先生著。对孙犁先生的书，我是见到就买，特别喜欢。这次却让这本薄薄的书从我手上滑过。

这真是缘分了。

鹤峰买的书，质量不错，花钱很少，叫作特价书，这是一次不小的收获，不能忘记。

所以写了这小文，让书痴们羡慕一下。

要读《红岩》

我读《红岩》是在县城上初中的60年代，书是排队从校图书馆借的。30多年过去了，这期间我当文学刊物的编辑也当作家，读过的文学书籍可说不计其数，但能像《红岩》这样不用重读还能说出江姐、许云峰、华子良、小萝卜头等一串人物的作品，可以说是很少很少的。渣滓洞集中营、魔窟白公馆、铁网高墙、阴森恐怖，今天我闭着眼还能想象出那牢房的阴暗潮湿，以及在其中生活的共产党人的坚贞英勇，面对敌人的屠刀而仰天大笑的形象。挂在城墙上烈士彭松梧的人头，双枪老太婆令敌人闻风丧胆，小萝卜头从牢房里放飞一只蝴蝶，华子良装疯数年，这一切，即使我这辈子再不翻书，我也能永远记住。想起这些，一种感动在我胸中涌起，给我少年、青年时代以不尽滋养的书籍啊，我谢谢你。《红岩》无疑是我难忘的一本书，是我感谢的一本书。

《红岩》是一本革命的经典，是一本可以流传后世的书，是可以与《水浒》《西游记》《三国演义》等传统小说一起进入中国文化长河的书。经典有一种力量，它能影响你改变你提升你，经典是必读的，《红岩》也要读。

我是50年代出生的一辈人，我们为《红岩》这样一批革命经典激动。我们的子女这代人呢？他们的阅读兴趣在卡通画片，在金庸、古龙，在宇宙神星球大战，在先锋现代文本，他们不读经典或很少读经典。不读经典的一代是文化缺钙的一代，这在物欲盛行的时代是不可避免的阅读疾病。我们应该呼吁，应该提倡当下的青少年朋友们，从卡通、从武打、从星球虚幻中走出来，读一读像《红岩》这样的革命经典，补一补革命和文化的钙。你要了解历史，你要了解离你们最近的一次改朝换代时，共产党与国民党的斗争，国民党反动派如何对待囚禁的共产党人，在国民党溃败时反动派是如何疯狂地屠杀共产党人的，以及共产党人那种威武不屈，宁死不低头，为新中国抛头颅洒热血的英勇气概。读长篇小说《红岩》吧，《红岩》能告诉你这些，是以鲜活活的人物，惊心动魄的故事，曲折紧张的情节来告诉你的。

那一本以血色天空为背景衬托了出岩石青松图案作封面的书，那一本反复印刷发行量达到几百万册的书啊，《红岩》，我把你庄重地永久地排放在心灵的书柜中。

买《贾平凹散文自选集》记

很早很早就注意到贾平凹这个名字，读他的小说、散文、诗歌，很是喜爱，从中觉到许多相通的东西，后来读了几篇介绍他生平的文章，及至前几月读到一本四川文艺出版社出版的《贾平凹之谜》，就不光是觉到许多相通的东西了，有好些方面我们有相近之处。

他出自山中，上的工农兵大学，我也出自乡间，上的工农兵大学。他大学毕业做编辑，后来当专业作家；我毕业后，也是做编辑，一直做到今天，当作家只是业余的。

但我与他是不能比的，他 38 岁出了 41 本书，我 40 岁，虽说出了几本小册子，但只能是他这座山边的一个小土堆。我未见过他，也未通过信，但我敬重他，凡载有他的作品的报刊，我都要找来看。他不愧是三毛所称赞的大师。

我购买搜集了贾平凹的好几本书，他的重要作品基本都弄到了，摆在书架上，觉得是一种财富，常抽出来把玩吟读。

一日，一位朋友从县里来，住在招待所，我去看他，见他捧一本《贾平凹散文自选集》在读。此书我知道出版了，但一直没见到。我从朋友手上拿过来翻看，沉甸甸的好厚一本，大 32 开，600 多页，41 万多字，选收了贾平凹的散文代表作。我爱不释手，问朋友哪儿买的。朋友说：县里买的，但早完了。本想开口找朋友要，又觉得那样就有点自私了。你喜爱的东西，难道别人就不喜爱么？读书人把好书当宝，哪有割舍的道理！于是我只有羡慕了。

朋友走了，而这本厚书就常在我脑子中出现。怎么才能得到这书呢？我突然想起漓江出版社有位朋友在做副总编，而书正是他们出的。由于想得到此书的心太切，也就顾不得不好意思了，就给这朋友写信索书。信寄出好久无回音，没指望了。又想起与该社一位编辑有过通信联系，就给这位编辑写了一信。这位编辑来信说：此书已经售完，一本也没有了。但是社里正在印第三版，待三版出来后，一定给我消息。过几天当副总编的朋友也来了信，说其他事却没提我要书的事。我想这口已经开了，面子总是用了的。就给他第二次写信，再次索要此书。

一两个月过去了，我终于收到了一包书，急急拆开，眼前一亮，纸包里正是《贾平凹散文自选集》和朋友副总编新创作的一本书。我抚书挥笔，在《贾平凹散文自选集》的扉页上写下："三次信索，震宁兄寄来此书，大喜过望，永存。1991 年 11 月 19 日秋高气爽。"此书从此列于我的书架上，引得不少朋友羡慕。

又一日，在东湖边的一个书摊上，见到此书，驻足翻阅，见与我得到的版本一样，1991 年 6 月第三次印刷本，总印数为 23645 册。在如今书价大涨形势下，一本定价为 6.95 元的散文集能印到这个数，也是少见的。摊主说他进了 20 多本。我立即回机关，给曾向我打问此书的朋友通了电话。接电话者马上跑到书摊，兴高采烈地买了此书回来，还忙不迭向我道谢。我统计了一下，省作协院内买了此书的有 10 多人。

如今，我与爱好贾平凹散文的朋友，拥有了这本厚书。我想，我们也该写点什么。

我的收藏

我的收藏既无收藏家或收藏爱好者们那种目的性系统性，也不是一种具有收藏癖好的人，见了自己喜爱的东西就据为私有，收藏起来慢慢享用。前者的收藏具有文化思想方面的价值，意义不凡，后者只有实用价值，是一种物欲的表露。我的收藏居于两者之间，不如前者那么的专一有意义，又比后者要高明许多。我的收藏有点随意性，自得其乐而已。

我爱书，见了好书就购买之，买不到就向在出版社工作的朋友索要之，几十年下来，我书房里整面墙到顶可竖放两排书的书架都满了，还有装不下的就用纸箱装了放在别处。这是我最用心的收藏，投资最多，目的性最强，也最爱惜。其中有些重要书的收藏，每本书都可写篇书话的。我收藏有两只袖章，一只是1966年我16岁，当红卫兵串连到北京，参加毛主席接见戴过的红袖章；一只是我为勤劳一辈子抚养我们兄妹7人长大，58岁去世的母亲送葬时戴过的黑袖章。前者纪念那个难忘的年代，后者纪念我的农民母亲。我收藏有武汉卷烟厂的一组烟盒。那年他们请我为他们的卷烟厂写几句诗而送来做样子的。我诗写了，看那纸烟盒印刷很漂亮，就夹在本子里了，如今市面上再见不到这种几十年前印的烟盒了。我收藏了少数几个现代名画家名书法家的字画，但不是我蓄意去谋得的，是一种机缘所获。我想我如果成心去谋求字画，我的收藏一定比现在丰富多了。在我收藏的字画中，有一幅最后去世的辛亥革命老人喻育之写的字，那时他有103岁。他是真正的辛亥革命最后一位老人。我收藏有徐迟先生送给我的一把扇子，那是七十年代末，我在《长江文艺》当诗歌编辑，随徐迟、黄声笑从武汉坐轮船沿江而上去三峡。当时徐迟先生辅导黄声笑写作长诗《站起来的长江主人》第二部。徐迟先生带的一把白纸折扇，两边扇面上他用蝇头小楷写满了隽永优美充满了哲思的语录体文字。从长江上回来，徐迟先生将这把扇子送我了。我后来读先生翻译的《瓦尔登湖》，才知扇子上的文字是从书中摘出的。我还收藏有 1983 年 1 月湖北省青年创作会议的出席证，出席证背面写着我的名字和 519 号房间。我当然也收藏着 1991 年 8 月我参加全国青年作家代表大会的出席证、1996 年 12 月出席中国作协代表大会的出席证。说句实话，我有几件收藏品是无意之间留下来的，没有刻意追求。这些东西的意义只对自己而言，自娱自乐吧！

我最后要说的一件收藏却有点特殊，其物可称为长江的浪渣。是的，我收藏着一片长江浪渣。

1998 年 8 月上旬，长江洪水肆虐，举国上下关注，党和国家领导人亲临抗洪前线，百万军民奋力拼战，保护家园。湖北正处抗洪中心，8 月 1 日嘉鱼县簰洲湾倒口，随即公安县孟溪大垸倒口，荆江分洪区随时准备分洪，数十万灾民栖居在帐篷之中。我随几位搞摄影画画的人组成一个班子，到了长江防汛最危险的地段荆江大堤。荆江大堤遍布抗洪军民，我们在大堤上采访，感受那沸腾的场面和艰苦的保堤战斗。浑浊的江水自上游汹涌而来，江面变得宽阔无比，原来布满江滩的防浪林只露几片绿枝叶在江面，江水与荆江大堤几乎持平，筑在堤上的子堤，像是用编织袋土包垒起来的碉堡。江浪一阵阵扑向子堤，像张着牙齿啃咬着子堤。拥到子堤边的江水上，浮着许多的渣滓，叫浪渣。这时我在浪渣中间发现了我的收藏品。我弯腰伸手从江里把它捞了起来，它很轻，木质的，形状如一颗拔出的牙齿，还带着牙根。不过这牙齿长约半尺，宽约三寸，厚约两寸，顶端有凹槽，如牙槽一般。这是一颗惟妙惟肖的牙齿。这又是一片浪渣，它是一截木头，在长江里经过多少时日的冲激淘洗，而变成这副摸样呢？我手捧长江浪渣，伫立子堤之上，朝长江上游眺望，又有几处垸子倒口，那些来不及或根本不可能搬走的物资交付波浪了，波浪把这些东卷走，而让它们变成了浪渣。我手上捧的这颗牙齿形状的木头，或许是某幢房屋的檩子，或许是某个家庭的木蔸子坐凳。不管它原来是什么，它被岁月被长江变成了浪渣。浑浊的江浪还在汹涌地啃咬着荆江大堤，大堤挺胸迎上了波浪，击得波浪碎沫纷飞。我突然想，我手上捧着的这片浪渣，是江浪的牙齿，是的，是牙齿，我拔掉了长江啃咬大堤的一颗牙齿。1998 年的长江大抗洪，终以人类的胜利而结束。

而我，从抗洪前线带回了一片浪渣，带回了长江的牙齿。记得在从荆江回武汉的车上，那几个画画的摄影的同事看到了我的浪渣，觉得造型不错，提出用东西跟我交换。因几个人都想要，就有人提出拍卖竞价，我报出了一个起拍的价码，他们就都不敢应声了。他们知道我是不会转让的，君子不夺人所爱，所以他们也就没有再开口了。

如今，这片长江的浪渣还在我的书房里摆着，成为我杂七杂八的收藏品之一。

道观河纪游

武汉有家久兴公司，很有些战略眼光与胆识。武汉不是有名的火炉城市、夏天的酷热为全国之最吗？于是他们就寻找到一块不太热的消暑地方，一块没被污染的自然景观很优美的地方，有山有水，有景有致，令人一眼就爱上的地方。

我是作为一名作家，被久兴公司的朋友邀请参加考察团的。

道观河风景区原是新洲县一个乡镇，位于大别山南麓，列为风景开发区后，正在加紧修筑公路。考察团一行50余人，分乘四辆中巴，从新洲县城出发，沿着铺满碎石的公路颠簸着前行。当汽车开上一条林木夹道的公路时，一股凉意随之传过来，大家把车窗打开，浑身为之一爽。进入道观河地区了，有人说。看那公路两边的树木，郁郁葱葱，四围是丘陵小山，山上均是绿色，不险恶，多秀丽，文静得使人怜爱不尽。

领队安排，四辆车分两拨，就此分路。一拨人先上山看，一拨人先下水玩。我是属于先下水的队伍。两辆车开到一片绿色的水边停下来。纷纷跳下车，嘀，面前是浩瀚的绿，明丽的净，一块硕大的绿晶玻璃嵌在青山之间，在静静地等待游客。

这是道观河水库，水面有4平方公里，合6000余亩，库容量蓄水达1.1亿立方米。怪不得我们一进入道观河地区，就感受到一阵凉爽，原来是这一片碧波在调节着呢！

我们上了两只机动木船，大家在船两边坐好，船老大发动了机器，木船犁起一道璀璨的浪花，箭一般地在水面上划过。慢一点！慢一点！让我们细细地看看这水，这水边的山，山坡上悠闲的牛群。啊啊啊，大约是无法找出准确的语言，我们只好这么叫着。我把手伸进水里，那水不凉不热，稠稠的，柔软得如绸缎一般。有人把脚伸进水里，有人捧水洗脸。有个人说：这水的手感很好。我立即觉得这话说得很有意味，也很准确。

两条木船傍着水库岸边不急不缓地驶着，水边的山连绵起伏，映在蔚蓝洁白的云天之际，轮廓优美，曲线清晰动人。水库中，有大小岛屿，大的有两三百平方米，小的只有几十平方米。“我们将来准备在这些岛上建些情侣小屋或者创作之家，让新婚夫妇来此度密月，让作家住在上面写大部头作品。”久兴公司的总经理石海说。当然，水库岸边那些平缓的山坡上，将建起一幢幢的别墅、度假村。

船在水面游弋，忙坏了扛着摄相机和提着照相机的记者们，摄相机照相机在贪婪地吞食着水光山色，只听咔咔咔一片响声。

游完了水库，船在报恩寺前的一片小树林边靠岸。我们与另一拨人交换，他们上船，我们上岸，爬山，游览寺庙。

报恩寺系湖北名刹，原寺已毁，新寺已落成，座落在道观河水库边的青龙山腰，殿宇巍峨，气势恢宏。报恩寺主持本焕大师原籍新洲，早年在报恩寺出家，后云游四海，落脚广东，现为广东省政协委员，佛协副会长，90高龄，海内外弟子数十万众。本焕大师筹资近千万元，亲自选址重建报恩寺，将于明年正式举行开光大典。本焕大师将重回故里，海内外僧俗届时将前来朝觐。

出了寺庙后，我们就爬山。青龙山顶，众人极目四望，万千世界，尽收眼底，真可谓“欲穷千里目，更上一层楼”。此时的道观河水库，在我们的脚下绿着。水库里的大小岛屿，变成了漂浮的土堆。云很淡，风很轻，远山近水，人在仙界，我们这些男男女女们仿佛都得了仙气。

在山顶，参加考察团的朋友们围着久兴公司的总经理石海，纷纷提建议，谈设想，希望他们的开发一定要顺应这块宁静宝地的自然，万万不可破坏了生态，污染了环境。石海连连点头，说：这些都在我们的设计思想之内，我们的开发，只会使得道观河更加美好，而决无破坏的道理。

游览考察结束，我们重回新洲县城。而道观河的那一片清凉，那一片山水，那一缕仙气，都装在每个人的心中了。

潜龙腾飞记

三座小岛毗连，静静地依偎在汤逊湖畔，经风吹浪打，雨浇雪冻，世纪变换，人生历练，越千载百年，无声无息。沼泽芦苇，小丘瘠地，茅棚遮雨，渔舟撒网，荒坡耕种，岛民流汗流血，只混个肚半饱，衣裹身。日子一天天过下去。岛上有传说，渔人曾救遭玉帝惩罚之龙藏于岛内，故此三小岛皆称藏龙岛。

既藏有龙，就有盼头，龙潜水底，必有腾飞之时。现在苦点怕什么，现在穷点没关系，岛民仍日出而作，日落而息，平心静气，生衍不止。渔歌唱晚，田头笑声，使得某作家于上世纪末到岛上采风，慨叹岛民苦，但苦而不悲，却有乐。

忽一日，改革之春到来，风雨之后，日丽天青，汤逊湖畔车吼人喧，成开发热地。一刹时，楼房林立，别墅幢幢，道路八达，园苑遍地，煞是繁荣。潜有真龙之三岛，建设成藏龙岛科技园区。潜在岛中之龙，抖擞腰身，伸展四爪，扬须振角，一阵呼啸，腾跃而出。三岛变容，荒山披绿，百桥飞架，房屋比肩。岛民欢呼：啊！啊！啊！潜龙腾飞，世代期盼的日子终于来临了。

于是藏龙岛岛民，弃茅棚居高房，舍渔舟入店堂，人人成股民，藏龙岛科技园的收入，大家有份。荒地建楼，沼泽植树，僻野小岛，风光无限，成旅游之地，人间乐土。岛民别昨日，食讲营养，衣著锦绣，学文化研科技，与时代同步。

藏龙岛头，置有龙池，龙池池水，喷泉纷飞，鱼翔水底，一巨大金铜龙首，昂头扬须，双目如球，吟啸长歌。此乃岛民，为谢藏龙，在其腾飞一瞬，为其定格塑像，以志永久。龙池畔汉白玉碑上镌有文史专家冯天瑜先生《藏龙岛记》，字字珠玑，美文华章。

我今学先生，东施效颦，写此短文，以颂龙德。

大碗藕汤

外省人都说湖北人喜欢喝藕汤，湖北人煨的藕汤好吃，湖北人招待客人，没有藕汤上桌，就不完美。这些话基本是正确的。有点不正确的是，还有少量的湖北人不是这样，他们不会煨藕汤，也不一定喜欢喝藕汤，比如鄂西北地区。我曾到神农架边的房县当了一年工作队员，就一次藕汤也没喝过。十堰市作家杨运世到武汉工作好多年，他还不会煨藕汤，每次煨的汤，排骨烂了，那藕却不烂。他后来向我请教这事，我把窍门告诉他了，如今不知他的藕汤中的藕还煨得烂否？严格说，喜欢喝藕汤的湖北人，大致分布在武汉周边地区以及江汉平原一带。

湖北的藕汤，用猪排骨、脊骨及蹄膀加大筒藕煨，用大砂罐煤炉火，煨出来的汤浓稠，味鲜，特别是那一筒筒的藕，略红发亮，拈出一筒，不小心掉在地上，能跌得粉碎，那烂的程度可谓极致。一盆热腾腾的藕汤端上桌，众多筷子伸过去，藕很快就完了，盆里的骨肉还未动。主人赶忙从罐子里再舀出大碗藕倒进去，往往一顿饭下来，那盆藕汤要加三四回藕进去。如果自己家里吃，一人一大碗，吃藕喝汤，大快朵颐，快乐逍遥，是极好的享受。

湖北人在外地生活多年，一想起故乡的藕汤，还津津乐道。那砂罐藕汤，热气腾腾，母亲盛上一碗递过去，少年童年的回忆，藕汤立即引出一缕乡愁来。于是就买藕买排骨生煤炉煨藕汤，可就是煨不出故乡的那种味道来，更吃不出母亲端的那碗藕汤的香醇来，虽然母亲那碗藕汤中藕多骨头少，排骨更是珍贵。在北京《中国林业报》作副总编的万以诚，武汉人，曾给我寄来一篇写喝家乡藕汤的散文，那文字透出了浓浓思乡情味，此文后来发表在《长江文艺》上。诗人陈松叶，武汉人，在北京工作多年，那年到武汉大学上作家班，人到中年当学生，妻子孩子在北京。有个星期天我在武昌水果湖菜场碰到他，腋下夹只铝碗，手里提着几块烂骨头和几节细藕。我问他这是干什么。他说回宿舍去用煤油炉子煨藕汤。陈松叶那时停薪留职上大学，正是秦琼卖马时。即使再困难，他也要买几块骨头几节藕煨汤。藕汤，湖北人的情思和乡恋啊！

煨藕汤，藕是非常重要的原料。湖北乃千湖之省，没湖不生藕的，藕的种类繁多，有的藕细而长，有的藕肥而壮，有的藕节短体圆，这种种不同的藕，都可以煨藕汤，有的藕煨得特别粉烂，有的藕不易煨烂。前面所说十堰来武汉的杨世运，煨的藕汤藕不烂，是碰上了这种藕。我告诉他将藕煨烂的诀窍也是别人告诉我的，那是将藕洗净切成筒子后，装进盆子里，撒一层细盐，簸一簸，稍放十几分钟，再放进排骨或骨头中煨，没有煨不烂的。“鄂城的鳊鱼团丰的酒，黄州的萝卜巴河的藕”，据说浠水巴河的藕筒节大，煨的藕汤特别好。

湖北各地的名藕还有好多种说法，我碰到一次特别好的藕是在沔城。沔城是农民起义领袖陈友谅的家乡，是原沔阳县今仙桃市所辖的一个镇。前年，湖北邮电系统文协的叶万青大哥请我与刘醒龙、陈应松去仙桃市仙苑宾馆为邮电系统的作者讲课。讲完课后，叶大哥弄辆车陪我们去沔城看陈友谅的一些遗迹。叶大哥是沔城人，上车就打电话安排午饭，说是请我们去周大碗饭店吃饭。到了沔城，看了陈友谅留下的一些遗迹，倒也引起了我们对历史的一些回顾。当年农民起义，实是生活艰难不得不反。陈友谅后来做了小王，不知他忘没忘当年耕作之苦。中午我们到了周大碗饭店，说是饭店，其实就是乡镇的小饭馆。周老板与叶万青是熟人，热情得很，吃饭时端上来的碗，只只大得像小脸盆，粗瓷烧的，我们方知这周大碗饭店的来历。周大碗最拿手的吃食是排骨藕汤。哇，好大的碗，好大的骨头，好大的藕筒子，藕汤煨得汁液浓酽，香气四溢，引人口水欲滴。没说的，在赞叹中，我们每人干掉了一大碗，欲再吃，惜胃已装不下。叶万青说，沔城藕很有名，粗壮质粉，那藕的洞眼比别处要多两三个。我们也没数那洞眼到底有多少个，只顾说那藕汤好吃。刘醒龙说，他妻子正怀孕，他要买几十斤沔城藕带回武汉，煨藕汤给妻子补养身子。叶万青就让周老板用三只大纸箱，各装一堆沔城藕，送给我们三人，哪能说买的话。谢谢刘醒龙，因为他要沔城藕，也让我和陈应松白得了一纸箱藕。回到武汉用沔城藕煨汤，那味道自是不一般。

如今，人们生活水准提高得很快，饮食文化得到大大张扬，各地名吃多不胜数。湖北菜中好吃的东西也多得很，而湖北藕汤，原材料价格低廉，制作也不复杂，属于大众化的吃食。过年过节，邀朋聚友，煨上一大罐子藕汤，所费不多。然后喝点小酒，大碗吃藕汤，其乐无穷啊！

阿尔卑斯山中的一个傍晚

我们是在星期六的下午离开慕尼黑前往奥地利小城茵斯布鲁克的。宽展的公路，可称豪华的大巴车，比利时籍的司机，把车开得让我们乘车者觉得是一种享受。通过车窗，看公路边的景象，山坡、草地、绿茵可人，两层楼的房子，窗台上是艳丽的花朵，我们虽说连续坐 4 个小时的车，却一点也不疲倦。晚饭是 6 点多钟在茵市吃的，是家台湾人开的餐馆，吃得简单但很舒服。1968 年和 1972 年，两届冬季奥运会都在茵斯布鲁克开的，这座城市虽小，名气却是很大的。

此次访欧，我们的住宿地多是在城市的郊外，作家晓苏说，我们回去写文章，可以写十多篇“××郊外的晚上”。导游说，我们今天住茵市郊外的山上，保证大家会喜欢，你在那里住一晚，会终生难忘的。

离开茵市，大巴车又行了一个多小时，公路越升越高，后来就盘绕而上，大约晚 8 点到达我们住宿的地方。在一座两层的小木楼门前停车，各人拿到房间的钥匙，很快安顿下来，提起照相机出门，三五成群拍照去。

我和此次赴欧访问团团长韦启文的房间在二楼的南边。我打开房间通向阳台的门，走上阳台。阳台上摆着两把木椅，一张小木桌，阳台是木栏杆。我倚着木栏杆，观看眼前的风景，才真正理解导游所说让我们终生难忘的境界。我最先说的两个字是：真美。

我们是住在阿尔卑斯山的半山腰。东方，阿尔卑斯山的顶峰在夕照下，闪耀着金色的光芒，遥遥望去，还有残存的积雪。那山峰雄壮威严，直指蓝天，静默无语。从山顶向西斜下，是缓缓的下坡道，一直到我们住的地方，才有大约十余幢房屋建筑。我们住的小酒店是其中之一。在南北山坡的拱捧下，一条宽约 200 米的坡道朝西延伸下去，连接着下山的公路。试想冬季的日子里，山坡及坡道全是白皑皑的积雪，游人们乘着雪撬，踏着滑雪板，顺坡飞驰而下，享受着那种自天而降风驰电掣的快感，该是多么刺激而快乐。那时的欢笑声呼吼声，把这沉寂的阿尔卑斯山推入到沸腾之中。说不准，两届冬季奥运会上创造的世界纪录皆产生于此哩。我把眼光从东自西收回，朝南望去，南面的山坡上，郁郁葱葱，是一片年纪不太大的雪松树林，那树木茁壮，枝叶茂密，把个山坡掩盖成一团浓绿，浓绿得让人心里颤动。我久久瞩望，无声地瞩望，我要从那绿色中望出自然界的大美与力量，望出人类生命的强盛与深邃来。我们的酒店座落在东面的一座山坡上，与南面山坡遥遥相对的北山坡，却是另一番景色。一块硕大无边的地毯自上而下斜铺下来，没有树，全部是绿绒绒的草，那草的绿比雪松树林要淡，是一种嫩绿，绿得翠绿得亮。一群奶牛在山坡上徜徉，悠悠游走，吃着青草。牛们的脖子上都挂着一只铜铃铛，牛走动时，那铃铛叮当作响，清脆悠扬，在晚风中飘散，飘散出一种温暖与亲情来。

在夕阳即将收拢翅翼，在夕照最灿烂的时光，我们的团长韦启文为我拍下两张照片，无疑这是两张在我此生大量照片中堪称经典的作品。

阿尔卑斯山，那山中的小酒店，小酒店的木栏干，夕照，牛铃，草地，雪松林，啊，我终生难忘的一个傍晚。

竹溪古关说秦楚

成语“朝秦暮楚”在《辞海》中的解释是战国时秦楚两大强国经常打仗，其他国家根据自己的利益所在，时而助秦时而助楚，比喻反复无常。今年7月，我随中国作家竹溪行采风团到竹溪采风后，却对《辞海》的这种解释不以为然，觉得《辞海》的解释与这成语产生的原意相去甚远。

竹溪是鄂西北最边远的县，西与陕西的平利县接壤，南与重庆的巫溪县比邻。县委县政府的领导说，解放以来竹溪只来过作家碧野，后来写了散文《竹溪》。这次来了作家韩少功、方方、阿成、聂鑫森、野莽等，这是竹溪县志要记载的大事，希望作家们多写竹溪。

从竹溪县城乘车西行30公里，就到了横跨鄂陕渝豫皖五省市楚长城雄关关垭。关垭史称白上关，当地人叫关垭子。关垭两山夹峙，一线中通，横亘南北，分割秦楚，自春秋以来长期为兵家必争的战略隘口。如今的关垭关城，钢筋混凝土浇筑，上世纪九十年代重修，城门洞里一条国道由鄂通陕，人来车往，秦楚无阻隔。

舍车登关，我们先寻楚长城遗址。从关城的一侧爬一面小山坡，我看到那掩映在杂草树丛中的墙体，高有两丈余，朝北边的山林中蜿蜒而去。这就是筑于公元前7世纪的楚长城了，比秦长城早400年，比明长城早2000年。楚长城夯土而成，夯土里拌魔芋浆、杨桃藤汁作粘合剂，坚如铁壁，两千多年的风雨侵蚀战争摧打，如今还留有300多米的夯土城垣供后人观瞻，叹我楚人祖先的盛衰存亡。

登几十级台阶上到关垭城楼。站在城楼上，突然就感到自己高大起来。

国道从我的脚下通过，身边山岭起伏，莽莽苍苍。我朝西站，就背楚面秦；我朝东站，就背秦面楚。关垭东是湖北的竹溪，关垭西是陕西平利。关垭城楼的望台上，国务院勘立的省界碑屹立着，傍着界碑照相，你就脚踏鄂陕两省了。两千多年前，我若是楚国的守城将士，面对沿峪口而来的秦兵，马蹄达达，呐喊如雷，我会拔剑而起，带领我的士兵兄弟与秦兵厮杀，用我们的血肉捍卫楚国国土。“身既死兮神以灵，魂魄毅兮为鬼雄!”楚国诗人屈原的《国殇》不就是写的楚人浴血抗秦的英勇么？战争残酷而激烈，血泊中，秦人早晨占领了关垭内的楚地，但是晚上，楚人又夺回了失地，反而占了秦国的领土。关垭内外的土地，早晨是秦国，晚上又可能成为楚国了。战争没有结束，朝秦暮楚的情况就不断出现。朝秦暮楚就这么流传下来，成了成语，其解释演变成反复无常，真没道理，但我们又不能说这是错误。

关垭是一个历经两千多年的古关，现在的关城是第几次重修，谁也说不清楚。当年的国界，今日成为供人凭吊游览的景点。筚路蓝缕曾经强大的楚国，终被秦灭掉，而秦最后又被楚人灭掉，“楚虽三户，亡秦必楚!”中华的大一统，这是历史的必然。今日的秦地楚土，都是中华人民共和国的江山。而秦人楚人早已是同胞家人了。在关垭旁边，有露水集市，陕鄂人民，平等交易，互通有无，团结共振。

在关垭附近，时有农舍墙跨秦楚，一家人中，有父秦母楚的或母秦父楚的多得很。只是关垭之外的陕西，享受的是国家西部开发的政策，而关垭内的竹溪，享受的是中部省份开发的政策。西部政策与中部政策据说有差别。陪同我们游览的竹溪干部说，这是因为这堵关墙所隔，所以政策不一样。但竹溪人民很有信心，中部崛起的口号会得到实现。湖北陕西，在改革开放之后，都在一天天发展起来，鄂陕人民都在一天天富裕。

竹溪的关垭古关，留下了中国最古老的长城，留下了一个成语的出处，留下秦楚人民由敌我变亲人的见证，留下了一道供游人休闲游览的亮丽风景线。来吧，海内外游客，此地不可不看。

秋天的小树林

秋天的小树林是淡泊的，她不是春天的时光。春天的小树林翠绿娇嫩，蓬蓬勃勃，一丛丛一片片，密密麻麻，湿润浓烈，野花点缀其中。那时，她妩美而多情，可总使人觉得少了些成熟老到。

她也不是冬天的时光。冬天的小树林有些凄清，风刀将她的每片叶子砍尽，寒冷掠走她的最后一星绿色。她裸露着枝梢，在晨暮中屹立，使几只乌鸦唱出枯涩的歌。那时，她严肃冷峻，使人觉得有些不可亲近。

只有秋天的小树林是我喜欢的。我漫步在林中，脚下是薄薄的一层落叶，那是树们删繁就简而剔下的。脚步踏在这落叶上，既不软乎乎的，又不是干巴巴的泥土。树枝上，飘扬着赤红的、淡黄的、青绿的和深褐的叶片，不疏不密，恰到好处。

到处是成熟的气味和淡泊的风采。枝梢劲翘，挂一嘟嘟一串串青熟的籽果。林间明亮且又有些阴暗，风在这里也是柔柔的，不像春风那样腻人，也不是冬风那样冷酷，有的只是宁静。慢慢地走，树们对着风点着老成而有涵养的头。

林子地上，花儿已开过了盛期，不像春天那么浓艳，倒显得更加馨香而深沉。蒲公英的小伞一只只地举起，优雅而闲散，等待着飞升和飘游的时刻。小路弯曲出一林的韵致，白光光的煞是好看。

秋天的小树林，看上去不像春天那样肥厚丰满，不像冬天那么苍劲而严肃，她恰到好处，像个不胖不瘦的中年人。淡泊宁静，殷实成熟，她拥有沉甸甸的果和淡远的思索。

我既到春天的小树林里踏青，我也到冬天的小树林里捡枯枝。但我最喜爱的，是到秋天的小树林里散步漫游。是我的年龄到了既不是浪漫的青年，也不是苍迈的老年，而恰处于生命的秋天——中年所致么？很可能是的。

清晨，我到树林里小路上跑跑步。然后站在一棵树下，把袖珍收音机挂在枝桠上，一边听早晨的新闻联播，一边做广播体操。我离开林子时，觉得这一天的开始不错，体内满贮着精力。这个白天，我将会进行有效率的工作和学习。同时，我不会为遇到一件沮丧的事而过分懊恼，也不会为了一件成功的事而高兴欲狂。我相当淡泊了，我已经宁静而平和，就如身边这片秋天的小树林。

傍晚，我或者携着妻儿到秋林中散散步，给儿子讲一个有点启发意义的故事，为妻子新近遇到的难题作一些冷静的分析，站在旁观者的立场，提些好点的建议。更多的时候，是我一个人携本薄薄的书，到秋林中去，享受那四周的宁静幽远。我也许会读那书上的一首隽永的诗，或一章意蕴深含的短文，细细品尝那醇味。有时，我在林子里构思一点什么，或者作些漫无边际的遐想。想了些什么？事后也难以用语言表达得清楚。

我感激我的身边有这一片小树林，我特别喜欢秋天的小树林，我从她那里所获甚多。

游寓言园记

那是一次文学界的聚会，我和诗人洪洋、管用和边谈着诗坛的状况，边在武汉东湖风景区里的一座雕塑旁合了影。我们谈得太投入了，竟然没有去细究那雕塑。照片洗印出来，画面上我们三人站在那里高谈阔论，颇有风采。但那雕塑却是一则寓言，三个和尚在睡觉，水桶扔在一边，题目是《三个和尚没水吃》。看着照片，我先是哑然失笑，继而觉得这里面似乎蕴涵了一点什么。这寓言的意思小学生都知道，可为何我们三个人偏偏在这里合影？但愿这仅仅只是巧合，我们三人都还没放下诗笔哩。

那次我们是闲溜达走进寓言园，根本就没有想到去欣赏游览这美好的去处。

今年中秋节前夕，我专程游览了寓言园。

进东湖风景区大门右拐朝南，沿着蔚蓝秋波轻拍的湖岸，走四五百米，在林木苍翠蓊郁的一个缓坡上，立有一石雕牌坊，上书“寓言园”三字。进牌坊再上走几步，便是一大片草坪地，夹有修竹矮树，间有房屋座落。草坪地上，看似无序实则有章地散落着九座寓言雕塑。我逐一看去，《狐假虎威》《三个和尚没水吃》《射手与卖油郎》《盲人摸象》《叶公好龙》《滥竽充数》《曾子不说谎》等，或立或卧，或松散或紧凑，高低参差，生动古朴。人与物多变形，变形变得传神趣妙，栩栩如生。石材呈青灰色，厚重而沉着，作者将一腔灵气倾注其中，用大方块几何图形来表现，以垂直线与水平线来刻画。而一座《愚公移山》浮雕，则采用摩崖式，长达 40 米，高达 6 米，秋日阳光，林木掩映，一面气势恢宏的壁画横亘晴空下，使得寓言园一下变得大气而崇高起来。浮雕上的人物摩肩接踵，愚公的子孙们干得好热火呵！

一大八小，装点了东湖壮美而隽永的风景。园里游人如织，红领巾与笑语声格外醒目悦耳。九则寓言，大多选入了中小学课本。老师课堂里讲，如今园里又睹雕塑，无异于一次形象教学。少年们会把这寓言记得十分清楚，那含义将伴他们的一生。

九则寓言，九座雕塑，何止属于少年们呢？我们每一个人都要常常读寓言。在寓言园里，我们不妨屏息深思一刻，再温习一下这些小故事，或许对我们再来一次启发，使我们的思想修养得到一次升华。

寓言园是少年们的园，也是成人们的园。

在武汉的东湖有一座寓言园，1986 年兴建，占地 4.4 公顷，在我国的园林中尚属第一家。

会有第二家的，我国古代的寓言很多，以其精巧和深刻的寓意教育过一代一代人，这些寓言都可以让其再现在祖国的大地上。

我又转悠到《三个和尚没水吃》的雕塑前了。我坐下来，与那三个和尚坐在一起。东湖水在我身边荡漾，野菊花在草地里醒目地开放。有三个诗人偶然地在这里与三个懒和尚合过影，我想这并不是巧合，寓言就是寓言，它是昭示，它是提醒，如此而已。

我站起身，我想我该去挑水了。

亚洲第一渡槽记

渡槽，指的是湖北枣阳石台寺引唐白河工程的送水渡槽。对于世界范围的渡槽知识，我所知甚少，但枣阳人坚定自信的声称，使我对这座渡槽为亚洲第一深信不疑。

初春的大地，暖气微微，公路上虽有车来人往，村庄里也有炊烟袅袅，但田野上基本还是一片光秃，小麦的嫩绿还不足以掩盖土地的褐色。此时大地上最引人震慑的是这座渡槽。十多米高的水泥架子，在土地上排成一列蜿蜒的纵队，托举起巨大的水泥凹槽，像一排巨人，高举起一条莽苍苍的龙，在高远的天穹下，在深沉的土地上缓缓舞动着，舞动出一股雄风，一段历史。渡槽全长6公里，其长度其过水量都是少有的，这都有具体资料数据为证，号称亚洲第一不谬。

湖北是多湖的鱼米之乡，但湖北也缺少水，三北，即枣（阳）北、襄（阳）北、光（化）北都缺水，枣北为甚。枣阳现今已改县为市，枣北有8个乡镇，50万人口，70多平方公里的土地，缺水的直接后果，使得这一带贫困永驻，十年九旱。人饮水靠天下雨，或者跑二三十公里路去运水回来过日子，牲畜无水喝，活活干死。

解决枣北的干旱，为了这一方人民，政府的有关部门下狠心，动大工程，把河南省境内的唐白河之水，引进枣阳。由于地面海拔的差异，引唐白河水，需要三级提水。提水高度达几十米。我随朋友去看了第一级提水泵站，当地人叫机窝，那泵站在地底下十多米深处。机组并列着，各类仪表灼灼耀眼闪光，正在进行有条理的工作。我们又来到二级提水站，即第二机窝，嗬，看那巨型水泵筒子已扬起十几米高，爬上了一座高塔，而渡槽即从高塔处开始延伸。前面的高地处，还有第三级提水泵站，我们没有去。

渡槽送水，所到之处将普降甘霖，不仅人畜用水解决了，庄稼有足够的水源，大地再不会光秃，绿色将覆盖原野，那时的枣北大地，将真正是莺歌燕舞了。几千年啊，没水的枣北，水贵如金的枣北，将彻底结束那可怕的干旱历史。水，对人们是何等的重要啊！

引水工程，修建硕大的渡槽，工程浩大，资金甚巨。地方和国家的财力都有限。却有日本人给予数千万的援助，并派技术人员前来施工、安装。我在一级提水泵站参观时，管理人员告诉我，日方的技术人员工作态度认真仔细，非常负责，一个按钮、一颗螺丝钉，都反复检查，一个不错，工作起来，他们达到了废寝忘食的地步。

日本人为什么要跑到枣阳来，援建这个引水工程？我心里有个谜。枣阳市文化馆的老胡给我讲了他的想法，颇有参考意义。抗日战争年代，武汉失守之后，国民党第五战区长官司令部驻在枣阳的王湾。日寇妄图进四川，在枣阳、宜城、襄阳处受阻。日军狂轰乱炸枣阳，曾到枣阳烧杀奸掳，无恶不作。老胡小时候就看到过被日军奸杀的妇女尸体。为了抗日，枣阳的土地、枣阳的人民蒙受了巨大的损失，而日军终于未能突破这通往四川的咽喉之地。或许是一种犯罪感，使得日本人采取援建渡槽的行动，以减轻心灵的负担，为枣阳人民做些好事，以示一种反思，一种日中世代友好下去的意愿吧！

枣北大地上，那渡槽的雄伟，那渡槽的功德，是令人叹服的。亚洲第一渡槽，是一条巨龙，能降甘霖，能带动那一方人民腾飞；是一座横卧的长碑，记载了枣阳人民的苦难，也记载下一段不能忘怀的历史。

青铜之光

五月在湖北大冶参加青铜之光文学笔会。文学笔会冠名以“青铜之光”，是有其深厚意蕴的。大冶有全国重点文物保护单位：铜绿山古铜矿遗址，是世界文化遗产的瑰宝，是中国青铜文化的一座丰碑。大冶地方政府和人民希望作家们以手中的笔，来张扬和发挥青铜文化的灿烂光辉。

大冶有铜绿山，意即铜绿色的山。据清修《大冶县志》载：“铜绿山山顶高平，巨石对峙，每骤雨过时，有铜绿如雪花小豆点缀土石之上，故名。”这是何等的奇观啊，当雨过天晴，漫山的土石上都是雪花小豆的绿色，太阳出来了，照射那片绿色的雪花小豆，何等的艳丽而炫目。这就是光，这就是青铜之光。人有人情，物有物理，铜绿山为何在雨后有这种奇异和反映呢？这是因为铜绿山地底下蕴藏有矿物，从矿物的物理性来看，这是金属光泽的反射，是山丘地表露出的自然元素和金属化合物，经雨水洗刷后，金属表面所显示的固有之光。

青铜文化，那是一个特有的时代，形成于公元前2000年，经夏、商、西周和春秋，长达15个世纪。当人们从石器时代走出，能冶炼出铜和锡或与铅的合金，成为青铜，并用青铜制作各种器物，运用于生产和生活领域，时代就发生了质的变化。金属代替了石器，人类发生了一次飞跃，这不仅是生活和时代的飞跃，更是一次文化的飞跃。那制作精良的青铜器具，那青铜器具上镌下的铭文，是艺术是历史是中华民族文明的阳光。

但是我们的祖先是怎么样发掘矿物冶炼成铜的，以致最后怎么制作成青铜器具的？这中间的漫长的探索与发掘是一部动人的人类文明发展史。这部发展史我们后人可以想象，但是如果有实物遗址来证明，那该是多么重要多么宝贵的发现啊！然而这种发现几千年都没有能到来。

青铜文化的奥秘就埋藏在大冶铜绿山下，一千年过去，又一千年过去，再一千年过去。20 世纪 50 年代，一位苏联专家带着地质队到铜绿山进行勘探，结论是“矽卡岩区无大矿”而离去。1957 年，鄂南地质队再次来铜绿山勘探，却发现大量的矿产，品位之高分布之广居全国铜矿首位。于是铜绿山建矿，大量矿石开采出来用于国家的经济建设。在采矿过程中，不断发现一些古巷道和支护井巷的木质构件。1973 年，采掘工在一批古巷道中先后发现 13 把铜斧，最大一把重达 3.5 公斤。铜斧送到北京中国历史博物馆，于是一支由中国历史博物馆、湖北省博物馆以及黄石、大冶有关部门组成的考古调查队来到了铜绿山。

中国青铜文化的形成发展的轨迹，以大量的实物与遗址在铜绿山的土壤里展现在世界面前，奥秘揭开了。历史揭开了光辉的一页，世界的眼光聚到了湖北大冶铜绿山，铜绿山是中国目前发现的第一处古铜矿遗址，称之为世界文化遗产的瑰宝名副其实。国家领导人来了，联合国科教文组织和世界各国的专家来了，千千万万的人民大众来了，来一睹中华民族青铜文化的历史见证。铜绿山，中华民族的骄傲，人类文明的历史丰碑。

青铜之光文学笔会的作家们，面对陈列大厅的古巷道，面对陈列柜中的文物，心灵的震撼是巨大的。我和我的作家朋友们，走出了展览馆，沐浴在 5 月的阳光下。铜绿山苍翠碧绿，那是铜绿，也是青春之绿，铜绿山是古老的，也是青春的，青铜之光是青春之光，永远不灭的民族之光。

我想到了那个苏联专家，浅尝辄止，伟大的发现从他眼皮下溜走。而鄂南地质队能深掘进去，一个历史的辉煌就此展现出来。我们搞写作的，要有不畏艰难的探矿精神，深掘进去，生活的富矿才能发现，而一个新的辉煌的文化时代才能到来。

青铜之光，照耀中华民族的历史之光。

咸宁温泉记

全国有许多的温泉，许多许多的温泉各有特色。湖北的多处温泉，给我印象最深的当属咸宁温泉了。咸宁温泉因泉而得地名，咸宁地区行政公署所在地就叫温泉镇。几年前的深秋，我和几个朋友在咸宁地区文联同志的带领下，先到温泉池子里游个痛快，再冲一阵淋浴，然后到饭店去吃火锅喝啤酒，谈论文学，那快乐至今都不忘。

前不久，咸宁地区温泉经济技术开发区把我与另两位作家接去，让我们再一次地看温泉，了解温泉。这样，我头脑里的温泉再不仅仅是那一汤氤氲温暖的水和沐浴后的痛快了，而是有了一种立体的感觉。我们进入温泉镇边的潜山，穿过葱郁茂盛的柏树林和楠竹林，登上了建在潜山顶的电视差转塔的最高处，看温泉镇的全貌。这时天高云淡，阳光明媚，山风拂来，心旷神怡，温泉镇的楼群、街道与桥梁，色彩丰富，组合得体，如被人镶嵌在青山绿水中的明珠，描绘在大地的图画。开发区办公室的同志向我们介绍说，温泉镇的居民和周围的土地全由开发区管辖。温泉开发区机构设置精干，他们以温泉地区的资源为依托，吸收外资来开发旅游业。目前投资者纷至沓来，开发温泉穴位浴、漩涡浴、周身浴、桑拿浴、泥沙浴的宾馆、疗养院、健身中心、娱乐中心纷纷上马。光是武汉长印（集团）股份有限公司就与开发区签了合同，控制一万亩土地开发温泉风景旅游度假村。开发区的同志是在扎扎实实地工作，他们没有大轰大嗡，到处吹牛招商，浪费钱财，筑一些引不来凤凰的空巢。温泉离武汉只有两小时的路程，是湖北的南大门，京广线与 107 国道纵贯南北，接湘赣，锁宁桂，是南行北往的重要通道。在这里开发旅游度假区，是有战略眼光的，温泉经济技术开发区在一些一轰而起如今萧条冷落的开发区中，保持着发展的旺势，是难得的，他们荣获了湖北优秀开发区的金匾。

从温泉回到武汉后，我看了一些有关咸宁温泉的资料。《中国名胜辞典》介绍：咸宁温泉原名沸潭，泉出岩窟，水激石岩，沸涌如汤，雾气升腾，映日耀彩，成温泉虹影为鄂南奇景。有前人诗曰："古柏亭亭立，温泉曲曲绽。"另有一种资料说：温泉地处潜山脚下，淦水河中，泉水含氡、重碳酸盐、钙、镁等十余种成分，氡射线对防癌治癌有一定的作用。沐浴温泉，不仅可以消除旅途疲劳，还可以配合治疗关节炎、皮肤病、神经炎、胃病等多种疾病。咸宁温泉有如此之自然风光，有如此之疗养效果，进行旅游疗养开发，其功无穷。

关于咸宁温泉，我的朋友李专有一种说法，是应该记一下的。李专说，当年文化部五七干校在咸宁向阳湖，中国文坛的许多名家巨擘在咸宁生活过，温泉镇离向阳湖干校只有5公里。但这些名家们离开干校后所写的有关咸宁向阳湖的文章，却没有一字提到温泉。是什么原因呢？李专说，这是因为咸宁温泉与日本侵华派遣军司令官冈村宁次有关。1938年10月，冈村宁次占领了京广铁道线边的小县城咸宁时，竟布下了一个师团的重兵。冈村宁次很快霸占了城南4公里处的温泉群，在当时人烟稀少的温泉边建成了军人疗养院，用温泉水给日本侵略者治病，冈村宁次甚至不嫌麻烦把温泉水运回日本国内使用。冈村宁次的侵华总部在华北，他却在咸宁温泉建豪华别墅、高级浴池，经常来这个地方沐浴。1945年日军投降后，国民党军占领了温泉。1949年9月中国人民解放军解放了温泉，中国人民解放军195医院驻此，后来慢慢发展成温泉镇。李专说，温泉的开发利用始于冈村宁次。我对李专的说法不以为然。我觉得曾在咸宁向阳湖五七干校呆过的那些中国文坛的名家们，他们当时在牛棚里作牛，他们哪有福分去温泉游览和洗澡呢？他们没有去过近在咫尺的温泉，所以他们的回忆文章就不可能提到温泉。冈村宁次曾占领温泉，在此修别墅建疗养院，这是日本侵略者对中国人民的侵略与掠夺，这是抹不掉的历史，这有什么可避讳的呢？至于说咸宁温泉的开发利用，始于冈村宁次，我因没有研究过咸宁温泉的地方史志，不敢妄加否定，但在冈村宁次之前，当地农民知道温泉水可以治病，跑到温泉洗澡，也是一种利用吧！

咸宁温泉镇，幕阜山脉丘陵中的一个山城，不大，街道却宽阔，清洁，交通便利，风景优美，且有温泉群，更添魅力，实在是鄂南的一颗明珠。温泉经济技术开发区的建设者们，正在努力开发，他们将使这颗明珠更加璀璨美丽。

我心中的香格里拉

湖北作家采风团赴云南采风，这一线最令我神往的地方是香格里拉。到香格里拉走一趟，是我多年的心愿。各种传说中的香格里拉，有我长久以来想要印证的心灵追寻。

香格里拉一词出自英国小说家希尔顿的纪实小说《消失的地平线》，故事说暴乱时英国领事馆领事康威带人乘飞机撤离，飞机被劫持，沿喜马拉雅山由西向东偏北方向飞行。途中，飞机出故障，迫降在万古苍凉的雪原上。飞行员临死前告诉四名乘客，附近有一处叫香格里拉的地方，找到那里，就可以获得生机。四人经过艰难的行走，终于找到了那个与世隔绝的世外桃源——一个没有仇恨没有战争的独立王国，一片宽容、安宁、祥和的净土，一座神奇的、拥有无与伦比的原始自然美的乐园——这，就是香格里拉。评论家说，《消失的地平线》充其量只属三流作品，它的成就就是创造了香格里拉这个新词并营造了那个举世向往的超越人类想象的理想家园，引无数人去追寻和印证的地方。而香格里拉这个词能在全世界传播开来，则要归功于原籍福建的马来西亚首富郭鹤年先生，他从希尔顿的小说中获得灵感，于1971年在新加坡创建了第一家命名为香格里拉的五星级酒店，每一位入住该酒店的客人都会获赠一部《消失的地平线》。如今，香格里拉酒店遍布世界各地，成为全世界酒店业中的响亮品牌、服务标杆。郭鹤年创建香格里拉酒店的初衷，是否就是要为在都市里忙碌奔走的人们，提供一个灵魂和肉体最好的栖息地呢？

香格里拉成为旅游胜地是上个世纪50年代中的事。印度、尼泊尔、不丹等国为了拓展本国的旅游事业，都宣称《消失的地平线》中提到的香格里拉在自己的国境内，印度喜马拉雅山冰峰下的巴乌蒂斯坦小镇、尼泊尔的斯唐小镇都先后被命名为香格里拉，一时间，世界各地的游客纷至沓来，外汇滚滚流入这些地方。香格里拉，似乎成为了圣地与金钱的代名词。直到1992年11月30日，我国才批准云南风景秀丽的迪庆州中甸县对外开放，这位“养在深闺”的美丽少女，刚开始并没有得到多少亲睐。1995年6月，一位新加坡游客来到迪庆，面对这里的高原风光，大声惊呼：这不就是世人一直在寻找的香格里拉吗？自此以后，中甸县改名为香格里拉县，迪庆州的首府也设在了这里。香格里拉县下还有个香格里拉镇，在距离长江虎跳峡不远的地方。我们采风团领略了虎跳峡的深峡惊涛后，驶进了香格里拉镇。

2006年6月16日中午，在香格里拉镇用过午饭，采风团到了纳帕草原，在草原上，我们骑了滇种小马。从草原离开，到一专卖牦牛肉的店中买牦牛肉，然后到达迪庆州首府亦即香格里拉县城。晚饭后，到藏民家中喝青稞酒酥油茶，看藏民跳舞唱歌，把地板踩得震天响。这些项目均要收钱，可见，商业化久矣。

到过了香格里拉镇，又住在香格里拉县城，在我的感觉里，这些地方都不是令我心驰神往的香格里拉，更不是我心灵追寻的地方，一丝失望的情绪爬上心头。

17日一早，离开香格里拉县城，沿途植被繁茂，山坡、峡谷、草甸，放眼望去，俱是绿色，天低云白，碧空如洗，空气格外洁净清新。草地上有成团的小黄花。导游央宗说，这叫狼毒花，其中，小狼毒花又称格桑花，是藏民的吉祥花。大狼毒花据说能够提炼出某种治疗癌症的药物。沿途山坡上还盛开着成片的娇艳的杜鹃。央宗说，杜鹃花共有270多个品种，而香格里拉就有170多种。我耳听着导游的解说，眼睛却贪婪地一直看着窗外，我们似乎正在经过一个美丽洁净的绿色通道，我仿佛已经嗅到心中的香格里拉的气息和味道。

为了保护环境，我们乘坐的汽车被留在一个距离目的地很远的停车场，全部人员下车，改乘电瓶客车上山，进碧塔海。在山顶停车坪下来，导游领我们走向长长的用原木楞架成的栈道。栈道栏杆两边是草地，碧绿的草，茸茸的嫩。有各色小花点缀其上，还有长着芭蕉叶样的我叫不上名字的植物，像内地的白菜或莴苣样。草地边仍是山，山坡上是密密的小树林，各色树叶把那山坡分出清晰的层次来。山坡与草地之间，有藏民用石头垒成的尖塔，塔上插着挂满红蓝绿各色彩旗的木杆，木杆与木杆之间牵着绳，绳上悬挂着彩色布条，说是经幡。途中，下过几滴雨，似乎是要清洗我们带来的灰尘——这里的空气太纯净了，容不得半点污染。我忽然不想走了，在脚下的草地上席地而坐，让同伴们先走吧！眼前这湖这山这水这空气，分明就是我神往的香格里拉啊！我在想象中描画过无数次的香格里拉不就是这样的美丽景象吗？我武断地在心里说，这里就是地理上的香格里拉！在这海拔3400多米的地方，这方净土这片绿地，我的大自然啊，你让我们到达了净化灵魂的地方。碧塔海，高原之湖，绿水涟涟，照出了我们这批寻找香格里拉人的面孔。我趴在草地上，深深呼吸着大地的芬芳，感恩苍天感恩自然，我消失了，融化了，与这里的空气、山水和绿色融为一体……

不管印度人怎么说，尼泊尔人怎么说，不丹人、俄罗斯人怎么说，此刻，我无比坚信，香格里拉就在我的脚下，我的周围，在中国云南的中甸。

希尔顿在《消失的地平线》中宣扬了一种哲学，香格里拉是人与自身、人与人、人与自然都遵守适度美德才能赢得的恩赐。正是因为适度，香格里拉社会才有了祥和、友爱和康泰，有了小说主人公康威所迷恋的亮丽和恬静。我渴望亮丽和恬静，可我眼前的香格里拉亮丽无比却不复恬静，如织的游人，遍布草地山坡；喧嚣的语声，回响在纤尘不染的空气中，显得格格不入，异常恼人——也许，从开放的那一天起，我们已经失去了真正意义上的香格里拉。我的香格里拉啊，我的精神世界的香格里拉在哪里？

传说，某人经历了9999次艰难寻找，遇一智慧老人，问香格里拉在哪里。老人说，你不用再到远处寻找了，香格里拉在你心中。

是的，云南归来，我终于悟出了这个道理，香格里拉在我心中。

我心中的香格里拉，亮丽而又恬静。

秦巴山里民歌乡

向坝是湖北竹溪县最偏远的一个高山行政乡，深藏在大巴山与秦岭之中。从车城十堰到向坝有1000余里，从县城竹溪到向坝500余里。向坝20世纪80年代还没有公路，只有靠一条千百年来被背盐人踩出的古盐道与外界联络。向坝山高山大，最高海拔2700多米，最低也有海拔405米。土地坡度全是25度以上，有的达到40多度。向坝的土地似乎都悬挂在崇山峻岭上面。交通不便，这里的自然风光却十分美丽。山高峡深，大峡里面套小峡，峡峡相连，峡峡相通，气候好，雨量充沛，植物繁茂，瀑布溪流，纵横流泻，十八里长峡气势夺人。

2008年7月中旬，我随韩少功、方方、阿成、聂鑫森、野莽等一批作家，在已经通车的公路上颠簸了近一天，由竹溪县城进了向坝，夜宿乡政府简陋的客室。这次采风活动由竹溪县委县政府组织，打出的牌子是“中国著名作家竹溪行”，我忝列其中，不敢称著名。

我的采风选题是向坝民歌。

向坝乡政府座落在一道坝子的坡面上，县城过来的公路通过坝子中间，围着乡政府聚集着些房子，成一条小街。这里是版图面积205.2平方公里，人口8060人的向坝乡的中心。农民们住房沿着公路两边稀稀拉拉地建着，农户与农户之间，相隔一里两里，十里的都有。更多的农民的房子建在岩坡上远山里，独家独户的很多。乡政府所在地的村叫向坝村。据老人说，这里原本只有三户姓向的人家，后来由于战乱与灾荒，许多灾民逃到这里，陕西江西及湖北的安陆、咸宁、黄冈人都有，四川人最多，这里就形成了一个中心。

离乡政府二里外的向坝中学，两棵高大挺拔的黄桷树立在操坪边。入夜，人们从四处向这里集中，向坝篝火晚会在这里举行。我们坐在操坪的一排木凳上，操坪边的大树间拉着横幅。旁边的当地朋友告诉我，这两棵大树是300年前附近的山头滑坡，被泥石流冲到这里来的小树苗长成的。高寿的黄桷老树，亲眼见过多少代人在这操坪上载歌载舞？今夜这场篝火晚会，原汁原味的农民歌手唱山歌，让我们感受这秦巴山里的人民心中的追求与苦乐。

篝火烧起来了，歌手们上场了。男的女的，老的少的，有夫妻对唱的，有组唱的，有独唱的，那声音或淳厚或尖细，嘹亮的尾音在山间缭绕盘旋。叙事的歌唱在向你动情地叙说，那缠绵的歌唱，引起你初恋的回忆，那深情的倾诉，直达你的心底。围在操坪边和山坡上的听众近两千人，屏声静气地听，热情的鼓掌或者和着民歌应和。熊熊的篝火映亮深山的夜色，动人的民歌打破深山的宁静，火热的听众情绪如沸，啊，秦巴山中的向坝，山民们的一次狂欢。

唱歌的有一矮小的老头，嗓子尖亮，连唱三首；有一对50岁左右的夫妻，唱了一首叙事民歌，那意思是，丈夫对妻子不满意，要把妻子卖给谁，妻子说，卖给他还好些，那人有哪些好处，我跟他能享福。丈夫又说把妻子卖给另一个人，妻子又说了另一人的好处，跟另一人也享福。丈夫接连说了十个人，结果妻子都愿意，每一个人都比丈夫好。丈夫没辙了，最后说不卖，你还是给我当老婆。诙谐的歌唱，引得听众一阵阵笑声，而生活的某种哲理与女歌手的机智，也表现得十分精彩。晚会上，有向坝中学的学生与老师，唱的几首新民歌，味道又不一样。而留给人们更深印象的是一位穿着打扮与民歌手不一样的20来岁的女孩，唱的是民歌，但那民歌显然是改造过的，有点类似于经过音乐人整理过的《龙船调》的那种。女孩的气质与表演，显然是经过一些训练的。

夜深了，篝火晚会最后的节目是把我们这些客人和县里来的同志请到篝火边，由向坝中学的一群女学生拉着大家的手，围着篝火跳圆圈舞。随着音乐的节奏，双脚踏步甩腿，围着篝火转，转出一阵阵的笑声与欢乐来。

篝火晚会结束了，听众从四面散去，打起火把的长龙，在山道上蜿蜒而行。也有的是开着农用车骑着摩托车来的，那发动机轰鸣着沿公路朝夜色里奔去。乡政府的同志告诉我们，今夜来赶场的，最远的有50多里外的农民。

我们这群作家，也算是跑了不少地方，见多识广。东北作家阿成说，中央电视台搞的心连心节目，也不过如此吧！阿成的这话不过誉。

篝火晚会的第二天，吃过早饭，县里的朋友陪着我，去寻找昨夜那个矮小老头。车行半小时，公路边的一幢平房，我们进屋，这是那小老头的家。小老头叫李明亮，66 岁，初中文化，祖籍重庆巫山县。李明亮儿时在山上放牛羊就喜欢敲着石块唱民歌。成年后，当过民办教师和生产队会计。他经常参加乡村红白喜事歌场，通宵达旦唱歌。他能唱 400 多首民歌，以山歌、薅草锣鼓歌、丧鼓歌见长。他的歌声穿透力强，有很浓的峡山风味。可惜我们来时，李明亮上山打猪草去了，他的儿子去寻找了好久，也没找回来。我们只是与他的儿子聊了聊。李明亮全家 17 口人，人人都会唱民歌，都是受李明亮影响的。

篝火晚会上唱丈夫要卖妻子的夫妻歌手杨福凤与邵济生，家在金竹园村二组，夫妇二人均为向坝本地人。他们的家离乡政府近 50 里，我们车行一个多小时才到。他们的家在一处石岩上，我们沿石级攀到他家门前，几间平房，房门上了锁。陪同的朋友到屋后朝坡地上一喊，两口子正在坡地上干活，很快回来。妻子杨福凤见是省里来的人，非要到屋里换了衣服洗了脸梳了头才陪着我们说话。杨福凤 55 岁，邵济生 58 岁，他们有俩儿一女。两个在外地打工，一个在上学。这是一对勤劳善良且干练的夫妻。说到民歌，女主人公羞涩地笑了笑，说唱得不好，她会唱 300 多首。小时候父母都会唱歌，他们也学着唱，他们是通过唱歌，唱成夫妻的。乡间邻里有喜事丧事，他们都去帮着唱歌，表达心意。孩子们都不在家，这对夫妻有时略感寂寞，就经常对着唱民歌，自娱自乐。说到昨晚的篝火晚会，杨福凤说，是乡里派车来接他们去的，送回家后，还给了 50 元钱。这对秦巴山里的农民夫妇，已经把唱歌当做他们生活中的一项内容。离城镇那么远，独家独户住着，种坡地，养鸡养猪养羊，唱着民歌，那日子也就有了滋味。告别时，杨福凤推开另一间房门，那房里堆着一房子土豆，她非要给我们一人装一袋子土豆。实在不好拿，我们谢绝了，夫妻俩有点失落。我感觉出他们是诚心诚意的。当我们的车离去时，他们站在岩坝上向我们招手，我只在心里祝福他们日子过得更好民歌唱得更多。

我惦记着昨晚那穿着打扮与唱法不一般的女孩。那女孩叫李仲妮，家在乡政府旁边的向坝卫生院宿舍。回到乡政府，到她家很近。李仲妮的父母都是卫生院的医生，家在卫生院宿舍楼住，家里收拾得干干净净。李仲妮非常高兴我们的到来。她是向坝中学毕业的，后来考到长沙一所大学的音乐系学声乐，是大二的学生，暑假回家。李仲妮告诉我们，她从小就受了向坝人唱民歌的熏陶，喜欢唱民歌，高中毕业时，她到武汉进修音乐，后来才考上音乐系。她的理想是：既然是从民歌之乡走出去的，到高等学校学好专业知识后，再回到家乡来，当个音乐教师，在向坝这个民歌之海里继续汲取营养，挖掘整理一批民歌，做提高工作，让家乡的民歌能够唱遍全国，唱遍世界。土生土长的民歌，进行整理提高是非常重要的。李仲妮还有个想法，她学成回来后，要办个小小培训班，先从娃娃抓起。听完这个从向坝走出去的唯一一个学音乐的女大学生的话，我们几个当场就对她给予了鼓励与赞扬。这是个有理想也比较纯正的女孩子，向坝的民歌如果有更多像她这样愿意当做事业来追求的音乐工作者，那发展的前景将是远大而辉煌的。李仲妮，愿你的理想早日实现。

向坝是一个民歌之乡，我现在的感觉是名副其实了。在竹溪县城听介绍说，在国家启动“中国民间文化遗产抢救工程”中，湖北省民协的同志要为向坝申报“中国汉民族第一民歌乡”。这个“第一民歌乡”的申报是否能被国家某部门批准不去说了，但把向坝称作民歌乡是完全可行的。

在上世纪80年代全省民歌普查时，工作专班深入到向坝乡各村落走访调查，得出的数据是：向坝民歌有山歌、阳歌、情歌等16种主要民歌形式，有艳、贤、谐、哀、怨为主等五种格调，161种民歌曲牌，6100首完整歌词。向坝乡有2000多名民歌手，60%的成年人能随时随地熟练演唱民歌，200多户祖孙三代能同台演唱。由中国文联出版社出版的《向坝民歌集》，是在6000多首向坝民歌中挑选出来的优秀民歌，该书的责任编辑李相斌在谈向坝民歌时说：唱歌是向坝人最大习俗。盖房要唱奠基歌、立门歌、上梁歌；生产劳动要唱插秧歌、薅草歌、请禾苗神歌；生活习俗中要唱生辰宴歌、杀猪宰羊歌、年节岁时歌、红白喜事歌。总之，有事就有歌，有歌必有事。每逢歌会歌节，人们更是夜以继日，歌声不断。向坝乡会唱歌的人占全乡总人口的80%，全乡14个行政村，村村都有歌王歌后，他们大都能唱300多首歌。双桥村年逾古稀的王文海可以唱几天几夜不重歌，逾500余首，人称老歌王。高泉村任万美，刚过不惑之年，已是远近闻名的歌后，她在家排行老三，人称任三姐，要与刘三姐齐名。

我最后采访的一个人是向坝乡现任党委书记、乡长万克非。这是个1971年出生的年轻人，从湖北农学院毕业后在县植保站工作，1998年5月到向坝乡当副乡长，后来又当乡长、副书记，后来书记乡长一肩挑。万克非家在县城，与妻子两地分居11年了。谈过乡里的经济发展之后，我们谈起向坝的民歌，这个年轻的书记立即眉飞色舞，看来他是把向坝的民歌与向坝的经济放在同等重要的位置了。他说，乡里干部一直配合专班人员深入村户挖掘整理民歌，已出版第一本民歌集，准备出版第二本民歌集。为配合申报民歌乡，乡财政在有限的资金中拨出专款，修建了一批民歌楼、民歌亭，使得村民能有唱民歌聚会的场子。对民歌手进行陪训，乡内每年组织民歌比赛，并将歌手送到县市省里参加比赛。让民歌进课堂，乡里的中小学教唱民歌，从小进行培养。有意识地进行一些新的创作，用民歌调填新词，唱廉政、计划生育、文明创建等中心工作，同时配合十八里长峡的旅游开发，注入文化底蕴。万克非最后总结说，向坝民歌是新农村建设很好的教化载体，用喜闻乐见的形式提升了乡民的文化道德素养，像那些劝谕性的民歌，劝郎莫贪玩，劝郎莫抽烟，劝郎行正道，劝君莫贪花和柳等等，有潜移默化的功效。向坝乡民风纯朴，人们热爱生活，很少有刑事案件发生，不能不说民歌起了不小的作用。

千里秦岭大巴山区，莽苍苍一片烟云。在这大山深处，有这么一个8000余人的乡镇，有这么多唱民歌的人，有几百上千年唱民歌的传统，不能不说是一个奇迹。向坝是一颗深藏大山里的民俗文化明珠。这里山美水美景色美，这里的民歌堪称天籁之音。朋友们，请到这里来吧，领略这里的风光，听听这里的民歌，你会得到一次人生难得的享受。向坝人新创作的一首民歌叫《客到向坝不想家》，歌中唱到：

大巴山风光美如画，最美丽的风景在向坝！

大巴山山歌传天下，最好听的山歌在向坝！

大巴山好客名气大，最好客的人家在向坝哟……

我们作家们从向坝从竹溪回到各自的省里去了，但我们是很难忘记向坝的，很难忘记向坝这个民歌之乡。

文学与人生

理解编辑

写这么个题目，并不仅仅因为我是个编辑，而且更因为我是个作者，以编辑与作者的双重身份来写这文章，可能更有些意味吧！

在编辑这个岗位干了三十多年，认识的朋友也就多起来，因此每天寄给我私人的各类稿件就有许多。对这些稿件，或自己读了或转给某编辑处理了，我每每总有个交代。从寄给私人的稿件中选出来发表的稿件少，退去的稿件多。对这些退稿，大部分朋友能理解，但也有少数朋友略有怨言，说我不帮忙。

我其实是很愿意帮忙的，我希望寄给我的都是好稿子，使我们的刊物办得更好。但我不能把不适合我刊发表的稿子发出来呀，这里就有个原则问题。何况报刊用稿都有个审稿程序，先是责任编辑，再到编辑组长，最后到副主编 、主编，层层审稿签字，不达质量，这个忙就帮不上，你怨我也没办法。

我业余写诗写小说，写成后也要往外寄，以求发表。收到多少退稿信现在说不清楚了，总之是在退稿中有所进步。也有不少稿子寄出去泥牛入海无消息。这几年写小说，一篇稿转五六家才发出来是常事。有时也寄给熟识的编辑，还附上邮票。久不见回音，就写信去小心翼翼地询问，一问二问三问，仍不见回音或退稿，心里很不舒服，但也没法子，你得理解人家，我自己也是做编辑的，怨也无益。要怨就怨自己的稿子没写好。那时没时兴用电脑，一个短篇万把字，光抄一遍就需要一天。一部中篇两三万字，抄一遍得好几天。那就再重新抄一遍吧！有时偷懒，没留底稿，从此这作品也就彻底死亡了。我是被别人丢了好多篇稿子的。

现在刊物不退稿，退一篇邮资要几元，退不起。但人家附了邮票的，不用，还是应该退给人家。将心比心，我体会到人家写作的艰难。

编辑长年累月地在稿堆中觅宝。一天下来，读得头昏眼花，却觅不到一件可发稿，也是苦。有时读到一篇好稿，而且是个新人，其乐趣也是无穷的。我们的老编辑，就这么读了几十年，从青丝读成白发，从青春年少读到老态龙钟。真真的蜡烛呀，燃尽了自己照亮了别人。对编辑，我是怀着深深的崇敬的。有多少作者，从编辑手中出来，最后功成名就。而编辑还在伏案读稿，地位待遇比起作家们来，相差甚远。可编辑没有怨言，这是工作。对这些可敬的编辑，我们还能有怨言吗？即使他们退了你的稿，也不能有怨言。这话是我以一个作者名义说的。

我自己也在努力做一个好编辑，真正做到与作者亲如手足，做到有点奉献精神。编辑总是要人来当的。

理解编辑吧，这就是我要说的话。

体谅主编

做了几十年的编辑，编发过许多作者的各类稿件。现在有好些在省内或全国有影响的作家、诗人，还记得我给他们发第一篇稿的情景，更有许多尚未出名的作者记得我给他们写的信，对他们的稿件提的意见，言谈中都是感谢。这使我很感动，也觉得这编辑当的无悔无怨。当然，这么多年，我也肯定做过留下遗憾的事，这在我是教训在心的。

1997年让我做了刊物的主编，开始是很有些惶恐的。过去未做主编不当家，天塌下来有长子，现在我成了长子了。刊物要办好，当主编的必须要非常投入非常认真，要付出许多心血。对这点我是作好了心理准备的，不就是少写些东西，把精力多放在刊物上，兢兢业业，勤勤恳恳，少有私心，多作奉献么？一段时间过去了，在杂志社同志们共同努力下，编出的刊物没有问题，订数大幅度上去了，发表出来的作品在读者中颇有反响。这样，我的惶恐也就变成信心与干劲了。

惶恐没有了，另一种担心又出现了。作为主编，对于刊物上发什么稿件是握有生杀大权的，这权在某些人眼里虽说有些好笑，但对于写作者来说却是重要的。主编有权，作者给你直接寄稿的就多起来了，且不说当主编的人是实在无法将寄给他私人的稿件都看完的，只说那写稿人的心情：希望主编先生高抬贵手，把我的这稿件发了吧！好稿件是主编求作家，一般化稿件是作者求主编。但是许多的一般化稿件，主编如果出于亲情友情或者心太软，在刊物上发表出来，这刊物绝对平庸，非办砸不可。偏偏给主编直接寄稿的人中，有许多是主编的朋友或由朋友推荐来的朋友。怎么办？退了吧，会得罪朋友；发了吧，会影响刊物。思考再三，我的原则是稿件标准第一，朋友感情第二。每遇此类稿，谨慎处理，退稿时态度好，想办法让收到退稿的人不是太生气太伤感情。当然也会有少数个别朋友从此就生气了，朋友感情也就没有了。有人甚至扬言：某某主编是扼杀我创作才能的刽子手。还有的说：某某当主编，湖北的文学创作就没希望了。这都是因为没有发表他的稿件。而且说这话的人应该有点常识：一个人的创作才能不会因一个不识货的主编被扼杀；一个省的文学创作有无希望，也不受是谁当主编的影响。对于退稿，如果是真朋友，即使心里有点不舒服，但他最终是会理解的。

主编是欢迎朋友寄稿荐稿的，支持刊物的朋友越多，刊物就会办得越好越有生气。但是，主编也希望朋友谅解，假如退了你的某篇稿，那是出于刊物选稿标准的考虑，希望给予体谅。

体谅刊物主编吧，真朋友们！

办杂志与坚守

作为湖北省作家协会的机关刊物《长江文艺》，已经创办了50多年。我们已经举行过50周年的刊庆，新闻媒体均作了报道。作为现任主编的我，也写过几篇文章，谈论《长江文艺》的坚守纯文学方向不变的问题。《长江文艺》50多年来推出的作家、发表的作品，其在新中国50年文学历史中的重要作用，是摆在那儿有目共睹的事实，希望有心的文学研究者们写出实事求是的文章谈一谈。

近日听到这样一种说法：《长江文艺》在坚守么？只是在办！我不知持这种观点的人是个什么用意。办与坚守，严格说应该是两个不能相对的词。我们办杂志是一种正常工作，我们坚守纯文学的方向，是一种办刊的思想。我们既在办《长江文艺》，又在坚守一种办刊方向，这一点都不矛盾，应该无话可说。但是持这种说法者把“办”与“坚守”两词相对立，好像意思是说：你们只是在办杂志，就是一天天的维持而已；你们说是坚守，是不是在抬高自己？

按照这种人的说法，好像办杂志是很容易的事，是不值得一提的。也不知说这种话的人办过杂志没有？办杂志特别是办严肃的纯文学杂志，是很艰难的事。经费不足，稿费偏低，又想组织些好稿子，编辑与主编们是想尽了法子的。除此外，还要搞发行，拉广告创收，这其中的辛苦，是没办过此类杂志而说说风凉话，在那里装深沉，其实很浅薄的人体会不到的。纯文学杂志编辑们的辛勤劳动，是一种工作，一种对社会的贡献，我们办杂志，并不觉得被人看不起。至于说到《长江文艺》是不是在坚守，这也要以事实为依据来说话的。湖北地区的作家，有许多人的第一篇作品或重要作品都是在《长江文艺》发的，《长江文艺》在推出湖北作家方面是作了无愧的工作的。在市场经济大潮的冲击下，《长江文艺》的读者少了些，当年的风光不再。但我们并没有去迎合市场，改变自己的初衷，而去改版办成通俗文学或生活消闲杂志，还在抱定纯文学的宗旨不变。你说这不是坚守吗？是不是要《长江文艺》也办成十分畅销的通俗文学或生活消闲杂志呢？《长江文艺》现在的编辑们也不是不会办那种杂志。办那种杂志发行量大且收入也高，何乐而不为呢？但是《长江文艺》就是《长江文艺》，《长江文艺》是湖北省的纯文学期刊，它是不能办成另外种类的杂志的，它的任务就是推作家发作品，为繁荣和发展湖北地区以至当代中国的文学事业作出奉献。也许我们的奉献还不够，我们的工作肯定还存在着不小的差距，但我们的纯文学方向是必须坚守的。

回顾新时期以来的《长江文艺》，我们的坚守是没动摇过的。湖北省在新时期以来搞过三届期刊评比，《长江文艺》连续三届都被评为湖北省优秀期刊，得了个三连冠。最近，《长江文艺》又成为湖北省新闻出版佳作奖获得者。这些奖励，说明了《长江文艺》办得还好，坚守得也不错。

世纪末的钟声即将敲响，新世纪的曙光即将照临，《长江文艺》将跨入21世纪，它还得办下去，它还得坚守自己的纯文学方向。

千变万变　操守唯重

近年来，纯文学刊物阵营在市场经济的影响下，不断发生嬗变与剥离。剥离的，有的是落旗停刊，有的是利用原刊号办成非文学杂志，铺盖地摊走畅销之路。嬗变的，先是将月刊变成双月刊，再是将 16 开本变成 32 开本；还有的是变更文学品种，如将综合性文学杂志变更成专发小品文或报告文学之类；再有的就是加大杂志内容的先锋性另类性思想文化性。到了年底征订刊物的时间，报纸上就不时有消息报道某某杂志有新动作、新打算，如何变换栏目等等。这类消息明眼人一看就知道是炒作，吸引读者订一份。当然有这种炒作比没这种炒作好。什么是纯文学刊物，这大约是个常识性问题，你把栏目标题做得再哲学、再诗意、再大气、再俏丽、再有刺激点，但你这栏目下面发的还是小说、散文、诗歌、文学批评报告文学，否则，你就不是纯文学刊物了。

一切的变化，一切的刻意制作，一切的机关算尽，作为编辑同行，我们是理解的，敬重的，并且仔细琢磨，然后学其先进性的，我们是为我们的这些同行的敬业与奉献而殚精竭虑的精神而感动的，也受到触动而要求自己更敬业更好地办杂志。

真正地进入了 21 世纪了。不断有朋友问我们，《长江文艺》有什么变化？我们的回答是：没什么变化，照过去的方针办。以不变应万变，以不变包容万变！

《长江文艺》是 1949 年大军南下创刊的老牌刊物了，50 多年来，她的宗旨与纯文学方针没变，她的推出文学新军力举文学力作的方向没有变。在七十年代、八十年代改刊名成时髦的时候，有人说把《长江文艺》改成《长江文学》吧，但我们就坚持了这个“一字不改”。今天，我们还是继承50多年的传统，连栏目也没改：仍然叫“中篇小说”、“短篇小说”、“散文随笔”、“诗歌阵地”、“理论批评”等等。我们的想法是：这样设栏目，更直截了当，不用那些花哨的栏目遮掩住了我们实在的作品内容。是的，栏目的名字是一方面，更重要的方面则是栏目下所发作品的内容与水准。我们不敢说我们发出的篇篇是精品，但我们是将每篇作品进行了认真的挑选与编辑，我们希望我们刊发的作品更贴近时代更好读，更有文学水准，我们将为这些作品的出现更加努力地工作。

发表高水准、高品位的文学作品，是一个刊物的操守。

我们有不变的原则，但我们在不变中包容万变：那就是不断地提高编辑的素质，不断地提高刊物的版面及四封的印刷水准，不断地推出好作品，不断地推出文学新人，以适应市场的变化。但决不迎合市场，纯文学有个重要任务就是要提升和培养高水准的读者和高水准的市场。

纯文学刊物阵营有自己的操守。变也可，不变也可，千变万变，操守唯重。

精品难得　必欲求之

近期关于文学创作的精品意识强调得多了，但强调是一回事，行动则是另一回事，可强调一下总比不强调要好。

精品不是很多很多，偌大文坛，每日生产的作品，能有几多精品？不是没有，而是很少很少，真正是凤毛麟角。

因为精品难得，所以要呼唤精品。

作为文学期刊的主编副主编们，精品意识不是现在才有，而是早就存在的。不想在自己刊物上发表堪称精品的作品，提高刊物的质量和扩大影响，那是什么主编？

什么是精品，大家都能慧眼识出，不需要在此概定。主编的审稿，是凭一种感觉的，而感觉是从长期的编辑工作中积累起来的。举个实际例子来说吧。一段时期，作家诗人写的歌颂张志新的诗文成千上万，但韩翰的小诗："她把带血的头颅/放在生命的天平上 /让所有的苟活者 /都失去了/——重量。"使所有写张志新的诗文都相形见绌：这首题名为《重量》的小诗就是精品。因为直到今天，它还能流传下来，人们还记得的。

我们这些编刊物的，每天都在渴望精品。可事实是，像我们这种文学刊物，一年能遇到两三篇拍案叫好的精品，就很不简单了。武汉地处长江中游，每年来往武汉的各兄弟刊物的同仁们不少。在一起谈起刊物来，谈起稿件来，都有一个共同的感慨：精品难得。可发表的稿件排队发不完，而期期又都为头条以及二三条的稿子发愁。

最后只能实事求是，没有精品，就矮子里面挑长子，挑好一些的往前面排。一年的刊物办下来，大家都叫累。如果有几篇东西被转载了，收了集子或改了电视电影的，或被理论家们评论了一番，那这一年大家累的也值得。假如刊物无人问津，丢到水里连个泡泡都不冒，大家心里就更加难受，当主编副主编的人，恨不得去跳楼。

精品确实难得，怎么办呢？当然是不应因为精品难得就畏而退却，必须要去寻求，要去获得。

精品有时并不一定产生在名家之手，名家的作品也不一定篇篇是精品。我们还是应该脚踏实地，从我们脚下的土地耕耘起。省级文学刊物的口号都是立足本省面向全国。名家（主要是本省名家）是要盯住的，每年或许能盯得几篇好作品。而那些有潜力扎扎实实埋头苦干的非名家的中青年作家，则是我们的主要对象，可以不惜版面不惜力气地推举他们，他们中间是很有希望出精品的。文坛代有人才出，一代代的名家都是从这一部分中走出来的。同时，我们也要注意千千万万的文学爱好者，从他们的来稿中沙里淘金，也不是没有淘出精品的可能，至少可以淘出些好坯子吧，那就再培植再加工。

主编们天天渴望稿件中的精品，又天天想尽办法去寻求。越难得，就越去求，求得一篇算一篇。这就是我们的工作，这就是编辑的生活，我们的生活很有意思。

不要忘了编辑

最近参加了一次旨在研讨全省文学发展战略的会议，会开得热闹，到会的有领导、作家、理论家、大专院校弄文学的教授和新闻单位的记者们。我被邀与会，并作了发言的准备。会议主持者先请各级领导讲完话后，再根据理论家、教授、作家的大小一一请起来发言，少数人看得出来没作什么准备，说说套话而已。待点到我发言时，已是会议尾声。大家开了一天会，正等着快点结束吃晚饭呢。我无法宣读已写成文字的稿子，只简单地提了一条意见，即这种会议不应忘了编辑，不应忽略文学期刊及编辑的作用（会场里只我一个编辑，邀我与会，可能考虑到我虽是编辑，但也是个作家）。

一个地区的文学事业繁荣与否，是与这个地区的政治、经济、文化的大环境紧密相联的。在这个大的环境因素中，可以分出许多具体的因素，比如说这个地区的党政领导是否重视，文学界的领导是否得力，知识分子的政策是否落实彻底，作家之间是否团结等等。在这些大大小小的因素中，我们特别不应忘记这个地区的文学刊物所起的作用，不应忘记文学刊物编辑们的创造性劳动。界定一个地区文学水准的高下，是看这个地区有多少作家与作品，这些作家的知名度与这些作品的分量。知名度高的作家多分量重的作品多，这个地区的文学水准就高，但是这些知名度高的作家和他们写出的分量重的作品，有几个与这个地区的文学刊物没有关系呢？他们是从地方文学刊物走出来的，他们最早的作品最重要的作品大都是在地方文学刊物发表的。有地方文学刊物作他们操练的场地，有编辑们为他们热情地辅导，他们才得以有今日的知名度，才得以写出分量重的作品。一个地区文学事业所取得的成就中，这个地区的文学刊物与编辑功不可没。

讨论一个地区未来文学发展的方向及战略，领导重要，作家重要，理论家重要，他们的意见都要听，都是发展这个地区文学，制定这个地区文学发展战略的金玉良言。但是这个地区的文学期刊与编辑的意见就不重要么？江山代有才人出，各领风骚数百（十年或三五年）年。一个地区的文学发展战略，着眼当前正领风骚的作家作品是应该的，但更应该着眼众多的目前尚未成大名却又很有发展前途的作家。否则几年之后目前领风骚的作家不再领风骚了，就会后继无人。要保证后继有人，就要不断地培养与推出文学新军，准备领风骚的后备队伍。而作这些工作，靠领导靠理论家，更要靠文学期刊和编辑。地方性的文学期刊做的是基础工作，其重要任务就是不断地推出文学新人与新作，准备文学的一个个梯队。文学期刊的这个工作作好了，这个地区的文学事业发展才有保障，才能保证这个地区文学上的“江山代有才人出”。

文学期刊重要啊！文学编辑的工作不可忽视啊！研讨一个地区的文学发展战略，怎能不听文学期刊编辑的意见呢？我虽然没有机会在会上读我的发言稿，但我把发言稿拿到刊物上发表了，我要自己看重自己的职业与工作。

我们一群编辑

最近，梵净山中国百家期刊编辑研讨会在贵州省铜仁地区举行，与会的各期刊的社长、主编、编辑们在爬了一次梵净山后，坐下来研讨文学期刊的发展，交流各期刊的办刊经验。办刊，各刊社都有自己的一招，大家都在想方设法提高刊物的知名度，发现好作品，扩大发行量，能过好日子。但严格地说，除了像《收获》《十月》等少数几家日子好过点外，其余省级文学期刊的日子都过得挺紧巴的。可令人振奋的是，各期刊的社长、主编、编辑们斗志昂扬，都在设想明年的奋起和坚守；坚守纯文学阵地，使自己主办的刊物再上一个台阶。我自己是个编辑，我的苦衷和大家一样，且信心也和大家一样。我在心里为我们这群编辑同仁们叫好，真是可尊敬的一群，有事业心的一群，勤勤恳恳、兢兢业业甘于受苦为文学献身的一群啊！敬礼，我向我们编辑们敬礼！

也是在梵净山的会上，曾担任过文化部副部长、中国作协党组副书记的陈昌本讲话。陈昌本长期担任文化文学部门的领导，业余也写了好多文学作品，这回退下来后，和我们一起爬了山。陈昌本在讲话中满含深情地回忆了他的创作，回忆了给他创作许多帮助的文学编辑们，他不忘编辑们在他的创作过程中给予的无私奉献。他感激编辑，他激动地说，没有许多的默默苦干的编辑们的工作，我们的文学能如此繁荣，我们的作家能如此顺利成长吗？老部长陈昌本说得中肯，获得了我们在场的编辑们的热烈掌声。

梵净山的会，除了交流办刊经验，就是谈编辑自身的修养与完善，以及如何呼吁让有关部门对文学期刊编辑这个行业的关注与重视。大家呼吁，中国作协和各地作协在谈创作成就时，举出已出版发表长篇小说多少短篇小说多少，诗歌多少散文多少的数字，表扬一批作家时，想过文学编辑没有？没有编辑能有这些作品吗？表扬作家也应该表扬优秀编辑，作家和编辑们的劳动都是值得尊重的。中国作协有许多个的专业委员会，如小说创作委员会、诗歌创作委员会、散文创作委员会、理论创作委员会、青年创作委员会、少数民族创作委员会，就不可以成立个文学期刊委员会么？中国作协每年组织了多个代表团到世界各地访问、参加国际文学活动，有的作家每年出国数次，最后都不愿去了。组织者们是否能安排一些优秀的编辑们参加这些代表团呢？今年，鲁迅文学院开办了首届高级研讨班，参加学习的是各省的优秀中青年作家，是否也可以让一些优秀中青年文学编辑参加这个班？

编辑们在一起，谈编辑的事情。大家发言很热烈，既要让社会承认、重视我们这一群，而我们自己也要干好我们的工作。把刊物当做自己的一块地，辛勤耕作，勤施肥、勤浇水，多出一些好作家，多出一些好作品，那就是编辑们的丰收。

从梵净山回来，我们就《长江文艺》这一年的刊发的作品所推出的作家作了个回顾，明年，我们充满了信心，要种好我们的这块地。我们是一群编辑，我们是文学园地里的耕耘者。

三十年编辑亦寻常

1973年10月15日，我和李传锋、刘耀仑由华中师大中文系毕业，分配到《湖北文艺》（1978年恢复为《长江文艺》）当编辑。后来，传锋与耀仑相继离开编辑部从事其他工作，而我留在编辑部干到现在，已经30多年了。我先当诗歌编辑，后当小说编辑，再当诗歌散文组长、编辑部副主任、副主编、常务副主编，以至现在当社长主编。《长江文艺》是个有着优秀传统的老牌杂志，60年来推出和发表了一大批作家与作品。我在这个杂志干了30多年，辛苦有之艰难有之，但乐趣与幸福更有之。我生长在乡下，自小热爱文学，能读大学中文系，能在一家老牌省级文学杂志作编辑，编辑之余还能写些东西，此生足矣！当看到一个个由初学写作到成为知名作家的朋友们的进步时，那快乐那幸福在我心中荡漾。曾有几个地方请我讲课，人家要讲的是如何作好编辑。我就讲作编辑要有三爱：一爱编辑事业，二爱作者投来的稿子，三爱给你投稿的作者。想想我这30多年，基本上是这样做的。因为这样做了，与作者成了朋友，也发表了一批好作品，可以说是做成了一些事情吧！

那年的10月份，有部分作者朋友知道我从事编辑30年的事，曾想以朋友名义聚会庆祝一下，我想了想，还是没同意。一是我这个人平时调子就不高，怕别人当面表扬；二是在作协文联院子里，别说干30年，就是干了50年60年文艺的人都有，比起他们，我太平常。活动没搞成，可我收到了不少朋友的祝贺与纪念品，陈立言、周翼南、韦启文、虞小凤、李道林、兰干武、田禾、晓苏、董宏猷、熊召政、梁必文、方方、赵玫等，有的画画，有的写字，有的送书。邓一光写了《老哥益善》（发《湖北日报》），刘醒龙写了《老哥刘益善》（发《光明日报》），马竹写了《文坛老哥刘益善》（发《长江日报》），陈应松写了《说说“二老”刘益善》发《文学自由谈》），徐鲁写了《剪风裁雨三十年》（发《新闻出版报》），这些文章，对一个作了30年编辑的我，给予褒扬，但更多的是兄弟情谊，令我感动。天津赵玫在她赠我新书的扉页上写“耕耘三十年，朋友遍天下”；方方在赠我新书的扉页上写的是：“益善兄，难忘你27年前给我写的信……”董宏猷写的是“血浓于水”；晓苏写的是“感谢刘益善老师的教导”（晓苏太谦虚，我不敢领受“教导”二字）；熊召政写的是一首五言律诗，忆我和他多年前在英山相聚之情景。诗人梁必文用他潇洒的书法所写的是：“编风辑雨三十年/晓窗夜月照无眠/衣带渐宽终不悔/新苗已然树参天。”必文在附言中写我“扶掖新人素朴为本宽厚为怀”，更是对我做人的高评价。读到这些朋友的诗文，我有时静想，我刘益善在自己喜爱的岗位上干了30多年，做了一点事，却得到这么多朋友的情真意切的祝愿，能得到这么多朋友的信任，我这辈子也值得，我对编辑这个事业不怨不悔！

离60岁退休还有几年，这几年岁月对我来说是十分宝贵的。我在过去的年月里，业余时间写了不少东西，出版了十几本书。但在任社长主编后，事情多了，写东西很少，这是一种牺牲。我热爱编辑，我也渴望有时间写我计划中的作品。我曾在刊物发我的一幅照片下题字：“把编辑当到退休！把读书与写作进行到底！”是否将编辑当到退休不是我决定的事，但对文学对编辑的爱是我终生的！

“三十年编辑亦寻常，剪风裁雨作衣裳，作者成名我高兴，一生只求好文章。”四句打油诗，对自己作一小结吧！

散文中情感的力量

散文以她的种种魅力来吸引读者，引起读者的阅读兴趣。这魅力或者是用生花妙笔描写的景致物事，或者是隽永的哲思与诗意，或是历史的启悟或是现实的感慨。但散文最有力量的魅力则是她的情感，那是能撼动人的心灵的。

现代散文名家朱自清先生的名篇《背影》，曾读出多少人的眼泪来？先生在自己的日记中写道：文学作品之所以吸引人，最大因由却在情感的浓厚。《背影》写的是父爱，父亲送儿子北去念书，为儿子买橘子，穿铁道，跳下爬上，那过程的描述，已把读者受感动的心情调动起来了。待写到“用两手攀着上面，两脚再向上缩；他肥胖的身子向左微倾，显出努力的样子。这时我看见他的背影，我的泪很快流下了。”作者自己流泪了，读者的泪水也涌出来。背影，父亲的背影，是父爱的化身。作者在这篇短短的散文篇末，再把那情感的弦琴拨弄一次。“我北来后，他写了一信给我，信中说道：‘我身体平安，唯膀子疼痛利害，举箸提笔，诸多不便，大约大去之期不远矣。’我读到此处，在晶莹的泪光中，又看见那肥胖的，青布棉袍，黑布马褂背影。”作者在泪光中看到父亲的背影，读者在泪光中见到父爱的伟大。朱自清先生的《背影》，运用散文的情感魅力，打动一代代读者，也在散文创作中树了一块丰碑。

人都是父母生养的，父母的爱对于子女来说，是无私的永远的无止境的。而唯其这种无私的永远的无止境的爱，才感天动地，才打动读者最深最强烈。古往今来，文学作品中写父母对子女的爱，无不动人心弦。这种大爱只有散文才最适宜表现，也能表现得更充分、更真切、更自如。

我们是父母的儿女，当我们提笔书写父母时，心中充满感激，眼中满含热泪。当代诗人曾卓，1974年写散文《母亲》时，52岁，尚因胡风案在管制之中，没有自由。曾卓去世后，在湖北文艺界为他举行的追思会上，女剧作家沈虹光朗诵了曾卓《母亲》中的一段，听得追思会几百人一片哭声。

这是什么原因？这是散文情感的力量。

曾卓不知道母亲的名字，只听说她出生在贫苦农民之家，父母很早就去世了。母亲因“媒妁之言”嫁到曾家。曾卓的父亲是大学生，对这种包办的婚姻，当然不满意，母亲受到冷淡、鄙夷，无幸福可言。曾卓4岁时，父亲遗弃了母亲，离家出走。母亲当时只有25岁，默默地承担起自己的命运，带着曾卓跟祖父母一起生活，一直到死，再也没和父亲见过面。在那种黑暗年代，一个遭遗弃的年轻少妇的冷凄痛楚，令人心颤。母亲把希望和爱全部放到年幼的儿子身上，信佛，希望从佛教里去寻解脱和超度。母亲有颗善良的心，因自己的不幸更同情他人的不幸。曾卓上学，每有一点成绩，都是母亲的安慰，因参加学生运动，受到学校“默退”的处分，母亲担忧，母亲憔悴，母亲失神。

战火遍达武汉，曾卓父亲迁到四川一个县里。为了继续求学，祖父让曾卓到四川去找父亲。母亲默默收拾行装，叮嘱曾卓用功读书，神情凄伤黯然，没有眼泪。曾卓坐上人力车朝码头上去，走了好远，回头看母亲还站在门边。这是曾卓母子的永别，曾卓从此再也没有见到他苦难的母亲。在武汉沦陷前，祖父祖母叔婶和母亲逃难到广西一个小县。1944年冬，日寇向湘桂发动攻势，国民党军队毫无抵抗一泻千里溃败。在逃难途中，祖父和母亲、叔婶失散了。后来祖父千辛万苦找到了父亲，与母亲同行的叔婶也到了父亲处，却没有曾卓的母亲。母亲在途中决定不去父亲家，要到重庆找儿子。母亲在兵荒马乱、饥寒交迫的逃难途中得了重病，每天挣扎着和叔婶一同步行。几天后终于支持不下去了，风传日寇即将到达，母亲不愿拖累叔婶，要他们先走。她摸出了一个金戒指要叔父带给曾卓，而她身边唯一的东西，是曾卓在中学演讲时得到的奖品：七星剑。她倚坐在一座破屋的墙边，扶着七星剑，望着叔婶等人在逃难的人群中走远，而她，再也没有走到儿子那里去。那地点是贵州的都匀附近。52岁受尽另一种磨难的曾卓，当他写到“在异乡的土地上，没有一片遮蔽风雨的屋檐，身边没有一个亲人，甚至没有一张熟识的脸，眼前流过的是惊慌的逃难的人群，耳边响着的是凄惨的呼喊声，而敌人的铁蹄随时可踏到……我不能想象孤独地倚坐在墙边，扶着儿子的一件纪念品的病危的母亲有着怎样的心情，我不能想象那以后母亲的遭遇。我的心沉重、悲痛，却又暗暗地期待着，也许母亲有一天会突然出现在我面前……”时，他难道不伏案号啕么？苦难的母亲，苦难的儿子在想念你，在痛哭你。而读者，读完曾卓的《母亲》，难道不为这样苦难的母亲一洒辛酸之泪么？

如果说，朱自清《背影》写父爱，用一种平易朴实来打动人，表现的是一种亲情与沧桑，那么曾卓的《母亲》则是用一种迸着血泪的文字写母爱与母亲的苦难，是一种刻骨铭心的悸动，是一种民族苦难的纪录。

散文的写作，风花雪月也可，琐碎生活的记录也可，“为赋新诗强说愁”也可，但总是成不了大气候的。只有在文字中融进了作者的血肉，倾注了作者的深情，有爱有恨，而且来得真，没半点假，才能有力量，才能打动人，才是大作品，才能让读者永不忘记，能流传久远。

春节与一部中篇小说

那年腊月间，天有些冷，但城市里还是洋溢着春节即将来临的喜庆气氛。机关单位福利好的发过年物资，超市和菜场里人们大包小筐地往家里拉年货。车站码头，返乡的民工聚集成团，乘汽车赶火车奔波，盼望早日回家与亲人团圆，用在外辛苦赚来的钱派上各种用场。这期间，我到了一个建筑工地，发现一幢楼房里，十几个工人正在忙忙碌碌地粉刷内外墙壁，干得紧张而辛苦。上前交谈，得知这是一个村里出来的民工，他们为了多赚几百元钱，把这幢楼的结尾粉刷工程接下来了。时间紧任务重，他们必须日夜干，才能在腊月三十里回家过年。

过了几天，我在晚报二版右下角的地方，发现了一则火柴盒那么大的社会消息，说是市里的一家医院的大厅坐椅上，一位民工怀里揣着几千元钱，死了。报纸是提醒农民兄弟在干活时，一定要爱护生命，有病早治。读了这则消息，我心情久久不能平静。是的，我们要爱惜生命，有病要早治，可是农民进城打工，住的简陋、吃的简单、干的辛苦，而工钱是有限的，并不是能按月拿到手上。他们干上三月半年一年的，拿到手的工钱，有多少计划要用这点钱来实现啊！给家人买几套衣服（当然只能是廉价的），孩子的学费，房子很破了要修盖一下，还有该上交的各种税费等等。这种时候，他们可不能生病啊！生病就要上医院，那医院的医药费用动辄几百上千，要是看病，他们的计划就会落空。他们有小病只好扛着，有大病也拖着，最后只有如晚报上所登载的社会消息一样，这是农民兄弟的真实啊！

腊月过尽就是春节。那一年的春节，我头脑中总是浮现着建筑工地上劳碌的民工，医院大厅坐椅上猝死的民工，民工们有病怕花钱扛着不愿上医院的那种忍受精神。我是个农民的儿子，我到城里来三十多年，可我的感情总还是农民的，我写的诗与小说，大都是农村题材，我要赞颂的是农民的勤劳与善良。这个春节，我就没干其他事情了，一个完整的构思在我头脑里形成，我很顺利地写成了一部中篇小说《回家过年》。我把小说写成后，心里才觉得轻松些，我想我是为农民兄弟说了几句实话吧！稿子放了好久，有次我们到百里洲去采风，刚好与刘醒龙、邓一光同行。他们两人把《回家过年》初稿看了，对我说："老哥，你这小说中的情节与细节能击中人的心灵！"他们的肯定，我当然高兴。小说稿又放了五年，我才拿出来，在《十月》杂志发表，《中篇小说选刊》转载了，得到读者的好评。

我写小说不多，只是腊月又尽，旧历新年又到，想到春节，我就想起这篇小说，说一说，也是有关春节的一个话题。

农民兄弟，我给你们拜年了！你们回家过好年啊！

从夏店出发

辛未年冬，天候久旱不雨。我和孝感地区文联几位同志，结伴到了大悟县新城镇。

镇文化站的楼上，是间陈列室，陈列着徐海东将军在各个时期的照片，照片下有文字说明。但没有什么实物。

这种陈列是很简单的，照片及文字说明我都很熟悉。三月的时候，我随湖北作家赴老苏区访问团，在大悟县城住了两天，县里也有这样的陈列及材料。我研读过有关徐海东将军的许多材料，对将军的生平，我是基本上熟悉的。

从大悟往新城镇的路上，我们几人一起瞻仰了一处陵园。陵园比较简陋，但庄重安静，修在面向公路的山坡上。陵园里埋葬的是徐海东家里被国民党反动派杀害的几十口人。我在新城镇还是非常仔细地看了那陈列，读了那些说明文字。在这里重温这些材料意义不一样，这里是徐海东将军的家乡。

徐海东出生的村子叫徐家窑，解放前属黄陂县，解放后划归大悟县，属新城镇管辖，现在叫黄家窑。

我们行进在大别山的坡坡岭岭上，公路都是土路，腾起的灰尘像黄龙。空气干燥，山坡上一面面的土地，没一星绿色。周围的山也是秃秃的，看不到大树与林子。

小林说："由于干旱，冬小麦到现在还没出土。"

有一种树，不高，枝杈粗壮奓煞，无叶，散布在山坡田地的各种空处，但不成林，在冬日的天空下，很有力度。

小王说：“这是乌桕树，可以做巧克力。”

终于找到那村子那窑了。车停在岭坡上，我们下车步行。一直是下坡，走了三百多米，一座小村就在眼前。

村头有孔窑。这是徐海东当年烧过的窑么？和泥的塘，转坯子的轮子都有。小破屋里，有不少已烧好的陶缸瓦罐以及还没烧的泥坯子。

村头第一家，门口有三个裁缝在做衣服。主人大约三十来岁，有两个在地下跑着的小孩。这家门口的门框边，挂着“革命烈属”的牌子。

他是徐海东的侄孙子。“我爹（祖父）跟六爹（徐海东）去闹革命，被杀死后丢在后头岭子上，放了六天不许收尸。还是我姑婆（姑奶奶）夜里偷着埋了。”

“这里再不叫徐家窑了，叫黄家窑。这村里徐姓的只有我们三家，其余的都姓黄。姓徐的都被杀光了。”

我们去看了徐海东当年的房子。

空空的一幢房子，门锁着。

离开了小村，翻上坡岭，回头一看，我突然心有所动。

我是不信风水那一套的。但这小村，座北朝南，二三十户人家，青青的瓦房。背后靠一道岭，东西各一道岭，而面南处是一片开阔地，俱是水田。不懂风水的我，觉得这村子的地脉占得不错。

接着，我们到了夏店镇。夏店镇今日也属于大悟县。当年，徐海东就是在夏店见到共产党人齐积堂，受到革命影响，也是从夏店出发前往武昌参加革命的。

这天正是夏店的集日，街上农副产品堆满了。

当年徐海东从这里出发时，也是一个集日呢。

我们最后也从夏店出发，他们几位回孝感，我回武昌。

我要抓紧时间写《窑工虎将》这本书，这是一本写徐海东将军在鄂豫皖时的战斗经历的传记小说。

难忘那个山村的一片真情

别人说我是个诗人，我的诗歌代表作是组诗《我忆念的山村》，这组诗获了奖并收入《中国新文学大系》中。提起这组诗，我就想起那个山村，我终生难忘那个山村给我的一片真情。没有那片真情就没有这组诗。

1977 年初，我作为省委路线教育工作队队员，到了鄂西北房县羊峪公社新农村大队，搞“路线教育”，我住在一位姓任的老人家里。初来乍到，村里人对我们很热情，但我能感觉到那热情是表面的，而他们内心里对我们这些从省里来的专割“资本主义尾巴”的人是戒备着的。现在想起来，不论当时工作队其他同志是否执行“极左路线”“割资本主义尾巴”，但我这个刚大学毕业不久而且是从农村走出来的人，对那一套是不积极的。我当时心里是对山里那些农民父兄的同情，我觉得在感情上与他们有割舍不断的关系。房东任老头，那是像我劳动在武昌县乡下的老父亲一样的老实、善良、勤劳的农民啊！看看村里社员过的什么日子：他们吃包谷糁土豆片煮红薯藤，有时还断顿；老人穿的破布连筋的衣裳无所谓，连年轻媳妇与姑娘们都穿的是补丁摞补丁的衣服，他们没钱，他们太苦；十几岁的男孩光着屁股放羊，没钱上学。这样的地方，你还割什么资本主义的尾巴，从哪里割？驻新农村大队的工作队员都是省文化局系统的，没有什么很左的人，大家看到眼前的现实后，与我的想法一样，都没有认真地去批资本主义，而是尽力地为社员们干点有益的事。慢慢地，社员们对我们的心理戒备去掉了，对工作队员有了真正的热情，我从此感受到了山村对我们的一片真情。

房东任老头的老伴去世多年，他又当爹又当妈地抚养大了儿女，他能缝补衣衫，还可纳鞋底绣袜底打毛线，他把自己变成了个既是男人又是女人的家长，他一年四季拼命干活。我住在他家，他把我当儿子一样对待，经常悄悄告诫我，村里哪个人好，可信，哪个人不好，要提防。天气冷了，他给我住的房间送来一个火盆，火盆里燃着的他自己用柴火焖的土炭。看着老人大冬天穿着单薄的衣衫冷得瑟缩的身子，我把火盆端给他，他不要，说："你们从城里来，这山里的冬天是第一次经历，我们不怕冷，冻惯了的。"工作队员晚上经常开各种会议，有时开得很晚。当散会后我走出屋子，就看见任老头蹲在屋角墙根下抽旱烟，他提着一盏马灯，在等我。他等了多久？看着他在夜风中瘦弱的身子，提着马灯领我走那崎岖的山路回家，我的心热了，我的眼泪流出来了。父亲，这不就是我的父亲么！在任老头家里住了一年，我感受到了家的温暖。他的女儿、他的儿媳妇、他的做木匠的儿子都把我当成了家庭的成员。一年，我的衣服脏了他们洗，衣服破了他们补，任老头的三个小孙女，喊我刘叔叔喊得甜甜的。离开他们家回城时，我们都眼泪汪汪的。山里穷，没什么可送，他们炕了一口袋土豆片，让我背回武汉。我回城后，与未婚妻咀嚼着土豆片，细细品尝山里人给我的甘甜和深情。

新农村大队党支部副书记任志成，是个很精干很有能力的农村基层干部，现在据说调到房县某局当了副局长。有一次，我突然发高烧上吐下泻，把几个正开会的人吓坏了。任志成当时二话没说，背起我就往公社跑。山里的小路坎坷，任志成跑了一会儿，累得满脸通红大汗直淌。我当时虽说高烧，但头脑还是清醒的。我说志成，放下我，我自己走，你这样要累坏的。任志成只顾气喘吁吁地跑，坚决不放下我。跑了三里多路，到了一条河边。到公社旁通县城的公路，必须要过这条河。河有 30 多米宽，平时水浅，过河的山民踏着石礅子走过去，河上既没有桥，又没有渡船。任志成背着我到了河边，正逢河里涨水，深浊的河水有米把深。没有其他办法可想，任志成连鞋袜都没有顾及脱，背着我踏进水里，趟着水把我送到对岸，他的下半身全部湿透了。任志成终于把我背到羊峪公社，先向在公社开会的工作队领导打了个招呼，然后在公路边拦了一辆拖拉机，把我送到房县医院。任志成在此之前，曾与我为对一个社员的看法而争吵过一次，但他在我病重之时的尽心尽力，充分表现出了山里人的真情与胸怀来。我住医院后，工作队领导和大队干部都到县城里看过我。有一天，一个胖胖的姑娘找到我的病房，花布袋里装满了几十个鸡蛋。她是新农村七队队长的女儿王秀枝。王秀枝又是七队铁姑娘队的队长，曾领导七队的七八个姑娘在山地农田建设中立下了功劳。王秀枝是步行了80余里路，从村里到县城来看我的。王秀枝说："刘同志，这鸡蛋都是我挨家挨户买的，新鲜呢。你补养一下身体吧！"看到我消瘦下来的脸，看到我正躺在病床上打吊针的模样，她的眼睛红了。后来王秀枝饭也没顾得吃，又步行80余里路回到村里。从县城到羊峪公社有班车，但车票要一块多钱。那时一块多钱对于山里农民来说是一笔不小的开支哩！王秀枝为我买的几十个鸡蛋，那是一个女孩积攒了多久的体己钱啊！她可能准备用这钱去买一块花布做一件花罩衣的。哪个女孩不爱美，美对于70年代的山里女孩来说，其追求的可能就是一件花罩衣红围巾，甚至一双尼龙袜子。可王秀枝却将她筹谋很久的美的向往给我买了鸡蛋，来回步行160多里路送到县城医院。山里的那个小妹妹，已是中年的大哥哥还记得你的那份淳朴而真挚且纯洁的深情啊！

我在新农村大队吃了一年的派饭。那是经过"10年浩劫"刚粉碎"四人帮"不久的年代，山村"大病未愈"，还十分的贫困。社员每月人平口粮才20多斤，且多是杂粮，大米白面很少。工作队员吃派饭，每户供一天，轮流来。我们每吃一顿饭给半斤粮票1角2分钱。社员们为了准备好工作队员的派饭，都要提前借米借面，把放在坛子里准备换油盐钱的鸡蛋拿出来，把吊在屋梁上烟熏火烤只有过年过节才吃一点的熏肉切一块下来。一早，供饭的社员家就派人到房东家喊我过去吃饭。到了家屋前，男主人在门口热情地迎着，然后女主人就把饭菜端上桌子，男主人就陪着我吃饭。女主人一直在灶屋里候着，随时准备给我盛饭。孩子们不见了，大人把他们打发开了。桌上的饭菜谈不上丰盛，但就是这简单的饭菜，主人也是尽了他最大的努力，也是倾注了他的一片真情！我可敬可爱的山村父老，你们用简单的饭菜养了我一年，但你们的真情却养了我几十年！我最难忘的一次吃派饭，是那天到一家很困难的社员家吃饭。本来队长看他家孩子多太困难，没安排到他家吃饭。他不依，找到队长说："我也是贫下中农，为什么不让工作队员到我家吃饭?"队长见他认真就答应了。那天我到他家吃饭，他在饭桌前乐呵呵地陪着我，让我多吃菜。桌上是土豆片、炒鸡蛋，主食是面饼子。这家孩子多，但这天一个孩子都没见着。我刚刚开始吃，一种感觉使我扭头朝大门口一望。我看到这家的小儿子，正扒在门边伸出脑袋瞪眼望着桌子上的面饼，孩子的眼神一刹那刻在我的脑海里永久难忘。那是一种渴盼的眼光，那是一种很久没见过面饼很希望尝尝面饼的眼光。孩子见我扭头，忙将小脑袋收回去，藏到大门外了。我当时心里很难受，我吃得不多，但我装着吃得很饱，我放下粮票和钱赶快告别了主人。我想多剩下些面饼和鸡蛋让孩子们尝一点吧！而那孩子的眼光令我灵魂震动直到如今。事后听别的社员讲，这家为了供我一天的派饭，女主人特意翻过一座大山回娘家找孩子舅家借了白面和鸡蛋回来。啊，我可敬可爱的父老，那派饭是你们全部的真情，没有一点假啊！

回武汉之后，我心里一直想着要写点什么东西，来记录我在房县的感受和我对那个山村的一份爱，歌颂我的父老乡亲。1981 年，我终于写出了组诗《我忆念的山村》，我写了房东、写了大妮子、写了派饭。这组诗倾注了我的一片真情。诗在《长江文艺》发表后，感动了很多读者，时任《诗刊》主编的湖北籍诗人邹荻帆立即将这组诗在《诗刊》转载。1981 年 ~ 1982 年度评奖时，担任评委的徐迟老师对我说，所有参评的诗，他只投了我这组诗一票。我很快收到由严辰、邹荻帆、柯岩、邵燕祥联合签名的获奖证书。我后来以《我忆念的山村》为名出版我的第一本诗集时，徐迟老师亲自作序，再次在序中论及这组诗。

30 多年过去了，那个山村一直在我心中，山村里乡亲们对我的一片真情一直在我心中。是山村给我的那片真情使我写出了真诗，是父老乡亲的爱令我写出了《我忆念的山村》。

啊，鄂西北那个山村，我永久的忆念。

未敢忘却是乡情

把上大学算上，我在城市里生活了整整20年。40岁年纪，刚好20年乡下20年城市，我是城市人么？是的，我有城市的户口，吃的城里人的饭，穿的是城里人的衣，干的是城里人的事。

不，我是个乡下人。我说起话来乡音未改，我生活中有许多乡下人的习惯。我是个写作的人，我写诗写小说，我抒的是乡下人的感情，我写的是乡下人的故事。别人称我是乡土诗人或者乡土作家。

我在一些文章和一些场合中，都宣称我是个农民的儿子，我是乡下人！这不是在做姿态，这是实事求是的情感使然。

我从不敢忘却那一片乡情，写起作品来，最熟悉的、印象最深的总是少年时乡下的那些经历和感受，写出作品的场景、背景，总离不开我心里的那块乡土。

武昌县的金口，一条金水河从长江分岔，流过一片沃土湖泊，金水河两岸生生息息的乡民，他们中间有多少文学的素材和感人的故事。

金水河里游狗扒，横骑大水牛的宽背，放开喉咙在那绿油油的大田畈里痛快地呼唤。啊，故乡的情景想起来心里总是热乎乎的。

我注视着乡村，研究着乡村，我把笔对准着熟悉的乡村。乡村的变化乡村的呼吸，乡村里存在着的一些问题，都是我作品的内容。乡情之情，既是我对故乡的深情，也是我注视乡村行进时的情景。不能忘却就要关注，就要用笔来写。不这样，就做不了乡土诗人乡土作家。

农村实行责任制，一段时间，报道说农民万元户很多，乡村富得不得了。于是乎，一些作家和诗人就大写乡村万元户，写农民腰包里塞满票子，农村似乎就要进入共产主义了。

我关注的乡村，我眼里看到的故乡却不是这样，我觉得这些宣传农村万元户的东西水分太多。乡村并不都富得流油，还有相当一部分农民处在贫困中。我写了组诗《没有万元户的村庄》在1986年的《诗刊》上发表了。这是继我获奖组诗《我忆念的山村》之后，又一组引起较大反响的诗。几家报刊发表专文评论，说这是现实主义力作。我不愿说假话，我要实事求是来写乡村。有一个爱好文学的商场营业员告诉我，她到乡下姑妈家，带了本《诗刊》，她给姑妈念了这组诗，姑妈是个本分农民，听完后沉吟一刻说："写书人中间还有老实人啊！"对这位乡村姑妈的话，当然还可以分析，但就我个人来说，我觉得这是对我最朴实的评价和最高的褒扬。每每想及此事，我是更不敢忘乡村了。

去年我写了组诗《乡村忧思》，发表在《人民文学》上，我写了乡村民办教师、乡村合作医疗、乡村水利设施存在的一些问题，也写了乡村的赌博、乡村的封建迷信，这好像都是揭露了生活中的阴暗面，但我的目的是呼吁，为乡村为农民呼吁，大家一起努力来解决。一部分乡村青年不安心乡村，弃土进城寻生活，致使农村劳力减少，有些土地荒芜。而城市又在动员盲流回乡，并不欢迎他们。带着一腔的情意，我写了长诗《回到土地上来吧，兄弟》，发在《芳草》上，这些诗都引起了一些反响。

我写了一批中短篇小说，大都是写我熟悉的乡村和难忘的乡情。我要在我的作品中，营造我自己的乡村领土和乡民系列，这是我的愿望和理想，我在努力着，我在默默地干着。

前不久，一位写乡村诗的作者要出版一本诗集，嘱我写序。我在序里写到这层意思：中国有9亿多农民，我们的作家诗人写的作品，有多少是农民喜欢的？作家诗人中有多少可称得上是乡村歌手？中国乡村，在呼唤自己的歌手。那些谁也不懂的所谓先锋派第多少代诗人写的诗歌，是给农民看的吗？农民见了这些东西，肯定是扭头就走的。

不敢忘乡村和乡情，我们来努力当个乡村的歌手吧！这是我写给那位作者的话，也是我心里的声音。

《威风凛凛》评点后记

在认真阅读仔细咂摸小心翼翼地评点了《威风凛凛》之后，按这套文库的要求，还要写一篇评点后记。关于本书作者刘醒龙，我要说的话很多，这里只能就本书说一点点。

《威风凛凛》是刘醒龙的第一部长篇小说，出版于1994年。在这一年的年头，他由黄冈调入武汉市文联当专业作家。虽说1992年他以《村支书》《凤凰琴》《秋风醉了》三部中篇小说耀眼于中国文坛，但《威风凛凛》作为长篇小说，绝对是刘醒龙攀上文学高峰的基石性作品。

1986年，刘醒龙从大别山中的英山县到武汉市的江夏区，参加《长江文艺》杂志的笔会，年轻的他在招待所简陋的房间里伏案苦写，个把星期时间，他写出了一组名为“大别山之谜”的系列短篇小说。我是在这次笔会上第一次记住了他小说中多次写到的地名西河。西河是大别山中的一条河，一个小镇，数千年的山河孕育，日精月华的累积，这一小块土地上有多少英雄与芸芸众生，有多少奇闻与传说，有多少魔幻与不解之谜！从江夏开始，刘醒龙在随后的一批中短篇小说中，写出这里的人物风情，写出了诡异的与谜一样的故事，令读者难以忘怀。

《威风凛凛》写的仍是大别山，写的仍是西河，但这是他第一次用长篇小说来写这片土地这里的人们。11年后的2005年，他则用100万字巨制《圣天门口》，把他的西河与大别山之谜写到了一个极致。我想，西河之于刘醒龙的意义是不是就如约克纳帕塌法之于美国作家威廉·福克纳的意义一样呢！

《威风凛凛》写了西河镇老一代人的传奇与谜一样的人生历练，爷爷与赵老师；写了居中一代的浑浊无秩没有道德标准的生存，五驼子与金福儿；写了年少人的追求与纯洁之爱，我与苏米还有习文。这群生活在大别山中一个叫西河地方的人们，日子过得艰苦缓慢而又故事多多。作者用他特有的短促有节制而又十分精确的叙述语言，像个说话略带滞涩的人在讲述这些故事与日子。你得认真倾听才能入心入脑，他的语言不是一阵风掠过水面，而是一粒粒石子砸入水中。听完了这些故事，见识了西河镇这些人日子的过法，你得到的不是一次仅停留在愉悦层次的阅读，而是得到一次精神的洗礼。刘醒龙在《威风凛凛》里表现张扬的是一种精神，这种精神是骨子里的，是顶天立地泣鬼神，是一种能做各种苦役，受各种欺凌万种折磨甚至肉体被大卸八块都不会改变都会永远存在的精神。这种精神才威风凛凛，连欲扼杀扑灭它的人都胆战心惊。

阅读《威风凛凛》是一次精神的游走，决不是一种世俗的消闲。

我的评点仅是作了一点提醒、强调、叫好、引领注意的工作，一切都由读者去领会了，这是一本值得一读的书，这也是一本能长久流传下去的书。

自作自序

如果从1969年发表在武昌县文化馆油印刊物《武昌文艺》上的庆国庆诗算起，我今年有四十年的创作年龄了。而实打实地算，我1973年10月由华中师范学院中文系毕业分配至《长江文艺》（当时叫《湖北文艺》）作编辑，今年37年。我这辈子当编辑与文学创作者是没有疑问的了，我将把文学编辑与文学创作坚持到底。

我当编辑，先是从诗歌编辑当起，那时跟着老编辑一起，到工农兵中去，今天在省内国内都有大名的诗人与作者，有不少是我们发现与发掘出来的。后来我改做小说编辑，再又做诗歌散文组长，1986年4月提拔我当编辑部副主任（那时是主任负责制，就如现在的副主编），我是作家协会很年轻的处级干部。后来我担任副主编、常务副主编。1997年10月我做了《长江文艺》杂志社的社长、主编，这一晃就是13年了。我做编辑，是很认真投入地做的，我不搞帮派，不分亲疏，能够尽力帮上一把的作者与作品，我就全心去帮。这个岗位不是升官的阶梯，不是发财的位子，只能是一种事业，我是热爱这事业的。为自己热爱的事业去工作，本身就是一种快乐与幸福。关于做编辑，我曾撰文说过“三爱”：即爱职业，爱作者，爱稿件。在发现和培养作者方面，我也撰文说过我的“三梯队论”。《长江文艺》是省级文学杂志，我们不去盯名家，把自己打扮成一个全国性的大刊。我们的工作重点在中层作者。我的“三梯队论”是这样的：第三梯队是千千万万的爱好文学的青年，是大量的投稿者。对于这些作者和他们的稿件，用我们的“三爱论”中的爱稿件爱作者精神，选出他们的成功稿件，给予扶持，发表出来。这批作者中出现写得越来越好的人才，在省级刊物发表一批成熟稿件。第二梯队就是这些成熟起来且具有实力的作者。我们对第二梯队的作者，给他们提供大块版面，创造条件，让他们参加笔会，给他们的作品评奖，他们很快就走向全国。第一梯队就是在全国有影响的作家，他们成功了，他们的稿件不愁发了，他们活跃在全国的大刊名刊。我们与他们交朋友，不断地约些他们的稿子来发。但我们的主要目标不是他们，而是第二梯队的同志们。我们不断从第三梯队中发现人，让他们进入第二梯队，再把第二梯队推进到第一梯队。应该说我的“三梯队论”对于省级文学刊物的定位是比较准的。如果自我表扬，我当了这么多年的编辑，除了上述的两点经验与体会外，还有一个小贡献，那就是我给《长江文艺》撰的一句广告语：“长江不断流，文学旗不倒!”这10个字的广告语，年年在用，大家说不错。我还有一点时间就要退休了。这辈子当编辑，辛苦些贫穷些寂寞些，我无怨无悔，我乐此不疲，我感谢生活!

1969年我在乡下当农民，在油印杂志发表的那首《亿万人民庆国庆》的诗，是我的处女作。后来上大学中文系，后来又当文学期刊编辑，当编辑和在大学里上学时，我都在坚持写作。因为出身农民，血管里流的是农民的血，我对农民父兄的那种情感，那种血肉相依那种刻骨铭心的连系是与生俱存的。我写了许多农民与农村题材的诗，在上世纪八十年代，我是湖北乃至全国的乡土诗人之一。我的乡土诗，除了一批咏吟水乡山乡的美丽风情之外，写乡村人物与为农民生存状态鼓与呼的组诗很多。其中受到读者与评论界注意的有三组，分别是发表在《长江文艺》后被《诗刊》转载的《我忆念的山村》，发表在《诗刊》的《没有万元户的村庄》，发表在《人民文学》的《乡村忧思》。这三组诗被评家称为“刘益善乡村忧愤诗”。《我忆念的山村》被诗评家张同吾评为“刻划中国农民性格特征的力作”，获《诗刊》奖，并被选入《中国新文艺大系》中。九十年代之后，诗坛的变化很大，我自那时到现在，游离在诗坛的边缘。看诗关注诗坛的风云，自己写得很少，每年大约10来首诗，当年的那种激情好像离我远去了。但是我仍然是诗坛的一员，我是比较冷静的老同志了。诗写得少了，我开始写小说及其他文体。散文集出版了3本，长篇纪实文学出版发表了8本。我开始是想好好地写小说的，上世纪九十年代的三四年，我一口气发表了四五十部中短篇小说，平均一年发表上十部，除了两个短篇被《中华文学选刊》《中国文学》

转载外，基本没什么反响。我觉得我的小说是冲不上一个高地了。过了十来年后，我的两部中篇小说被《十月》发表，一部是《回家过年》，一部是《河东河西》，前者写底层农民工生活，后者写我熟悉的乡土。这两个作品放了十来年，竟然发表，且前者被《中篇小说选刊》转载，后者被《北京文学中篇小说月报》、《中篇小说选刊》、《小说月报》三家选刊转载，这是出乎我的意料的。我现在的写作心态很平静了，如今的文学作品可谓是车载船装千车也载不尽万船也装不完，你写的平庸之作出版了几十本书，那在这车载船装的作品中不过是沧海一粟，过不了几年就是垃圾一堆。要写点精彩的作品，即使发不了，放上一些年，再发出来也可以。精彩的作品虽说也不一定能流传多久，但能给人一些启悟与阅读快感也好。好作品终究会流传得久远些。我打算退休后，以阅读为主，再好好思索一番，写出点尽可能精彩一些的作品，这是我自己定的目标而已。

我的朋友策划出版一套诗人自选集，要我编一本，我就自选了过去的一些作品，诗、散文、中篇小说三种。附录中选了几篇我的师友的文章。想到徐迟老、碧野老已仙逝，而为我的诗歌写评论的程文超英年早逝，我心中怆然而充满了怀念。另外我省几个实力派的兄弟在几年前为我从编 30 年写的文章，我每每读到，倍感亲切。

自选集校样出来，前面是光秃秃的，本想请人写篇序，后来又想到别人写序要阅读我这堆东西，费力费时，不如我自己写一篇吧，写写我的编辑和创作经历，权当自序。自选集配上自序，也许更合体例！

感谢你还能翻翻我的这些作品，我的读者与师友们！

诗集《三色土》自序

进入上世纪九十年代，我写诗的狂热趋于冷静，诗越写越少，有时一年写不了几首诗，其他文章多起来了。究其原因，心境使然，激情少了。

回想三十多岁时，所见所闻所感，总有一股诗情在心中激荡，星期天关起门来，提笔铺纸，一天可以写几首诗。一年下来，大大小小的报刊发诗，总有百首以上。每发表一首诗，都有一种收获的快感，就像农民望着田地里成熟的庄稼，有种成就感。哪像如今，即使在大刊名刊上发表了作品，也没有十分的高兴。因为想到自己的这点文字，与中国大海一般的文学佳作相比，只是几星泡沫而已。

诗是属于时代的，只有那些最优秀的作品，才能穿越时空，留传后世。网上曾有一篇《枪挑湖北诗坛》的文章，第一个就是枪挑的我，说我的曾被收入《中国新文艺大系》中的获奖组诗《我忆念的山村》，写的像顺口溜。这是不同时代对诗的不同要求。就像我们读上世纪五六十年代名诗人的名诗，有时也看不出其好在哪里一样，这是因为我们远离了彼时彼地，用此时此地的眼光看那时的作品，所产生的感觉就是如此。但是，五六十年代的诗和我写于八十年代的诗，作者写的时候是真诚的，表现了那个时代的情感与风格，作为一种记录时代感情的文字，是有其意义与作用的。今天的新诗人所写的一些诗，是今天的情感与风格。再过几十年，也会有人说这写的是什么玩意，连顺口溜都不如。但这些诗，还是有其认识价值的。

这是我的第五本诗集，所选的诗作基本上写于上世纪八十年代，只有少数几首写于九十年代。这不是一本诗选集，而是我将写西部、写长江、写乡村的诗编成三辑，取了个名字叫《三色土》。我在八十年代初去过新疆、张家口、大同、西安等地，当时写的诗，都收第一辑中了。我自小生长在长江的支流金水河边，我的乡村离长江也很近，小时为那巍巍的长江大堤挑过土。我后来读书工作都在江城武汉，而我工作了三十多年的单位也称为《长江文艺》杂志社，我这辈子就没离开过长江。我写长江的诗不少，第二辑中选编了一部分，以表达我对长江的那种不断的情怀。我生长在农村，学写作后，不论是文是诗，大部分内容与乡村有关。批评界过去多称我为乡土诗人，确实在我的诗作中，乡土诗给读者的印象更深些。翻检我写的乡土诗稿，数量还真不少。第三辑中选编了一部分，我是离不了乡村的。《我忆念的山村》当年获奖后，诗评家张同吾在《文艺报》撰文，称此诗为“刻划中国农民性格特征的力作”。后来《诗刊》又发表了我的组诗《没有万元户的村庄》，《人民文学》发表了《乡村忧思》。我把这三组诗都收进了集子，这是我写的三组乡村诗代表作，表达了我一个诗人对乡村的忧思与思考，在一次关于我的诗歌研讨会上，这三组诗被统称为“刘益善乡村忧愤诗”，这忧愤中有深深的爱啊！

编的是旧作，但我自己读起来，也还是充满了激情与诗意，这些诗还没有因时光的冲洗而变得苍白，这是我窃以为安慰的。现在，我把它们交给朋友们指正，或许能为朋友们增加点谈资与启发。

田野上的白发

母亲50岁过了不几年，头发是日渐地白了。先是两鬓斑白，后来是额前白了一绺绺，再后来是脑后远看如沾满了雪花，白了一大半。

母亲是辛劳的。她生养了我们兄弟七人。在乡下，她是没日没夜地劳作，与父亲一道捧出了心血来抚育我们。我们前面六人都成家分散出去了，家中还剩七弟在上高中。父亲呢，被武汉某家医院诊断出一种可怕的病，属不治之症，在家里养病。奇怪的是，父亲养了两年病后竟奇迹般地活过来了，如今已过十年，老人家的身体倒是越来越硬朗了。

就是在父亲养病七弟上高中的那两三年，母亲的头发是完全地白了，白得使我们作儿女的心疼。但没有办法，父母都不愿离开乡下的家，家里有猪有鸡有水牛，有房子和责任田，还有七弟要人照顾。父亲暂时不能劳动，家里内外都是母亲一人操持，那头发还有不白的么！

记得那是4月份的一个晚上，同事有便车经过我们乡下，我请了假搭便车回老家看父母和七弟。我到家时已是晚上11点多了，但是家里没人，门上挂了把我熟悉的铜锁。奇怪，这么晚了，父母到哪去了呢？天气还没完全转暖，夜风吹过，我觉得身上有阵阵寒意了。我朝远处的田野看了一眼，怎么回事呀？空旷的田野上有不少灯火在闪烁，且有阵阵敲击铜铁器的声音传来。进不了屋，我就信步朝田野走去，我想看看那些灯火和敲击是怎么回事，我还想看看我家的责任田种了些什么。

到了我家的田边，我像被人使了定身法般地立在夜色里发呆。我看见母亲一只手提着铜脸盆，一只手捏根棒子敲击着，围着田塍蹒跚地转悠，铜脸盆发出当当的声响。田塍角上放着盏马灯，灯火如豆，闪着红红的光。田里是平整的秧圃，秧圃上可以见到撒下的谷种已经发出嫩芽。母亲手里在敲击着，身上披件父亲穿过的破棉袄。我叫了声母亲。母亲见是我，停了手里的敲击，脸上是我熟悉而慈祥的微笑。在母亲停下敲击的当儿，黑影里有一群黑乎乎的东两冲向秧圃。母亲发现了，立刻又敲击起来，那黑乎乎的一群立即奔逃。母亲说，今年是少有的奇怪，撒下的谷籽一个晚上都可让老鼠吃光。没有办法，大家只好日夜在田边守着。母亲告诉我，父亲被三妹接去了，明天早上回来替换她。七弟在学校里住读，星期天才回。母亲已经在田边守了三个昼夜了。

母亲和我说话，手里还在敲击着铜脸盆，沿着田塍蹒跚地走。我跟在母亲后面，心里沉沉的。母亲，您该休息了，把这田退了吧！您劳作了一辈子，难道不该享一享儿女们的福么？我知道，我是劝不动母亲的，她离不开她的田野，我们兄妹劝了多少回，她都摇头。她说：你们不要管了。我跟你父亲做一天算一天，这田是不能退的，等我们死了再退吧！

这个夜晚，我陪着母亲在山野上敲脸盆赶老鼠。母亲的身影在田塍上晃动着。黑暗里，唯有母亲的白发看得清楚。夜风吹着，母亲的白发在田野上飘拂，飘拂，飘拂出我的一脸泪花，飘拂出我的又一段回忆。

那是父亲躺倒的一年。正是乡下“双抢”大忙季节，母亲忍受住我父亲被判为不治之症的巨大悲痛，半夜里起来扯好了秧，运到要插二季稻的水田里。早晨回家服侍父亲吃了东西，母亲就到田里插秧。一大块白晃晃的水田里，就只母亲的孤单身影在移动。母亲劳动是一把好手，她一行行地插着秧苗。在母亲移动过的田地上，嫩绿的秧苗一行行地竖起来，整齐匀称，像块绿色的地毯。母亲是位高明的织工，在织着绿色；母亲像个伟大的蚕，在吐着绿丝。

我原来就打算好回家帮母亲插秧的，待我赶到田边时，一块大田已被母亲插完了一多半。母亲太累了，体力不支，我看到母亲已不是弯腰在田里移动，而是双膝跪在泥水里艰难地爬行。母亲的衣裤没一处干的地方，浑身是泥水汗花。母亲跪在田里插完一行秧，就往后移动一点，又插一行。母亲是在用她的血汗来染绿白晃晃的大田。我迸着泪水冲到田里，我喊着：妈，您不该这样拼命！

母亲见是我下田来，想站起来，努了两次力却未站起。我一把抱起了母亲，我感觉到母亲已瘦得只剩皮包骨头了。母亲脸上仍是慈祥的微笑，母亲的白发被汗水湿透了，沾在脸上脖子上。我为母亲拂了拂头发，一阵风吹来，母亲的白发在田野里又飘拂起来。母亲说：抢季节要紧啦，这秧早插一天就能多收一成。我没说话，我把母亲送回家，我跑到田里，没命地插起秧来。我很累，我腰酸，但我看到母亲的白发在眼前飘拂，我看到母亲跪在田里的身影，我不累了，腰也不酸了。我一口气插完了大田的秧，然后我哭了。

我的母亲是位普通的农妇，她的一生没什么惊天动地的事业，她是平凡人。今年的5月17日，是她老人家的三周年祭日。我忘不了母亲的白发，母亲的青丝变作了白发，是辛劳所致是岁月所染。母亲是我故乡田野上的一株普通的庄禾，她的一生奉献给了故乡的土地。母亲的白发，装点我故乡的田野，使得我故乡的田野变得苍茫而温暖。母亲的白发飘拂在我的眼前，变作了我前行的一面旗帜。

啊，我母亲的白发哟，还在田野上飘拂么！

怀念邹荻帆老师

刚开始学写诗就知道邹荻帆老师。1973 年我从学校毕业分配到文学刊物做编辑时，从单位资料室里翻出一些大 32K 本的《诗刊》合订本，读上面发表的诗，被其中邹荻帆所写的有关洪湖和江汉平原的组诗深深感动，并为这位湖北籍的诗人所折服。见到邹荻帆老师是在上世纪七十年代末粉碎“四人帮”之后，中国文联所开的第一次大会上。我陪原湖北省委宣传部的老部长曾淳参加会议，在饭桌上和邹荻帆坐到一起，邹荻帆那一口的天门乡音，吸引了我。但我只是个陪同人员，当时并没有和荻帆老师交谈过。

1981 年，我写了组诗《我忆念的山村》。这组诗是我在房县当省委路线教育工作队员一年，回到城里来之后思想反思的真实写照。组诗控诉批判了林彪、“四人帮”的极“左”路线对农村的残害，歌颂了农民淳朴善良的美德。组诗由当时的《长江文艺》诗歌组长欣秋看中，决定在《长江文艺》1981 年 2 月号上发表。我当时正在《长江文艺》作诗歌编辑，觉得用真名在自己编辑的刊物上发表作品有嫌疑，于是就用“易山”的笔名发排。这组诗发表后，反响不错，当时在北京音乐学院当教授的湖北籍老诗人丁力给我来信，说是《长江文艺》发了易山写山村的组诗，北京反映很好，《诗刊》已决定全部转载，他说他为家乡的刊物骄傲，不知作者是谁。接到丁力的信之后，我惊喜莫名。心想，写了好几年诗了，也发表了一些，但均没什么反响。这组诗看样子会在诗坛引起注意，但又偏偏用了个笔名，我当时要是用“刘益善”三字多好，用个“易山”，谁也不知道是我写的。这是我的私心杂念。

憋了几天，我终于鼓起勇气，给时任《诗刊》主编的同乡诗人邹荻帆写了封信，希望能更换署名。没几天，荻帆老师就回了信，告诉我组诗已在5月号《诗刊》转载，由于已排就付型，更改署名已来不及了。荻帆老师在信中肯定了《我忆念的山村》这首诗，给了我很大的鼓励，并说了《诗刊》转载一点好诗的目的是为了起推荐介绍作用。最后荻帆老师对《长江文艺》杂志也给予了鼓励，特别是在信尾所说“家乡的刊物”，更是体现了老诗人的一腔乡情，他是时时不忘家乡的。

荻帆老师的信是1981年4月23日写的。5月份，《诗刊》出版后，我一拿到刊物，看到上面转载的两百多行的《我忆念的山村》，心里就怀着对《诗刊》，对邹荻帆老师的深深感激，并决定以此为起点，要更加努力，写出好诗来，以不辜负荻帆老师的期望。《我忆念的山村》这组诗后来获《诗刊》1981～1982新诗奖，并被选入《中国新文艺大系·诗歌卷》等多种选本，《文艺报》发表诗评家张同吾的文章，称此诗为“刻划中国农民性格特征的力作”。我想，如果没有《诗刊》的转载，此诗的影响是绝对没有这么大的。因此，几十年来，我心中常怀感激之情。

邹荻帆老师如今已进天国，我写这小文，也是对荻帆老师的永远怀念。

给骆文校对诗稿

——送骆文远行

听到骆文老受伤住院的消息时，我正伏在桌上校对《长江文艺》11 月号的稿子，而且刚刚校对过骆老的组诗《天下第一山》。两天后我到医院，骆老已去世，我和机关的一群同事伴着骆老的子女，簇拥着运送骆老遗体的担架车，走在医院长长的路上。我扶了一下担架车的车把，那推车的医生不让我再扶了。我们一群人肃穆而庄严地走着，我们在陪一位老党员、老文艺家，湖北省文艺界的老领导走着去向天堂的路。骆文老，您静静地在担架车上躺着，安详而又慈爱，您听到我们给您送行的脚步声么？您看到我们对您的离去恋恋不舍之情吗？我忍住了泪水，我在想，骆老这是去天堂，我们会在晴日里，在蓝蓝的天空下，看到他儒雅而慈祥的微笑，听到他缓慢清晰带有点磁性的话语，他会经常与我谈《长江文艺》，给《长江文艺》写稿，他是《长江文艺》的老领导啊！

从医院回来之后，我再次将骆文老的组诗校对一遍。骆老的这组诗是他在一个月前用信封装着，放进我的信箱的。诗稿前，附一便笺，写着："益善同志，送上诗四首，请审阅。"骆老的诗，是我们求之不得的，我当即签发在 11 月号，这组诗由写井冈山的《天下第一山》、《向先烈致敬》，写延安的《枣园》、《延安宝塔》四首组成，我从中读出了一位延安时期的老战士一片深沉的情怀和对革命执著的爱。"山高比不过珠朗玛/山险也难敌冰雹擦过的华岳/谁能说黄洋界松涛/不是大地震撼的心律/天安门地砖/若是来自罗霄山脉/该由多少赤卫队巨手将其切割"（《天下第一山》）。骆老青年时代奔赴延安，对延安怀有故乡般的情感。近两年，他重新访问延安后，留下一批诗文。“这里生活清苦/但是有爱/一踏上延安的土地/就明白西方贵族的蛊惑/红色声音哪是魔魇？/节奏重音力度/称颂真诚的和平/——人类的希望之星”（延安宝塔）。骆老的诗，语言节奏感强，苍劲有力，是诗中的青松。

《长江文艺》11 月号，10 月底就印出来了。在看清样时，我想了好久，在作者骆文的名字上，是加黑框还是不加黑框呢？我决定不加黑框。骆老虽说去世了，但这组诗，是骆老生前时给我们投的稿，我们发表这组诗时，骆老还健康地活着，这是骆老生前最后一次给《长江文艺》写的稿。《长江文艺》将永远保存骆老的最后一片钟爱。

骆老走了，走得这么突然。在湖北省作家协会的大院里，再也看不到他颀长的身影，在湖北文学界的聚会上，再也听不到他隽永睿智的话语，而我，一个文学界的晚辈，再也承受不到他的关爱，想到这里，我的眼泪奔涌而出。

骆老，我给您校对诗稿时，您走了。骆老，我多么愿意永远为您校对诗篇，《长江文艺》多么希望不断发表您的诗作啊！

骆老，我会在静静的夜晚，谛听您在天堂吟咏的诗篇。

纪念刘绍棠先生

突然地，刘绍棠先生就去世了，仅仅61岁。读到报纸上发的消息，我心里有种沉痛缓缓升起，眼前出现了他的那张笑脸，还有爽朗的共鸣声强的笑声。实在说，我与绍棠先生并没什么交往，既没与他通过信，也没与他在一起论过文学，但我把他作为尊敬的老师与同志，是因为他的乡土文学和他的那种不断的乡村情结。

我刚开始接触文学时，就听说有个神童作家刘绍棠，他上中学时就出版了小说集子，并用小说的稿费在北京买了四合院房子，当起了专业作家。后来有机会读到他的许多沾满大运河水腥气土腥味的小说，我被吸引了，把他奉为楷模。我是写乡土诗的，后来写乡土小说及散文，不能不说是从刘绍棠先生那里受到了影响。遗憾的是，刘绍棠先生后来的乡土小说，写来写去没多的变化，有些作品中的人物与故事有重复感觉，这不能不说是种缺憾。但缺憾是缺憾，他在我心目中的地位未变，中国当代文学史，是不能不写刘绍棠的，建国后的中国乡土文学，绍棠先生可以说是旗帜或代表人物。

我与刘绍棠先生的个人联系，虽说有些牵强，但还是有的。1991年8月，我们在北京参加全国青年作家代表大会，在中央领导接见我们并照像时，来了一些不是青年的作家。刘绍棠先生来了，并和我们一起照了像。那张大照片的第一排，有三张轮椅，坐着艾青、张海迪、刘绍棠。那时的绍棠先生，还只55岁，虽说坐了轮椅，但精神很不错，身体看上去也健康。

去年上半年，在一次会上，我碰到湖北日报的张宿宗先生。张宿宗说："湖北日报双休特刊登载乡土诗人王老黑的文章，王老黑到北京去看刘绍棠，刘绍棠让王老黑问候湖北的作家，中间还提到你。”回家后，我赶快找报纸。果然在这张彩印的报纸上看到了这段话，绍棠先生说，问刘富道、刘益善等人好。读了这报纸，我感到一种兴奋和温馨。

去年12月中旬，我们到北京参加全国第五次作家代表大会。刘绍棠先生是大会代表，并在会上被选为中国作家协会副主席。那时看到绍棠先生，神采奕奕，春风满面，精神状态十分的好。在这次会上，遇到一件小事，使我与绍棠先生有了面对面的接触，并且说了几句话，还握了一次手。那天，我们从京西宾馆礼堂开完大会出来，回各人的房间。从礼堂到房间要穿过好长并有多处台阶的过道。有人推着轮椅过来了，轮椅上坐的是刘绍棠。轮椅无法上台阶，推轮椅的一个人无法把轮椅搬动。我刚好在一边，就赶快上去帮忙抬轮椅，还有一位女作家也帮着抬。我们护送着轮椅前进，每遇台阶都抬起来，直到把轮椅护送到大厅。临走时，我与绍棠先生说了几句天气与气温的家常话，并握了一下手，他说谢谢我们。绍棠先生并不知道我是谁。问题是，推轮椅的是山西作家韩石山。石山兄与我是好些年的朋友了，头天晚上他还到我住的房间聊过天，但这天他没看出抬轮椅的我来，他的眼镜不知是近视眼镜还是老花眼镜。总之，韩石山给刘绍棠推轮椅，这是很不错的事情。

好像才过去不久的事情，突然地，绍棠先生就去世了，正是壮年，还未入老境呢！前些时，报上还登着他提出建议，把北京的几个老作家聚在一起，大家交心谈心，加强团结。没想到，他就这么匆忙地走了。

但刘绍棠先生留下了12卷本的《刘绍棠文集——大运河乡土文学体系》，他将活在他的读者心中。

戴厚英死了

戴厚英死了，和她19岁的侄女戴惠被人杀死在上海的寓所里。上海警方已经立案侦查，结果尚未知道。

最早听到这消息是在湖北省的中国作协会员聚会上。吃饭时，方方在饭桌上告诉我，我一惊，心里立即发闷、哀痛。面前有一小杯白酒，我将白酒洒在地上，以示祭悼。

我是很尊敬戴厚英的，她是当代中国女作家中的强者。闻捷是我喜欢的诗人，他的诗集《果子沟情歌》对我写诗起了引导作用。文化革命中闻捷受审查，戴厚英是审查者，后来审查者与被审查者竟然相爱了。在那种年代，当然得不到结合，闻捷就愤然自杀。戴厚英后来就写了长篇小说《诗人之死》。80年代中，《长江》文学杂志在神农架开笔会，戴厚英带着她上中学的女儿参加了。我也参加了这次笔会。在神农架山中踏访奔走时，戴厚英和她的女儿十分活跃，娘俩说笑如平辈，翻山爬坡十分的矫健。那时戴厚英才四十多岁，创作正处旺盛时期。她很随和，和大家聊天，没什么架子。那一次，我们几个人在松柏镇新华书店发现了戴厚英的长篇小说《人啊人》，共5本，我们就一人买了一本，让戴厚英在书上签名。戴厚英签完字，说应该她出钱买了送给我们。我们笑着谢绝了，她连说：不好意思不好意思。现在，这本书成了一个很好的纪念。

自此，我十分关注戴厚英的行踪。她早年离异，与诗人闻捷相爱未成后，一直单身。她女儿后来大学毕业出了国，她曾去探亲，和女儿住在一起，带带外孙女。戴厚英除了写长篇小说外，近些年写了不少的散文和随笔，这些小文章写得十分出色。记得她发表在《随笔》杂志上的一篇文章，写她安徽乡下的侄儿，十分动情，我是读出了眼泪的。戴厚英是个意志很坚强的女人，她从安徽农村考上华东师范大学，就一直在上海工作生活，当了大学教授，成了知名作家，培养了女儿。她不忘农村，还自己跑到安徽农村去防洪救灾。她在上海，始终以一个外乡人自居，她的心留在了乡下。她是上海大学文学院的教授，她的课讲得好，学生们喜欢听。她是一边讲课一边写文章的。

突然间她就死了。是谁杀了她啊？凶手一定要抓住。要让凶手知道杀害的是个什么人。戴厚英今年才58岁。

一位大学生喜爱的教授，一个出版过7部长篇小说和多部短篇小说及随笔集子，读者喜爱的作家遇害了。该杀的凶手啊，太残酷了。我也是戴厚英的一个读者，我在心里深深地悼念她。

此文写到此，有个细节附上：我爱人和儿子每天上班上学，家里经常只有我一个人。爱人说，你可要小心啊，有人敲门你先问清楚了再开门，别像戴厚英那样呢！

我相信我们的社会和警力，任何杀人行凶者终究会被消灭的。

悼念诗人昌耀

今年3月初，久不买诗集的我在书店见到一本《昌耀的诗》，人民文学出版社1998年12月版，当即毫不犹豫地掏钱买下。那天同时还买了其他几本书，收银台小姐为我打折，我说其他书打折卖我可以，但《昌耀的诗》我出全价20.7元，一分钱不能少，因为这本书值这个价。如果我用折扣价买他的诗集，我觉得会亵渎了朋友。

不久，从《文艺报》上见到了昌耀于3月23日在青海西宁去世的消息，我愣了。昌耀，你是我心目中的真正诗人，你怎么就这样去了呢？待我接连读到几位朋友在悼念昌耀的文章中写到昌耀的病情及死，我当时号啕一哭。昌耀，你好苦；昌耀，你那些真正的好诗是从你的苦中泡出来的啊！

昌耀死了，中国当代堪称真正的诗人又少了一个。而且像昌耀这种诗人在中国当代是越来越少了，那些伪诗人倒是活得很潇洒，在那里喝酒写诗，写些离诗越来越远的分行文字。昌耀，你的诗不会因你的死而死，它们会长久地活在读者的心中，活在朋友们的思念里。

20年前的1980年，昌耀在《青海湖》杂志做诗歌编辑，那是他的右派得到改正后重新回到文学队伍中不久，我给他寄了两首诗。昌耀对我的这两首诗颇为称赞，很快发表在《青海湖》杂志上。我在其中的一首《冬荷》中写道："秋风秋雨过后/残酷的严冬来临/一场自然界的浩劫/谁都没有侥幸//最后是死了/她是站着死去的/留下了洁白/留下了衷心。"现在想想，昌耀当年称赞我的诗，这几行诗肯定给他留下了印象。我在写冬荷，其实是在写他们这一代受到不公正待遇的人的命运及品格啊！

昌耀是湖南桃源人，17岁便与诗歌结缘，曾在朝鲜战场上受过伤，后来在青海遭流放20余年。他的命运坎坷，但看得出来，他没有向命运低头，而以一颗诗人之心在抗拒着灾祸与苦难，保持着自己的人格尊严。1983年9月，在新疆石河子绿风诗会上，我见到了昌耀，一个穿着朴素，个子不高，面色清癯，戴着宽边眼镜瘦削的中年人。绿风诗会聚集了全国各地赶到的160多位诗人，那时是诗歌的黄金季节，大家在一起谈诗喝酒研讨外加旅游，其乐融融，气氛滚热。但我发现昌耀却有些孤单与不合群。他不大多说话，很有点木讷，没事就一个人坐着，默默地，像在思索着什么。诗会上不断有新鲜事发生，从少年到老年，大家都放开了自己在狂欢。可这一切都与昌耀无缘，我总是能看到他那孤独的身影。绿风诗会期间发生了一件事，使大家一下子记住了昌耀。那天诗人们的车队外出参观，有小车、面包车和大客车，老同志或领导或名诗人坐小车与面包车，其他人坐大客车。昌耀没弄清楚这些，跑到面包车上，被一位工作人员请下来，让他坐大客车。昌耀这时面色苍白，嘴唇颤抖，突然就火起来了，觉得受了污辱，当下坚决不去参观，并且第二天提出回青海，拒绝再参加诗会了。这下可把主持者搞慌了，诗人杨牧向昌耀赔礼，其他朋友也劝解，才算是平息了这场风波。这件事肯定有误会，但昌耀维护自己的尊严以及他执拗的性格是表露无疑了。1996年12月北京开全国作家第五次代表大会时，代表名册上有昌耀，但我在会上却没见到他，这很正常。大家都在热乎地交往时，昌耀肯定又在孤单地走着或坐着想什么。昌耀后来当了青海省作协副主席，据说有些名家到了西宁有意探望，他却拒而不见，原因是他“不会说话”。

诗人昌耀走了，他走的形式与老诗人徐迟一样，是从楼上飞升而下的。昌耀患的是腺癌，并且转移到淋巴与全身。昌耀是青海的专业作家，他只写诗而很少写其他作品，而写诗又决不为写而写，产量很低。他一生写诗不多，三四百首而已。昌耀过得很清苦，诗的稿酬收入低。昌耀有3个孩子，小儿子在上高中，他的生活窘迫，据说在他病痛严重时，都不去医院医治，虽然医疗费用报销80%，20%自己承担，他也不愿。他宁可痛得用膝盖顶着胸部在床上号叫，也要节省下很少的几个存款，为他的小儿子上大学用。昌耀的死亡方式，实在是因为疼痛得受不了，而采取的一种自我保护。诗人韩作荣说："他对死亡已无所畏惧，他对生很留恋，只是现实已回天无力。"

昌耀死了，中国西部矗立起一尊诗的碑石。昌耀，我在南方朝你拜谒：安息吧，我的一位诗兄。

烛烬笔折悼苏群

1994 年 9 月 8 日上午，我与刘耀仑、吴大洪一起代表《长江文艺》杂志社到医院看望病中的作家苏群。他正卧床吸氧。他伸出手和我们一一握过，说了句：好朋友来了！我那时看到他眼睛有些涩涩的了。他鼻孔里塞着吸氧的管道，手不时地抚着胸部，可以看得出，他正在经受肺癌的痛苦折磨。

离开他的病房时，我只乞求出现奇迹，让他熬过这一关，再活几年。

9 月 9 日上午上班，一会儿来了消息，苏群已于早上 8 点去世了，享年 68 岁。

听到这一消息，我坐在办公桌边，呆呆地什么话也没说，我在想着他，心里默念着。

省作协机关的同志喊苏群，都喊他老蔡。他叫蔡明川，苏群是他写小说的笔名。

20 多年前，我大学毕业，分配到《长江文艺》（那时叫《湖北文艺》）杂志工作时，老蔡正是我们现在这个年龄，40 多岁，正值壮年。那时杂志刚刚恢复，老蔡是杂志的小说组组长，非常精干与潇洒的一个中年人。这多年来他给我的印象是，工作能力极强，说的河南腔普通话，但那话有条理有见解决无废话。他与各地的作者关系极好，发现苗头，组稿，改稿，快速而见成效。我省“文化革命”后新起的一批中青年写小说的作家，可说很少没有受过他的帮助与扶持的。我记得女作家沈虹光写小说之初，老蔡主持刊物，一连推出她的 3 篇小说。叶明山、楚良、映泉、李叔德等一大批作家的出现，他都浇注了心血。

他的工作态度，给我们年轻人作了很好的榜样，对我们起了一种潜移默化的作用，他很少对我们说应该这样应该那样。那一年，我和他一起到五峰县参加一个笔会。我那阵子患失眠症，一连几个晚上睡不着觉，白天头是晕的，根本不能工作。老蔡一个人把十几个作者的稿子看了，还一个一个谈意见指导修改。当我们从五峰返回武汉时，提包里的一批成品稿子沉甸甸的，那是老蔡日夜辛劳的结晶啊！到现在，我脑屏幕上映现老蔡的影像是，他抽着烟，握着笔，伏在案上，静静地看稿，不时地用笔在稿上改个字或作个记号。他没有言语，但他的这种影像，却是最好的语言，是他一辈子编辑工作的写照。他无意作楷模，但他是我们最好的楷模；他无意作老师，但他是我们最好的老师！

老蔡 1949 年 4 月参加革命，《长江文艺》杂志创刊时他就作编辑。在离休的前几年，他成了湖北省作家协会的党组成员、副主席。离开编辑岗位后，他就潜心于专业创作了。

搞创作的老蔡就是苏群了。这几年他是丰收的，几乎一年一部长篇小说，出版了《大别山人》、《风雨编辑窗》、《孤岛即将沉没》、《圈套与花环》等多部。《圈套与花环》被改编成电视连续剧在中央电视台播出，中央人民广播电台还连播了他的两部长篇。《风雨编辑窗》获我省首届屈原奖。我的父亲在乡下种田，他来武汉看我时，至少有 3 次碰到老蔡并聊过天。后来老蔡见到我，就说：我与你父亲是同年的。说这话时，他脸上有种亲切的笑容。

我父亲是农民，他种田收获的是谷子。老蔡他当编辑，当作家，也是种田，他收获的是作品，是人才，还有作者、读者对他的无尽怀念。

编辑秉烛，烛已烬；作家握笔，笔已折。但苏群这个名字，将永远活在我心里。

我们仨的老大

1973年10月15日，一辆武汉牌敞篷卡车把李传锋、刘耀仑和我以及我们的简单行李拉到武昌紫阳路215号。那是一个小院子，门口挂着“湖北省文艺创作室”和“湖北文艺”两块牌子，我们三个是华中师范学院中文系毕业，分配到这里来工作的。《湖北文艺》是本杂志，由湖北省文艺创作室主办，传锋和耀仑在小说组，我在诗歌组，当编辑。这本杂志的编辑大都是原《长江文艺》的老编辑，都是从五七干校回来的，我们到时，《湖北文艺》才出版三期。1978年，《湖北文艺》又恢复为《长江文艺》，我自那时起，一直干到现在没挪窝，传锋和耀仑后来都离开了。

我们三个工农兵大学生的到来，对湖北省文艺创作室来说，是件不小的事。领导和同志们十分重视，当天下午就召开全体大会，对我们表示热烈欢迎。传锋代表我们三人在会上发言。他是个政治上很成熟的人，上大学前就是大队党支部书记，在学校一直担任学生干部。我是在华师中文系入的党，他和蒋大国是我的介绍人。省文艺创作室的党委书记辛雷是个抗战时期的老干部，解放后出版过长篇小说。辛雷同志拿着一叠发言稿，在会上照着稿子念，对我们三个人说了不少好话。传锋代表我们发言时，没有用稿子，却话语清晰，条理分明，分寸感政策性把握得十分到位，把个辛雷同志的讲话比到地上去了。我看到会议室里坐的老年中年男女同事，一个个听得十分专注，对传锋的讲话水平感到惊讶。这是传锋到单位后的第一次亮相，十分成功。

在湖北省文艺创作室以至后来恢复成湖北省文联，传锋在政治上给我和耀仑把着方向，使我们没走弯路。那时工农兵学员是作为新鲜血液输送到文艺战线的，许多老文艺家们还在牛棚里改造，从干校回省工作的同志，也是十分小心，深怕联上文艺黑线。但我们到创作室后，并没有批这个整那个，而是虚心向老同志学习，努力提高业务，争取当个好编辑，与“极左路线”不沾边。几十年过去了，传锋现在是湖北省文联党组书记、常务副主席，我没听说哪个同志换了他的整受了他的批。我和耀仑也没整过任何人批过任何人，省文联省作协的老年同志以至后来的年轻同志，与我们的关系都非常好。在这一点上，传锋为我和耀仑作了榜样。

我们到湖北省文艺创作室时，传锋26岁，我23岁，耀仑20岁。在华师中文系，我们三个是同年级同学，到创作室成了同事。那时创作室住的房子很小，许多老同志一家几口只住一间房。我们三个就同住一间房，先是在后楼的一楼，后来又搬到办公楼侧楼的二楼。房间十四平米左右，放三张单人床，一张小桌，一只小柜，余下的空间只够走人了。机关有个食堂，但到星期天就不开伙。星期天，我们买了炉子铁锅菜刀砧板油盐酱醋等物件，还拖了一堆蜂窝煤来。我们三个人一块生炉子，只见烟子，煤老烧不着，近两个小时过去了，炉子还是黑的。门房陈爹爹的女儿回家看爹妈，见我们那笨拙样，出手相帮，才让我们生着了炉子。忙了一上午，我们三人吃上了我们自己做的饭。三十多年前的这顿饭啊，我永远也忘不了。传锋在做饭时，动手的时间多，他毕竟大些，做饭做菜的经验多些吧！我们三个人实行的是AA制。买米买菜买油盐还买那些各种各样的票证供应的食物，谁买的，记个账，到月底平摊。传锋老家是鹤峰县，耀仑是英山县，我则是武昌县，我的老家最近。我们回家探亲，带来各地特色食物，有时送点给编辑部的老同志，其余的就我们三人共食。传锋从鹤峰老家带来一大块山里用柴火熏的干腊肉，黑乎乎的直冒油。我心想这能吃吗？传锋说，这是好东西呢！他亲自动手，用刀刮去黑油烟，然后放在瓦罐里面煮，温火煮了一晚上，那香气啊，使我与耀伦一夜没睡好。第二天我们大快朵颐，把那一大块熏肉吃得精光，连汤也喝掉了。

武昌紫阳路215号的那幢小楼现在已经拆掉了，侧楼上的那间房子，曾经是我们三个人的家。大学毕业后，我们三人合家过日子好几年，直到传锋结婚后搬去了水果湖。在这个家里，传锋是当然的老大，他在生活上对我与耀仑的关心，那是少不了的。

传锋在《湖北文艺》、《长江文艺》当编辑的时候，是个好编辑，在蔡明川、张忠慧、李文等老同志的帮助下，他选编了一批好的小说稿，帮助了许多作者。我手头有一篇河南省作家协会主席张宇谈编辑的文章，张宇在文章里说："至今，我还对李传锋感恩戴德。他是我处女作《土地的主人》的责任编辑，这个小说题目还是他自己改写的呢。那时候我在家乡洛宁县工作，就用破纸糊一个大信皮，把小说寄到了《长江文艺》。李传锋回信让我改一改，再寄回去，就发在了1979年11月的《长江文艺》上。还是头题。他自己还配写了评论《赞"土地的主人"》。其实他赞的小说，许多地方都是他自己改过的。马上，《小说月报》转载，我就算会写小说了。这还不算，最有意思的是消息传到我们河南，省作家协会王秀芳大姐马上就赶到我们老家来看望我。老编辑庞嘉季亲自给我写信祝贺。这在如今的现代生活中，都是不可能发生的事情了……"传锋推出张宇的小说处女作，对张宇后来的创作与成名，无疑是起着重大作用的。

传锋是鄂西土家族人，不论是开始当编辑还是后来当领导，他都在坚持业余创作，主要是写小说，他的动物小说是很有特色的。当我读着他的那些短篇、中篇、长篇动物小说时，总是会心地笑了。因为这些作品中的动物故事，各种动物的特征与性格，我都不生疏。在我们三人同住一室时，在那些静静的夜晚，我们三人躺在床上，传锋给我们讲他少年时的生活，山里的那些动物，他随大人上山打猎时遇到的种种故事细节，生动有趣，听得我这个平原上长大的人觉得新鲜而刺激。现在传锋讲的这些故事都出现在他的动物小说里面，吸引了更多的读者，形成了他自己的创作特色。他的《退役军犬》、《最后一只白虎》等等，都是代表作。最近，湖北少儿出版社出版的"李传锋动物传奇系列"，更是少年儿童的喜爱读物，这当然是生活给传锋的回报。

三十多年过去了，我们三人中最小的刘耀仑，也是五十出头的人了。我们三人曾是一个家，传锋是我们三人中的老大。老大，还惦记着我与耀仑这两个兄弟么？

当然。我们永远是兄弟。

梁上泉和《小白杨》

知道梁上泉老师的诗名很早，但真正见到梁上泉本人，还是在去年夏天北戴河中国作家协会创作之家里。中国作家协会 2001 年第四批全国会员休假时间是 7 月 25 日到 8 月 2 日。因通知上写明允许带家属，我们这批会员代表和家属二十多人，每次吃饭开两桌半，是个很大的家庭了。我在饭桌上见到梁上泉，他方脸大眼，前额半秃，身子壮实，全然看不出是七十多岁的人。我写诗也有些年头了，和梁上泉老师见面就有一种亲近感。他说他家里还保存着我给他写的信。20 世纪 70 年代我在《长江文艺》当诗歌编辑时，与许多诗人有过书信往来，我可能给他写过约稿信。

知道梁上泉除了写诗外还写歌词，缘于在这次北戴河休假中发生的一个故事。

7 月 27 日上午，我们全体休假人员和家属乘辆交通车，到联峰山公园游览。天下点小雨，我们买了门票后，分散开登山。梁上泉的夫人浦心玉老师也是六十多岁的人，老两口带着九岁的孙子浦磊走在一起。浦磊上小学三年级，这次跟爷爷奶奶到北戴河玩，兴奋异常。小家伙背着双背带书包，跑在爷爷奶奶的前面，梁上泉老两口跟在孙子后面，不断喊着慢点慢点。联峰山公园占地 1636 亩，面积一百九十多万平方米，园内有三座松林覆盖的山峰，有的山路陡峭窄小，巉岩迭出，林木蓊郁，其实是一处森林公园。时正盛夏，全国各地来北戴河避暑的人很多，公园内游人如织。我和妻子随着游人玩了一些景点，已经很疲倦了，找一处山石坐了会儿，便下山朝出口处返回。联峰山公园里有一处圈地不小的机关，四周围墙耸起，岗哨处处。我和妻子经过这机关的一个侧门时，见到梁上泉的夫人浦心玉眼泪汪汪地站在旁边。我们吃了一惊，忙上前问候。浦心玉老师说：浦磊丢了！梁上泉急得要命，漫山遍野地寻找。浦老师说：我找了解放军，请求他们帮忙找。我们忙安慰浦老师说，您老别急，解放军一定会找到浦磊的。这时我们才明白刚才在山上碰到一队队的战士跑步巡山，肯定是寻找浦磊的。侧门的岗哨站岗的两个战士的报话机响了，报话机里说：注意，请仔细寻找，有目标立即报告。丢失的小男孩子是老首长梁上泉的孙子，就是写《小白杨》的那个作家，我们更应该找到，我们一定要找到。

浦心玉老师就守在那岗哨边等消息，我们游完山的创作之家的人员和家属坐在出口处等梁上泉。这时丢了小男孩的消息已在游客中传开了，公园保卫处的联防队员也骑摩托参与寻找。终于传来消息：孩子找到了。当十多个解放军战士呵护着小浦磊出现在山道时，大家都欢呼起来了。七十多岁的梁上泉此时已汗湿衣襟，累得气喘吁吁。亏他身体好，如果换了别的老人，还能在山里跑来跑去找孩子么！

《小白杨》这支歌很流行，我也会唱，歌词写得很有诗意。但我就没注意这是梁上泉写的。这次发生在联峰山里的故事，使我亲眼见到解放军助人解难的行动，也知道了梁上泉会写歌词。梁上泉笑笑说：我本是搞歌剧的嘛，我写过上千首歌词。

帮助梁上泉找回孙子的是武警河北总队北戴河支队，梁上泉为这个支队写了一首诗，用毛笔写在宣纸上：“倾情内卫守边防/都市警营小白杨/枝叶青青干直挺/长成大树护荫凉。”梁上泉的毛笔字写得很好，他的文房四宝随身带着的，他说他是书法家协会的会员。

在创作之家一楼的前厅里，我和梁上泉先生坐在沙发上，他接受我的访问：《小白杨》的创作经过和他的有关经历。那是北戴河海滨一个安静的晚上，梁上泉用他四川话味较浓的普通话和我聊了好久。湖南作家樊家信也在旁边陪着。

梁上泉 1931 年 6 月出生于四川达县，1950 年面临着高中毕业考试的他，背着家，放弃了考试，当上了解放军，在川北军区文工团当创作组长。1951 年，梁上泉调到了西南军区公安部队文工团创作组，1955 年 3 月调到北京，在军委公安军委文工团，1957 年 11 月，他转业到重庆歌舞团。梁上泉的爱人浦心玉年轻时是达县地区文工团的副团长，是台柱子，两人结婚后经过 8

年的两地分居，直到1963年才调到一起。梁上泉在重庆歌舞团干到1982年，才调到重庆市文联当专业作家，现在担任重庆市作家协会顾问。

在部队干了8年，梁上泉对军人有一种天然的亲切感，一有机会，他就往部队跑。他刚调到文联的1982年，总政治部组织一些地方作家到新疆，也请了梁上泉。梁上泉"打起背包就出发"了。他本可以坐飞机飞到乌鲁木齐，但他选择了坐火车，先到兰州，再从兰州到乌鲁木齐。看到车窗外茫茫大戈壁无穷无尽，海市蜃楼常在眼前出现，而难见一星绿色，梁上泉感慨良多。梁上泉有个习惯，他多年写作，深入生活，总是选择步行或是走得慢的交通工具。他引用纪伯伦的话说，乌龟比兔子更多地领略路边的风景。坐飞机只能看到蓝天和白云，徒步能知沿途的民情风俗。到新疆坐火车要走近一星期，这一星期能了解多少生活啊！在创作之家，浦心玉老师有次与我爱人聊天，说是有次梁上泉到西藏深入生活，徒步在原野上行走。这时有辆吉普车开过，车上连司机一起有四个人，还空一个坐位。车上人看梁上泉背着背包走得辛苦，就要带着梁上泉一起走，梁上泉谢绝了，他说他要看原野上的风景，了解沿途的风俗。吉普车就先走了。没想到第二天听人说，那吉普车出了车祸，连车带人冲进了金沙江，四人都死了。我爱人是在我采访完了梁上泉之后告诉我这个故事的，我听了后捏了一把汗，梁上泉呀梁上泉，你真是命大！但我对梁上泉的深入生活的观点更佩服了：是的，要多看多问，能徒步就不坐汽车火车，能坐汽车火车就不乘飞机，让我们更多地亲近大地，亲近人民。

1982年8月1日是建军节，乌鲁木齐军区大阅兵，梁上泉赶到了。新疆的白杨树很多，梁上泉看到公路边的一排排参天白杨，翠绿威风美丽，站得笔直，给人一种壮美的感觉。当看到阅兵场上战士的队伍，一个方阵又一个方阵，一条直线又一条直线，绿军装，严整的队形，梁上泉的感觉就上来了，这不是一排排的白杨树么？白杨、军人，在随后的东疆南疆北疆的旅行中，在喀什、伊犁、吐鲁番、塔里木等地，这两个形象一直在梁上泉的脑子里出现。回到乌鲁木齐，梁上泉写了首朗诵诗《林带阅兵曲》，给部队战士朗诵，受到了欢迎。在新疆只安排一个月时间，梁上泉提出希望延长一个月。部队领导答应了，但有意将了梁上泉一军：延长一个月可以，但梁上泉必须为部队写一首歌词。梁上泉有些歌是很有影响的，比如他1956年写的《茶山新歌》流传很广，写采茶女对军人的爱慕，打破了写部队爱情的禁区。此歌很快流传到港台，台湾改成《茶山情歌》，香港改成《茶山姑娘》，很多人唱。这支歌后来在文革中成为梁上泉的罪状，说他用歌词来瓦解部队斗志。奇怪的是，当歌词抄出来贴在大字报栏批判时，很多人把歌词抄在笔记本上。梁上泉还写过《峨嵋酒家》，由阎维文唱出，得了大奖。梁上泉答应，他要为解放军写一首歌词，这歌一定要写好，要传唱得开，要雅俗共赏，要有深情又要美。

梁上泉离开新疆时，他答应写的歌词没有写出来，但那种情感在他胸中储藏着滚动着，他在寻找一个角度一个突破口，或者一粒点燃激情的星火。

1983 年 7 月，中国音乐家协会组织一批歌词作家到内蒙和大兴安岭等地采风，梁上泉又出发了。他随着作家们到了呼伦贝尔，在中苏边境，看到我们的战士在岗楼站岗，下岗后抱着吉他唱歌，还养猫，生活过得十分的充实。那天，梁上泉看到了一个场景，心里一动，就走进了场景。哨所岗楼水很珍贵，一个战士捧着他的军用水壶走近哨所旁的一棵小树，用水壶里的水给小树浇洒。梁上泉走近去问战士，你浇的是什么树呀？战士说，小白杨。战士还说，这小树苗是他从家乡带来的。

角度找到了，突破口有了，一粒灵感的火星点燃了梁上泉胸中的激情，在新疆积累的生活立即出现在他的眼前。梁上泉急急回到房间，20 分钟后，歌词《小白杨》写出来了。

“一棵呀小白杨/长在哨所旁/根儿深干儿壮/守望着北疆/微风吹得绿叶沙沙响/太阳照得树叶闪银光/来……来……/小白杨小白杨/它长我也长/同我一起守边防。”

“当年离家乡/告别杨树庄/妈妈送树苗/轻轻对我讲/带着它亲人嘱托记心上/栽下它就当故乡在身旁/来……来/小白杨小白杨/也穿绿军装/同我一起守边疆。”

《小白杨》歌词发表后，士心谱了曲，阎维文一唱，立即传遍军内外，流行很广。1987 年建军 60 周年时，总政治部给全军发文件：全军必唱 8 支歌，除了《三大纪律八项注意》、《解放军进行曲》等老歌外，《小白杨》是必唱的 8 支歌之一。《小白杨》和梁上泉的另两支歌《茶山新歌》、《我的祖国妈妈》还被选入了我国高等师范院校的音乐教材。

怪不得在联峰山公园内，部队领导和战士听到梁上泉是《小白杨》的作者时，对他是一片尊敬之情，一定要帮他找到丢失了的孙子。《小白杨》

这支歌，在部队里人人都要唱，是梁上泉在解放军中的一张名片。说到这里，梁上泉给我说了又一个使我十分感动的故事。

梁上泉的舅兄，即浦心玉的哥哥，在武汉的湖北美术学院当教授，舅兄当年与他在四川达县高中同学。前两年，梁上泉在北京参加完全国七届人大代表会，决定到武汉看望年老有病的舅兄。他到武汉的车票刚好是参加完人大代表会的湖北代表团返回的车厢。他拿着票先登车，进了他应进的软卧包间，放好行李，坐着休息。这时一位军人走进包间，梁上泉一看，此人是个将军，那肩章的金星告诉了他。军人的车票也是这个包间，他放行李，摘下军帽挂起来，与梁上泉打招呼："你不是我们湖北代表团的吧？"梁上泉答："我是四川代表团的，开完会顺便到武汉看望亲戚。"

两人就聊了起来，军人说：你是干什么工作的呀？梁上泉说自己是个作家。军人听后"哦"了一声，接着问：你写了些什么作品？梁上泉是出过25本诗集的诗人，他就报了几部诗集的名字，军人尽是点头，客气地"哦、哦"着，看来他没读过梁上泉的诗。梁上泉又报了自己写过的几部电视剧的名字，如《神奇的绿宝石》、《媚态观音》、《大巴山游击队》等。军人听了仍然只是客气地点头。这时，车厢的广播喇叭正在放音乐，一支歌放完后，播音员说：下面请欣赏《小白杨》。梁上泉听了，随口一说，这支歌是我写的。

军人在与梁上泉聊天时，手里在解军上衣的扣子，准备脱上衣的。当听到梁上泉说"这支歌是我写的"时，怔了怔，立即把解开的扣子系好，把挂起来的军帽戴到头上，在包间里"啪"地来了个立正，向梁上泉敬了一个军礼！军人握着梁上泉的手说："谢谢你为我们军人写了一支好歌。"梁上泉说，这位军人是驻湖北某地的一位军长，临分别时，一再欢迎梁上泉到他们部队去作客。

啊，梁上泉老师，你的故事把我和樊家信说得一愣一愣的。是的，诗人梁上泉，写了那么多的诗，写了那么多的歌词，还有电视剧，人们记住了他。而他的一支《小白杨》，像一缕春风，将永远在人们心头吹拂，给人们带来理想带来温馨带来深情带来美的享受。《小白杨》歌词发表时，梁上泉只得了50元的稿费。而《小白杨》被制成磁带，制成VCD碟子，把正版与盗版都算上，那个数目就无法统计了。

梁上泉老师没法计较这些，他像小白杨一样，绿叶闪银光。

罗老师和我的作文

我上小学六年级时，新换了个班主任。老师蓄了个分头，大眼睛，小白脸，瘦精精的，显得好英俊，他叫罗万象。当时，我已学会翻成语小辞典，辞典里有个成语叫包罗万象，我觉得很稀奇，怎么“包”我们的老师呢。

大约是前任班主任老师在他面前说了我的好话，他就任命我担任了班上的劳动委员、学习小组长等职务。可惜好景不长，我上课有点不遵守纪律，下课有时打打架，他就分三次撤销了我担任的一切职务，我就成了个普通的小学生。

罗老师很严厉，对我一点面子都不讲，给予的是经常性的批评。但他又比较欣赏我的作文，不仅给我的作文打高分，还经常拿到班上念一通，讲评讲评，致使我骄傲得小尾巴翘翘的。

我觉得作文好很重要，能得到老师的特别青睐，能得到同学们的佩服羡慕，真是个光荣的事情，而在罗老师未来之前，我是没有认识到这个问题的。

罗老师订的杂志有一种叫《作品》，32开本，上面的文章很吸引我，虽然其中许多我读不懂或懂不透。罗老师经常把《作品》借给我看。

在罗老师的影响下，为了写好作文，提高作文水平，我找了许多的书来读，并且尝试着在作文里学着写像书上那样的事情。这个时候我就开始在作文里弄虚作假了，用现在的话说就是虚构。本来我没见过某种事情，却在作文里写得有鼻子有眼的，其实完全是按照我看到的书上的事情来改编的。

有一天又是作文课，罗老师首先读的一篇作文就是我写的。

罗老师有些激动，分头朝脑后捋了捋，就抑扬顿挫地读起来，读到两个转折处，罗老师停下来，提醒大家注意，这里的“但是”用得特别好，恰如其分。教室里静静的，只有罗老师圆润的朗读声，还有我心里的怦怦跳动声。

我幼小的心灵在颤动着，有些惊惶，我不知这是不是好事。因为罗老师朗读的这篇作文，是写一位养猪模范的。我们村里确实有一个养猪的大姐姐，还有点名气。我的作文里，用的是她的名字，地名也用的我们的村名，但事实却不是的了。这篇作文是我看了一小薄本书后，把书中写的事情，套上我的主人公和村名，进行了一番改编。书上的文章有些长，我就掐头去尾，留下中间一截。我想，作文嘛，就是编编写写，真真假假，书刊上都是这样干的，罗老师不会去调查的。没想到罗老师会这么认真地对待这篇作文，而且给予了这篇作文以极大的称赞。我在惊惶之余，甚至感到有些惭愧。文章中的“但是”的用法，决不是我的创造，而是照书上抄的。

罗老师朗读完了作文，就激情洋溢地进行讲评，同学们也似乎听得津津有味，我不安的心情也就很快消失了，小孩子么，哪有那么多担忧的。

至今，我还弄不清小学生作文，是不是要完全的写真人真事，是不是不能编造虚构？我有时检查儿子的作文，发现他在虚构一些东西，我没有批评他，但我也没有指出来，没有去鼓励他。

我自己是在小学六年级时，受了罗老师一些影响，看了一点文学书，就在作文里开始了虚构。从这个时候起，是不是可以说我开始创作了？如果可以算的话，这应该算我搞创作的萌芽时期。这刚出土的黄秧秧生命力很弱，如果遇一阵风或一场冻，就会很快消失。

我要永远感激罗老师的是，他没有批评我，而是表扬支持了我。他浇灌了这幼芽，他可能是不自觉的，但实际上激励了我，培植了我。

后来，我考上了武昌县一中。据说能上一中，是我的作文得分高。这件事当然是罗老师的光荣，他在我下面几届同学中，大大地表扬我，夸我了不得。

可是我是对不起罗老师的。“文革”初，罗老师也调到县城了，我和几个受过罗老师严厉管教而考上一中的学生，写了几张大字报，贴到罗老师工作的县城小学里，这无疑使罗老师很伤心。

这件事也使我常感内疚，贴大字报时我们才十五六岁，不懂事。

罗万象老师现在还在我的家乡当老师，他如能读到这篇小文章，能理解他 30 多年前的一个学生的心情么？

扶我上路的人

我的第一篇作品是1969年发表的。那时，我不参加“文化大革命”，跑回乡下种田已有两年了。乡下年轻人不少，热热闹闹地成立了毛泽东思想文艺宣传队，演节目。

宣传队缺少编写节目的人，我就成了他们的笔杆子。我给他们写三句半、对口词、鱼鼓、道情以及各种唱词，还写过小剧本。

那年是建国20周年。武昌县文化馆经常发些演唱材料下来，都是油印刻写的。看到这一堆油印本本，我灵机一动，就写了一首唱词，题目是《亿万人民庆国庆》，寄给了武昌县文化馆。我现在还记得开头两句：红旗飘飘映彩云，亿万人民庆国庆。

骑着绿色自行车的乡邮员来了，递给我一个卷成圆筒的邮件，我急忙拆开，是一本带着油墨香的《武昌文艺》，油印的，是红黄绿几色纸装订成的32开小册子，我的名字和我写的《亿万人民庆国庆》赫然醒目地印在上面。

那一瞬间的心情到现在我都不知怎么形容，我也不想很准确地去形容了。总之我当时在路边站了好久好久。这是破天荒的事情。我从这一本油印的小册子中似乎看到了我的未来，看到了我努力的方向。

那时在乡下干活是很累很累的，但从此以后我竟不觉得怎么累了。

我成了作者（那时不敢想作家，能当个作者就了不得了）啦，武昌县文化馆寄了张“工农兵业余作者登记表”来，我填了，大队还盖了章，我是记录在案的工农兵作者了，我觉得很了不起。

我到县城里，找到了县文化馆，见到了何星老师。

何星老师招待我吃饭，晚上让我和他一起睡一张大床，他对我很热情很友好很支持。我永远记得这位在文化馆默默无闻地工作了许多年的何星老师。后来从武昌县出来好几位作者，提起何星老师，都缅怀不已。

我的第一篇作品是何星老师发表的。我不赞同有的人今天说起自己第一篇作品时那种不屑的神情，我们应该永远记住发表我们第一篇作品的刊物和编辑。即使你把你发表的第一篇作品扔进了废书箱，你也应该记住；即使你将来成了托尔斯泰，也不应该否定自己的第一个脚印。

我的第一篇，第二篇，第三篇，以至好多篇作品，都是何星发表的，因为《武昌文艺》就他一个人编，一个人刻印，他是武昌县文化馆的创作辅导干部。何星老师给在乡下的我寄书寄稿纸，这书这稿纸对于我意义重大，督促着我不停地读书不停地写作。我只要到了县城，就找何星老师，和他抵足而眠，作彻夜长谈。

何星是武汉人，中等个，瘦，戴副白框眼镜，一介文弱书生相。他本来是武汉水利电力学院的大学生，未毕业就随社教工作团下了乡，后来就留在了武昌县工作，大学也没有上完。何星的一家人都在武汉，只他一人住在武昌县文化馆的一间小屋里。

何星老师后来死了，死的时候才四十来岁。他害什么病死的，我一直没打听清楚，因为当时我在武汉上了大学。

我永远也不会忘记何星老师。

滇行散记

红帽子与黄帽子

我写的滇行散记，首先写帽子，是有从头上开始之意。也因为我在昆明火车站出站口，寻找接站人时，一眼就看到如火的红帽子戴在黑汉子的头上。那时就有人喊我的名字。是湖北籍在云南作协工作的汤世杰，他与戴红帽子的黑汉子在一起，恰好是来接我的。黑汉子王洪波，《边疆文学》小说组负责人，典型的西部牛仔样，1 米 8 的个头，方脸大眼，是这次笔会的组织者之一。他穿套牛仔服，戴的是小红帽，我看着总觉得有点滑稽。

参加笔会的近 60 名作家编辑，每人一顶软布帽，红黄两种，男女都发。布帽上印着“三塔笔会”4 字，就成了笔会的标志了。

红帽子，红得艳丽；黄帽子，黄得耀眼。

关于帽子的故事，第一天就开始了。

离开昆明前往大理，我们分乘一辆大交通车两辆面包车。我和 8 名男女坐在一辆面包车上。

这次笔会江苏来了 19 人，是最大的团队了，省作协主席艾煊、常务副主席赵本夫领队，可谓人强马壮。

广东作家林经嘉和江苏的一位 50 多岁的女同志坐在一起。林戴顶红帽子，女同志戴顶黄帽子。林的头小，红帽子戴着有点嫌大，女同志的头大，黄帽子戴着有点嫌小。女同志提出与林换帽子，林不同意。

林说：帽子戴过了的，再换不卫生。

女同志不做声，也就算了。

林又加了一句：红男绿女嘛，男同志戴红帽子，女同志戴绿帽子。

林的这话可能无心，但女同志立即愤愤反驳：你才戴绿帽子！你才戴绿帽子！你戴惯了的。

一车人哄堂大笑。林经嘉有口难言了。

事情还没完。车在大理喜洲镇停了下来，参观当地白族民居时，广州来的部女士，从另辆车上下来，走到林跟前，不由分说，把自己头上的黄帽子与林头上的红帽子换了。林欲反对时部女士早跑开去，这一切都被我们车上的人看见了。

再次上车后，江苏那位女同志说：林先生，你说帽子戴过了再换不卫生，刚才那广东妹子和你换了，你怎么不说不卫生的话呢?

一车人又笑。林是有口难辩啦！在帽子的问题上，林经嘉是吃了败仗啦。

气氛很活跃，大家坐车就不显得累了。

事后打听，江苏这位女同志，是个高级会计师，随团考察的。江苏这次19人的差旅费，坐飞机飞来飞去，使我们很羡慕，是省财政厅拨的专款。这位女同志是省财政厅长的夫人。

这位女同志沿途使我们增加了不少的财政知识，她能说出许多地方财政收入数字来。

还是回到帽子上来。

红帽子黄帽子代表了一种热烈，一种生气。在云南的半个多月旅行中，红帽子黄帽子一直伴着我们。高原行车，洱海走船，三月赶街，瑞丽逛市。在山腰的云朵下，在湖畔的碧水边，在人流里，在闹市中，哪里有红帽子黄帽子，哪里就有我们这群作家。红帽子黄帽子如朵朵鲜艳的蘑菇，绽开在滇西处处，如作家们的青春活力，奔放在祖国的山川河流。

4月29日，即农历三月十五，在大理古城外一处硕大的广场上，大理三月街民族节开幕。这是一个盛大的节日，是祖国西南少数民族的一次经济交流与美丽展现的聚会。

这次聚会盛况，我要专门写一篇。

我感到十分的亲切的是，开幕式主持者宣布的全国各地祝贺单位名单中，有我省鄂西州党政部门的贺电。

我们参加笔会来自13个省的作家编辑们，坐在主席台右边的看台上。

这天阳光灿烂，我们的红帽子黄帽子起了大作用，为大家遮挡了高原晒人的阳光。

我看到我们近60人坐的看台，被近60顶红帽子和黄帽子组成好看的图案。我们在欢呼时，近60顶红帽子黄帽子扬在手上，红的像热情的红山茶，黄的像幸福的黄手帕。

红帽子黄帽子，我们旅行中的热烈与生气。回湖北时，我带回了我的红帽子，带回了难以忘怀的美好。

朋友们，我常在记忆中挥动红帽子，你看见了吗?

你也在远方挥动着黄帽子呼应么!

三人行

三人行必有我师焉，古人这么说；三人行，必有交情，这是我的体会。13省的作家编辑聚会云南，湖北只到我一个，九头鸟飞不起来，不免有点孤单。

在昆明的金花宾馆，我与两位广东人住在一个房间。林经嘉，《家庭》杂志副总编，广东省鲁迅文学奖获得者。文能，《花城》杂志的青年编辑，写理论文章。

第一晚，我们还有点生疏，没有多谈。第二晚，我们就有一见如故之感了。我们在房间里聊天，聊社会，聊人生，聊文学。老林是“老三届”中的66届高中生，我是“老三届”中的66届初中生，我们俩对人生对社会的看法有许多相同处。老林原在广东作协文学院搞专业创作，曾到一家工厂兼职当了好几年的党委书记，他对当前的改革有很多精辟的见解。他特别能讲，滔滔不绝略有点结巴但声音很大。文能年轻些，偶尔也站起来反驳他的个别论点。

我们聊到凌晨2时后才睡觉。

没想到我们犯了个错误，我们三人全忘了第二天早晨7时准时出发。这天从昆明前往大理，行程440公里，须早起。头天晚上笔会组织者还反复强调，请大家千万别迟到。

急骤的电话铃声把我们惊醒了。电话里说：快点，马上就要开车了，你们几个怎么还不来?

房间里一片狼藉。我们提着行李冲出房门，电梯未开，我们就噔噔噔噔地沿着楼梯朝下跑，我们像突遭袭击的士兵，仓皇出逃。

我们很内疚，因为我们知道，3 辆车里有 50 多个人，由于我们的失误而在那里等待，浪费别人的时间。

我们低着头钻进了别人指定给我们的车座，连声都不敢做。我们觉到了 50 多人的指责目光，全体人员整整晚出发半个小时，我们惭愧极了。

这是 13 省作家笔会采访的第一天，我们 3 人因此被别人注意上了。也因为这次迟到，我们 3 人结下了情谊。在半个月的旅行中，我们大部分时间在一起。我的孤单感也去掉了不少。

半个月后，笔会作家回到昆明，我们 3 人又住到一间房里了，还是在金花宾馆。

到这时，我们已成了老朋友了，大家都以弟兄相称。过几天就要各分南北，我们特别珍惜这最后几天的相聚。

广东来的部女士和詹女士，和林经嘉与文能一样，也是热心肠人。她们弄到一部吉普车，邀了我们 3 位，一起奔龙门，游滇池，上金顶。北京牌的吉普车本来只能坐 4 个人，他们舍不下我，肯挤 5 个人，而且让我坐前座。林经嘉还表示，如果碰到警察罚款，钱由他来出。《家庭》杂志的钱多，老林可以拿回去报销。

好在没有警察干涉。跑高速公路时，别的车要停下来交好几次钱，我们的车却畅通无阻。什么原因？原来我们的吉普车是军车。

文能是个不错的编辑，到房间里来找他的昆明市内作者不少。男的女的都抽烟，云南的好烟也多。据说他们都发表过不少的小说与诗歌，我看他们的样子像现代派。

他们请文能出去吃饭。

林经嘉就代表《家庭》杂志请云南的作家吃饭，他要我帮忙。我陪着他，在他酒喝得多了一些时就提醒他，帮他圆圆场。老林真把我当兄弟看了。

半个月后，林经嘉和文能就与我挥手作别，飞回广州去了。要说的话已经说了许多，何日再会，举杯广州或武汉？我的两位广东兄弟，我真想我们再有机会作彻夜长谈。

林经嘉给我一张他签字的珠海家庭大厦住宿优惠，凭此卡住那儿，可永久性享受 8 折优惠。

我问了那铺位最便宜的多少钱一张，他说44元。四八三十二，四八三十二，还要35．2元。而我最多一天能报销15元，还是住不起哟！

三文笔村

我们到达三塔寺时，是中午时分。一辆交通车两辆面包车从喜洲开出，鱼贯而行。

道路两旁，一边是浩瀚明丽的洱海，一边是连绵青翠的苍山。洱海可称世界第一耳，250平方公里，只有中华巨人有这样的耳朵。苍山19峰18壑，海拔3000米以上，山顶终年积雪。物质不灭，我们看到的那晃眼的雪峰，是不是几千年前就堆积在那里的呢？

云彩很白，天空很蓝，空气很清新，蓝空白云下，三座古朴庄严的砖塔鼎足矗立，像三个高瘦的白族男人，默默站在路边等着我们这批作家的到来。

果然有三塔寺文物管理处的同志在路边接我们。汽车从一处院子边拐弯，拐弯处有一石碑，石碑上刻着：三文笔村。

这名字很贴切，也颇有意味，给我们这批人一个好的预兆。古塔又称文笔，作家们能操如塔巨笔，写出锦绣文章么？

我们的笔会是以这三塔命名的，我们在这个三文笔村住了五六天。笔会的开幕式在文物管理处门前的石阶上举行。我们之中最大的作家王蒙坐在石阶上，说了句：让我们大家一起走好运。

这好运是文运吧，住在三文笔村，能没有写出好文章的运气么？王蒙肯定也能交好运。

住在三排平房里，大点的房间两个人，小点的房间一个人。一个人的房间只有五六平方，放一桌一床一椅一脸盆，很好，很有乡村风味。

参加笔会人员的名字，都用粉笔写在各自房间的门上了，这为大家串门交谈互相熟识提供了很好的指南。各房间里很快就笑声不断，互相打听各自的熟人，交换名片，邀请互访。爱干净的女同志，已在水池边搓起了衣服。

我此行最大的遗憾就是没带照相机。离武汉时，本已带好了，但我嫌那相机太笨重，是个负担，就放下了。应该再买部傻瓜相机，又轻便又好使。云南之行，没有相机，那真是巨大的损失。

昆明市公安局的青年作家陈子忠，帮了我很大的忙，我们成了很好的朋友。

小陈到我房间约我去照相。在三塔下，他给我照了好几张与三塔在一起的照片，使我与那三支文笔同在一张底片上，以致我的遗憾还不是太大。

小陈沿途给我聊了好多关于云南这边吸毒与缉毒的情况，说了好多的故事，这真是我滇行的莫大收获。后来回到昆明，小陈还用摩托车把我从宾馆里接到他那里，看公安人员追缉毒品走私犯的录相，那是资料片，可对我来说，是极好的素材。

小陈与我的友谊是从三文笔村开始的，我在后面还要写到他。

在三文笔村给我留下印象的还有湖北老乡汤世杰。我要在这里为他专门写几百字。

是他到火车站接了我。在昆明，我把参加笔会的各种费用一交，身上只剩10元钱了。汤世杰就借了我300元钱在路上花销。

汤世杰1.8米的个子，瘦削精干，大眼睛，长相俊秀，说话不多。

在三文笔村我住的那个6平方米的小屋里，他向我说起了想回湖北的愿望。

汤世杰，湖北宜昌人，幼时家道艰难，常觉腹饥。在家为长子，曾带着弟妹在长江边码头下力，自挣学费并略补家用。闲时到书店以杂书充饥。1967年长沙铁道学院毕业，分到云南一山间铁路小站作养路工，扛大头镐，背枕木。1974年学诗，有诗集《第一盏绿灯》出版。1984年第一部中篇小说《高原的太阳》在《十月》发表，一炮打响，已出版一部中篇集与一部长篇，后调到云南作协搞创作。

乡情亲情使得高个老汤常有些忧郁。老母盼他回去，他也想落叶归根。老汤在湖北联系过一些单位，但一直没能谈妥。如今调动难哪，即使是像他这样颇有名气正干事情的中年作家。

老汤的事我记着了，但愿湖北有个好单位愿意接收。他回来，湖北的文坛将添一员良将。

我们这个作家团队的许多活动，都是在三塔边开展的。我一个人在小屋里，记下了一些皮毛。

将理清思绪，逐一整理，我毕竟在三文笔村住过了的。

三月的盛会

笔会的作家们住在三塔下，而且赶在这个时候来，是为了参加大理的三月街活动。

三月街又叫月街，白族传统的贸易集市，是大理城西中和峰下的一条长街。每年的农历三月十五日到二十二日，各族人民在此聚会。是时游人如织，贸易布棚鳞次栉比，马、骡、盐、茶、药材、日用百货均在此交易。据记载，三月街活动始于唐代，而终止于“文化大革命”开始之日。

今年，大理白族自治州人民政府决定恢复三月街活动，并将三月街定为大理州的民族节，举行首届三月街民族节开幕式。我们这群作家就是冲着这个来的，当然不舍得放弃这个了解民族风情的好机会。

开幕式定在4月29日（农历三月十五）。头一天，大理城已披上了节日的盛装，商店张灯结彩，货物充盈。城外的公路上，已搭满了帐篷，停满了大小车辆。一条东西主干道上，修建了鎏金绘彩的三月街门楼，高大气派，等待着赶街的人们。

4月29日早晨，天高云淡，天气是少有的好。13省作家们提着装有干粮与饮料的袋子，头戴红帽子黄帽子，登车朝会场进发。

会场是苍山脚下的一个广场，依山面海，空阔辽远。汽车停在场外，我们凭着看台票走进广场时，四周已是人山人海。主席台前彩旗招展，准备参加入场式的彩车和穿着各民族服装的男女青年，摆了几里路长。

我们这群作家的席位在主席台右侧的百多米处，依山坡而筑的石阶，大家席阶而坐，左右的石阶上早已坐满各地来的观光者。

上午9点半，大会主持者宣布首届三月街民族节开幕。立时掌声雷动，礼炮轰鸣。一群象征着吉祥和各民族团结的鸽子冲天而起，盘绕而飞。雄壮的国歌响起，仪仗队和各民族县，以及大理州工农商警文化教育卫生等各业队伍的彩车缓缓上场。

“长角号呀吹起来，金钱鼓呀敲起来……一年一度三月街，四面八方有人来……”电影《五朵金花》的主题歌旋律欢快地响起来。旋律中，一群年轻美丽的白族少女排着整齐的队伍，拥着民族节的会徽进入了会场，警车在一边护卫，使得入场式肃穆而又庄严。随后而来的各县区艺术团的男女们，花团锦簇，载歌载舞。同样是白族，却因小小的地域差别而各具特色。最美的装束是大理州艺术团的姑娘们，白衣蓝帽蓝坎肩，集洱海之湛蓝苍山之高洁于一身。足在蹈着，手在舞着，敲着金钱鼓，打着霸王鞭，挥着毛巾、草帽、红绿扇，整齐协调，如百花盛开，彩蝶纷飞，阳雀亮翅。

藏族的队伍过来了，跳着弦子舞；苗族的队伍过来了，跳着芦笙舞。景颇族的刀舞，舞出一阵雄风；一群彝族汉子系着长披风，手托大块血红的麂子肉，粗犷勇猛，显出了一个民族的强壮。

引起我们这群作家欢呼雀跃的，是佤族的一群少女。黝黑的皮肤，红色的短衫短裙，裙衫上一排排银饰闪耀光泽。粗壮的两只手臂上，各箍着两道金黄的圆箍，而一律的三尺披肩长发，如飘荡的旗帜。随着有节奏的音乐，少女摇头晃脑，甩起一头秀发，那秀发飞扬起来，竖立起来，前后左右，甩出了满场的喝彩声。

作家中当即有人向笔会主持者提出，散场后请佤族少女们联欢。主持者说，佤族的这甩头发舞，是在全国的民族舞蹈比赛中，得过大奖的。主持者当即就与佤族代表队联系，说好了第二天晚上来我们的住地联欢。可惜第二天晚上下起了大雨，与佤族少女联欢的计划落空了。只我运气好一些，在散场后三月街的人海中，我碰上了她们其中的两位，就上去与她们交谈，朋友陈子忠按响了快门，留下了一张弥足珍贵的照片。

入场式终于完了，各族人民齐聚广场，青红黄白蓝绿紫几条大龙摆开了阵势。大会主持人宣布狂欢三分钟。刹时，震天动地的锣鼓敲响起来，各种动听的乐器吹起来，群龙翻滚，彩舞翩翩，广场成了欢乐的海色彩的海歌的舞的海。

驻军部队表演格斗捕俘地雷阵，硝烟滚滚，炮声隆隆，机枪哒哒，给这节日的欢乐添进一些严肃的气氛，是不是在提醒人们，云南地处祖国的南疆呢？

接着是赛马，分男子组和女子组。男子组女子组的冠军都被一家兄妹得了。马蹄得得，尘灰纷扬，开始跑前面的可能最后到达终点，开始落后者，也可能后来居上获得成功，全靠骑手驾驭奔马的技艺与奔马本身的脚力了。

开幕式一直到下午3点才结束。此地散了场，而人山人海涌向三月街，涌向大理城的大街小巷，那里的三月街贸易才正式开始。

在高原的太阳下晒了五六个钟点的作家们，有些疲倦了，没有车坐，车在这里寸步难行。走吧，我们很快就被人流卷进三月街人海里，水面上偶尔只浮出一两顶红帽子或者黄帽子。

三月的盛会，那人那歌那舞那欢乐，却是留在我的头脑中了。

扎染与周城

三塔笔会的日程表上，有一项安排是参观白族扎染之乡周城。但是等不及到周城，作家们就已经在谈论扎染购买扎染了。

没到云南之前，只知扎染这种土布现在很时髦，不少的女士小姐们争相穿扎染衣服。童年在乡下，一年四季穿家织自染的棉布，我觉得那布跟扎染差不多。那时穿着上学觉得自己寒酸，而别的同学穿着卡基洋布那才叫气派，就从没想过这种土布也会时髦起来。

大理城里有扎染一条街，而扎染一条街之外别的街的店铺，也挂满了扎染衣服。靛蓝、枣红、翠绿三种为主色彩，还有少数淡黄的不多见。扎染布做的套裙、连衣裙、男女夹克衫最多，多得满城挂的都是，飘飘扬扬以使得大理城成了扎染城。男式衬衫，各种时髦新潮式样的女装，如有许多须须的乞丐服，要价就要高一些了。还有扎染布做的男女帽子，各式背包提包和腰包，总之能用布做的东西，这里都用扎染布做了。

在三塔寺一住下来，许多人就直奔扎染街。从我们住的地方，到有扎染街的大理城，花5角钱坐小马车，一会就到。我们这群作家编辑撒在扎染服装的街巷里，倾其囊中之钱，大量购买。云南作家戏言：这是为边疆少数民族的经济发展作贡献。

广东作家老林看中了一只扎染做的马桶包，双层布，有拉链，很有特色。问价，18元。还价，没有15元不卖。也不贵，老林就买了。拿着包碰到江苏作家老周，对老周说：真便宜，真好。老周却说："太贵。你信不信，我用15元能买两只。"老林不信，就跟老周走。老周就东走西走，一个摊子一个店子地问，讨价还价，左说右说，果然15元钱就买了两只马桶包，与老林的一模一样。从此，大理城的扎染马桶包就7元5角一只了。我们大部分人都买了这包，只有老林的最贵，说老林的钱多。

女士套裙，基本价格在20元左右，连衣裙19元左右。但你必须会讨价还价。问价，店主开价都是24元或者26元，能21元22元买到也行。而最便宜的是在周城，18元一套。可惜大家在大理已经买了许多这种套裙了，真正到周城时，看着便宜，已无法再买了，只好遗憾。

我买了3套扎染衣裙，红蓝绿三色各一套。当我们回到昆明时，看到大商店里挂着同样的货色，却要45元一套，可能昆明的做工要好些。

内蒙古两个女编辑王苏平和郜燕凌，一人买了15套。她们把扎染衣裙背到草原去，能穿好多年。有人开玩笑："不是去做服装生意吧?"笑答："慢慢穿，太好了。"当然也送两套朋友。

上海人基本不买，少儿出版社的两位，东转转西看看，可能是一样都看不中意。

而买得既便宜样式又好的，是江苏的几个女作家。女人是天生的购物专家，特别是江苏人，这是大家一致公认的了。

在三塔寺的几天，人们闲下来就互相观赏买到的各式扎染制品，选择比较，交流信息，最后就夸赞谁是天才。后来的几天，大家买东西，都跟着几位江苏女作家，她们买了，大家都买；她们不买，大家也不买，她们成了购物指南，买衣服的向导。

河北的两位老作家老马和老孟，平时言语不多，在争购扎染服装的热潮中，他们各自买到了喜欢的式样，回来后情不自禁地向大家夸耀。结果一问价钱，他们每套衣服都比别人多付10元钱以上，这使得他们更少言少语了。

到达真正的扎染之乡周城时，是一个毛毛细雨的上午。周城在洱海边，是一个不甚发达的乡镇，我们跟着向导，跳过街道上的稀泥，走到一个扎染作坊。到处流着染料水，空棚里有一排排架子，架子上搭着染了颜色的布，布上扎着许多的疙瘩，作坊里散发出一股浓烈的明矾和染料味道。几个工人，手脚都染成蓝色了，用棍子在染桶里搅着，染桶里装满了染料水，红、蓝、绿色。

这是典型的民间作坊，并无高大的厂房。向导说，周城这样的作坊很多。

我理解了为什么叫扎染。我看到一些妇女用针和线在白布上捆扎疙瘩，送去染色后，再把捆扎的疙瘩线拆开，没染上色的地方就成了许多花了。各种各样的花，但最多的是蝴蝶，因为蝴蝶泉就在周城附近。那捆扎疙瘩是很要技术的，只能手工，而且染布也要技术。据说外国人曾想弄清其中的奥秘，就是弄不清，染料的配方是绝对保密的。

说实话，在周城参观扎染作坊所得并不多，我头脑中忘不掉那条简朴小街上的泥泞和那些简陋而气味浓重的作坊。全国有名的扎染之乡，为什么只是这样一副模样呢？这不是与它奉献出来的多彩扎染布不协调么！

在周城，给我们留下印象的还有那顿午餐：苍山水煮洱海鱼。鱼是鲤鱼，好大的鱼块，用脸盆装着，鱼上撒点辣椒，味道鲜美。

回到武汉后，看到爱人穿着我买回的扎染套裙，我就想起了大理的那条扎染街，还有周城的古老作坊。

傣寨与傣味

早晨从三塔寺发车，结束在大理州的访问日程，前往德宏自治州的首府芒市。这是艰苦的一天，行程虽说是370公里，但高原行车，崇山峻岭，道路奇险。穿怒江峡谷，跨澜沧江桥，沿途所见，莽莽苍苍，风猛雨烈。人人心里都是忐忑。当然外表上看去，大家脸上有说有笑。

三位司机是值得尊敬的。云南省作协副主席李钧龙，是这次笔会的一号领头人，他反复给我们宽心：这三位司机都是久经考验的，跑这条路多年了，没事。

果然如此么？果然如此。

傍晚，走尽了高山狭路的汽车进入了平原，时阴时雨的天这时也开了脸，我们的眼前一亮。啊，道路平坦，绿树成荫。那树高大，一棵棵似柄柄巨伞。凤尾竹一丛丛的，绿得滴水，高达数丈，竹梢弯下来，真真如凤凰的尾巴一般美丽。傣家寨子啦，哇！广东人这么叫。

一座座傣家竹楼，掩在凤尾竹与大青树荫中，在傍晚的斜晖下，显得庄重而秀美。有傣族男女从田野上归来了，男人牵牛，头上围白包头；女人挑着筐，穿着筒裙，袅袅娜娜，恬静而文雅。看上去，傣族人民在这西南边陲，日子过得很是怡然自得的。有炊烟从寨子里飘散出来，给穿寨而过的车辆拂出几分亲热与温情。

我们专门去访问傣寨，上傣家的竹楼，吃傣家的饭菜，是到瑞丽县的第二天了。

瑞丽县的卫生局长是昆明下来的知青，后来就当了傣家的女婿，留在傣寨了。他领着我们一群作家编辑，走进了一家竹楼。楼下有厨房，有好大的厅屋，这家好像开了个小百货店，厅屋边有简陋的柜台。

女主人长得很秀气，不到40岁，对襟小衫与筒裙勾勒出她好看的腰肢。她文静地笑笑，欢迎我们上楼。傣家竹楼都是两层，我们沿着楼梯上去，把鞋子脱下来摆在门口。楼上是木楼板，铺着干净的线毯与床单，我们进到里面盘腿而坐。外间没什么摆设，面积好大，像个会议室，我们五六十人竟然都坐得下。女主人送茶上来，李钧龙忙拦阻：不用了不用了，人太多，没那么些杯子。女主人笑笑，没言语，下楼去，一会又送一批茶来了。我们大家都喝上了茶，我估计她将家里凡是能盛水的容器都拿来装了茶。我们就在她家的竹楼上，听瑞丽的卫生局长介绍当地的民族风情。

我们到了另一个傣寨，寨子叫大等喊。我们的人分散开，自由组合转悠。这个寨子好大，大概相当于内地一个村吧！当然这里如今也实行了责任制，分田到了户的。

走进一家竹楼，底楼空荡荡的，有土灶和堆着的土豆。柱子上挂着几件旧衣服，墙边靠着好大一支象脚鼓。大人不在家，有几个小女孩在玩。问怎么没上学？说是今天放假，有个女孩还抱着个更小的女孩。她还有个弟弟，在缅寺里当小和尚，念书。据说这里的男孩从小就去寺里当和尚念书。

后来我们在寨子里果然找到了缅寺，外面看，金碧辉煌，雄伟庄严，脱了鞋子爬上二楼，大殿里有佛像。佛像前的地板上，坐满了小男孩，一个个剃了光头，每人拿一本书在咿咿呀呀地念，也没见到老师。他们读的什么，我们一点也听不懂。离开缅寺时，我们一人放了一块钱在那功德箱里，孩子们见了，显得很高兴，但嘴里没有停止咿咿呀呀。

在一座门口停着两辆汽车的竹楼前，我们站住了。进去一看，底楼没人，但摆着高级沙发，墙边有立柜，立柜里摆着陶瓷唐三彩等工艺品。屋后是厨房，厨房里有自己的机井，煤气炉灶，电冰箱，甚至还有电烤箱，看那碗柜里的酒瓶子，吓一跳。茅台、五粮液，还有粗胳膊样的大瓶子洋酒。

这是户开车的个体户。从厨房回到一楼大厅，才见到女主人，金耳环、金项链，短衫筒裙，满脸笑容不言声。上楼的阶梯上铺着大红纯羊毛地毯。我们赤脚走上去，楼上也铺了地毯，空空的，有两个老人盘腿坐着，见了我们没有任何表情。我们看了一会儿，就下楼了。我发现我们去的几家傣家竹楼，屋角都摆着很精致的神龛，里面供的什么佛？不认识。

晚上在大等喊傣族个体饭店吃傣味饭。没吃傣味前，大家都抱着过高的希望，待吃到嘴里，才觉得不是味道，吃不习惯，有种酸酸的臭哄哄的味道。这顿晚饭，大部分人没吃饱。

在大等喊吃傣味败了胃口，回到芒市再吃傣味时，江苏 19 人有 10 人罢吃了，说是拉了肚子。经做工作，还是去了。

但芒市的这顿傣味却好吃得不得了，有种叫泼水粑粑的东西，更好吃。

好多菜都一样，但大等喊的不好吃，芒市的就好吃。

名与实往往不完全一致，不能光看名，而要看内容。如果没有芒市的傣味饭，我们将对傣味产生永久的误会。

瑞丽戒毒所见闻

这是个沉重的话题。

瑞丽就如她的名字一样嫩绿美丽，处处阳光；傣女的筒裙摇曳成许多作家的美诗丽文。而在那林竹掩隐的寨子中行走，四顾怡然，看各族人民安居乐业，就如处在桃花源之中了。

可是这里的吸毒问题不能不写到。联合国的禁毒组织曾到过这里，考察这里的戒毒情况。

这里地处中缅边境，离世界最大的毒品生产基地湄公河金三角很近，近得拿只望远镜就可看到那成片的罂粟花地。当然我们没有看到。这是当地人说的。我们只看到金三角那块土地。

金三角年产提纯海洛因 2000 多吨，这里海洛因地下交易，只需三五元一克，如果弄到昆明，就可卖到 150 元一克，而到港澳，则可卖到 300 美元一克。毒品走私者们拿着性命去冒险，因为这真正是一本万利的事情。这里边防军、公安局的缉毒人员也是高手，他们抓到的走私毒品组织、罪犯不计其数。写他们不是此文的事情。

瑞丽离毒源近，毒品便宜，解放前吸鸦片的多。1984 年后，在一些农村，吸毒者们滚雪球般，越滚越大了。毒品扩散很广，干部、演员、教师、个体户，各种人中都有瘾君子。瑞丽有多少人吸毒？据说不好回答。因为吸毒，家破人亡妻离子散，杀人越货卖淫犯罪，倒毙村野枯萎而死，这些案例不少。

在瑞丽，党和政府在禁毒戒毒上是不惜花费精力的。吸毒贩毒地是犯罪，其危害之大，不亚于枪炮原子弹，这决不是故作惊人语。

我们的车子离开美丽的瑞丽城，转个弯，走过一段凸凹的乡间公路，进了一处修在城郊田野上的院子。院子门上挂着一块木牌，写着瑞丽县康复中心。这就是戒毒所。

院子很陈旧，红砖红瓦平房，陡一看去像是乡间的砖瓦厂。院子由四幢平房组成个口字形，中间是操场。北边的一幢平房有 5 间 20 多平方大小的房间，窗户上有铁条子，门都锁着。从左到右4间房间，每间关着10来个男子，多是年轻人。第5间关着3个女子。3个女子见了我们这批来自外省的作家，忙一律面朝里墙，只留个背影给大家。烫着头发，穿着不俗的衣裙，看样子不是农村人。她们也懂怕羞，不好意思。

关着男人的房间，里边的人可就大方了，有人伸手找我们要香烟抽。房间里一排统铺，统铺上铺着席子和毛巾被。有骨瘦如柴者，一阵风就要吹倒；有四肢发达者，透出粗野蛮横。头发长而蓬乱，脸上一律的铅青色。有个光膀子的小伙子，身上刺满龙虎的花纹。

我们的人自行分成几拨，每个房间的窗前都围着人。里边的人也拥到窗边，和我们对话起来，他们毫无顾虑，还嘻嘻哈哈的。

有个穿迷彩服的小个子，不大多言。问他，他说他是复员军人，在贵州当了3年兵，回来后吸毒上瘾，这次要戒掉。有个“小年轻”，问他，15岁，初中三年级学生。吸着好玩，吸了3个月，没法上学了，家长送他来戒毒的。那个刺了龙虎花纹的汉子，和我聊起来了。他是个体户司机，赚了些钱，无聊才吸毒。吸了两年，把车卖了，彩电、冰箱、家具、房子全卖掉吸了，老婆离婚，如今落得个孑然一身。说完，低下头，满怀歉疚之意。还有几个躺着不动的人，同房间的说，他们中毒太深，不能动了。

几个女作家还趴在关着3个女人的房间窗边，她们决心要等那几个女吸毒者转过身来。可别人就是不转身，她们就坚持等。

哨子吹响了。管教人员把5个房间的门打开，里面的人都要出来，在操场上站队。那3个女子也只好转过身来，走出房间。看上去，她们都年轻，长得也挺秀气的。我的心有些沉重，不仅是对她们，也对站在太阳下的所有戒毒者，愿你们早日康复！

都是年轻人，没有中老年。

管教人员带着他们劳动去了。

我们进了另一幢平房的会议室，戒毒所所长捧个大本子，说是给作家们汇报情况。

这个康复中心属于强制戒毒，80%的是农村来的。1987年开办，每年4批，每批100余人，3个月才能达到一般康复。进戒毒所的吸毒者，家里必须每月交45斤粮，45元钱，国家还要补助一些。他们的任务是军训劳动，接受药物治疗。我们看到的这批，已基本康复。吸毒者戒毒最难受的是第一个星期，流眼泪打呵欠，昏软、肚子疼，就像无法活下去的样子，无法控制时，就抓胸撞墙。这个时候就给他们吃药，后来就慢慢好些了。

在戒毒所呆了两个多小时，所见所闻，使得我们这些拿笔的人不知说什么才好。农村里那些无钱无粮来戒毒的，他们怎么办呢？他们也需要获救啊！戒毒者们，一定会获救，他们的灵魂会获救，他们的肉体会获救。

汽车载着我们离开了简陋的戒毒所，走上了坎坷的乡路，重新回到了美丽的瑞丽城。大街上，高楼汽车，红花绿树，一片阳光灿烂。

美丽的肌体容不得毒瘤，一定要割除。

中缅边镜行

那地方叫姐告。瑞丽在中缅边境的国境线上，是凸出去的一块土地，而姐告则是这凸出去的顶尖，真正的天涯海角。美丽的瑞丽江从勐卯坝的腹心流过，成为一条界河，中缅两国有很长一段是以它的江心为界的，南岸是缅甸，北岸是中国。但是南岸还有一个寨子是中国的领土，这是姐告，瑞丽江南唯一的中国村。

姐告在傣语中的意思是“陈旧的街子”，姐告到瑞丽县城只有 6 公里。我们的车从县城开出，看了瑞丽以北的几个傣家寨子后，就跨过姐告大桥，深入到南岸的姐告寨子去。

姐告桥两边都有边防军驻守着，一座永久性的钢筋水泥大桥正在旧桥不远的江上修建。我们过的是旧桥，桥侧平摆着许多枕木，是单行车道，桥两边另有窄窄的人行道。

我们的车子停在桥头，等待南岸的车辆过来后才能放行。从南岸过来一群群的缅甸妇女，挑担背筐，箩筐里装的多是农副产品，她们是到瑞丽去赶集的吧！而集赶完了回来的妇女，打着花布伞，筐箩里装的都是鞋袜布匹等日用百货，是从中国买的。

中缅边境上的边民，出入境都很自由，他们的边民证在边防军那儿畅通无阻。他们一时到缅甸的镇子，一时到中国的镇子，交易买卖，中缅的边贸一直繁荣。

有个好漂亮的缅甸少妇走过来，一头黑发披散到腰际，背着背篓，小褂子长筒裙穿戴艳丽，她停在我们的大车边，让一辆过去的车。云南作协的老屠是个快活人，一路上说笑话唱民歌使大家开心。他把头伸出车窗外，对那少妇说：你很漂亮罗！那少妇微微一笑，朝老屠点点头说：谢谢！他们都是说的汉话。车上的人饶有兴味地听他们聊起天来。

对面的车走了，少妇也要赶路。老屠不知哪根神经错了位，突然用手在嘴上咂了一下，再一扬手，抛给少妇一个飞吻。那少妇先是微微一愣，也很快用手在红唇上碰，手一扬，还老屠一个飞吻。老屠这时愣了，不知再如何动作。那少妇却扭着好看的腰肢走了，留下满车人的起哄笑闹，老屠弄了个大红脸。

过了姐告桥，进了姐告寨子，车在路边一家饭店门口停下来，饭店边有鲜艳的五星红旗在飘，这里就是国境线了。

饭店周围，搭了许多的简易的棚子，不像江北的傣族寨子，倒像一个建筑工地。这里正在大兴土木，据说将要建成一个国际贸易中心，各种高楼林立，康乐中心、度假村、舞厅、停车场，全国各地将在这里建商号商场办事处，那时这里就是西南的“深圳”、“珠海”了。

我们停车的饭店，其实就只有一个简易大厅，摆了十几张桌子。我们围桌而坐，吃的是缅味，大米饭特别好吃，那菜与傣味菜差不多，好像没什么特别之处。

饭后自由活动一个半小时，小陈带着我和广东的4位，直接朝界碑走。哨所里有边防军持枪站岗，我们说明来意，他便点头放行。

在界碑边，我们咔嚓咔嚓地照了许多张照片。然后我们就朝碑外的土地走了十几步，我们站在缅甸的土地上了，算是出了一趟国。

边界是条小河沟，河沟上有座小土桥。河沟那倚岸建了一排缅甸民房，一间房子里有几个女人正围桌吃饭，孩子们在桌边玩耍。小土桥东边的河沟旁，有两个少女在洗衣涮衣。小土桥西边的河沟里，热闹异常，印着缅文图案的三四辆小型货车在水里停着，几个缅甸小伙子赤着膊，在浇水洗车辆。河沟里还有一辆好漂亮的铃木摩托车，有个小伙子正细细地擦洗，专心致志。

广州的女编辑詹力克，我们大家喊她“摩力克”，是个快嘴快舌的热心肠人。她说她妈是武汉人，和我认过老乡。这时“摩力克”朝河沟里那个洗摩托车的小伙子招手：喂，你好！把你的摩托车让我骑一下行么？那小伙子一笑，说：你会骑么？小姐！“摩力克”说：会的。于是那缅甸小伙子把摩托车推上岸来，“摩力克”走上去很熟练地发动了，骑得英姿飒爽，博得小河沟里其他小伙子的一片掌声。“摩力克”还与缅甸小伙子在漂亮的摩托车边照了一张相，又引得河沟里的小伙子们一阵呕呕的欢叫声。

我们请过路的缅甸人和我们一起照相，他们都高兴地答应了，好像是家常便饭样。中缅边民，人民币与缅币一起通用，我们中有几个人就用人民币和他们换缅币，留着好玩。

开车的时间就要到了，我们与小河沟里的缅甸人挥手再见。走到飘扬的五星红旗下，我立时就有一种自豪感与神圣感。我们站在祖国的西南边角上，而祖国永在我们的心中。

接着，我们又去了弄岛边境线和畹町边境线，一样的五星红旗，一样的界碑，一样的边防哨所，而我们和缅甸的和平气氛，也是一样的友好、亲热。

高原行车

滇缅公路全长958公里，由昆明经楚雄、下关、保山、潞西到畹町，正好是我们13省作家编辑们走的路线。我们在这条路上走了个来回，整整14天，而我们坐在车子上的时间就有6天，屁股坐肿了，人坐得疲惫不堪，回到昆明时，人人都瘦了一大圈。

滇缅公路是高原公路．海拔一般在3000米以上，修筑于抗战时期的1938年。我曾读过一本《大国之魂》的书，其中对修这条路所付出的牺牲，以及这条路在远征军与日寇的血战中所起的作用，有过惊心动魄的描写。解放后，滇缅公路虽然重新修过，但由于地理环境所限，路面也仅只能供两辆车错车时擦身而过。

滇缅公路像一条长长的理不清的腰带，系在崇山峻岭险峰奇岚之腰，绕来绕去，只见大山，只见云彩，只见到处竖立的“险段”、“急弯”、“鸣笛”之类的标示牌子。有一段路是贴在怒江边上，嚯，朝车窗外一看，千仞绝壁万丈深壑，绝壁深壑之下是轰响的怒江。一个怒字逼真地描画出这江的嘴脸，但何以要怒？却查不出原由来。

日本鬼子侵华，没能进得西南，就是一条怒江拦住的。据说发了狂的日本鬼子和他们的汽车，如下饺子般的朝怒江里栽，被怒江毫不留情地吞噬，终于绝了突进的希望。

我们就是走的这样一条路，这条路上是经常出车祸摔死人的，我们在车上就看到翻到山崖下的汽车。我们的一辆大客车两辆面包车，行走在高原上，吊胆提心，虽说小心翼翼，可碰到险情也有好几次。虽然司机的驾驶技术熟练，且有高原行车的经验，但灾难有时无法绕开，比如说堵车。

我们的车在路上被堵了几次后，就有一位作家扳起手指算卦。北京、黑龙江、上海、四川、……不好，怎么是13个省市？13个省市的作家编辑走到一起来了，13是个不吉利的数字，我们还能不碰上堵车的事么！总要出点什么事的，碰上堵车比出其他事故要好。

笔会的管钱人是云南省文联的会计小浦，他却冲着我说：这不算不知道，一算吓一跳，当初要是知道来的13个省市的话，就不要你这个湖北佬来了。原来小浦为帮我办边境证走了些路。我回击小浦：你放心，有我这只九头鸟在，一切都会逢凶化吉的。

我们碰到最险的一次堵车是在怒江峡谷。两辆货车抢道，结果碰到一起，把车轮都碰得悬在绝壁间吊起来。这下好了，来往的车立即就被堵了几百辆。大车小车卡车面包车大客车，都气冲冲地停着等。急，没有用，骂，也走不了。现在唯一能干的事就是等。

被堵的车都停在高山腰间，山风呼啸，飘起了小雨，我们一群人却跳下车来看脚下的怒江。怒江在下面浑浊着咆哮着，朝我们瞪着眼。我们几个年轻些的人，一起捡了石子朝怒江对岸扔。怒江看上去只是一条线，而对岸好像近在咫尺，但石头扔出去，却飘飘摇摇飞不了几尺。峡谷好深啦，石子扔出手朝下掉，好久也听不到溅水声，只听得见怒江的声声呼吼。

云南的作家告诉我，这就是世界第二大峡谷怒江峡谷，险峻有气势，阳刚而威猛，难怪日本鬼子在这里认输了。

我回来翻资料，查出世界第一大峡谷是科罗拉多大峡谷，在美国西南部，现已辟为国家公园。怒江峡谷在我国的西南部，能辟为我们的国家公园么？能，整个滇西崇山就是天然公园。

两个多小时后，来往的车辆才松动，大家都有礼貌地开车，小心翼翼地错车，直到全部被堵的车辆都松散开，我们才松口气，又可畅快地奔跑了，被堵车真不是滋味。

还是在返回昆明的滇缅公路上，有三辆卡车碰了头，挤成一堆，路又堵了。有了几次堵车的经验，就干脆不急了。车上的人有的下车找地方方便，有的就一直往前走，数数一路到底堵了多少辆车。看来不是一下子走得了的，前面的人说，他们已经等了一个多小时了。

我与广东女士部宁校聊天，车厢后座的呼噜声已经响起来了，车里的人连笑的劲头都没有了。已经是下午3点多钟，大家还只吃过早餐，原计划到楚雄吃午饭，现在没有指望了。

呼噜2号开始工作了，他是李运义，河南百花园杂志副主编，人长得黑胖，是很好的同志。他打呼噜太厉害，同行的作家编辑们都不敢与他住一屋。云南的老屠自告奋勇和他住一起，李运义服了输。老屠的呼噜更厉害，响起来，李运义都没法睡，老屠成了呼噜1号。现在看来，李运义昨夜又没睡好。

3个小时过去了，我们的车开开停停，磨磨蹭蹭，终于开到出事地点。几辆车又抢道，道路又堵了。一个小个子交通警察站在一边干瞪眼，他无法指挥。急死人了，我们在车上叹气。云南的大个子王洪波，在部队当了好多年兵，他跳下车，挥起他的大臂膀指挥起来。司机们听他的了，不一会儿，堵塞了的道路松散开了，车子欢快地开动起来。我们在车上喊王洪波万岁！

本该是下午6点到达昆明的，结果夜里11点多才到。高原堵车，家常便饭，我们是少见多怪而已。

好在我们已经结束了漫长的旅行，笔会要闭幕了。

尴尬的旅途

到云南参加三塔笔会，出门20天了，我想到了归期。说实在话，也不敢在外面呆得太久，家里的工作还有很多的，等着去做。

归程有点尴尬，好在我这人无所谓，是受得了的。我只觉得江西女作家如月大姐，也和我一同尴尬，确实是有点不划算。如月和雨时夫妇联袂写过好多作品，颇有名气的。如月50多岁的人了，她女儿已大学毕业，分在湖北人民广播电台做编辑。她这次取道武汉，一是看女儿，二是看妈妈。如月是武汉人。同路到武昌，我俩半月之前就策划好了，一同订的返程车票。

13省作家参加的云南三塔笔会，是由云南作协和《边疆文学》共同主办的，而经办者则是《边疆文学》编辑部。一个省级刊物，不可能拿出经费来办这种大型笔会，大家都能体谅。按协议，参加笔会者每人都交了850元钱，作为笔会经费。大家从各省到昆明和从昆明回各省的路费自己出，笔会主持者为大家购返程的车船飞机票。

不论远近每人收预订票手续费 20 元整。

我们半月前就交了车票费和订票手续费的。

我和如月订 5 月 12 日 61 次特快昆明到武昌硬卧票 2 张。61 次是从昆明到北京的，到武昌只能坐这趟车。这趟车由昆明站始发，车票是应该能买到的，何况是在半月前就去预订了的呢！

该走的都走了，没有不散的筵席。满载而归，道别相送，恋恋不舍。5 月 11 日中午我们拿到车票，却是昆明至湘潭的。怎么回事？为什么没给我们买到武昌的？没有谁来回答我们。

火车从昆明到武昌要运行 37 个小时，湘潭离武昌还有 8 个小时，全是夜间行车。我和如月到了湘潭后怎么办？这 8 个小时哪里呆去？订票的人哟，这个玩笑可开得真不好，到如今我们再想办法也来不及了。

亲不亲故乡人，湖北老乡汤世杰帮我们想办法，重弄票是弄不到了。老汤在铁路上工作多年，他把我们送上火车，交给了他的一个熟人，这熟人姓李，当着老汤的面答应好了帮我们延长卧铺票，一直到武昌。我们放了心。

我们上的这节车厢里有好多好多人，除了有卧铺票的外，还有许多没买到卧铺而车长又开了条子答应补卧铺票的，他们等着车长实现诺言。

我从武昌到昆明就是这样的。北京到昆明的 62 次特快据说在武汉只有 3 张卧铺票，这 3 张票当然轮不到我头上来啦，虽说我提前 10 天找了很过硬的关系，但最后一刻也只能让人送到车上等候补票。好在那次车长听说我是个作家，马上补了一张软卧，我正耽心我不能报销时，硬卧中有一个要换软卧，于是我就顺利地换到了一张硬卧票到昆明，只能说是运气。

这次归程，只要多说点好话，何况还有姓李的熟人，大约是没问题的吧，我想。如月大姐也说没问题，我们一定会有好运气。

于是，我和如月大姐就一路谈文学呀小说呀刊物呀，还挺愉快的。

我们卧铺车厢里有几个从大理来的人，他们是到内蒙古去推销药材的。他们很快加入了我们的谈话，他们也是没有卧铺票的。

他们说起他们那里有人吸毒的事，他们给我说了几个故事，很完整的故事，回来后我都记在本子上了。这里我简单转述一个故事。

某村有一个老头有躺在床上吸毒的爱好，每天到一定的时候就躺在床上点着海洛因，吸那种烟雾。那烟雾当然也有飘散了的，使得他家的一群老鼠也吸上了瘾，每天准时到梁上聚齐吸烟雾。有天老头走亲戚去了，没有回来。梁上的老鼠们的毒瘾犯了，就在梁上蹦呀跳呀撞呀吱吱喳喳闹了个天翻地覆，临了都摔死在地下，密密的一片。

这故事颇离奇的，那云南人说是真的。

如月大姐找了那姓李的乘务员好多次，知名作家每次去求他，都是满脸堆笑，希望早点延长我们的卧票，那姓李的说没问题，等着。

快到湘潭了，那姓李的走过来，让我和如月俩各补一张硬座票，说是没有卧票了。他连安慰一下的意思也没有，我们只好苦笑了。

车到湘潭后，天已黑下来了，我们的卧铺已经到了头，湘潭上来的旅客很快就把我们的卧铺要去了。我和如月大姐默默地收拾行李，找个靠窗的翻凳坐下来，看人家去睡我们的铺位，不，现在已不属于我们的铺位了。

列车长带着乘警来查票了，那几个大理人终没能补上卧铺，和其他一些人被赶到硬座车厢去了，卧铺车厢立刻显得很疏空。

如月大姐和我，很主动地拿出我们的工作证、作协会员证，对车长和乘警说了我们的情况，他们算是开了恩：你们就坐在这里吧！

夜已深了，卧铺上的人们已经响起了鼾声，车厢的顶灯早已灭了。我和如月大姐静静地坐着，什么也没说，我们对这一切无话可说。我们听着车轮的咔咔声，我们回忆着这次滇行的情景，我觉得我们的收获是很多很多的。

凌晨 3 点到达武昌，已是 5 月 14 日了。我和如月大姐在武昌车站的广场上坐着，等待着头班公共汽车的到来，等待着天亮。

记同学杨君

大前年回乡下看望父母，在家住了两天。中午时，听到屋外有“卖冰棒卖冰棒呐”的喊叫声，我有些稀奇。家乡离城镇远，附近没有造冰棒的，这人的冰棒怕是来得有些不易。

出门看，见是一矮胖个子皮肤黝黑的男人，推着辆自行车，自行车后架上驮只好大的方箱子，箱子口用棉被捂着，想必那里装的是冰棒了。

冰棒一角五分钱一支，看那冰棒的大小，值！城镇上卖一角，他跑这么远的路，每支赚五分钱应该。

我走拢去，没想到卖冰棒的是我中学的同班好友杨君。近二十年了，我们都变得老相了。老同学相见，都大男人了，竟有些泪光闪闪的。

在我家歇下来，问起别后的情况，慨叹良久。杨君腿子走路一瘸一瘸的，看来不大灵便。他的父母已不在了，他是个独子，娶了媳妇，如今已有三个孩子了，大孩子已上了中学。种田种得不好，他是带残疾的人，日子过得不会很富裕，要不，这大热天，他不会骑车走四十多里路，到这乡村来卖冰棒。真不容易啊，杨君。

中学时，我和杨君都是从乡村考上县一中的，气味相投，性格相近。我很佩服他，他会拉二胡吹笛子识简谱。我很想学一种乐器，就让他教我吹笛子，学了好久，还是吹不成调，我就放弃了。他还有一个本事就是做针线，鞋子破了，衣裤破了，他穿针引线，能缝补得好好的，那补丁平整熨贴，针脚细密，很好看，班上的女生也没他水平高。杨君的学习成绩只算中等，在这一点上我不怎么佩服他。

初中的第三学年刚刚开始，“文化革命”来了。“红卫兵”、“战斗队”、“司令部”，花样变化无穷。杨君是个俏人，各组织都拉他。他会玩乐器排节目，各组织都成立“毛泽东思想宣传队”，都要他去拉二胡吹笛子。

我当了一阵红卫兵后，因为两派搞起真刀真枪的战斗，我有些怕了，就跑回乡下家中，当了逍遥派，或叫不革命派。

杨君所在的文艺宣传队在县城很有名，演出场次很不少。他穿上黄军衣扎着武装皮带戴着黄军帽，把腮帮子鼓得大大的吹笛子，深得观众的喜爱。

宣传队住在原先我们上课的教室里，教室中间用板壁隔着。杨君睡靠板壁边的一张床上。那天早上杨君起身后，站在床边系裤带，嘴里还哼着《我们是毛主席的红卫兵》的曲子。板壁另一边，有个刚下哨位的同组织的战友，提着支步枪。那位战友不知为什么要鼓捣他手中的枪，只知道杨君的曲子还没哼完，板壁那边的枪走了火，子弹穿过板壁，从杨君睡过的床板上飞过，击中了杨君的大腿根。杨君倒下了，鲜血染红了教室的土地。

据说这还是幸运的，事后别人分析起来说，如果杨君没有起早床的习惯的话，那颗子弹刚好穿过躺在床上的他的胸部，那是绝对没有活命的指望的。

杨君是伤在自己战友的枪口下的，当然算不得壮烈光荣之类的称号。他被送进了医院，治了好长时间，出院后瘸了一条腿。

杨君住院时，我去看望过，还提了两条半斤重的鲫鱼去。

在病房里我看见了那个打伤了杨君腿子的同学，他比我和杨君高一级，他在医院里照顾杨君，很尽心尽力的，也很痛恨和惭愧。杨君并没怎么怪他，反而安慰他。杨君躺在病床上，膝盖处穿了个卡子，系了根绳子将腿子拉着，杨君说医生称不这样拉着，腿子会越长越短。

后来同学们都各走各的路子，上山下乡回村务农当兵学手艺的都有。杨君当了个瘸脚农民。据说招工的说他是个残废，不要他，杨君很伤心。

我想杨君伤心时定要拉他的二胡，拉的曲子会悲怆而忧伤，那曲子在乡间的夜空中回旋，令人心头颤抖。杨君还可以吹笛子，笛子也能吹出忧伤的调子。

近二十年后，我望着杨君，他的黝黑的脸上已满是皱纹，短头发里夹着不少灰白色。我们都只有三十六岁哟，杨君，你老得快了些。

又有两年没有见到杨君了，你过得还好么，我的老同学，夏天不知道还卖冰棒否?!

记同学李君

李君家在小镇上，但又不算小镇的人。有一省属国营农场场部设在小镇，李君父母都是国营农场场部职工，属三场户口，与城镇户口有差别的。

但李君的打扮像城镇人。在中学里，我们同班，他穿的衣服使我们这些乡下到县城上学的孩子感到稀奇。比如他穿的制服长裤，前后都开口子安拉链，穿的时候不认反正，拉屎时，把屁股后面的拉链拉开，连裤带都不用解。李君曾在厕所里为我们表演过，很有些味道。

李君长得很排场，个子高高的，五官端正，会打乒乓球，是左撇子。李君的姐姐长得很漂亮，他弟弟却不怎么样，脸有些歪。有年暑假我到他家玩过，没看见他父亲。他母亲已有些老了，还抽香烟。我当时对抽烟的女人印象很不好。

李君其实是很愿意跟我好的，只是我们不是一路人。他的衣服穿得那么好，我是个乡下人，穿的粗布衣，我觉得不配与他好，就疏远他。

“文化革命”开始后，我回乡下家里为生产队放牛，李君还在学校里捍卫红色政权，他抓革命我促生产，我和他并不对立。

李君所在的组织有强大的对立派，两派都只承认自己是革命派，指斥对方是保守派，辩论多日无结果。两派都抢了些枪及其他武器，于是就修起了工事，对峙日久，最后就打起来了。

那一场武斗在我们县“文革”史上应该有重笔记载，双方各出动了数百人，乒乒乓乓地开火，打了一天一夜。最后互有伤亡，各自收兵，双方再次处于相持阶段。

我们学校即李君这一派的死了两个同学，都是高一的学生。其中有一个我认识，并且非常的佩服。他能在三夹板上用刀雕刻各种各样的毛泽东头像，然后涂上油墨印在纸上，很像的。可这么个聪明人却被一颗子弹击中了头颅。死的另一个学生我不太熟，据说家是农村的，很苦，死的时候穿的衣服有不少破洞。

两人光荣牺牲后，活着的同学痛哭流涕，悲痛欲绝。据说有两个女同学趴在尸体上吻着，哭得昏了过去，战友的情谊真深。

李君和另两个伙伴没哭，他们是男子汉，男人有泪不轻弹。仇恨在他们心中生根，他们咬紧牙关，只有一个愿望：为战友报仇，血债要用血来还！

当天夜里，李君和两个伙伴携了手枪和手榴弹，悄悄地摸到对立派的防地，抓了一个人回来。他们把俘虏关在一间空教室里，连夜审问。俘虏说：我不是他们的人，我是城关公社七一大队的会计，我是到县城来买东西的。你们抓错了人，放了我吧！

审问的人说：赶快给老子承认，你在那里担任什么职务？是不是个探子？

那人说不是的不是的，这真冤枉。他跪在地上，请求放了他回家，他家里人正等得着急哩！

审问的人说他不老实交代，就用皮带抽，用洋镐把敲脚踝骨，把那人的两个脚踝骨都敲碎了。那人发出惨绝的呼救，很是怕人。

要在平时，李君他们三个中学生决不会这么残酷的。当时，他们正在失去战友的悲痛之中，仇恨使得他们红了眼，昏了头，失了人性。那人越是喊叫，他们就越是把那人朝死里打，为他们的战友报仇。终于，那人不叫了。

他们决定处理了那人，于是将那人拖到大操场的草地上。已是深夜了，四周都没人。他们把那人扔在地上后，就将带在身上的手榴弹解下来，一共八颗，全都绑在那人身上。手榴弹绑好了，盖子都揭开，用一根长绳子系住那八只拉环。牵着绳子，他们退到操场边的一个小山包后趴下，再猛一拉绳子。一声惊天动地的巨响，八颗手榴弹一起爆炸，那个俘虏，一个无辜的大队会计被炸成了碎片。

他们说这是坐土飞机。

报了仇，他们就睡觉了。

后来成立“革委会”时，李君等三人都被抓到牢里关起来，一直关到前两年才放出来。李君说，炸那个人，主意不是他出的，导火索不是他拉的，但手榴弹是他绑的。三个人那时都只有十六岁，不放怎么办呢？

我从省城回家，长途汽车就在小镇停靠。我偶尔碰到李君，现在完全是个大汉子了，络腮胡子，油腻腻的蓝布工作服，驾驶着省属农场的一部大卡车。几次见他，都是剃只光葫芦头，不蓄发，不知是不是在坐牢时养成的习惯，光头大约舒服些。遗憾的是，他每次见了我，总是把大卡车呼地一声开走了，我们一直没说上话。

记同学倪君

从乡村小学考到县城一中读书，对于我来说，是一次人生场景的大转换，什么事都感到新鲜。老师点名时，班上同学中有个姓倪的。这倪还是个姓，过去我没听说。

倪君是个小个子，坐第二排，脸白白的，很调皮的样子。他是真正的镇上人，从他的衣着及气派来看，家里不会穷，好像殷实得很。

倪君和我很不对劲，不知是什么原因？我也没有冒犯过他。他一副瞧不起我的神气，竟然喊我乡巴佬，好像他是个高贵得不得了的贵族。他倒认为我怕他了，更骄傲得不得了，小小个子，欺负起我来了。有回上课间操，做踢腿运动，他站在我后面，用脚尖踢我的屁股。我一下子发怒了，回头照准他的小白脸，狠狠打了一拳，打得他仰面朝天倒在地上不起来，嘴里呜呜哇哇地哭着，像个耍赖的小男孩。班主任老师来了，批评了我一通。我说明了缘由，他也挨了批评。

过后他就不理我了，仍然是那高贵得不得了的样子。好在他学习成绩不好，在我面前骄傲不起来了，我也懒得理他。后来又有一次他喊我乡巴佬，我追着打他，把他追得直飞跑。这个倪君，读到初中三年级了，个子还不大，成天喜欢零食，上课也吃，咯嘣咯嘣响，像只小老鼠，数学老师发现了，把他赶到教室外站了一堂课。我觉得很解恨，心里直喊数学老师万岁。我初中的同学中，倪君是我最恨的一个人。

“文化革命”搞了几年，我们就离开学校了，城镇的孩子上山下乡，乡村的孩子各自回家。我回生产队放了一年牛，后来又让我去当民办教师，再后来我上了工农兵大学。

那一年我从大学里放暑假回家，在倪君家所在的那个镇歇脚。路边有位小个子老太婆摆了片茶摊子，茶摊边有矮凳。老太婆很慈善的面容，招呼我坐到她的矮凳上。老太婆的茶卖一分钱一杯。我刚好口渴了，就喝了两杯，付了两分钱。老太婆见我提网中有不少的书，问我是读书的么。我答是的。她就说她儿子也读了中学，可怜如今不在了。说完，老太婆双泪纵流，泣不成声，好悲伤哀痛的母亲啊！

我问原委，老太婆含着泪，悲悲切切地叙述了她儿子死去的经过。

她的儿子就是倪君，下放到与我一个公社的另一个大队，我却不知道。倪君的家庭出身是小业主，成分不是太硬。招工时，条件好的单位不要他。后来，有个西阳化工厂招工，他既不知道西阳是个什么地方，又不知道化工厂是干什么的。反正有人要他，他就高高兴兴地填了表。到了工厂一看，那是什么工厂？在一个山区县的乡间，那地方叫西阳公社。而西阳化工厂是生产雷管炸药的。他们这批新工人到达的当天，就有两名工人炸断了双手，真怕人。

倪君发觉自己上了当，就叫苦不迭，想打退堂鼓，那可是不行。谁想不干偷跑，抓回来按破坏生产论处，开除处分，以后再也不会有单位来招你了，你就在乡下当一辈子农民吧！倪君吓得有些怕，就老老实实地在那里干起了拌火药的工作。

西阳化工厂说起来是个县办工厂，可安全生产管理极差，事故不断，拿工人的生命当儿戏。在一次大爆炸事故中，倪君所在的车间全报销了，剩下三个活的，一个炸瞎了眼，一个炸断了脚，一个炸掉了半边屁股。倪君的脑袋炸没了，尸体运回家来，倪君的老父亲一伤心，就中风卧床了。老俩口年近五十才得此独子，如今无依无靠，街道偶尔照顾他们一下，倪君母亲摆片茶摊子能收入几角一元的，以供两位老人共度残生。

倪君的遭遇，使得我的眼泪流出来了。虽然在学校时，他对我不好，我最恨他。可毕竟我们同窗三年，想不到他死的如此悲惨。我总觉得他应该活得好好的，虽然他那么骄傲，那么自命不凡，但他的一双父母需要人照应呀！

我对老太婆说明我是倪君的中学同学，老人听了，拉着我大放悲声，哭得更惨了，使得过路的人都停下了脚步。

我好不容易才告别了倪君的母亲，心里很沉重。面前这位老人还有那卧床不起的老人，他们的晚景是如何寂寞凄凉，就可想而知了。

离开时，老太婆硬是将我付的两分茶钱退我，说是她儿子若活着，知道我这老同学来了，岂止两杯茶，会一定拉我到家中吃饭的。我不知道倪君若是真活着是怎样对待我，但他至少不会再喊我乡巴佬了吧！

我流着泪离开了茶摊子。我眼前浮现出倪君那高贵骄傲的样子。

安息吧，倪君，我不怨你了。

法兰克福的歌德故居

旅行团到达法兰克福时是下午 3 点钟，导游宣布其他团员自由活动，湖北的 18 人随他去看歌德故居。这是我们特别提出的，我们作家代表们到了法兰克福，能不看歌德故居吗？特别是我们中间的几个诗人，到了与荷马史诗、但丁的《神曲》、莎士比亚戏剧齐名的诗歌巨著《浮士德》作者的家门口，不去朝拜一番，那是一种罪过。

我们随导游急步行走，穿街过巷，到了市中心的一条幽静的小街上。歌德故居是临街一幢 4 层高的尖顶哥特式楼房，从外表看过去，庄重朴实安静。这幢楼房建于 16 世纪，是一座典型的法兰克福上层阶级的住宅。歌德的家庭是个富裕的市民家庭，这就保证了歌德能有接受良好教育的条件。

因导游给的时间很短，我们只能是匆匆地参观故居中的陈设。游客有一些，但无汉语讲解，我们只能凭眼睛看，用心去感受。一楼是餐厅、厨房、议事房间；二楼是客厅、音乐室，有风琴；三楼是书房、父母的卧室；四楼是歌德的房间，房间里有歌德少年时演木偶戏用的小木屋。故居里的陈设、家具、用具等物品均是当年的旧物，两百多年过去，这些物品仍显露出其结实耐久厚重的光泽，德国人民对他们的诗人的爱戴及保护可见一斑。

歌德于 1749 年出生在三楼的父母卧室里，这是间宽敞的房间，一位伟人的诞生使得这间卧室载入了文明史册。歌德在这里从婴孩长至青年。歌德学过法律，又深受卢梭、莱辛和斯宾诺莎著作的影响，与席勒交谊深厚，青年时为狂飚运动主要人物，政治上反对封建割据，渴望德国统一，主张自上而下的社会改革。在三楼还有一间书房，靠墙的一排书架上摆满了书籍，书架前有书桌、靠背椅，天花板上悬着一盏枝形吊灯。这是歌德家的书房，歌德的青少年时代，是肯定用过这个书房的。我当机立断，在书架前站着留了一张影，让我身上沐浴着歌德故居书房的书香。

歌德故居上了《外国名胜大观》的有3处，除了法兰克福出生处之外，还有两处在魏玛古城。1775年，魏玛国王对年仅26岁的诗人颇为尊宠，特邀其作客，并赠送一幢座落在国王宫殿花园的香山上的二层小楼房，歌德在楼里住了8年。1782年，歌德已当了魏玛王国的部长，他搬家到弗罗文勃朗街，这里的房子也是国王赏赐给他的。歌德后来在弗罗文勃朗街住了50年。歌德的孙子死后，1885年，这里就用来做了歌德博物馆。

应该说，歌德在1775年去魏玛之前，他的住处就是法兰克福这幢楼房。我能想象出歌德的童年少年生活，他的青年时期的求学生涯，那是浪漫天真而又十分刻苦努力的。但我想得更多的是歌德早年的那部曾震撼了整整一代德国青年心灵，在德国以及整个欧洲引起巨大反响的小说《少年维特的烦恼》。这是部写年轻人恋爱经历和在社会处处遇到挫折的悲情小说，文中的维特有歌德自已的影子，而那个漂亮活泼的女孩绿蒂，也是歌德追求过的恋人。《少年维特的烦恼》这部书面世后，立刻风靡德国和欧洲，被译成英、法、意、西等几十种语言。中国由郭沫若译的《少年维特之烦恼》，于1922年出版，引起巨大反响，一再重印共达37版之多。法国大皇帝拿破仑对《少年维特的烦恼》十分喜爱，共读7遍，在征战德军途中还带在身边。

《少年维特的烦恼》出版于1774年，当时歌德25岁，尚未去魏玛作官。当我站在法兰克福歌德故居三楼的书房之中，距《少年维特的烦恼》出版有231年。根据这书出版的时间，我完全有理由揣想，歌德是在这间书房的书桌上，坐着书桌后的靠背椅，构思，写作，写出了他的名著《少年维特的烦恼》。在有关歌德的书籍资料中，我尚未见到有关这部书写作地点的记载。我揣想希望这部书是在这间书房里写出来的，因为我们到了法兰克福歌德的故居，到了三楼的书房，而歌德在这书房里写出了这部书，这是多么有价值的造访啊！

在导游的一再催促声中，我们离开了歌德故居，那幽静街道上的临街楼房，在下午的夕照中闪烁着金光。歌德，你这世界级文学大师，我们这群当代的文学工作者们，有幸参观你的故居，向你作礼节性的拜访。而我们要作更深入、更永久的拜访的，是你的著作，是你著作中蕴藏的思想。

《吸毒者》前言

毒品是指鸦片、海洛因、冰毒、吗啡、大麻、可卡因以及其他能够使人形成瘾癖的麻醉药品。服食或注射毒品直接危害人们的身心健康，给经济发展和社会进步带来巨大威胁。吸毒会引起贩毒、诈骗、暴力犯罪、卖淫、艾滋病传播等一系列社会问题。

1840年鸦片战争之后，毒品给旧中国危害百年以上。究竟有多少人吸食，死亡多少吸毒者，因无完整统计资料，谁也说不清楚。至1938年，仅东北地区就有14万人死于鸦片烟毒。据新中国成立前几年的统计，全国吸毒人数达2000万人，制毒贩毒者达30万人，罂粟种植面积为100万公顷。

新中国成立之后，1950年2月，中央人民政府政务院发布《关于严禁鸦片烟毒的通令》，我国开展了声势浩大的戒毒运动，禁绝了为患百余年的鸦片烟毒。上世纪80年代中后期，由于境外毒品的侵袭，我国的毒品问题又死灰复燃，吸毒人员随之逐年增多起来。1990年12月，时任国家主席杨尚昆签署了第38号主席令，宣布《全国人大常委会关于禁毒的决定》立即施行。而在此之前的1990年4月10日，在世界部长级反毒品大会上，中国代表团团长李道豫强调指出：中华人民共和国政府从成立之初就采取严厉措施禁毒，成绩卓著。在很长的一段时间内，中国已经基本不存在毒品问题。近年来，某些国际贩毒集团与中国境内的不法分子相互勾结，利用我对外开放之机，把中国某些边境省市作为贩毒过境渠道，使得中国某些地区的吸毒人数有所增加。对此，中国政府正在采取有效措施，加强缉毒、禁毒和戒毒工作。

2005 年 4 月，中国国家禁毒委员会贯彻落实胡锦涛总书记、温家宝总理提出的要打一场禁毒防艾的人民战争。这次禁毒人民战争是以遏制毒品来源、遏制毒品危害、遏制吸毒人员滋生为目标。同时部署开展五大战役，禁毒预防、禁吸戒毒、堵源截流、禁毒严打和禁毒严管五大战役齐头并进，同时开展国际合作，取得了明显的成效。

2007 年 12 月 29 日，中国十届人大常委会第三十一次会议审议通过《禁毒法》，这是中国的第一部禁毒法，于 2008 年 6 月 1 日起施行。

据新华社北京 2008 年 6 月 24 日报道，中共中央总书记、国家主席、中央军委主席胡锦涛，中共中央政治局常委、国务院总理温家宝、中共中央政治局常委、中央政法委书记周永康对禁毒工作作出重要指示，要求把禁毒工作作为一项长期任务，坚持不懈地抓下去；要认真总结经验，针对新开势、新问题、新特点，继续搞好综合治理，继续深入开展禁毒人民战争；要下大力气，在宣传教育、依法严打、科学戒毒、强化管理、国际合作等方面取得明显成效；要以实施“禁毒法”为契机，加强禁毒执法，努力开创禁毒工作新局面。

国家法令的公布施行，党和国家领导人的一次次讲话，新华社及国家其他重要媒体的报道，一切都明白而无又情地告诉我们这样一个事实：在中华人民共和国这块土地上，曾经禁绝了几十年的毒品瘟疫，又重新蔓延了。

毒品疯狂地吞噬着人们的灵魂，侵袭着健康的机体，毒化着社会的空气，阻碍着改革开放的进程。人类面临着毒魔的威胁，中国面临着毒魔的威胁。白色粉末状的毒品，像白色的幽灵，在中国的土地上游荡着。

据统计，1991 年中国公安部门登记在册的吸毒者有 14. 8 万人，到 2004 年，这个数字达到 114. 04 万人，隐性估计人数有 450 万左右。截止 2005 年，中国有 2012 个县涉毒。如果按目前中国吸毒人数 70 万算，每年耗费在毒品上的钱达 400 亿元人民币。假如把隐形的吸毒人数都算上，每年耗资的数目将是惊人的。浙江省的禁毒报告指出，浙江吸毒人数在华东据第一，毒品已攻陷了浙江的所有县市，浙江吸毒者每年吸掉 30 亿元人民币，是个毒品消费大省。据人民网天津视窗报道：林则徐的后人，我国著名民间禁毒人士林鸿汉表示，我国青少年吸毒增多，一些大学生也加入吸毒者行列。林鸿汉有一次去石佛寺戒毒所，问了 4 名戒毒者，结果是 3 名大学生，1 名中学生。上海市年龄最小的吸毒者 12 岁，云南昆明最小的吸毒者 11 岁。

全世界的吸毒者有多少？我们只见到上个世纪九十年代的数字，逾5000万，全世界每年因吸毒而死亡的人有10万余人。十几年过去了，这个数字肯定已经翻了番了。印尼官方公布的吸毒者有360万人，泰国官方公布吸毒者有150万人，占泰国总人数的2.5%。

吸毒者平均寿命较一般人群短10～15年，25%的吸毒者开始吸毒后10～20年死亡，吸毒人群死亡率较一般人群高15倍。美国的统计数字，吸食海洛因者不到全美人数1%，但每年直接死亡率达6000人。英国海洛因吸食者死亡率高达全英人口的16.3‰。吸毒者自杀率高于一般人群10～15倍。

吸上了毒品，吸毒者就陷入了罪恶与死亡的泥潭。万贯家产被吸光，没有毒资，就采取种种办法来获取，不顾廉耻，招摇撞骗，杀人越货，什么事都做得出来。据统计，女性吸毒者80%都有卖淫经历。《南方都市报》有则报道，一女吸毒者毒瘾犯了，在大街边脱了裤子露出半边屁股注射毒品，见记者在拍照，女吸毒者高叫：不许拍，我叫人砍死你。吸毒者的毒瘾犯了之后，完全没有理智，自杀自残的人很多。在我写这篇前言的前几天，即2008年8月19日，报纸报道说河南郑州一名吸毒者因吞食铝合金条被送到金水医院急救。而急救的医生说，他们刚从另一名吸毒者肚子里取出10根绣迹斑斑的钢条。

毒品，是恶魔，它是如何残酷地吞食那些意志薄弱者的呢？当人们了解知道这些灵魂被恶魔附体之后的痛苦和无助，在死亡之中挣扎的过程，我想是能警示更多的人们远离毒品的，我愿我的这本书能起到这个作用。

《吸毒者》后记

10多年前，我与一批作家到云南参加一个笔会，住在大理三塔边的一排平房里，除了看一些地方的人文与自然风光外，我们余下的时间就是互相之间的交流与谈天。昆明市公安局有位警察作者小陈，与我在交往中成了朋友。

我和小陈住一个房间，他给我讲了许多有关云南与金三角毗邻地区吸毒者的故事。开始，我听着只当是消遣解闷，当连着听了几个这类故事后，我突然有了一种冲动，要把这些东西写下来，成为警示世人的材料。于是，我就与小陈进行了有目标的采访式交谈。笔会期间，我们去看了几个戒毒所，见了那些在戒毒所里的戒毒的男女老少，大部分很年轻，有女孩长得如花似玉，是毒品残害了他们。我当时与他们进行了一些交谈。后来在武汉，我也去了一个戒毒所，在这个戒毒所里，有一群少年。看到这些孩子们，我的心里特别特别的沉重。当时我正在省委党校学习，同行的党校同班的一位老大姐对我说：我平时总是埋怨我的孩子这不好那不好，看了这些孩子后，我觉得我的孩子很好，他没有像这些孩子一样，真是万幸啊！

还是说云南的那次笔会，我把小陈和我谈的人物与故事认真地记了下来。笔会离开大理到瑞丽、畹町，那里临近中缅边境，我们甚至跨过国境界碑到缅甸的土地上站了一会儿。小陈用手指给我一个方向看，他说那里就是金三角，出产海洛因的地方。当时，我朝那个方向瞩望了许久。

我们从瑞丽回到云南省会昆明，小陈突然就一身警服，骑辆三轮边斗摩托车到宾馆接我。他把我拉到一个地方，拿出一堆录相带，用录相机放给我看。那是他们在禁毒工作中录下的许多真实镜头。吸毒者们扭曲的身子，骨瘦如柴的躯体，痛苦变形的脸庞，毒瘾犯了时那种痛不欲生的神情，我的心好痛好痛啊！

海洛因这东西有什么好，毒品就是毒品，那是要人生命的东西，为什么要去吸它呢？珍爱生命，远离毒品，千万千万不要去吸毒。

我开始写纪实文学《吸毒者》，我从手上拥有的材料中选取了一批人物和故事，这些人中有农民、基层干部、教师、个体经营者、演员、中小学生、甚至还有警察，每个人物成一单独的篇章。我断断续续地写，零零星星地发表，这些单独的篇章，每篇都有一个吸毒者，集在一起，就是一群吸毒者，其内在的联系就是毒品这个东西使这些无辜者走向深渊，走向毁灭。这些活生生的人，这些奇怪的吸毒者们的故事，有一个呼唤也即是我的呼唤贯穿其中，这呼唤就是：请读者看看这些人吧！看看他们可悲可惜可叹的下场，你就知道毒品这个东西是沾都不能沾的。珍爱生命，远离毒品，我亲爱的人们啊。切记！切记！

我开始接触吸毒者的材料时，那时毒品还只是在云南、在西北一些地区出现，内地还很少听说。而现在，全国到底有多少吸毒者？国家禁毒委员会有统计数字，年年都在增加。

每年的6月26日，是国际禁毒日，这一天，每个地区都要杀一批罪恶深重的制毒贩毒者，都要焚烧一批毒品。那枪声，那大火，那冲天的烟尘，难道还不能警醒人们么？

我愿我的这部作品，也能警醒人们！

谢谢为我的写作提供材料的昆明市公安局的小陈和其他朋友，谢谢为这本书的出版给我提供帮助的朋友和中国城市出版社。

关于纪实文学

何谓纪实文学？在一些写作分类学上没有明确的概定，但纪实文学是客观存在的，只是过去在有些文体分类的书中没有将它与报告文学区别开来。就我的理解，纪实文学是这样一种文体：它是以真实的历史背境、事件、人物为依据，用文学的手法，在非主要情节、非主要人物与细节上可以概括加工提炼，再现人物与事件，表现一种时代精神。它是纪实加文学，介于报告文学与小说之间的一种文体。

我国新文学最早的纪实文学应该是夏衍的《包身工》，有一些教材说《包身工》是最早的报告文学作品。但《包身工》写资本家如何盘剥童工的那些残酷无人道的情景，应该是作者对上海那些纱厂的真实情况进行了概括与加工的，而非个案。因此这篇收入中学课本中的作品，称其为纪实文学更好。徐迟先生六十年代写的《祁连山下》，当时作为小说发表，后来又收入徐迟的报告文学集中。此文写的是常书鸿在敦煌考古研究，一辈子献身敦煌石窟的故事，它似报告文学，又像小说，称其为纪实文学更好。新时期以来，纪实文学得到了大发展，出现了诸多的中长篇纪实文学名篇，如刘心武的《公共汽车咏叹调》、《五一九长镜头》，邓贤的《大国之魂》，王树增的《远东朝鲜战争》、《长征》，钱钢的《唐山大地震》等等，不一一列举。

纪实文学作品材料的获取

我是上世纪八十年代末开始写纪实文学的，第一本书是与徐世立合写的《万元户大世界》，后来又写了《受贿的女人》、《窑工虎将》、《白色毒魔》、

《老汉口奇案》、《迷失的魂灵》、《营救簰洲湾》、《师路跋涉写人生》等书。这些书在读者中产生了一定的影响。

写作纪实文学作品，在所写的题材或说人物与事件确定之后，第一步要做的工作，就是准备材料，材料是纪实文学作家的为炊之米。材料的来源可分两个方面，一是搜集，二是采访。

所谓搜集，是要围绕着我们要写的题材，搜集一切与这题材有关的历史的地理的人文的政治的经济的材料，文字的图片的实物的，越多越好。这些材料在我们动手写作时，会起着重要的作用，会拓展我们的思路，扩大我们的视野，增加我们作品的厚重与深度。这个搜集材料的工作，是细致的艰苦的，上图书馆跑资料室，翻阅旧报旧刊，到实地考察。不要怕麻烦，你做的这些工作，决不会白费，做起来也会有不少乐趣，有时是踏破铁鞋无觅处，得来全不费工夫，具有收获的快乐。

准备材料的另一个方面是采访，采访与搜集对于作家获取材料来说是必不可少，紧密相联，相辅相成的。采访与搜集比较起来，似乎是更重要的工作。

采访可以进行外围人物的采访和核心人物的采访。与所写题材有关的相关人物，只要有可能，都应该与之交谈，三言两语或长谈都可以。作家心里要有个方向盘，要紧紧围绕着心中的那个目标，不可离题万里。对核心人物的采访，则是最重要的。对核心人物的采访是否顺利，从核心人物那里获取的材料的多少，是决定我们所写作品能否成功的关键。对核心人物的采访，是要作家下大工夫的，不下大工夫，就没有大获取。我在这方面的经验就是，与他交朋友，用真心来换取他的信任，当他把你当做朋友了，你们之间才可作倾心的交谈。

我和徐世立写第一本书《万元户大世界》时，为了取得材料，我们到了汉正街，手持介绍信记者证找到汉正街管委会。人家接待了，但只是说了一些汉正街小商品市场有多大，有何意义，如何发展等一般情况，对我们的写作没有多少用处。必须要深入到汉正街的小商贩大商贩的心里去，才能得到生动真实的材料。于是我们找到了一个朋友，这个朋友又介绍我们认识了汉正街商贩中有影响有威信的郑举选，即赫赫有名的郑麻瞎。我们找到了老郑，和他聊天，他是个豪爽人，见我们是朋友的朋友，备酒招待。那酒一喝，话就十分投机，于是他就畅所欲言，将他的苦难经历与艰难的发展史给我们说了个痛快淋漓。我们边喝酒边交谈，一个汉正街个体工商户的艰难发家史展现在我们面前。这里面有血泪，有灵与肉的搏斗，有非常奇特的故事情节。我们从采访郑举选这儿得到了经验，照此办理，与汉正街数十名个体工商户交上朋友，逐一采访他们，得到了许多第一手材料。我们在汉正街采访了六天六夜，我们满载而归，我们很快写出了长篇纪实文学作品《万元户大世界》，这作品于1989年问世，产生了较大的影响，还获得《今古传奇》杂志的大奖。

采访核心人物，还要有十二分的耐心与毅力，要等待，与核心人物交谈还有个缘分问题。1998年长江大抗洪，这年的8月1日簰洲湾倒口，写作报道抗洪和簰洲湾抢险营救的通讯报道、报告文学与各类作品可谓车载船装。1998年长江大抗洪取得了胜利，当时由江泽民、朱镕基签署的全国两名一级抗洪英模，有一个是湖北公安消防总队总队长李金文。公安部约我写李金文的报告文学，我去采访李金文时，李金文参加了全国抗洪英模报告团到全国各地讲演去了。我不断地往湖北消防总队跑，他一直没回武汉。我就耐心地等待着，关注着他的行程。他终于回到武汉了，我去找他，他还是没时间，他是总队长，回来后许多事情等着他处理。我就再等着。终于，他抽出空来接待我了，但他不断有杂事干扰，还是无法与我长谈。那天中午他请我吃饭，在饭桌上聊起来，我们就十分投缘了。我和他都是农民的儿子，都是文化革命中的老三届初中生，我们的经历很相近，我们对事业对世界的许多看法都惊人的一致。我们十分高兴，竟然一人喝了一斤白酒，双双大醉。从这天开始，李金文放下了其他杂事，与我一起，关在消防总队简陋的招待所里，畅谈了两天两夜。啊，我了解了英雄的湖北消防总队的突击队，在簰洲湾倒口时，如何在漆黑之夜，冒着生命危险，在7米高的水头往圩子里冲而上万老百姓等待着救援的时刻，第一个下水去营救群众的英勇事迹。李金文带着冲锋舟到达时，看着群众在水中呼救，他心如刀绞。他命令冲锋舟下水救人，当时岸上许多人不许他下，说这是作无谓的牺牲。李金文火了，他跳上冲锋舟，说：我们是共产党员，我们是人民的子弟兵，难道我们看到老百姓在水里呼救而不去救吗？要死我先死，下水救人。李金文带着他的战友们踏平惊涛骇浪，绕过死神的围剿，终于救上了第一船人。在李金文的带动下，其他部门的冲锋舟橡皮艇纷纷下水，拉开了营救簰洲湾的帷幕。我从李金文那里，了解了营救簰洲湾的许多真实材料，这些材料生动感人，是那些许多写簰洲湾大营救的通讯报道与报告文学作品中都未涉及到的。比如说小江珊是怎么被救的，又是怎么被全国人民知道而产生轰动效应的。

当时，李金文的消防总队突击队救了几船人上岸之后，岸上聚了一批记者。记者要求随船下去救人，都被一一拒绝，理由是下水危险，不能保证记者的安全，同时记者上船，占一个位置，而下水之后救人，就少装一个人回来。湖北电视台某记者，找到消防总队的一艘冲锋舟的领头人某处长。记者认识这位处长，说，我们是老乡，我自小在洪湖边长大，会游泳，你让我上你的船，我能拍下多少救人的镜头啊。我不能上船，这些镜头拍不下来，多可惜啊！这位处长或许是出于老乡感情，或许是出于营救簰洲湾应该留下这些宝贵的镜头的想法，就悄悄地让某记者上了冲锋舟。还真是做对了，这位记者拍下了许多珍贵镜头，其中最珍贵的就是小江珊抱在树上被营救的场面。记者回武汉后，用他拍的东西做了个专题片，播放了，中央电视台新闻联播将其中营救小江珊的场面转播出来，一下子让全国人民看到了，产生的效应是不可估量的。当时，江泽民总书记带着解放军总政治部主任于永波乘飞机飞临长江抗洪前线。江泽民总书记在飞机上看到了这一镜头，就问于永波，这是哪个部队的？于永波就让人查问，解放军在抗洪前线的部队都查了，没有救过小江珊，最后查出是湖北消防总队。因为镜头上救人的战士都是穿的迷彩服。而消防总队则属地方部队。

在我们进行采访时，要与被采访的人，特别是核心人物，交朋友，要心灵相通，那才是最高境界。他明白了你的意图，他会情不自禁地配合你，说出你最想要的材料，他还会情不自禁地说些你在采访时并没有想要的材料，或者说是没有想到的材料。而这些被采访人漫不经心说的材料，看上去与你所写题材无关，但有时却能起到重大作用，在你要写的文章中能产生亮点。要产生这种效果，采访者与被采访者的心理默契至关重要。而这些材料，有时仅仅是一个细节，很不起眼，或者是几句话，看上去也不重要。

我完成对李金文和湖北消防总队的采访后，写出了纪实文学《营救簰洲湾》，完成了公安部宣传局交的任务，作品后由群众出版社出版。当我的稿子写好后，交给李金文审阅，他对我说，他未改一字，他读了两遍，流了两次眼泪。我问他是读到哪里流泪，他说，是写他回家看母亲。李金文回家看母亲，是我作闲笔写进去的，当然与李金文成长为英模有关系，但与簰洲湾抢险无直接关系。

和李金文关在消防总队招待所里相谈，中午就到他们食堂吃工作餐。那天吃中饭时，我随便问李金文的母亲现在怎么样。因为在采访中，我已经知道李金文是在父亲去世半年后出生的，母亲曾带着他讨过饭。李金文参军当消防兵后，母亲总是对他说，儿啊，你是吃百家饭长大的，你是新社会让你成人的，你要做好事，你要报恩。李金文记住母亲的话，埋头做事，报人民的恩报党的恩。他从战士一直当到消防总队队长，正师职，大校。母亲朴素的话语对他的成长是起作用的。当我问到李金文的母亲时，李金文停下筷子，眼睛红了，半天过后才说，我母亲去世了，是我回家看望她老人家后去世的。我忙问原委。李金文说：他家在新洲乡下，离武汉不远。他当兵之后回家不多，特别是当了干部后，回家更少了。每逢节假日，他都要和战士们一起站岗值班，因为节假日火灾多，哪里有火情，他们就要奔向哪里，他有时就亲自指挥。终于，在一个星期日，他开上车带着妻子和儿子，回新洲乡下看母亲了。李金文的母亲眼睛生病瞎了，听到儿子媳妇孙子回家，高兴得不得了，一进屋，她就把李金文一家三口从头到脚摸了一遍。李金文一家和母亲一起吃完午饭，要回武汉了，母亲又把他们一家三口从头到脚摸了一遍，然后把他们送到村口。李金文的车开出了村子好远，他回头望村子，看到母亲还在村头站着，朝他们离去的方向望着。李金文说，那是他看到母亲的最后一眼。他们回武汉后，母亲因为太高兴，患脑溢血去世了。李金文说起农民母亲，眼睛总是湿润的。我把从饭桌偶然得到的这段情节写进了《营救簰洲湾》中，所起的效果是我没预料到的，李金文流了眼泪，许多看过这部作品的读者看到这里也流了眼泪。这段情节无疑加强了作品的深度与感人的力量。这样的母亲的儿子，能在群众在水中挣扎时而无动于衷么？他能大呼一声“跟我来，要死我先死”，是因为母亲的嘱托与教导：要为人民做好事，要报恩。

在纪实文学作品材料的获取上，还有一种偶然情况。我有一本书叫《白色毒魔》，写的是一群吸毒者，他们因为各种各样的原因染上了毒瘾，在痛苦中挣扎，在死亡线上挣扎。这些人中有演员，有老板，有教师，有警察，有干部，有少年，有老人，有青年少女，他们每人从染上毒品到最后走向毁灭，情节与故事性都比较强。写出他们的经历，有很强的警示教育作用。珍爱生命，远离毒品，看过这本书的人都会这样说。而这本书的材料获取，纯属一种偶然。

1991年我去云南参加三塔笔会。参加笔会的作家们住在大理三塔的一排平房里。笔会上，有一个来自昆明市公安局的青年警察叫陈子忠，我们刚好住一间房。这次笔会，我们到过畹町、瑞丽，到了中缅边境著名的毒品基地金三角附近。我和小陈聊天，就金三角毒品话题，我们说到海洛因，说到吸毒者与公安人员的缉毒斗争。小陈给我讲了很多这样的故事。这期间，我们去了戒毒所，看了那些戒毒者，听了管理人员的介绍。当时一个念头在我头脑中产生了，我想我何不将这些吸毒者的故事写出来，写成一本书。这个想法一经确定，我就有意识地让小陈给我讲吸毒者的故事，并作下纪录。笔会结束，回到昆明，小陈带我去看了一批有关吸毒者的录相带，并给了我一些有关吸毒者的文字材料。我的收获已经很大了，我十分感激陈子忠兄弟，他对我给予了无私的帮助。

回到武汉后，我将从云南带回的材料进行了认真的研究，并且将从小陈嘴里听到的故事作了整理，这样一本书的构想就在脑子里形成了。我将这些吸毒者的故事一个个写来，共写了十三个吸毒者。每个吸毒者写了一万多字，先是在《长江》丛刊杂志连载，一些公安报刊也发表了其中的章节。全部十三个吸毒者写完后，珠海出版社将其出版，题目定为《白色毒魔》。这是一本产生较大影响的书，而这本书的材料的获取，真的是很偶然。但是偶然中也有必然，因为一个纪实文学作家，生活对于他来说都是材料，他应该热爱生活，仔细地观察留意生活，做个有心人，他遇到的事件人物和生活场景，说不定哪一天就会成为他写作的材料。

纪实文学材料的获取，需要作家去积极主动地寻求，去艰苦努力地挖掘，但有时偶然得来的材料，不费很大的力气，也十分宝贵，也能写出好作品来。关键在于作家有一双敏锐的眼睛，有一双通灵的耳朵，还有不断思索的头脑。否则即使一堆金子出现在你的眼前，你还会认为那是一堆牛屎，全不知其价值的所在。

纪实文学作品思想内涵的提炼

任何文学作品，当然包含纪实文学作品，写事也好写人也好或者只写一种内心意识的流动也好，作家总要告诉读者一些东西，或者说总要表现一些什么。如果不告诉读者什么东西，不表现一些什么，作家的写作就是无聊，或者说是在练习写字，那是不能叫做文学作品的。文学作品告诉读者的东西，要表现的主题思想，我们称作文学作品的内涵。文学作品的内涵也即文学作品的意义，否则就是无意义，无意义的东西有存在的必要吗？

作家写任何一部作品，在动笔前，他的头脑中一定会有这部作品要表现的一些东西，也即这部作品的思想内涵。虽然有很多时候作家写作时，随着情节和人物的展开，这思想内涵与初始时有改变，甚至来了个一百八十度的方向调转，但作家在任何时候是不会丢掉这个思想内涵的，他可以重新调整或重新选择，否则他的写作就会进行不下去。硬行写下去，那作品一定是思想混乱，难以成功的。有思想有责任感有追求的作家，在他拥有了写作的素材后，他要写的人物和故事已经在脑子里成形了，这个时候他就要思考了：我即将写作的这部作品，内涵要广而深，写成后意义要大。就这么些人物和故事，可以写成思想很浅薄意义很小的作品，也可以写成思想很深刻有重大意义的作品。如何对文学作品的内涵进行开掘与提炼，是检验作家思想水准及文学修养的试金石。作家没有不希望自己的作品意义重大的，因此在动笔以前，总是苦苦思索，前后左右选择，反复提炼，寻找最佳的角度，来提升自己作品的思想内涵与社会意义。纪实文学作品思想内涵的提炼与开掘，与其他类文学作品完全相同。

1998 年，群众出版社出版了我的一部长篇纪实文学《迷失的魂灵》，这是该社策划的“九十年代大案要案纪实丛书”的一种，我选择的是发生在江汉平原的荆州沙市一带的一起特大抢劫团伙覆灭经过的题材。在这本书的写作过程中，关于这本书的内涵的开掘与提炼，我是很有体会的。荆州沙市城乡结合部的村子里，租住了一批十几二十岁的年轻人，多是乡下来的打工者。荆沙是个南北交汇的交通枢纽之地，国道 207 和国道 318 均穿过这里，南来北往的车辆日夜奔行。这伙租住城边村子的青年人纠合在一起，形成了一个 40 多人的抢劫团伙，专门在晚上抢劫过往车辆，打伤司机和押车人员，抢了就跑，近一年来，他们作案数百起，有时一天作案数起。有一天，他们发展到大白天在荆州城里抢劫了四川的一辆货车，终于案发。荆州区公安局北门派出所接手了这个案子。北门派出所的公安干警在湖北省公安厅、荆州市公安局的督办下，经过艰苦的侦破，终于把案子破了，将犯罪分子一一抓获归案。这伙人中 6 个被判死刑，两个被判死缓，两个被判无期徒刑，被判有期徒刑的一大帮。我在阅读了几尺高的案卷之后，采访了公安人员、犯罪分子、受害人、罪犯的家庭，掌握了大量的第一手材料。公安人员侦破的过程、犯罪分子每个人的经历，犯罪团伙内部的许多故事，很有吸引人的地方，写出来可读性会很强。在有了素材，有了大致的构思后，我对写好这本书是很有信心的。但是，我却久久没有动笔。

我在寻找和思索我这本书的意义，也就是说这本书的内涵是什么，我这本书要表现什么，侦破及公安题材的作品，对读者本身是有吸引力的，一般来说，故事性也较强。但是这种题材的作品，要做到既能故事性强，又能有深刻内涵，重大社会意义，却是较难的。我要写的这个荆沙抢劫团伙案子，能写得吸引读者，把故事叙述得栩栩如生，歌颂我公安干警的机智勇敢不怕苦累为保卫人民生命财产而作出的牺牲，这个目标能够达到。但是仅仅写了这些，达到这个目标，我还是觉得这个作品算不上优秀，没有什么深刻的内涵，太平常太一般化了，他会很快淹没在浩如烟海的同类题材作品中，显不出自己的个性来。就我已经掌握的这些材料，我再多思考多提炼，寻找一个最佳的角度，把作品的内涵挖掘得更深，使得它的社会意义更大！我相信这种可能是存在的，我不应该那么匆忙地动笔，我要再挖掘再提炼。

那段时间我坐卧不安，我读书我工作，我上班我睡觉，脑子里全是荆沙劫案的那些情节，全是我在监狱里看到的那些即将执行死刑的年青人的身影，全是他们的农民父母的那一张张痛苦可怜的满是皱纹的脸。我的心灵在颤抖，我也是个农民的儿子。我们的农民父母勤劳苦作，节衣缩食养大他们的儿女，送他们上学，指望他们成为有用的人，将来赚钱成家立业，可从来没想到他们会去劫抢犯罪，成为死刑犯。看到儿子成了罪犯，他们的心在滴血啊！谁能为这些农民父母说点什么呢？我写抢劫案，写公安干警，写抢劫者，可他们的父母的那一张张痛苦的脸却挥之不去，老在我面前晃动。

我要寻找，我要提炼，我也要为那些罪犯的农民父母的痛苦无奈的脸说出点什么，我要让我的作品能有更深沉的力量。

苦苦寻找的东西，有时候得来全不费工夫，灵感的火光一闪，一下子照亮了你要到达的田园。一个星期六的上午，我骑自行车到菜场买菜，路过武昌新闻宾馆时，我不经意地扫视了下宾馆的大门。大门旁边的墙壁上，这天贴了4张布告，布告上打满了红√。我停下自行车走近去，和站在墙壁跟前的一群人读那布告。4张布告都是武汉市中级人民法院发出的，那天武汉市枪毙了40名罪犯，4张布告，每张布告公布10名罪犯的罪行。我把4张布告仔细地读完了，我把40名罪犯所犯的罪行归类比较了一遍，我站在那里，没有立即走开。我的思想很快就跳到我要写的荆沙劫案，跳到我正寻找的角度，那本书内涵的开掘方向上，一道亮光从我眼前闪过，我看到了我要寻找的东西了，这天，我收获了一笔重要的思想财富。

那天武汉市中级法院的布告里，枪毙了40名罪犯，这40名罪犯，80%是抢劫杀人犯，80%是农民或进城打工的农民，80%是20岁上下的年青人。而荆沙抢劫团伙40多人，全部是年青的进城打工农民。我曾到那些罪犯生长的村庄和就读过的乡村学校去作过调查。我的结论是，这是一群迷失的魂灵。农村孩子读书，能考上大学离开农村的只是很少一部分，而大部分没能升学的初高中生们只能回到乡村，这些孩子用上世纪70年代的叫法是回乡知识青年。这些人回到乡村后，有的是乡下土地少，没有土地让他们种，有的是有土地，他们不愿种。读了10来年书，在电视里在杂志里看到如今的城市有钱人纸醉金迷的生活，这些孩子是不甘心受穷种地的。乡村的党团组织也没把他们组织起来，对他们进行领导与教育，他们回乡去基本上是没有人管。于是这伙人就都涌到大小城市，做的共同事情就是替人打工。给别人打工，活路苦出力多收入少而且还受人歧视，实在不是个滋味。于是中间有个别人带头变坏，其他的一些意志不坚定者就跟着干，荆沙抢劫团伙就是这样形成的。他们的法制观念也不强，抢了钱分了后就去吃了喝了玩了消费了，到被抓住后，他们还不知自己到底犯了多大罪，以为关几天就完了，当他们接到判决书，才知自己犯了死罪。对这样一些糊里糊涂的年青人，除了他们自身的原因外，我们的社会，我们的政府，我们的有关职能部门，是不是也有责任呢？这种社会现象是存在的，这种社会存在我们应该将其写出来，引起社会的重视，引起有关职能部门的重视。鲁迅先生当年呼喊：“救救孩子！”我们今天应该呼喊：“救救这些年青人！”

我有了这些思考与想法后，我觉得我已经找到了我要写的这本书的灵魂了。这本书的内涵就是要救救迷失了魂灵的年青人。从那4张布告跟前离开后，我立即就动笔写我的书。很快，我的以荆沙抢劫案为题材的《迷失的魂灵》一书写成了，出版了，22万字，首印3万册，很快售罄，又再版1.5万册，在读者中反响不错。论家认为《迷失的魂灵》除了它的可读性外，还有较深刻的思想内涵，即字里行间透出的那种呼吁：这些没能升学的农村知识青年，社会应该怎么引导他们让他们发挥积极的作用，而不让他们起反面的作用。社会要减少犯罪，就要齐心协力来拯救这些迷失的魂灵。

而我的心灵得到的一些安慰是，我为那些迷失了魂灵的年青罪犯的农民父母喊出了他们的心声，救救这些孩子，不让他们的悲剧重演！

如今书出版了，事情也过去好几年了，但只要想起这本书的思想内涵的开掘与提炼，我就深信作家在创作一部文学作品之前，要多思考多寻找，可以不断地变换角度想，从不同的方位来设计，寻找一个最佳的表现角度。有这种寻找与思考，和没这种寻找与思索，效果是不一样的，作品思想内涵的深浅、社会意义的大小是不一样的。写作《迷失的魂灵》，我有这个体会，写作其他作品，我也遵循这一点去作，效果都还不错。我们平日读到某些作家的作品，读完之后，觉得作家很有才华，所写题材也不错，语言及表现功力也好。但就作品的内涵及社会意义来说，总感到美中不足，觉得这位作家是可以把这部作品写得更深刻些更好一些的，但现在没有达到。这往往就是作家思考不够，对作品的思想内涵挖掘与提炼不够，白白浪费了一个好题材，浪费了作家的文笔与语言，这作品的生命力是不会长久的，实在是可惜与遗憾！

我写以上这些，并不是想说我的《迷失的魂灵》这本书好得不得了，我只是想说明，不断开掘提炼文学作品的思想内涵，对作家的创作来说，是至关重要的，它决定了作家所写作品的优劣。

关于当下文学的现状与作家的使命感

各位朋友，大家好！今天能在这里与大家交流对一些文学问题的看法，很高兴。我今天要谈的内容是：当下文学的现状与作家的使命感。

首先，谈谈我对中国当下文学现状的看法。

中国当下文学的现状如何？各方人士有各种说法。要是从数量上来说，当下文学可谓是空前的繁荣。一是作家多，中国作家协会会员、各省作协会员、地市州县级会员，各文学社团的成员，这是个巨大的创作主体群。二是作品多，作家多，都要写作品，这些作品发表在大大小小的刊物上，发表在各种报纸的副刊上，在出版社出各种书，自费的公费的出版社正规出版的，光长篇小说一年就可达两千余部，其他各种文艺书就更多了。还有网络上贴的作品，有什么就敲什么上去，真是让人目不暇接。三是阵地或说是载体多，国家级的刊物如《人民文学》、《诗刊》、《中国作家》、《当代》等等，各省的文学刊物，地市州县的内部刊物，几千种报纸的副刊，几百家出版社，这些刊物都在按期发作品，出版社都在出书，时有对某一作家某一作品或某本书进行炒作，强势宣传，热闹一阵。还有那繁杂的或长或短的电视连续剧，也是文学作品改编的。这样的情势，要说文学萎缩，简直是痴人说梦。去年底开的全国六次作家代表会，今年刚开完的湖北省五次作家代表会，大会的主题报告中，对全国全省的作家创作了多少长篇小说短篇小说诗歌散文进行了罗列，给予了张扬，因为这是当代文学的成就，这是中国文学的繁荣。有了这些数字，我们文学工作者就自豪，与我们国家的改革开放一样，形势一片大好。

但是且慢，对于当下文学的评价，不同的声音出现了。去年5月份在武汉举行的一位作家作品研讨会上，出席会议的几位思想理论界人士，对当代文学创作的指责是空前的激烈，他们认为当代文学没有良知，当代作家没有良心。

也是去年，德国汉学家顾彬说中国当下文学是垃圾，引起了国内许多人的愤怒，这就是所谓的“垃圾”事件。顾彬后来解释说，我没说中国当下文学都是垃圾，我只是说中国当下文学中有部分是垃圾，像棉棉、卫慧等的作品就是垃圾。在去年12月中国人民大学一个关于汉学的讨论会上，顾彬说中国社会是五粮液，中国当代文学是二锅头，这实际也是否定了当下的文学创作。

去年10月份左右，国内有一篇文章，叫《给当代文学洗个脸》，文章认为，当代中国文学已经是红尘滚滚，肉欲横流，不堪入目，要彻底地清洁一下，洗洗脸。还有一个年轻的评论家说去年出版的两千余部长篇小说，大概只有三四部有些价值，其余的都没什么价值。这位评论家的说法出现后，就有人反驳说，一年两千多部长篇，按一年365天计算，你一天要读5~6部。事实是不可能的，你根本读不完这两千多部长篇小说。那么你没读这些小说，你怎么就信口雌黄地说这些小说只有三四部有价值呢？我想这个反驳是会让那位理论家无法回答了。

我对当下文学的看法是，中国的文学创作，从来没有像现在这么繁荣，也从来没像现在这么泥沙俱下鱼目混珠。我从小就喜爱读书，那时在乡下，找一本可看的书真不容易。文化革命前，每年全国出版的长篇小说只有两位数，那就是十几部或二十几部吧！那时全国的文学期刊也只几十种吧。而现在，我们根本就读不完每年出的书，现在全国有公开出版号的文学刊物就有四百余种。我在杂志社工作，每月收到的交换杂志上有上百种，别说去读每一篇作品，就是翻一遍也要许多的时间。但是繁荣是一种表相，而真正的精品是不多的。一年到头，年终时想想，这一年给我脑子中留下深刻印象的作品也就那么几篇几部。而大量的作品，都是平平的，可有可无的，看过就看过了，很难传下去。在这点上，我倒是同意德国汉学家顾彬对“垃圾”事件的解释，就是说当下中国文学的部分作品是“垃圾”。精品数量少，而堪称经典的就更少了。在北京的一个会上，著名评论家孟繁华认为：文学经典的时代可能已经终结了。他说的是可能，我认为能称为文学经典的还是会出现的，但那是要几百年几十年为期的。

中国当下文学看起来很繁荣，精品少，垃圾也是不少的。我是把垃圾这样分类的。一种是肉欲横流，身体写作，淫诲不堪，只有感官刺激而无任何意义的作品。这类作品有的包装精美，某些出版社还大肆宣传，以求畅销，污染社会，这种例子我就不举了，如某几个女作家的作品，那几本书早成为垃圾了。还有诗歌，我手头有一本“垃圾诗选”，印刷也蛮精美的，自费印，发给有关人，他们公开宣布自己是“垃圾诗派”，细读其中诗，也果真是垃圾。但这类东西传播不多，比较那几本印数大弄得热闹的长篇垃圾小说，毒害社会空气要少得多。另一种我称之为垃圾的作品，说句实话，我真是不忍心。当今有这么多写作者，写了这么多作品，就要出集子。如今为作者自费出版书籍的中介部门不少，你出钱，我帮你出书，而你的作品只要不是反党反社会主义，不违法乱纪，就给你出。作为出书者，拿到印出的书，有种成就感，就送人指正。收到这些书的人，大致翻一下，放一边，集累多了，又没地方放，不就是垃圾了么？有的是企业家朋友，钱多点，就帮你买个几百册拖回来。因为他直接给钱你，怕你觉得是施舍，就以买书的形式来支持你。他买去的是几百本书，过一段日子就进了废品站。我出了十几本书，也有两本是自费印的，我想那中间也有一部分成了垃圾了。想想也真是难受，省吃俭用积攒的钱，圆自己的出书梦，最后成了垃圾。我还要残忍地举个例子，某乡镇有个乡土作家群，有近百人，人人写书，出版了几十部，都是自费印的。出了书堆在家里，有的人出书后家徒四壁，有的人是卖了房子卖了牛来出书。但出的那些书怎么能是文学作品呢？我要向这些农民兄弟致敬，但我是不愿意鼓励他们出大本的书的。他们编些小演唱或小剧本，活跃乡村文化，是很好的，要去当作家，写书出版，我觉得是得不偿失，很难成功的。

当下文学中的经典作品要过几百年后再看，或许能留存几部几篇下来，但精品是有不少的，我对那种彻底否定的态度是不赞同的。精品有，每年都有，精品却很少。当下文学作品中，垃圾是有很多的，这垃圾有两类，我把它称作有害垃圾与无害垃圾。我前面举的例子，前者为有害垃圾，它毒化污染社会；后者为无害垃圾，将其化为纸浆，还可再造纸嘛，但愿这再造的纸不再去印刷成垃圾品。

当下文学作品中除少量精品和一些垃圾外，剩下的大量居中的作品，怎么称这类作品呢？可以说是较好的有益无害的作品，这类作品也可分层次，我们天天接触的文学就是这类文学，既称不上精品，又不能称为垃圾。医学上有种亚健康的说法，我把这类作品称为亚文学，不知是否妥当？这种亚文学在当代文学中是大量存在的。我们有很多的写亚文学的作家，每天生产一批亚文学，我们的读者阅读的大量是亚文学。这类亚文学中较好的一类，还能得这奖那奖，还能有些小轰动。而更多的是出版发表后，一部分人读了，还没流传开来，人们就忘了它们。我们阅读着这些作品，有益无害，对我们的生活有所丰富，对我们的学识修养有所提高。

当代文学就是这么个现状，是繁荣的，但精品少，垃圾成堆，更多的是亚文学作品。有个八零后的韩寒说：文坛算个屁！当然韩寒自己怕是连个屁也算不上。他生产了许多作品，他卖了很多钱，出版社也靠他赚了许多钱。他也不能太狂妄说文坛算个屁呀！他的作品我不看，我想那肯定不是经典，是否精品也难说，最多是亚文学，说不定也有垃圾。但是，在贝塔斯曼书友会与新浪网读书频道举行的当代作家最喜爱的100位中国作家活动中，读者评出的前20名里，韩寒、郭敬明、安妮宝贝等人，票数超过了苏轼、李清照、朱自清、徐志摩，这真是中国文学的悲哀啊！当然，这种极不科学的评选推举，不能作数的。清华大学中文系教授，著名作家格非说，谁的作品能流传下来，是由历史来决定的，那些粉丝们，他们推举韩寒等人，却是无法掩饰苏轼李清照这些中国文学家在时间中永远闪烁的光芒。

文坛是有规则的，你说算个屁，只能说明你的无知。

第二，谈谈作家关注民生的问题。

民生即人民的生存，关注民生就是关注人民的生存状态与环境。中国作家历来就有关注民生，为底层人民写作的传统，充分表现了优秀作家的良心与良知。屈原的“哀民生之多艰”，杜甫在“安史之乱”中写的“三吏”与“三别”，他的“朱门酒肉臭，路有冻死骨”，“安得广厦千万间，大庇天下寒士俱欢颜，吾庐独破受冻死亦足”，写尽民生疾苦，写得那么苍凉沉重，显示了一个关注民生的诗人的伟大爱心。当下社会，改革开放，物质极度丰富，人们过着富庶的日子，大家都去追求GDP数字的提高。生活中是不是没有疾苦了？民生的环境与状态是不是没有问题了？作家去写唯美的，“向内转”的，探索性一般人看不懂的或者是消闲无聊的作品，这样做的后果是，文学脱离了群众，作家放弃了自己的责任，文学疏远了社会，社会也就疏远了文学。文学是人学，这是我们学习文学理论时最先记住的一个概念。可一个时期以来，作家们忘记了这句话，文学不是人学了，文学变成了展示浮华、世俗、奢华的工具，或者是试验品神经质的再现。这就出现了被思想界人士指出的作家没有良知，文学丧失了良心。

事实上并不是所有的作家都是这样的。中国文坛，任何年代都有一批有良知与良心的作家，他们关注着民生，他们和底层的劳动人民的心灵是相通的，他们看到了底层劳动者的生存状态和艰难的生活，他们一刻也没有停止反映底层民众生活的写作，他们是真正的关注民生的作家，他们坚持了现实主义的写作道路。他们继承了屈原、杜甫的传统，他们的文学是人学。

我们湖北的作家诗人中，有着关注民生的传统，这是从屈原开始传承下来的楚文化一脉。熊召政早期诗作《请举起森林一般的手，制止》，对林彪“四人帮”的极“左”路线对农民的戕害进行控诉与批判，叶文福的《将军你不能这样做》，我的诗作《我忆念的山村》、《没有万元户的村》、《乡村忧思》都是关注民生为人民鼓与呼的作品。刘醒龙的《凤凰琴》、《村支书》，池莉的《烦恼人生》、《托尔斯泰围巾》都是写的小人物，有的是收破烂的底层人民的生活，写他们的苦与乐。方方的早期作品《大篷车上》、《风景》，写工人写武汉河南棚子最底层市民生活。方方最近有部中篇小说叫《乱穿箭心》，写一个下岗女工的生存状态，丈夫及家人抛弃她，她仍然顽强地生活着，写出了武汉底层女人的那种不向生活屈服顽强地挣扎的生命活力。

湖北作家中还有个陈应松，公安县驾船的出生，当水手，一步步地写出来。陈应松的全部创作，充分地证明了他是个关注民生，用自己的全部心力来写人民反映人民疾苦的有良心和良知的作家。陈应松早期就写了一大批关注民生的诗歌与小说，在艺术上也有追求，但在文坛总是影响不大，没有像方方、池莉、刘醒龙、邓一光那样火起来。

陈应松的转机是他主动要求到神农架林区挂职，深入到神农架的博大精深中去。他在神农架一呆就几年，远离都市浮华喧嚣的生活，与山民在一起，大雪天冒生命危险到群众中去采访，山民的生活与生存状态深深地震动了陈应松。在神农架的高山平原大九湖边，陈应松到一户人家，这家人家的儿子还在乡政府做事，可家里光溜溜的什么都没有；房里喂一头牛，里面尽是牛粪。另一间房只有一张床，床上乱糟糟的。厨房里一个灶，几个碗。县扶贫办的干部有一次到乡下扶贫，有个妇女，丈夫得病死了，一个十几岁的孩子照秋被熊咬死了，孤零零一个人。扶贫办给了她一百元钱。她什么反应也没有，也没说声谢谢。扶贫办就给村长说这事，说这女的不识好歹，连感谢都不说一声。村长就去批评这女子，一问，才知这女的不知这是钱，她从来没看过一百元的，见过最大的钱是十元。陈应松在神农架见到山民缺衣少食不是个别的，孩子辍学的很多，没有学校，六七岁的孩子要上学就要去几十里外的地方住读。没有医疗，没有通讯设施，没有电灯，上一趟街赶一趟集要走两三天。神农架的民生，引起陈应松的沉思，这些场景人物在他心里发酵酝酿，一批写神农架的中短篇小说在陈应松的激情下诞生了，《豹子最后的舞蹈》、《松鸦为什么鸣叫》、《狂犬事件》、《望粮山》、《马嘶岭血案》、《太平狗》发在国内各大刊物上，被各选刊转载，成了国内转载率最高的小说家，这些小说获得了鲁迅文学奖、中国小说学会大奖、人民文学奖、全国环境文学奖等，连续五年进入中国小说学会的中篇小说排行榜十佳。陈应松深入到最底层的生活中去，关注民生，心与人民贴近，生活给予他的馈赠是他创作的巨大丰收，他作为一个小说家很快进入全国知名作家之列。

今年我省诗人田禾的诗集《喊故乡》获鲁迅文学奖，这也是一本关注农民生存、充满了民生意识的诗。田禾写农民，写乡村，是一个有良心的诗人。

一些专写纸醉金迷、灯红酒绿、小姐卖淫二奶思春、或者干脆就是女人上半身写作或女人下半身写作的所谓都市小说，闹腾了半天，除了只落得些许稿酬一片骂声外，毫无所获，进入不了文学的殿堂。你不关注民生，人民也不关注你。

当下时代，改革开放，经济发展，人民生活得到极大的提高。但是中国基尼系数已超过0.47，贫富差距较大，全国约有1亿名低收入者，贫困者及其他需要帮扶者中主要是工农基本群众。这些低收入者的生存环境特别需要作家的关注。高收入者年薪百万或几十万元，低收入者一月能弄两三百元钱。在贵州的大山区县里，一个县委书记每月只拿得800元钱。我是个农民的儿子，我的写作一直是围绕着民生关注着民生的。我在下面一个部分要谈的作家的良知与使命感问题时，专门谈我的创作。在这里我只谈我的两篇小随笔，是我遇到的真事。

我曾发表过一篇《情人节消费与3毛钱买盐》的文章。那是西方情人节刚刚传到国内来，情人节这一天，男人大把为女人花钱。香港一名男子花4

万港元买下《南华早极》半个版面，向他的女友示爱，称女友为浪漫女神。南京这一天的玫瑰花最高一支卖到78元，一幅照片登载着一男子抱一捧鲜花走出花店，旁边文字说这位男子花了1000多元买了这捧花去送给他的心上人。这让我想到刚读到的《中国青年报》头版的一则报道，说是云南昭通，一老太婆用5分钱到小商店买盐，下乡检查的地委宣传部长看到了，掏出3毛5分钱补上，让老人买了1斤盐，老人感激得当场给宣传部长下跪。同一则报道还说，另有一农妇带3毛钱去买盐，在路上不小心把钱弄丢了，回家后暴怒的丈夫用刀把农妇的三根手指剁掉了。我把这些报道一比较，写了这篇文章，结尾我写了一句话：把两种消费的报道比较一下后，我应无言。

我写的另一篇文章是《歌星一张票，百姓一年粮》。是上世纪90年代吧，郭富城到武汉演出，洪山体育馆卖票880元一张，一位在税务部门的领导送我一张票。我乡下当农民的父亲来了，我对父亲说歌星演唱一张票卖880元呢，父亲沉默了，过一会才说，我一年做到头，种两三亩田才能有这个收入啊！我到街上买米，那时好大米也只5毛钱一斤，我算了算，880元可买大米1760斤，够一个四到五口的人家吃一年。当时我愤怒了，我在激愤中写了这篇文章，发表了。而那晚，我也没去听郭富城的歌，我觉得如果我去听了，我就不是我农民父亲的儿子，我不忍。

近几年来，文学界有一个“底层文学”的口号出现了，评论家们有说好有说不好的。“底层文学”的出现，使得当代作家大规模地面对现实问题，这是好事情。某评论家说，随着“底层文学”从一种“冷门叙述”变为“热门叙述”，从一种“异质性叙述”变成一种“主流叙述”，不少作家赶时髦，希望以题材取胜，致使“底层文学”鱼龙混杂，文学性较差。有作家说，作家应该朝形而上进攻，说是“底层文学”还在临摹鼻子底下发生的事儿，再把它编成所谓的故事。这里面没有形而上，没有哲学，哲学的贫困是可悲的贫困，没有哲学的文学家是苍白的。还有的评论家说“底层文学”窄化了文学的疆域。这些人所说的都有一定的道理。但我认为提倡作家关注民生写底层人民的生活是非常必要的，这是作家良知与良心的体现。一个作家的创作题材是宽广的，他可以写底层也可以写高层中层人士的生活，不存在窄化问题。作家没有底层生活只是去赶时髦写底层，那也是写不出来的，写出来的只能是假的。作家需要哲学，写底层生活的作品难道就不能形而上么？其中就没有哲学的意味么？

我觉得“底层文学”这种提法还是可以存在的。

第三，谈谈作家的良知与使命感问题。

文学应该崇高和博大，文学应该有对人类心灵的关怀。如果作为创作主体的作家，没有良心缺乏良知，就不会有使命感，创作出来的作品怎么会崇高和博大？怎么会有对人类心灵的关怀？伟大的作品，来自于作家的良知和主动承担的一种使命意识。要让世界充满爱，要让世界变得更加美好，要让人类生活得更幸福，要让人与人、人与社会、人与自然和谐，作家担负的责任十分重大。否则，这个世界要你作家何用？读者阅读作品，是要得到启示，享受美丽得到爱，寻找一种愉悦，要受益。读者花钱买一本文学作品，买一本文学杂志，是要有用，决不是买垃圾，买有害的毒品。

作家任何时候都要记住自己的使命感，保持永远的良知。否则就放下自己的笔，不要再写作。

前面说过，我要在这部分谈我自己的创作。我从上世纪七十年代开始发表作品，三十多年来，发表各类作品400余万字，出版了十六七本书。我的作品虽说没有很大的影响，作为作家，我也算不上一个大作家，但我的作品是很少有垃圾的，是对读者有益无害的，这个话我很敢说，即使到了我停笔不写离开人世，我也敢说这个话。我让自己写作时怀有一颗良心，拥有良知，想着我的作品要对人类对世界有用，虽然成不了伟大作品，但要有用有益。

我上世纪八十年代初在乡土诗写作方面，在国内有一定的地位，我出版过5部诗集，我的代表作就是三组乡村忧愤诗。这个乡村忧愤诗是我自己取的名字，在由中国当代文学学会、华中师大文学院、湖北省作协联合为我开的研讨会上，得到了诗歌界的认可。第一组诗《我忆念的山村》发表于1981年的《长江文艺》，《诗刊》予以转载，获1981～1982《诗刊》奖，入选《中国新文艺大系诗歌卷》。那是我在房县当了一年的路线教育工作队员后，回到武汉时写的。在林彪“四人帮”极左路线的统治下，山区人民生活在贫苦线之下，可我们还要批资本主义割资本主义尾巴。作为一个省委工作队员，我实在不忍心看到我的农民父兄一棵枣树几只鸡被当做资本主义割掉。那一年我26岁，我在房县那大山中见识了山民的苦，认识了山民在苦难中的那种坚韧勤劳百折不挠的伟大。我在诗中写了“大妮子”、“房东”和“派饭”两个人物和一个事情，倾注了我的一腔情感。组诗发表后，引起了轰动。《文艺报》发文评论这组诗是“刻划中国农民性格特征的力作”。著名诗人徐迟先生在我的第一本诗集写序时说：很有一些诗是用痛苦的心情写成的。《我忆念的山村》就是一组痛苦的诗。我的第二组乡村忧愤诗是《没有万元户的村庄》，发表于《诗刊》1986 年。那时到处都在宣传农村实行责任制后，乡村里有许多万元户，好像富得不得了。可我看到的是有许多地方仍然很穷，媒体的报道不真实。于是我就反其道写出了一组《没有万元户的村庄》，组诗发表后，有人写文章批判，说我对党的农村政策实行后农村的大好形势进行涂黑。但广大的农民读者支持我。我的一个诗友，拿一本《诗刊》回乡下，将我的诗读给一个农妇听，农妇说这个姓刘的诗人有良心，他为我们种田的人说老实话。我的第三组诗是《乡村忧思》，发表在《人民文学》1990 年上。我写了乡村水利设施遭损害、乡村赌博、乡村迷信、乡村赤脚医生的出走、乡村教育的没落等，也是反映农村中存在的问题，用诗的形式，以忧患的意识向社会疾呼，要看到这些问题啊！这些问题不解决，社会主义新农村怎么建设？中国的四个现代化什么时候才能实现？

我除了写诗外，还写了一批散文随笔小说与纪实文学，我有一本《迷失的魂灵》长篇纪实文学，在北京国际饭店开的一次研讨会上，著名评论家雷达先生给我这本书较高的评价，认为其提供了当下乡村青年的一种生存状况，具有深刻的警示作用。

我想《迷失的魂灵》是表现出了我的良知与使命感的。

我还写过一本好读的书，珠海出版社出版时，书名叫《警惕白色毒魔》我写了十三个人，这中间有学生、教师、演员、警察、干部、个体经营者，他们原本有幸福家庭，有很有前途的事业，由于受人欺骗，好奇心驱使或是不小心沾染上了毒品，最后的结局都是家破人亡。我当时写的这些纪实文学，在国内许多杂志上发表出来，有的还被选作高校的辅助阅读教材。这本书是让人们认识毒品，从这些真实的故事中认识毒品对人类的戕害，让人们远离毒品，让人们远离海洛因。作为一个作家，选准了一个题材，把这些活生生的例子呈现在人们面前，起到一种警醒教育作用。我认为这也是尽到了一个作家的良心的。

作家们，每写一部作品，都要从良知出发，都要有一种使命感，我们的作品才能对人民对社会有用。

谢谢大家！

县一中阅览室

在乡下读完了小学六年级，1963 年我考取了武昌县一中。当农民的父亲帮我挑着粗布被子，走百里山路，送我到了县城。离开家乡离开父母，到了一个全新的环境，我少年的心有些惶恐而孤单。在这种时候，我发现了县一中的阅览室。

在乡下，除了课本外，很少见到其他书籍。我从小热爱书籍，有时想尽办法从别人手上借到书，但那大都是《封神榜》、《薛仁贵征东》、《小八义》之类的旧小说。那时头脑里还没有什么图书馆阅览室这样的概念。凭着学生证，你就可以进去看那各种各样的报刊与书籍，这是多么好的事情啊。

县一中的阅览室，和我们上课的教室一样大，四周摆有一圈书架，中间是几张并拢的课桌，课桌边放着长条凳，书籍和报刊都摆放在课桌和四周的书架上，很不少。阅览室由一姓胡的老师管理，每天中午开放，姓胡的老师坐在门口，微笑地看着我们自由地翻阅那些杂志。

这是多么令我激动的事情啊！在乡下我本无睡午觉的习惯，我每天中午就到阅览室去。我当时是初中一年级的学生，对《少年文艺》、《儿童文学》、《中学生》特别感兴趣，有时连《儿童时代》也读得津津有味。这些书刊，给我打开了一个全新的天地，使我走出了乡下的视界，使我了解了许多过去没有接触过的知识，这些知识是在那些旧小说中得不到的。我如饥似渴地阅读着，拼命地读，每天中午一放下碗筷就朝阅览室跑，我就像一个饿久了的流浪汉，突然见到了一堆香喷喷的食物，不顾一切地吞食。

到阅览室的时间多了，而且每天总是到得最早，那个姓胡的老师也认得我这个小同学了。每次胡老师总要跟我说两句话，而且还将当天到达的最新杂志给我看。

武昌县一中的阅览室，是一条船，载着我在知识的洋面上遨游，虽然还只是在海边，但我是从这里起航的。三年的初中生活，我基本没睡过午觉，我的午觉变作了阅览室里的梦，我的梦是将来要当个作家。

我还欠阅览室的一本书账。姓胡的老师管理的阅览室，还附属着一个不大的图书室，图书室的藏书不多，而且主要是供老师用的。姓胡的老师与我熟悉了后，特地准许我进图书室看看书。我在图书室里看到周而复的长篇小说《上海的早晨》，很厚的一本。我要借阅，胡老师犹豫一下，并劝说我，你年龄小，不宜读这大部头。但我确实想读这本书，胡老师见我心切，只好答应借给我了。不想这本《上海的早晨》我还没读完，就被班上一个姓王的留级生强要走了，而且弄丢了。我急得不得了，跟胡老师说了，胡老师摇摇头，掏出了一块七毛钱重买了一本。胡老师说那个姓王的学生，是县里一个什么干部的儿子，学校都拿他没办法的。

去年，我去武昌县参加一个笔会，晚间散步时，走进了我的母校县一中。我特意去寻找30多年前的阅览室，没有了，那地方新建了一幢高大漂亮的教学楼。

我十分的惆怅。啊！阅览室，我的作家梦诞生的地方，我弄丢了你一本书呢，虽然胡老师帮我赔了，我却永久地觉得：我欠你一本书！我会慢慢地还的。

借　书

我最怕别人找我借书。当我看到来人在我的几个大书架前逗留，还抽出几本出来翻翻，我就担心他要借那几本书，特别是其中有我珍藏的书。有些人借书，新书借给他，一年半载后还来，已经破烂不堪了。有的人干脆说：丢了。你能找他赔吗？当然有人借书是非常爱惜而且及时奉还的。但我很难分辨出借书者是属于哪种类型。

我是属于珍爱书籍，向别人借书能及时奉还的人。

我最早找人借书是小学二年级。乡村小学的农家子弟很少有自己的图书。我们班上有个姓李的女孩子，说起来还是我的小表姐。她有一本《嫦娥奔月》的彩色连环画，我很想看，但难借到。有一次我从家里带了一瓶凉开水上学，装水的瓶子是只酒瓶。姓李的同学口渴了，找我要水喝，我就找她要书看，两人达成了协议。我拿到《嫦娥奔月》就迫不及待地读起来。姓李的同学喝了瓶子里的凉开水，却受不了酒味，恶心地吐了。她生了气，把她的书要回去了。可惜那本书我还没看完，心里很难过。

“文化革命”期间，我初中毕业回乡，我们村也来了一批插队的知识青年。知青中有一个姓张一个姓李的，他俩有一只大木箱，装的全是书。姓张的有个哥哥是华中师范学院中文系毕业的，他带来了他哥哥用过的《中国文学史》、《现代文学讲义》、《现代文学作品选》等好大一摞教材。

那时我已醒了升学的梦，但作家梦还在做。我虽然读过不少新旧小说故事，但像文学史和作品选析这类书很少读到。我向姓张的知青借阅，因为不熟，他不乐意，我感到有些灰溜溜的。

连着几天，我吃不香睡不着，连做梦都梦到我捧着几大本文学教材在读，没想到醒来后，却是一场空。我一定要把这些书借到手，我一定要读到这些书，我暗下决心。

张李俩知青住一起，自己开伙。他们除了劳动外，又要挑水又要砍柴，总是忙得顾此失彼。我瞅准这个机会，一有空就跑到他们的小屋，帮他们挑水砍柴，有时还帮他们烧火做饭。村里人吃水，要到小河里去挑。小河的坡岸很陡，挑一担水上来，每次都累得气喘吁吁的。但为了和他们交朋友，借到他们的书，我咬着牙挑水，而且坚持不懈。终于，我的行动感动了他们，我们成了好朋友，他们的书籍向我开放了。

我感到十分的高兴，我觉得付出劳动换取书读，值得。

后来，知青回城了，姓张的知青将那些他哥哥用过的教材全送给了我，我将它们作为最珍贵的礼物接受下来。

几十年过去，每每想及少年借书读的情景，心里总是热乎乎的。如今的条件好了，我有了自己的书房和藏书，望着书架上那一排排的书，我经常督促自己，要想想没有书读的少年时代，要想想没地方可借书的贫穷乡村，今天我要好好地去读这些好书啊！

第一次到武汉

我出生的那个乡村其实离武汉只百把里路，现在有汽车，一个小时就可以到达。在我们乡下孩子的幼小心中，把武汉是看得很了不起的。武汉有汽车，有高楼，有很多很多的人，有很大的官。村里的人有时到武汉，回来说说武汉的好处，羡慕得我们孩子们直眨眼睛。那时，我心里藏着个美好的愿望，就是有朝一日能到武汉去玩一次，见见那大城市的世面。

上小学二年级的时候，班上有个同学随他家的大人去了趟武汉，回来后带了一叠包糖果的玻璃纸，而且说那武汉满街跑的都是乌龟壳似的车，武汉人穿皮鞋走在街上咯吱咯吱响，武汉人天天吃鱼吃肉看电影。我们一人分得一张那包糖用的玻璃纸，心里都在眼红这家伙竟然去了一趟武汉，真是了不起。

没想到我的愿望突然就实现了，一个机会不知不觉地降临在我面前。那年寒假，生产队长派我五祖父到武汉买桐油，五祖父见我没事，就决定带我到武汉玩一趟。

我们起得很早，步行了十五里路到金口镇，赶五点钟开往武汉的早班船。其实这天夜里我因太兴奋，一直就没有睡着觉。五祖父喊我时，我一骨碌就爬起来，跟他走路，走得特别有劲。

轮船在汉口靠了码头，我随五祖父上了岸。武汉，以它众多的楼房众多的人和满街跑的车，一下子映入了一个乡下八岁孩子的眼中，是何等的伟大何等的新奇啊！而在此之前，我从没到过任何城市。这就是武汉？这就是省城？我都看得有些呆呆的了。五祖父因为要抓紧时间办事，拉着我走大街串小巷的，而我又偏偏边走边四处张望，使得五祖父走不快。

走到一处街道边，我突然地发现了新奇东西。一面墙上挂了一块布，布上都是五光十色的娃娃书封面。那时，我们乡下都把连环画叫娃娃书，而我是个见了娃娃书就不要命的孩子。可怜那时乡下很少有娃娃书，谁有一本那简直就是财富。给别人看一次，就可以交换不少东西，如玻璃珠子，香烟盒子叠的三角撇撇。我在武汉街头看到了那么多的娃娃书封面，而且还看到在挂着的布下，支着一块门板，门板上摆满娃娃书，我从来都没见到这么多的娃娃书。我的眼睛都直了，我挪不开步子，不愿离开这个地方。五祖父急了，说你是怎么的了？我说我要看书。五祖父没有办法了，就掏出两角钱给我，嘱咐我一角钱看书，一角钱去买两个芝麻饼子充饥。并叫我千万别离开这个书摊子，待他买好了桐油办完了事再来接我，我连连地答应。

五祖父匆匆走了，我就在那书摊边的小凳子上坐下，开始如饥似渴地读那些娃娃书。

那时书摊子上的娃娃书出租很便宜，一分钱看一本。我忘了肚子饿不饿的事，一心沉浸到娃娃书给我提供的世界里去了。孙悟空大闹天宫，哪吒闹海，长鼻子公主的鼻子一丈长，水浒传上的英雄好汉一百零八人，个个了不得。

我知道我只有两角钱，只能读二十本娃娃书，不能读得太快了。因此我一本本地从头到尾仔细地读，认真地读。有好些字不认识，就跳过去。能把大致的故事和人物弄清楚就行了。我像在细细咀嚼优美的食物，品出那里面的味道来，以致时间不知不觉地过去了，夜幕即将降临，那摆书摊的人要收摊子了，而五祖父也来接我了。

我恋恋不舍地离开了书摊，我忘了两顿饭都没吃，只感到十二分的兴奋和满足。我对五祖父喋喋不休地讲着我读到的娃娃书里的故事。

当晚，五祖父带我到一个本族的叔叔家住了一夜，第二天一早就离开武汉回乡下了。

回到乡下，见了小伙伴，大家也羡慕我，围着要我讲到武汉的见闻，可我却讲不出什么来，我只说，武汉有好多好多的娃娃书。接着，我就给他们讲娃娃书上的故事，听得他们聚精会神的，我也越讲越来劲。

青少年时代过去了，如今我也在武汉生活了三十多年。人世沧桑，武汉天天在变，变得越来越繁华喧嚣。可我第一次看到的武汉，却久久不忘，记得那么清楚：武汉有许多娃娃书。

买　书

不论怎么说，如今我和妻子的工资，除了一家三口的衣食住行开支外，每月都还能挤出十元八元的上书店。

我喜欢买书。出差，不管是到大城市还是去边远小镇，我首先去的地方是书店。出差回来，给妻儿带的礼物少，提包里多的东西是书。前年冬里到湘西一个三省交界的小镇，叫茶峒，据说沈从文先生写的《边城》就是这地方。我没去寻找翠翠的渡口，却去了小镇书店。我在小镇书店里买到了一套《宋人轶事汇编》，中华书局出的，上中下三大本，只三元多钱，如今没有几十元以上是绝买不到的。这套书是我湘西之行的最大收获。同行的武汉大学中文系的一位朋友见了，赶去买时，没有了。书店只进了唯此一套。

我忘不了我第一次买书时的那种心情。

我在乡村里上小学，那时真渴盼着有除了课本之外的书读，而且盼望着有朝一日能拥有自己的书。我想，我要有了自己的书时，一定要像爱护自己的眼睛一样地爱护它，要细细地读，就像我们乡下孩子好不容易吃到一块芝麻饼子，细细地嚼，慢慢地咽，让那香味甜味能在口腔里呆的时间长些。

我很长时间没有自己的书，我没有钱去买。父母供我上学，省吃俭用卖鸡蛋的钱只管我缴学费，买那种九分钱一本的练习本。我羡慕那些拥有自己的书的同学，和他们拉近乎，是为了他们能借书给我看，虽然他们也只有一两本。

我终于有了第一次买书的机会，那不是在书店里买的，而且价钱便宜得令人不敢相信。

那些年，武汉的一些中学常到乡下劳动。有个武汉市二十七中到我们村插秧，秧插完了他们就走了。他们回学校后，特地派专人送了两大纸箱子书籍和杂志，说是帮助乡村建立图书馆。这两箱子书交给了民兵连长，民兵连长扛回家后，无地方放，就扔到阁楼上了。这些书是中学生们捐赠的，他们的一片心意也就被民兵连长扔到阁楼上了。

而像我这样渴盼书读的乡村少年们，只能离得远远的，继续饥渴着。

袁叔家砌土灶，嘱我去帮忙。一只大石臼里，用水浸泡着满满的撕烂的纸，袁婶吩咐我用根大木杆将烂纸捣成纸浆，然后再加石灰与黄泥拌合，用来抹灶面子。

我看了一眼那烂纸，天哪，我都要晕了。这些都是文学书籍和杂志撕碎后泡烂的啊，是我梦寐以求的东西啊！我用木杆捣纸浆，一下一下，像捣着我自己的血肉。我颤颤地问袁婶，这些书是哪里来的？袁婶愤愤地说：在民兵连长家里称的呀，两角钱一斤，我称了二十斤，要了我四块钱，这书还是人家中学送的呢。

我捣着纸浆，心里念叨着书。我要想尽一切办法弄到钱，把民兵连长家那些书买过来，那是多么好的东西啊，那是我渴求的甘泉和雨露。那些宝贵的书，怎么能被捣成纸浆呢！

当晚，我步行二十多里路到舅舅家。我找到二舅，说明了来意，二舅拿了五元钱给我。二舅是单身汉，做点木匠活，这五元钱是他的积蓄。我没找父母和其他人，我知道他们拿不出钱来给我买书。

我找到民兵连长的妻子，她让我爬到阁楼上把书搬下来。两大箱书已剩下不多了，都被他们卖了。我真感到惋惜，被他们卖废纸的那些书里，肯定有许多好书。

我称了二十五斤书，基本上把剩下的书称完了。民兵连长的妻子笑眯眯地接过我递上的五元钱，说，你早点来就好了。

是的，我为什么不早点来呢？我不知道他们这样处理书啊！我曾向民兵连长借过，他吼了我一顿：那书是纪念品，你小孩子借去弄丢了咋办！

他要留着卖钱，二十七中师生的一片真情，被他用两角钱一斤卖了。几十年后的今天，我想到这些，心里还感到不是滋味。我的乡亲啊，你们中的愚昧无知，使得文化只能变作纸浆抹灶面子砌墙。

民兵连长的妻子在我提起一摞书就要离开时，又从灶屋里拿了一本书出来，说：这本书也给你，算个搭头。

我一看，那是一本《播火记》，梁斌写的。我连忙接过来，口里说：谢谢婶子谢谢婶子！就快步地走了。我怕她反悔，把这本作为搭头的《播火记》要回去。

这些书伴随了我的整个少年时代，一直到“文化大革命”开始。

啊，我的第一次买书的经历，给我留下了多少美好而心酸的回忆，还有愤慨！

不过，我得到那二十五斤书藉和旧杂志，在当时，我真是满足极了，我觉得我是一个富翁，一个真正的书的富翁！我终于拥有了自己的书藉，而且是那么多。

今天，属于我私人的藏书比那时要多上百倍，但却忘不了我第一次拥有书籍的时光。

我还经常买书。

武落钟离白虎记

1997年7月16日，我们几个作家乘一条机动船，在清江隔河岩大坝库区水面行驶。9点钟后，我们的船停靠在武落钟离山下。此时雨下得不小，隔河岩库区水位提得很高，电站管理者们都忙着抗洪，我们应邀而来的几个作家暂时就先看看库区范围内的人文景观。而武落钟离山，是土家族先民巴人的发祥地。有机会对源远流长神奇美妙的土家族文化作些考察了解，于我们来说，是求之不得的事。

我们弃船登山，冒雨而行。武落钟离山，亦称垠山，距湖北长阳土家族自治县城50公里，海拔384.8米，山上五峰并立，三面环水，北面清江绕山东流，南面长扬溪绕山注入清江。山腰至山顶峭壁危岩，草木葱茏，景色奇美。雨雾中，山更青，草木更翠，窄窄的山路如带，飘飘绕绕，盘旋而上，我们融入了一种迷蒙而苍翠的景色中。石神台、猪头岩、盐水女神岩、黑穴、赤穴、向王庙，一处处遗迹与庙阁，究其根据来源，土家族先民艰苦创业之志以及其神勇之力，让我们沉入了一片远古悠长的回顾。生为湖北人，对鄂西的这支土家民族祖先的了解不足，我是心有惭愧的。而今进入这土家族文化发祥之地，真有点目不暇接，恨不能挖掘的东西多多，注进自身的教养之中，以壮筋骨。

于是出现了虎。白虎，土家族人的图腾崇拜。

《后汉书·南蛮西南夷列传》中言："廪君死，魂魄化为白虎。"廪君是巴族首领，与另四个氏族首领斗法，以其英勇和智慧征服了四姓氏族，遂统一，建立夷城，成为西南的大族，即巴族，后为土家族。廪君死后为什么化为白虎呢？据说是因为他降生于寅月寅日寅时，寅属虎，廪君化为虎后，解救保佑民间众生，土家族人奉白虎为族神与家神，有歌谣唱："四梦白虎当堂坐，白虎当堂是家神。"我在武落钟离山门外的小店里，买了好几本关于武落钟离山与廪君传说的书，编印者都是长阳土家族自治县民族文化研究会和民族事务委员会，想这材料来源当不缪也。书里面有许多关于老虎的故事，但情节重复的多，均为歌颂老虎如何英勇善斗，讲义气，能知恩图报，作好事，不可得罪。我发现至少有三个故事的结尾相同。如有一对老年夫妇，突然怀孕，生下一只幼虎。老两口吓得哭了，不知如何是好，幼虎不为难父母，就隐入山林。有天老婆婆看到猎人抓到一只老虎，老虎见老婆婆就流泪。老婆婆想这可能是自己生的虎儿，于是就买下老虎并放它回山里去。不久，老头子去世了，老婆婆孤苦伶仃无法生活，老虎就每天送一只野物到老婆婆的门口，这些野物是獐子、麂子、山羊、兔子等。第二个故事是有漆农上山割漆，碰到几个猎人抓了一只虎，准备杀了取皮骨和虎肉卖钱。漆农见老虎可怜，遂买下老虎放其归山。后来，漆农家每天都能捡到一只野物，原来是老虎送的。第三个故事讲一对老虎夫妻，母虎生小虎生了三天生不下来，公虎打听到附近有一陶婆婆会接生，于是夜里下山把陶婆婆驮到虎窝里，陶婆婆为母虎接生，使得母子平安。公虎于是把陶婆婆送回家。以此陶婆婆不断地收到礼物，都是老虎送的，这些礼物仍然是獐子、麂子、山羊、野兔等等。

民间的传说无疑是一种民族文化的衍生与变化。那么多关于老虎（白虎）的传说，而且都是歌颂，把老虎说得那么好，只能证明老虎在土家族人心中的地位是何等的神圣与崇高。1997 年 7 月 16 日的那场雨中，我们在武落钟离山巅，看到了一尊浑然天成的白色石虎，除了虎口及虎牙有点雕凿的迹象外，虎头虎眼虎身及四肢俱为岩石生成。白虎踞伏山巅，雨中沐浴，俯瞰山林和山脚下蜿蜒的清江，经年历月，日精月华，注视着世纪的变迁和人间沧桑，凛然威猛，雄风犹生。白虎在雨中，有威有凶，细看，似有几分亲切，且见出了许多的哲思。我在白虎边站住了，我对这土家族的图腾作长久的注视。你是廪君的化身，你看今日这世界和土家族子孙，与你常年在赤穴中创业时的生活相隔多远？你雄视八方，你啸傲山野，你给子孙遗下了勇敢、雄心、善良、勤劳和不败的精神。白虎啊，土家族人的先祖，我们尊崇的精神化身，愿你永存。

我让人为我在武落钟离山巅白虎边照了一张相。雨中的白虎，此时更加苍劲而圣洁，甚至重新焕发了青春。

我们几个作家离开了武落钟离山，离开了隔河岩大坝，回到武汉，我则将与白虎的合影藏入心底。我爱虎敬虎，搜集与虎有关的图片材料，还有另一层意思。我的属相为虎，我生于庚寅年冬月初五寅时，我生辰中有两个寅。我是渴望自己多些虎气多些雄风多些勇敢和不屈的精神的。我从武落钟离山下来半年，写此小文，以记那只白虎。

草原深处璀璨的明珠

飞机在海拉尔机场降落，我们就投进了呼伦贝尔草原的怀抱里。啊，这是一片什么样的草啊，无边无际一望无涯，绿色绿色满眼绿色，绿色中点缀着羊群马群，蒙古包如绿地中的蘑菇，偶尔可见。我是南方人，第一次见到这绿色的世界，震撼感官之后有一种恍惚，我在一片绿色里漂浮着，心旷神怡，我是这绿色的一缕，我是这碧波中的一滴。汽车像一叶轻舟，在绿色海洋里游弋。

呼伦贝尔草原，你这蒙古民族的发源地，曾是成吉思汗统一蒙古草原各部落的武库、粮仓、练兵场，拥有约 1.3 亿亩草场面积，你是绿色的净土，北国的碧玉。你的浩瀚，你的壮美，令我匍匐在你的土地上，唱一支赞美的歌。

人们却说：这是内蒙古最后一片像样的草原。乍一听到这句话，我内心里深感不安。

我们要去的地方在呼伦贝尔市鄂温克族自治县的伊敏河镇，华能伊敏煤电公司就坐落在那里的草原上。从海拉尔接我们的公司领导在车上向我们介绍草原的风景和他们的公司，而我的思绪还在“最后一片像样的草原”这句话上缭绕。我们要保护绿色，要让这绿色永远存在，呼伦贝尔草原，我们不能没有你，内蒙古不能没有你，中国不能没有你，世界不能没有你啊！

呼伦贝尔草原底下的资源财富实在太丰富了，已探明的各类矿产资源有 50 余种，矿点 500 多处。其中煤炭储量 1000 亿吨，远景储量 2000 亿吨，另外还有石油等多种矿资源。随着各类矿资源的开采，如果没有环保配套措施，环境将遭到破坏。我去过一些矿区，那些山被炸得龇牙咧嘴，那些地被挖得残破不堪，形成一个个的望天大坑，深不见底。特别是煤矿区，煤尘四扬，人们的呼吸都透出黑色。那些地方，天不再蓝，云不再白，绿色没了，花不再香，少数地方连人畜饮水都成问题。人们向自然索取时，也破坏了自然环境。如果呼伦贝尔草原下的矿产资源进行全面开采，而环保措施又跟不上，那我们现在看到的这片最后的像样的草原，还能存在么？

伊敏煤电公司做的就是开采煤矿用来发电的事业，他们在为人们提供能源生产财富时，对这片美丽的草原没有破坏么？我问车上正向我们介绍情况的公司领导，他的回答是肯定的，伊敏煤电公司是全国第一家煤电一体化企业，不仅没有破坏环境，还为草原的环境增添了多彩的风光。公司的领导这样说，开车的司机也这样说。他们让我们实地去考察体验，他们决不是吹牛说大话。

汽车在草原公路上飞驰，路上人与车都少，路边的草地牛羊，与时而见到的河流和山丁子树绸李子树都被丢在来路了。我们一路绿色，进入了伊敏河镇。我看到了，前方有高矗的红白相间色彩的烟囱直指蓝天，几座燃烧煤的炉子像造形优美的杯子，口小腰凹底大，搁在草原上，是接天上的圣水还是向客人斟上美酒呢？只是这杯子硕大无比，没有人能端得起。发电厂的楼房高低错落，生活区的居住楼成排有序，整个煤电公司的建筑呈灰色、白色、红色、蓝色，这些色彩的建筑物放在阔大无边的绿色底衬上，再配上瓦蓝的天，洁白的云，我看到的分明是一个美丽而带童话色彩的王国。我看到伊敏河了，一条流在草丛绿树放牧的马群中的美丽恬静的河，绕在伊敏煤电公司厂区的旁边，犹如好客的伊敏献给客人的一条蓝色哈达。

我们在伊敏煤电公司参观座谈采访用了一个下午和晚上的时间。整理我的采访笔记与思绪，我对在来的路上公司领导与司机对我说的话有了由衷的认同。

创业是艰难的，1976 年成立了伊敏河矿区建设指挥部。从黑龙江鸡西等矿区来了第一批采矿人。茫茫草原，荒无人烟，冬天冷到零下几十度。他们在草地上挖个坑，坑上搭盖草顶，叫地窨子，他们就是在地窨子里，就着马灯光，规划设计出了今天的伊敏煤电公司。睡觉时，半夜突然一只马蹄子踩到他们的床上，原来是野马奔走时踩穿了地窨子的草顶。建设，吃苦，白手起家，到 1999 年 9 月煤电一期工程竣工投入运行，2007 年底煤电二期工程竣工投产，伊敏煤电人投入了两代人的青春和血汗。创业，建设，伊敏煤电公司的建设者们所吃的苦所作的奉献应该有专文去写，而我要说的是他们的煤电一体化。

秉承科学发展、循环经济、注重环保的理念，大力加强节能降耗和环境建设，这是伊敏煤电公司的建设宗旨。草原底下的煤埋得不深，把草原表面的一层土与草掀开，就是黑黝黝的煤了。各种大型机械将煤采出，通过3.7公里的封闭皮带走廊直接送到电厂发电，采煤疏干水通过地下管路送到电厂做循环冷却水。露天煤矿那巨大的坑口，像一张大嘴在等待食物，每采完一个煤区都留下一个大坑，像是草原的伤口，长此下去，草原将百孔千疮。但是，伊敏电厂发电燃煤灰渣通过5.2公里的封闭除灰走廊送到这张大嘴里来了，这些已经燃烧过的煤灰渣在奉献了自己的热量后，如果不作安置，那会在草原上堆起一座座的渣山。现在好了，这些煤灰渣被直接送来填埋大坑，大坑填得差不多了，上面再将开采掀开的土层盖上去，铺些腐植物，再种草。我们在草原上看到这种再生的草地，与周围的草地没有任何异样，只是觉得地面更凸出一些，那草好像显得更嫩更绿。伊敏煤电公司实现煤电一体化生产，实现了煤、灰、水、土之间的科学循环利用，每年可重复利用疏干水1300多万吨，综合利用灰渣50多万吨，利用回填方式恢复植被30多公顷。过去的采煤区，现在都是草绿花香，生机无限。草原那些像伤口的大坑，已经平复如初了。

这就是一体化生产，在全国是第一家，是中国实行改革开放政策的产物。当时国家有关部门给伊敏煤电人的原则是：立一个项目，建一个企业，企业最终产品是电。而伊敏煤电一体化模式突破了传统行业限制，实现了煤炭与电力作为上下游产业的有机衔接，实现了火力发电与原煤开采在工艺流程上的资源循环利用。

伊敏煤电一体化实现了煤水灰的循环利用，节省了建造煤场和灰场的投资，省却了煤炭铁路运输环节，降低了煤炭生产和发电成本。伊敏发电厂现装机容量为220万千瓦，年发电量为107.2亿千瓦时，伊敏电厂每度电的成本4分钱。伊敏煤电的采煤发电又环保的生产模式，得到了党和国家的充分肯定，党和国家的多位领导人到伊敏公司来视察参观过，公司先后获得“全国五一劳动奖状”、“全国民族团结进步模范集体”、“全国精神文明建设先进单位”、“国家环境友好企业”等荣誉。

伊敏煤电公司未来的发展规划是宏大的，煤电一体化还要上三期四期，他们还准备用10年左右的时间建设40亿立方/年煤制天然气，120万吨/年煤制烯烃，500万吨/年褐煤干馏项目，完成这些项目同样是社会效益与经济效益并举，生产与环保一道前进。

伊敏煤电公司厂区与居民区组成了伊敏河镇，过去的牧民已弃了蒙古包，住进了蓝色屋顶的房子。傍晚，我在小镇漫步，街道是宽敞洁净的，街两边是绿树鲜花，电厂厂区里，更是绿草坪，鲜花坛，还有盆景百态千姿。小镇街心小广场，有一组体育锻炼器材，几个男女在那里利用器材锻炼身体，中间有蒙古人，他们和电厂里的汉族兄弟和谐亲热。伊敏河镇，或说伊敏煤电公司，这里不像一个大工业产区，倒更像一个略微偏僻冷清些却又干净和美，被绿色包围的小花园城市。伊敏公司这些年来，引进了樟子松、云杉、黄槐、云杉树、小乘黑杨、沙棘等十几种树木，组织职工开展全民植树活动，他们共种植树木127万株，种植草坪75.4万平方米，绿化面积1万多亩，截至2008年底，共投入资金近3000万元。

伊敏煤电人，你们没说假话，你们采煤发电，不仅没有破坏草原，而且还为草原增加了丰富与多彩。你们在呼伦贝尔大草原的深处，生产着光明生产着热电，伊敏煤电，是草原深处的一颗璀璨明珠。

呼伦贝尔是内蒙古最后一片像样的草原，但是我们不用担心这片草原的消失，因为这里有伊敏煤电公司这样的企业，有伊敏煤电人这样的草原保护者。

呼伦贝尔大草原啊，你的草将更绿，天将更蓝，云将更白，而那悠长深情的牧歌，将唱给草原的明珠。

龟山五月杜鹃红

在我心灵的记忆中，龟山的五月，苍松翠柏之间，杜鹃花开得一片火红。红与绿的掩映下，白色大理石的雕像，端庄美丽，睿智深沉，手握书卷，凝神远望。看大江东去，看长桥跨南北，车流滚滚，人声鼎沸，武汉三镇在一种热气中升腾。她嫣然笑了，笑得如漫山杜鹃一般灿烂，她变得年轻了，年轻得如一座绿色的龟山。少先队员们捧着鲜花，献在她的墓前。孩子，把那鲜红的红领巾，系在她的脖子上吧！这红领巾的颜色中，融进了她的热血啊！

龟山之巅，一碑巍立，邓小平亲笔题写的“向警予烈士之墓”镌于碑上。那柔润有力的七个大字，沐清风迎朝阳，与武汉人民同在，与中华民族同存，与新中同同生。

三十多年前，我作为一名年轻的共产党员，跋涉在历史的案卷中，伏在乡间的一张木桌上，挥汗写下了三千余行的长诗《向警予之歌》。我把自己的虔诚，把自己年轻的活力与激情，凝注在我的诗句中。向警予烈士啊，这三千余行的长诗，是一名普通共产党员献在你墓前的一炷心香。长诗未出版前，我就坚信《向警予之歌》唱在了武汉人民心中，唱在了历史的岁月里，我曾将一部复写的《向警予之歌》诗稿燃成一蓬火，奠祭我心中的烈士。

向警予是湖南溆浦人，是毛泽东、蔡和森创办的新民学会早期会员，与周恩来、邓小平等一批青年进步人士赴法勤工俭学，阅读法文版的马克思著作。1922 年回国，加入中国共产党，参加中国共产党第二、三、四次全国代表大会，均被选为中央委员，是中国共产党第一个女中央委员，第一任妇女部长。

1927年向警予从莫斯科东方大学深造回来，被党中央派到武汉总工会宣传部工作。汪精卫在桂系军阀胡宗铎、陶钧配合下，背叛大革命，在武汉进行大清洗，三镇笼罩在白色恐怖中。党的“八七”会议后，革命转入地下。向警予冒着风险，深入武汉的工厂、码头、街道的工人群众中，宣传“八七”会议精神，发动民众与敌人进行斗争，准备武装暴动。敌人大肆搜捕，向警予处境险恶，党组织让她离开武汉。向警予却向党组织要求留下来。“武汉三镇是我党工作的重要据点，现在正要人坚持斗争，我不能离开!”1928年3月20日，由于叛徒宋若林的出卖，向警予在汉口新德里96号被捕。敌人从向警予嘴里得不到任何东西，1928年5月1日凌晨，武汉警备司令部把向警予押赴刑场。向警予在赴刑场的途中，高唱《国际歌》，向群众演讲革命道理，呼喊打倒国民党反动派的口号。押解她的敌人无法，用枪托打她，用刺刀刺她的嘴巴都阻止不了她的声音。最后，丧心病狂的刽子手把石子填到她嘴里，再用皮带绑住她的双颊。刽子手的枪声响了，向警予倒下了。我在《向警予之歌》第10章《五一火红》的结尾，写下了这样的诗句：

啊，罪恶的枪声响了
啊，革命的英雄倒下了
东方啊，溅起一片红！
那是赤卫队的袖章
那是梭标上的红缨
那是游行队伍的横幅
那是胜利的捷报满空
那是插上伪总统府的红旗
那是开国大典代表们
胸前的代表证
那是烈士的鲜血啊
染红了五一
灿烂的黎明。

当天夜里，一个叫陈春和的老工人驾着一只小木船，沿着江岸悄悄潜到刑场，把向警予的尸体运到六角亭前掩埋。解放后，武汉人民把烈士的墓迁至龟山，立碑塑像，让向警予烈士在龟山之巅看着武汉在一天天发展，看着新中国在一天天繁荣富强。

在我心灵的深处，龟山巅上的那尊塑像，是我尊敬的楷模和英雄，她与洪山的施洋烈士塑像，江岸的林祥谦烈士塑像，是武汉人民永远膜拜的革命神祇。当我们遇到困难时，当我们对生活不满足时，当我们怀着怨言时，就想想他们吧，就想想和他们一起，为了今天的生活而牺牲的千千万万烈士吧，我们还有什么可说的?！我们将永远热爱生活，永远去创造，永远不要怨天尤人。啊，龟山五月杜鹃红！我这名普通的共产党员，今天捧着已出版的长诗，站在烈士墓前，轻轻地朗诵，伴着松涛，伴着清风，伴着江声，伴着龟山上的一片红色。

洪炉锻打的威风

湖北红安县七里坪镇有条街叫长胜街，这条长不过一里，宽不过两丈的小街，花岗石铺路，街两边的房屋青砖黑瓦，木格窗，木板门，房屋山墙与隔火墙有龙蛇鸟兽造型装饰。这是一条在中国革命历史中不可不提的小街。它是黄麻起义的策源地，也是中国三大红军主力之一的红四方面军的诞生地，这两件都是有历史记载的大事。即使是那间四平方米的房间，房间里的一盘洪炉，一架手拉风箱，一座铁砧，靠墙放着的钳子与大锤小锤，也有着不平凡的记忆。

长胜街是国务院列入的全国文物重点保护单位。我在长胜街瞻仰了红四方面军指挥部、苏维埃劳工委员会、革命法庭、银行、中西药局与饭堂合作社等遗址后，走进了这间四平方米的小屋。

我站在小屋里，久久没有离去。小屋是一间大厅后面的倒屋，只有很小的门进来，外面参观的人熙熙攘攘，小屋却很安静。我眼前升起了 80 多年前的火光，小屋洪炉的火光熊熊，粗壮的手臂拉着风箱，炉火中的一块顽铁烧得透红，钳子夹起红铁，放在铁砧上，又一双粗壮的手臂扬起大锤，砸在红铁上，火光四溅，叮当的捶击声，不绝于耳，穿过夜色，在长胜街上飘荡。叮当！叮当！大锤小锤交相捶击，铁钳夹着的红铁渐渐变成青灰色，变成了一支长矛，变成了一把大砍刀，变成了一杆梭镖。成了型的铁器，被钳子夹着，往水槽里一扔，滋的一声长响，长矛、梭镖、大刀，淬了火，一件件冷兵器就此诞生。

我站在小屋里，久久不愿离去，在戴克敏、曹学楷、吴焕先等人领导和发动下，七里坪的农协会、农民自卫队成立起来了，泥腿子背插大刀，手握梭镖长矛，红缨飘展，自卫队员，一个个威风凛凛，打土豪，惩恶霸，革命活动如火如荼。柯义生杂货店的店员成立工会，组织了工人纠察队，纠察队员威风凛凛，手持长矛、梭镖、大刀。工人农民组织成立了法庭，审判镇压了大土豪阮纯青、李介仁与反动商会会长李业阶，而枪决这些土豪劣绅的一把土手枪也是铁匠铺里打造出来的，那是一把唯一的，十分简陋的手枪。威风啊威风，革命的威风，来自力量，来自武装。1927 年 11 月黄麻起义，长胜街是起义队伍的集结点，浩浩荡荡的起义队伍，手握的大多是长矛梭镖大刀，握长矛梭镖大刀的队伍向黄安县城进攻，他们威风啊！当黄安城被攻下，变成了红安，我看到威风在队伍中高扬。

我站在小屋里久久沉思着，眼前这间不起眼的铁匠铺十分普通，与旧中国的所有铁匠铺一样简陋，可是，在红安七里坪长胜街，这间看似普通的铁匠铺子却不平凡！它炉火熊熊，它铁锤高举，它风箱不断鼓动，它的叮当之声不舍昼夜，它歇人不歇火，它日夜生产着兵器，武装革命的工农，装点革命队伍的威力。据统计，这间铁匠铺打造出的各类冷兵器达一千余件。洪炉的火啊，在旧中国的暗暗黑夜中不熄，觉悟了的工农，在铁砧上不停锻打，锻打杀敌的武器，锻打革命队伍的威风，锻打胜利，从每一次行动、每一次战役取得。当热兵器完全取代冷兵器，当各种先进的武器在战争中施展威力的时候，长矛梭镖大刀，在现代化战争中被淘汰掉，但是，我还要向革命早期的梭镖长矛大刀致敬，没有它们，就没有革命的起步与发展，就没有队伍的威风与力量，就没有今天的胜利与现代化。

我从红安县七里坪长胜街一间四平方米的铁匠铺里走出来，蓝天丽日，四处一片繁荣，我走在处处都是遗址的石板街上，耳边仿佛还在响着叮当之声，那铁砧还在锻打着，锻打着历史，锻打着记忆，锻打着觉醒了的民众的威风。

黄鹤楼以及登临

儿时在乡下，两个小伙伴打架，大人赶来，扯开了打架的，对我们在一旁观战的人喝斥："你们是在黄鹤楼上看翻船。"那时就知道武汉有座楼，很高，在江边，站在楼上可以看到长江上很多船，船翻沉到江里也看得到。

20世纪70年代初到武汉上大学，毕业后留在武汉工作，那时从武昌司门口爬到武汉长江大桥的武昌桥头堡，再上蛇山，却没有黄鹤楼的影子。在蛇山看长江上的船只，看得不是很清楚，没什么兴致。那时想到黄鹤楼，怎么就没有了呢？甚至听人说过，黄鹤楼是因为修武汉长江大桥而被拆的，心里觉得遗憾，但此说后来弄清楚是不实的。史料记载，清光绪十年即公元1884年，黄鹤楼被一场大火焚毁，蛇山上只有它的废址。那时，作为一个武汉人，看不到黄鹤楼的真身，就从有关资料去了解它的历史与传说了。

首先是传说。关于黄鹤楼的传说我看到的至少有十种以上，这些传说多与神仙有关，充满了浪漫主义色彩。而这些传说中流传最广人们最耳熟能详的一种，也有几种版本。一种版本说，武昌蛇山，古时名黄鹄山，山头有家姓辛的夫妻，老夫妇开了一家小酒店。他们为人厚道，真诚待客，加之酒馆周围风景优美，酒馆里的酒菜也好，前来饮酒吃饭的顾客很多。有个姓费的道士，经常来此喝酒，喝完酒后也不给钱，转身就走，老夫妇从不找他要钱。费道士再来喝酒时，他们仍然热情接待，笑脸相迎。这样不知不觉到了年底，费道士又来喝酒，边喝酒边剥橘子佐酒。喝完酒后，费道士对老夫妇说："这一年来，谢谢你们的款待，我无以回报，给你们画幅画吧！"说完就用剥下来的橘子皮，在酒馆的粉墙上画了一只飞舞的黄鹤。费道士说，今后到此饮酒的客人来了，你们只要拍拍手，墙上的黄鹤就会走下来跳舞助兴。

费道士说完，便辞别出门，飘然而去，不知所踪。

费道士走后，喝酒的客人来了，老夫妇便拍拍手，粉墙上的黄鹤果然走下来，在客人面前翩翩起舞，引得客人们酒兴大增，纷纷称奇。此事一传十，十传百，远近客人都到小酒馆来喝酒，老夫妇的酒馆生意兴隆，赚了不少钱。这事很快就传到一个财主的耳里，财主心想，这黄鹤应该弄到我家里来。于是财主坐了一顶轿子来到小酒馆，对老夫妇说：我家的一只黄鹤不见了，有人说飞到你这里来了，赶快还给我。老夫妇说，我这里只有墙上的一幅黄鹤画，你硬想要就拿去吧！财主一看真的是画在墙上的画，而这堵墙他也搬不走，只好灰溜溜地走了。财主总是坏的，这个武汉的财主不甘心，于是跑到官衙，向县太爷告之此事。县太爷一听有这等好事，高兴得不得了，他一直想给皇上送点民间的宝贝，以获得自己更大的前程。把黄鹤弄来，送给皇上，那可是稀奇的宝物啊！县太爷带一帮人赶到酒馆。不管三七二十一，把那堵画有黄鹤的粉墙拆下来搬到官衙。县太爷把粉墙供在大厅里，请来了武昌城里的名流绅士，摆上酒席，然后县太爷拍掌要黄鹤从墙上下来跳舞，试试真假。县太爷的巴掌拍肿了，黄鹤仍是粉墙上的一幅画。这时，只听天空中传来一阵优雅的笛声，一位道士站在云层上吹笛，粉墙上的黄鹤听到笛声，拍拍翅膀，翩翩飞起，直上九天，来到道士身旁，那道士骑上黄鹤，随一朵白云远去。那云中道士正是当年画鹤的费道士。后来，人们在老夫妇开的酒馆边修了一座楼，名为黄鹤楼。

以上这种版本，甚至收进学生课本。但我看到《列仙全传》卷九记载，那结尾却是另外一种。说是老夫妇的酒馆因有黄鹤跳舞之后，很快聚下家产数万。费道士几年后又来酒馆，问老夫妇：“我在你们这里白喝了一年酒，酒钱够了么?”老夫妇忙答：“够了够了，超过了千百倍，我们把多的钱退给你吧!”费道士一笑说：“我来此目的不是这个。”费道士说完，取出玉笛轻吹，黄鹤从粉墙上走下，费道士骑上黄鹤驾朵白云飞去。老夫妇送走黄鹤与道士，就用赚来的钱修了一座楼，取名黄鹤楼。因老夫妇姓辛，黄鹤楼又名辛氏楼。

一个传说两个结尾，我倒更喜欢后一个。前面那个结尾，总感觉到被人加了工，蕴涵了阶级与某种人为的思想在里面。关于这个传说的其他版本，只在人名和细节上略有区别，基本的情节差不多，不再赘叙。

只有历史才是实在的，而传说只能是传说，当不得真。据史料记载，黄鹤楼始建于三国吴黄武二年（公元223年），当时是用于军事瞭望和指挥的一座岗楼。试想一下，龟蛇锁江，大江浩瀚，站在江南蛇山之巅的岗楼之上，望江上的战船，看江北的敌阵，侦察和指挥战斗，是何等好的去处啊。只是这军事岗楼后来就演变成登临游憩、文人吟诗作画的胜地，与湖南的岳阳楼、江西的滕王阁并称江南三大名楼。自魏晋南北朝起，历代骚人墨客荟萃于此，登楼放歌，借景抒怀，给黄鹤楼留下了许多珍贵的人文宝藏，文因景成，景借文传，黄鹤楼遂成为山川人文相互倚重的文化名楼。历史上的黄鹤楼屡毁屡修，仅明清两代，就重修了七次，而且各代风格都有所不同。据专家们说：唐代的黄鹤楼巍峨，宋代的黄鹤楼雄浑，元代的黄鹤楼堂皇，明代的黄鹤楼隽秀，清代的黄鹤楼奇峻。清光绪十年（公元1884年）被烧毁的黄鹤楼，是寿命最短的一座。

我终于等到黄鹤楼的真身了。1980年武汉市政府重修黄鹤楼，1985年5月竣工，整整一百年后，黄鹤楼又获新生。新黄鹤楼主楼五层，高51米，攒尖顶，层层飞檐，把唐代黄鹤楼矗立巍峨、视野开阔和明清黄鹤楼如楼似塔的特点熔为一炉。雄伟绮丽，成为当代楼阁建筑的一颗明珠。新黄鹤楼对游人开放，中外游客络绎不绝，凡到武汉的外地人，不登黄鹤楼者就等于没到武汉。黄鹤楼成了武汉这座城市的标志，而用黄鹤楼命名的各种产品、商店、酒店、公司以及杂志、报纸上的副刊，多如牛毛，举不胜举。黄鹤楼，新生的与旧有的，那都是武汉人的骄傲。武汉人在外地，说起黄鹤楼，充满了感情；客居他乡者，想起黄鹤楼，那是有缕缕乡愁在心头升起的。有个故事说，武汉人与四川人在一起吹牛，四川人说："四川有座峨嵋山，离天只有三尺三。"武汉人笑了笑说："这算得了什么，武汉有座黄鹤楼，半截插在云里头。"这下四川人服了，倒不是黄鹤楼真的比峨嵋山高，而是武汉人会吹。吹嘘自家的事物，也说明对自家事物的深情与热爱。

我是个武汉人；我儿时的故乡现已划为武汉市的郊区，我工作也在武汉，我也就把黄鹤楼当做自家的事物了，这是我家乡的楼啊！出差在外，与人谈起黄鹤楼，也有沾沾自喜之态。但是，黄鹤楼修起开放好多年，我却没有登临过。倒不是因为嫌那门票贵，而是觉得这楼离自己咫尺之远，随时都可去，暂存在那里让别人先看吧！这就像我书架上的一些书，知道这书写的是什么，就先放上架再说，反正这书是自己的，想看随时可看。没想这一放就是好几年。

我第一次登黄鹤楼时人很多，那是由湖南湖北江西三省作家协会组织的三楼文学笔会，三省作家相聚，先看岳阳楼，再看黄鹤楼，又去看滕王阁。江南的三大名楼，一口气看了，算是饱了眼福。那么多名家在一起，交流文学，沿途照相。看黄鹤楼时，从一楼爬到顶楼，见有许多的书画，没时间细看，只能是走马观花而已。后来又有多次到黄鹤楼观看朋友的书画展，参加文学界的一些聚会，都登了楼，也因人多，没什么感触，来去匆匆，日子就又过了一天天。

旧世纪过去，新世纪来临，春三月，我在一个星期四的下午，独自登上黄鹤楼的顶层五楼，依着平台的栏杆，面对大江，放眼江天，沉浸在一种境界之中。这天的登楼，起因是什么？我是一种什么样的心情，都难以说清，总之是突然决定，我要上黄鹤楼，而且一个人去的，上那顶楼，去看去思去想，呆上半天，什么事也不做。那天的江风不小，江面有些沉迷，但也能看到东去西上的船只，看到江北的大汉口商厦林立，高楼百丈，市声喧嚣尘上。吟诵唐人崔颢的名诗吧！“昔人已乘黄鹤去，此地空余黄鹤楼；黄鹤一去不复返，白云千载空悠悠。晴川历历汉阳树，芳草萋萋鹦鹉洲。日暮乡关何处是？烟波江上使人愁。”啊，长江苍茫，江树历历在目，家园乡关何在？名人墨客易生愁，谁又处此景遇中愁不生呢？事业，人生，家庭，友谊，爱情，当登斯楼，望江天，见流水，能不有万千感慨么？再吟李白的名诗：“故人西辞黄鹤楼，烟花三月下扬州，孤帆远影碧空尽，唯见长江天际流。”李白是“一忝青云客，三登黄鹤楼”。李白没有在黄鹤楼上题诗，据说只念了四句打油：“一拳捶碎黄鹤楼，一脚踢翻鹦鹉洲。眼前有景道不得，崔颢题诗在上头。”这诗只能算是打油，他要捶碎黄鹤楼踢翻鹦鹉洲的说法我也不能接受。但李白写的这首《黄鹤楼送孟浩然之广陵》，也可称是绝唱，不比崔颢的诗差。从黄鹤楼头的江上出发朝下游而去，西辞黄鹤楼啊，有人在楼上送你，你远了，孤帆远影融进了蓝天，只见长江之水在天边流着。我沿长江朝东望，江上船只倒是不少，却见不到那长挂白帆的航船，有的只是发出轰隆隆声响的拖驳和三层四层舱楼的客轮，来往于武昌汉口的轮渡船，因为有长江一桥和二桥的存在，已减少了许多的班次。长江上的木帆船是少见了，今天读李白送孟浩然的诗，想寻那意境，却是难了。我只是怅怅地东望，希望在那迷蒙的天际，见到那片孤帆远影。我的朋友，那是你的船只么？你们在远方可好，我在黄鹤楼上想念你们呢！

我独自登楼的这天下午，游黄鹤楼的人不多，使得我的依栏远眺遐思乱想没人干扰。如果当年崔颢李白登黄鹤楼时，楼上人满为患，熙熙攘攘，人来人往，他们能写出这等好诗来么？写出好诗，肯定只能在静静的氛围中，思想进入了某种境界，才能一挥而就。我在静静的下午，独对江流，吟诵唐诗，怀想友人，感叹流水之逝年华之逝，寻找那远处的帆船不得，也想乡关，想起我那儿时的村庄。喝斥我们“黄鹤楼上看翻船”的大人已不在了，我的童年也离去遥远了。啊，黄鹤楼，我家乡的楼，武汉人的楼，从我知道你的名字，到今天在你的顶层与你相依，岁月已经四十余载哟。黄鹤楼，你是千年古楼，你能不断涅槃新生，我们人为什么就不能涅槃新生呢！

暮色苍茫之中，我从黄鹤楼上下来。黄鹤楼后新建有世纪钟楼，楼内高悬巨大世纪铜钟，那是武汉市政府在新世纪到来之时而铸造悬挂在此的。雄浑的钟声此时敲响了，那钟声厚重，撼人心魄，在暮色中催人奋起。

我踏着钟声，仰望入夜的黄鹤楼，我突然觉得黄鹤楼很年轻，我也很年轻，那钟声也很年轻。

谒施洋烈士墓

武珞路横贯武昌区，是一条人与车的河，我是这河里的水珠溅到岸边，我拾级登洪山。洪山是喧嚣市声中的一片恬静与绿荫，是平俗浮躁生活中的一分庄重与严肃。

我没去听宝通禅寺的晨钟暮鼓，我没去观林木掩映的洪山宝塔，我径直奔向施洋烈士墓，行90度鞠躬礼后，再将崇敬与思绪编织成花环虔诚地献在墓前。

我坐在施洋烈士纪念碑下，伴着纪念碑前的施洋烈士半身塑像，和烈士一同沐浴着和煦的阳光，嗅着碧草鲜花的清香，听着松柏卷起的阵阵涛声，烈士引领着我穿过时间的隧道，到达了七十八年前的那些日子。

1923年身为武汉工团联合会和京汉铁路总工会的法律顾问，施洋大律师忙啊！他参加各种秘密会议，他出入工人的厂子与家门，他传达中国共产党的指示，他和其他工人领导者一起，拉响了大罢工的汽笛。一时间，1000多公里的京汉铁路瘫痪了，所有车辆停开。在江岸，一万多武汉工团联合会和京汉铁路工人走上大街，举行了声势浩大的游行示威，工人们为自由而战，为人权而战！施洋大律师啊，你和林祥谦等工人领袖走在队伍前面。工人们的怒吼震撼了英帝国的使馆和吴佩孚的官邸，终于，帝国主义和军阀勾结起来向工人举起了屠刀。

疯狂的镇压与屠杀开始了，快走啊，施洋大律师，快走啊，林祥谦。工人们中弹倒下了，鲜血流满长街。林祥谦落入军阀手中，施洋大律师落入军阀手中。只要下令复工，就恢复你们的自由。“头可断，工不可上！”林祥谦大声说。“你们杀了我一个施洋，还有千百万个施洋！”施洋大律师豪迈地说。施洋、林祥谦倒在了敌人的屠刀下。历史也永远地记住了1923年2月7日：二七大罢工。

头顶上仍是和煦的阳光，施洋大律师又带我回到了七十八年后的今天。施洋烈士在洪山南麓沉睡了七十八年，他也思考了七十八年，他的结论是：中国就该这样前进！

阳光鲜花和都市，施洋墓前我鞠躬90度，永远地留下了我的崇敬和问候：您好，大律师！我重新投入武珞路这人与车的河，我们向前奔流。

石牌的胸怀

从宜昌沿长江上行，船入西陵峡中段，拐过 110 度的大弯，眼前突兀一巨大石崖，巍矗南岸，面对大江，背依连绵山麓，成一处奇景。石崖高约 40 米，底宽 13 米，顶宽 12 米，厚约 4 米，石质为坚硬的花岗石。石崖前后左右刀削斧劈般，剖面平整，犹如一块巨大的石令牌，当地人俗称石牌。石牌附近，散居着数十户老百姓，人民公社时代为石牌大队，现为宜昌市夷陵区一小镇。石牌小镇考证起来，始于五代后周，曾作过峡州州治。世纪沧桑，人事变迁，繁荣过，萧条过，石牌小镇现处葛洲坝与三峡大坝之间，是长江三峡黄牛岩旅游风景区的一处重要景点，谁能预料它将来能繁荣至什么程度呢?

作为历史的见证人，花岗岩的石牌在长江边屹立了多少年？它静静地越千年过万年，谁又能说得准确，总之是有了长江就有了石牌，这是肯定的。船过石牌时，汽笛鸣响，回声荡漾，是打招呼：石牌，我来了。

是的，石牌，我来了！在 2l 世纪第二年的夏天，一个游人，来到了你的身边。当我站在你的脚下，怀着崇敬的心情慨叹你的伟岸，慨叹你的峻秀雄浑大气磅礴。我仰望你的胸怀，我折服我朝拜，石牌哟，我要为你唱一支胸怀之歌，因为在那花岗岩后有一腔热血。

那时日寇侵华，抗战烽起，淞沪战败，南京失守，武汉沦陷，蒋介石迁往重庆。日寇继续西进，1943 年 5 月，日军沿长江而上，太阳旗上滴着血污，要进攻大西南，拿下重庆，灭掉整个大中华。日寇行径，普天同仇，中华民族岂能任日寇蹂躏，中国军队 15 万人在第 6 战区司令长官陈诚的指挥下，布防石牌。日军海陆炮空立体作战，势将突破石牌防线西进。花岗岩的石牌挺胸而出迎击了日寇的疯狂进攻，抗弹雨冒轰炸，15 万中国军队和石牌凝成了一道钢铁之门，阻住了日寇西进的脚步，粉碎了小日本的扩张美梦。一个多月的血战啊，石牌名扬四海，成了东方的斯大林格勒。日寇败退了，丢下了两万多具尸体撤走了。石牌，是中国军队抗战的胜利之门，是日本帝国主义的失败之门，死亡之门。石牌以它钢铁般的胸脯，保卫了国土，石牌之战是抗日战争胜利的重要战役。

我在石牌小镇住了三天，我在石牌博大的胸怀下生活了三天，我瞻仰石牌抗战纪念碑，我踏访石牌保卫战高射炮阵地遗址、浴血池遗址和抗日阵亡将士纪念塔，我眼前不时有硝烟升起，我耳畔不时回响着枪炮声和喊杀声，战火、弹雨，六十年过去，而我仰望着的石牌，仍然是那么巍然矗然钢筋铁骨胸怀宽阔。石牌，你是千百年来中华民族的化身，你是阻挡侵略者的强大堡垒，你是浴血将士的躯体，你是记载着中华儿女丰功伟绩的纪念碑。

石牌有钢铁的胸脯，它保卫过国土，抵挡过风雨。石牌也有柔情的胸脯，今天，当千万游人来到它的身边，它默默注视着，任人们在山水里徜徉，一腔柔情在胸腔里升起，你看，那头顶上的几朵轻云，正是它的柔情飘动。

石牌在柔情轻语：我爱啊，人们！

坛子岭抒怀

坛子岭下的一块平地上，铺着绘有三峡枢纽工程平面图的大布，50 多岁的水利工程师向我们讲解着，哪儿是大坝哪儿是船闸哪儿是发电机房，在哪里修桥在哪里截流。那块大布是白底子，布上面画出的青山绿水红楼房座座铁塔，分外好看。但是说老实话，我听得不怎么专心，而且对那平面图也理解不清。我的心里涌流着一种什么东西，是一种情绪，一种置身在无可比拟的强烈气氛中的感觉。我的注意力不在那张图上，也不在工程师的解说之中。

我在坛子岭下已经看到了一切。声音，一种轰鸣撼地的呼吼，浑厚低沉；场面，开阔博大起伏，山石咧嘴，土地敞怀；颜色，褐色深红紫绿。而那些巨大的推土机挖掘机拖斗车，红黄绿色都有，色彩艳丽。比起我们平日在公路或在基建工地见到的卡车与推土机来，这里的机械只能用巨大来概定。这些钢铁的汉子们，扬臂挖土，低头啃石，俯身驮运，不急不缓有条不紊步步踏实地忙着。它们在这里挖个坑，在那里啃块崖，把土石从这里运到那里。劳动着是愉快的，操纵这些铁家伙的是人。我看到穿帆布工装的小伙子，把长发塞进帽子里的姑娘，还有穿着武警服装的战士，他们没有去用钢钎铁镐竹篾箕，他们只是握着操纵杆把着方向盘，他们的劳动就变得惊天动地。这时，我突然想起了下乡当知识青年时，我们到水利工地劳动。成千上万的人，红旗如冬日飘展的火。喇叭把口号喊得山响。铁姑娘班、青年排比赛着挖土挑土奔跑，下工回到工棚手上是血泡，肩上脱了皮，躲在被窝里淌眼泪。工地，氛围总是热烈的，而那种热烈与这种热烈是不同的风景。看看坛子岭下的生气，我们这些观光者也有一股劲头涌上来。

我们几个人，沿着陡峭的附梯，爬上了坛子岭顶巅，举目四眺。大江在我们脚下奔流，长水如练，舞在一片锦绣土地上，舞出了千年历史，流泻着一江文化与沧桑。朝长江的上游看，群山如黛，白云绕在峰巅，深处有多少情节。那里我是去过多次的，峡边崖上顽强生命的石屋，往昔纤夫的号子，神女在高处等待，秭归久吟的归歌，香溪里的桃花鱼，白帝城下的阶梯，大宁河，巫山镇……啊，我们站在坛子岭上是几个作家诗人。我们的同行，写过多少与长江三峡有关的诗文，我们到这里踏勘过多少次，可我们是否写出了长江与三峡的无尽底蕴呢？李白的千里江陵，一代伟人的当今世界殊，那是绝唱。可我们还是要写要唱，就写写身边，就写写20世纪后半期在这里劳动着的人们吧！十多年前，在葛洲坝水利枢纽工地，在满地乱石土方，四处机吼人喧中，我陪着写过《哥德巴赫猜想》的老作家奔跑着，进工棚，吃盒饭，踏在土石边交谈。后来，老作家写出了《刑天舞干戚》的力作。三年前，我送我的青年朋友背着个牛仔包上路，他孤身一人深入到三峡移民区中。回来后，他写出了长篇《百家酒楼》，根据长篇改成的电视剧《家在三峡》，得了“五个一工程奖”。我攀过秭归的七里峡，我游过昭君村，我陪着几个当代中国诗坛一流的老诗人，虔诚地贪婪地拜谒这里的杰人灵地。中国的版图上，有过多少写三峡颂长江悼屈原怀昭君的诗作啊！现今想起香溪那清澈的流水，有一股悲惜的溪水流在我的心里。那个在长江上当了半辈子水手的作家，是在一个雪天船泊香溪被大自然的灵气激起而生写作念头的。他孜孜以求终以长江三部曲而留下一部史诗，可叹他已逝去。

我们还在坛子岭上，还是回到现实中来吧！西陵峡上，一座悬索大桥飞跨而过，这是长江上第一座悬索桥，桥身分明是架巨琴，悬索乃弦，在奏一曲响彻行云的歌。挖掘机在掘坝基，推土机在垒围堰，截流的日子一天天近了。工地，我看到的工地，不是人海不是旗帜翻飞，而是机械而是钢铁的力，在施展，在垒砌挖掘，在按照一个使命，在重整河山。我是沉浸在一种力的情绪中，我感到的是一种内在的力一种深沉的力。那个日子会很快前来：高峡出平湖。

坛子岭上，我们几个都没做声，我们都在想，都在感觉。江风吹来，衣襟飘起，额发在空中竖起万缕触须。啊，三峡，那千古奇观那百代的历史那一条涌动的文化之江，将要变成万世不绝的光明之源。我们这群作家，在想什么呢？你手中的笔准备写点什么呢？

作品，是无愧于三峡工程这举世无双的作品么？我们从坛子岭上下来，背衬坛子岭，照了一张照片。照片上有字：坛子岭，三峡枢纽工程制高点，海拔262.48米，中国三峡开发总公司立。

他乡月下听故乡

那时，云南的朋友喊去看月亮。我们五六个人就结伴离了驻地的院子，朝那三座塔下走去。三塔明月，是大理城外一景。三座塔比肩而立，像三个静夜里沉思的汉子。我们很快到了主塔下青石垒砌的基座，基座很宽敞，周围有石栏，可以坐人。

上了基座，我们就突然地怔住了，我们立即噤了声，都被那轮月亮所征服。这是苍山下，洱海边，白天的云很白很亮，是天下少有的；没想到静夜的月，也是这么魅人，这么使人做声不得。那挂在暗蓝色夜空里的一轮银盘，亮晃晃的有光辉轻洒的是我们熟悉的月亮么？大，圆，白，净，朝我们每一个人亲切地望着，使你觉得那温情那轻纱般的月华的轻巧，你像洗了个澡，身心洁净。我们就这么在那光泽下立着，陪着三座塔沉思。三塔成品字形，主塔高耸，两座小塔左右相随，于静夜里沐着月光，有数千年历史了。这一刻，我们前来赏月的五六个人，就成了塔下的几块静石。

没说的，三塔之月，天下第一。我们都静静地立着，各自在想些什么。在这样的时刻，我想什么呢？我想我不过是个过客，三塔是他乡，三塔之月，却不是我的月亮。是的，世界只有一个月亮，但是一百个人却又有一百个月亮。每个人的月亮是不同的，每个人都有心中之月，那是他的精神家园。

远在千里之外的云南，月华之夜我思念起故乡来了。

月下的三塔基座前，有一块形如蛙状的石头，怪愣愣地看着人。云南朋友似乎揣摩到我的心思，轻轻牵我到石前，对我细语：你可拍拍这石，听它发声，然后你就可以听到你想听的东西。说完他飘然而去。

我半信半疑，用手拍拍那蛙石，然后把耳贴在那石上，我听到那熟悉的声音由远而近。果然，那是我的月亮来了。

哗哗的水声。是我故乡村边的小河，水波粼粼，每片水波都荡着个月亮。我们五六个伙伴，脱成光屁股，悄悄下到河里，搅起一片水波。我们游到对岸，潜进瓜地，一人摘两个香瓜，把藤蒂衔在口里，又刷刷地游过河来。那看瓜的大爹，是个聋子。过了河，我们成功了，坐在河滩，把瓜皮吃得一片狼藉。当我们挺着胀得如鼓的肚子回家时，月亮笑眯眯地看着我们，啊，那是我的月亮。

悠扬的笛声。早稻上场，明日就可吃上新米了。生产队的稻场上堆满了散发着清香味的新稻。哨棚子里，单身憨二哥吹起了笛子，那笛声缠绵无限。我正从中学放暑假回家，被这笛声吸引住了，就从家里走到稻场上。那一地的月光也都散发着稻香，憨二哥坐在一捆稻子上，正把那笛子吹得呜呜的，令人心中充满了苍凉和寂寞。故乡的月夜，从此在我心中留下了苍凉和轻寒来。

又是脚步声又是嬉笑声。明月中天，天光如泼，我们一伙青年男女，竟然来回走二十余里路到小镇去看一场电影。看完电影归来，月亮伴着我们，以急行军的速度回村，明日还要出早工呢。那月光的慈祥，至今我都不忘。那时，我正当回乡知青，那晚看的电影是《红灯记》。而那慈爱的月光，却伴着我走向人生。

三塔前的蛙石，我听到了我的故乡，我听到我的月亮。

我的诗文里处处都有我的月亮，那是属于我的，那是令我心动使我忘情的东西，是我的寄托是我的向往。

云南朋友推推我，随同来赏月的伙伴都站到我身后了。回去吧！大家说。

我站起身子。有人问：听到什么了？我笑了笑：听到了，我听到了故乡。

三塔之月，仍是那般亮晃那般明净那般饱满，这无疑是我今生所见最美的月亮了。但我难以忘却的是：在这远在千里的高原之上明月之下，我却听到了故乡之月。是的，我听到了我的月亮。三塔之月与故乡之月是同一个月亮。

那是我精神的家园，是我诗与文生长的土壤啊！

夏夜滴答听水声

热夏又到，温度连着39℃、40℃地报着，武汉人都成了耐温将军。不耐温又怎么的？空调并没有进入每个家庭和单位。大家在高温之下，该上班的上班，该吃饭的吃饭，该笑的笑，该玩的玩，也活得有滋有味的，没听说哪位热死了。所以武汉的一个女作家说：热也好冷也好活着就好。

人在无力改变环境的情况下，就努力去适应环境，这其实是一种境界。你叫喊你烦躁你怒骂你痛苦，统统无济于事。还是高温，而且你也并没有因此凉快。最好的办法是：安安静静地过这热夏。

能悟出这点道理，我是有过一段痛苦的心路历程的。

我曾在一幢宿舍楼的一楼住了六年。楼共有5层，二至五楼都有凉台，一楼有个小院子。我在小院子里种了棵葡萄和几株花木，夏天到了，倒也有一丝荫凉。

但我害怕热夏之夜，那于我一种莫大的痛苦。白天热，夜里有点凉气，想睡睡，刚躺下，耳朵里就是滴答滴答的声音。一声赶一声，一声叠一声，声与声相隔的时间相等，颇有规律。睡不着，起身推门察看，原来是楼上人家在凉台上洒了水，那水一时不干，就从凉台的孔洞里滴下来了，正滴在我卧室的墙边。凉台上洒了水，凉快呢，楼上人家在凉台上睡得正香。我能说什么呢？天热，人家在凉台上洒水降温，也应该，于是我叹口气，悄悄回来躺下，再听那滴水之声。

凉台上洒些水，滴答一阵也会干了。但我听那滴答之声整夜不断。白天去侦察，原来是那家把凉台上放一层水，然后用布块堵住那孔洞，使水能长时间留着。但那布块堵孔洞不可能严实，就渗出水来朝下滴，一天24小时滴答声源源不绝。

滴答声夜夜响在耳畔。我难以入睡，我严重失眠，我烦躁不安。越烦躁，那滴答声就越响，响得如一只小锤在敲着我的神经，我实在受不了啦！

这个夏天，我读不进书，我写不了东西，我工作不好，我脾气暴躁，和人吵架。

我向机关提出要换房子，甚至宁愿用三室一厅换人家的两室一厅，但不住一楼，我实在害怕滴水声。

一切的努力都不能改变这一环境。

怎么办？只有静下来仔细想想。机关无房子可调，搬离这里又到哪里去住？不让人家凉台滴水，没道理。凉台上有孔洞就是滴水的。那么唯一的办法，就是适应这一环境，承认这一事实。

我想起了下雨天，窗外雨涟涟，滴答声不断，反而睡得更好。现在这夏夜的滴答声，我为什么不能把它当做雨声，当做一种催眠曲呢！

我开始调整自己的心理，一次又一次滴答之声中，我屏心静气，努力使自己心无杂念，只想这是雨声，在雨夜里，我何不躺在床上作一首诗，想一个人生美好的故事呢！

一个夏天又一个夏天，我终于使自己适应了那滴答滴答的水声，在那滴答声中。我能静静入睡了。我适应了环境，战胜了自己，一切又恢复正常。

去年，机关调房子，我从一楼搬到四楼。今年的夏夜，我听不到滴水声了。我只是怀念那一楼的荫凉，但我决不能让我的凉台朝下滴水，我怕现在一楼住的这家人家也怕滴水声。

人重要的在于自我调整，这确实是一种境界。

峡中小屋

十多年前，我曾参加长江诗会，和一批诗人第一次进三峡。我当时诗思涌流，写了不少诗。今天再翻出这些诗来读，就读出一种岁月倥偬，天地悠悠，人事变幻如飞的感觉来。在这些诗中，我现在能回忆起当时的创作冲动过程的，还有不少。比如说有一首《峡中小屋》，我在开篇的三行是这样写的："人的生命力的顽强/是不必说的！不寂寞么/这悬崖边用石块垒的小屋。"

当时，我和一群诗人站在船舷边，看那船首犁开一江的激流，坚韧而顽强地朝上游驶去。船是诗会租的，船上全是来自全国各地的诗人，他们中有公刘、严辰、蔡其矫、晓雪、徐刚等。第一次进三峡，看那两岸的青峰巨石，巉崖峭壁，白云在天上舒卷，苍鹰在头顶展翅，浪花在脚下咆哮，江流冲撞着陡岸。如丝如带，如江岸壁上一道不愈的伤痕的纤道，沿着峡江逶迤向前。纤夫们的号子，雄壮而苍凉，头弓到裤裆下，背臂如弓。双腿绷得直直的，一步一步地向前走着。诗人们齐聚船的甲板和两舷，尽情地去看，去记，去发现去探究，去撞击灵感，去捕捉诗句。

大约就在这个时候，我发现了那座小石屋。长江流进峡后，江面变得窄了，两岸的青山看上去雄伟，但像隔得很近的样子。船因是行上水，走得好慢好慢。我看见了那小屋，是真正的石屋，用石头垒成，墙是石头，屋顶也是用石片盖的。石屋的门洞开着，像峡中一只幽深的眼睛，望着我们的船和船上的一群诗人，静静的，甚至带抹纯朴的微笑。

屋后有开出的一片片挂坡地，挂在崖坡上，每片都很小。有包谷林长在地里，那包谷很矮。我看到一男一女两个大人，背着背篓在地里收包谷。包谷地边，有两个孩子，手里拿着两只煮熟的土豆，边啃边吃边朝我们的船张望。那两个大人也看见我们的船了，便停了手里的劳作，朝我们看着，那男人还朝我们招了招手。两个孩子见父亲招手，便也朝我们扬起手，嘴里还呵呵呵地叫着。

小屋孤零零的，前后左右都没有人家，小屋里显然住着的是一家人。小屋临江靠岸，而江岸陡而峭，根本不能靠船，小屋周围，除了一根细小的纤道经过，也没见其他的道路。

看了这情这景之后，当时就有一股热浪冲撞着心扉。中国的土地这么大，为什么选在这里筑屋居住生活？他们与外界的接触，通过什么？仅仅是看着上溯下驶的船只和船只上的人么？哦，还有纤夫经过，但纤夫经过小屋时，是不能停步的，他们可能会对几句话吧！为什么要在这里筑屋？选择这样险峻与艰难的地方，有什么原故呢？小屋的主人对于我和船上的一群诗人们，是一个谜，一个永远的谜。十几年过去了，这个谜至今没有猜着。

也许什么都没有，仅仅是一种生活，一种生存。你在大都市生活是一种生存，他在悬崖绝壁处生活也是一种生存，很简单的事。

我的诗是这么续写的："望着过往的船，船/永远也靠不了你的岸/中国的土地这么大/你偏选这险峻与艰难"；"我歌唱生命哟，我歌唱/顽强，中国人的顽强/峡江，用浪头拍打着/岁月，用刀锋镂刻着/生活，用苦难煎熬着/顽强啊，那悬崖边的树/根从崖缝里伸进去/吸取土地的营养而生存"。

忘不了峡江边的那幢小屋。十几年了．那小屋还在吗？那小屋的主人无恙、孩子长大了么？而三峡大坝修起来，他们终究会迁到一个阳光明媚的地方去吧。

茶香一缕越千年

还是三月初，朋友就送了一斤新茶来，我却不去喝它。我不喝的原因有三：一是新茶不经泡，嫩叶所制，泡两次水就淡了，不过瘾。二是总容易让我想起痛苦的失眠。那是我学喝茶不久，与山西作家哲夫到鄂南赤壁（原蒲圻市）参加笔会，赤壁羊楼洞的茶叶明清时代就有名，我们参观茶厂，喝了新茶，两人兴奋得一夜未眠，使得第二天的会议呵欠连天。三是今年春节抽烟饮酒吃咸鱼过多，就烧心难受起来，做胃镜以后，竟患了糜烂性胃炎，医生嘱喝熟普洱茶。我就对新出绿茶退避三舍了。

上世纪七十年代初，我到杂志社当编辑时，只喝白开水，看到老同志的茶杯黑黑的，有种莫名的惧怕。大约是有作者送了用纸袋装的茶叶给编辑老师，虽说与今天精装茶叶离得很远，也很宝贵，我也就不知不觉喝起茶来，这一喝就是三十多年。家人与朋友为我健康着想，常劝我戒烟戒酒，但从没劝我戒茶。从事一辈子文学编辑了，自从喝上茶之后，自己就没掏钱买过茶叶，茶叶都是作者与朋友送的，这是当编辑的一种回报，但愿不要被说成不廉洁。

喝上茶后，没听说有人要戒茶的。茶叶对人的健康是有益的，我还没听说过喝茶有害！如今要我一天不喝茶，就难受得提不起精神，口里寡淡寡淡的。泡一杯酽酽的茶水，不凉不热，喝一口，经口腔喉管再到胃里，平和舒缓淡淡香味如溪水经山沟流过，一种舒坦和宁静荡漾开来，溪沟边有绿树碧草野花，我就有一种养心养眼养着全身每一个毛细血管的感觉，一种美的享受在身心弥漫。茶啊茶啊，你真是一种美好的东西，感谢你陪伴我三十多年，我还将与你终身相伴。

嗜茶者，对于最先发现茶叶并将其视为饮品者，当项礼膜拜。没有这一发现，人生将减少多少快乐和美好！湖北与茶的关系当有说头。据说，炎帝神农发现茶是在神农架。他老人家尝百草尝出了茶叶。神农架近年发现了最古老的野生茶树。唐代人陆羽，乃湖北天门（古竟陵）人，他老人家写出了一篇7000余字的《茶经》，是中国最早最系统写茶叶的文字，陆羽就被称为“茶圣”。陆羽的文字把茶叶提升到了文化与养生的高度，令中国茶叶名扬海内外，使爱茶者愈众，使茶叶生产得以发展，使茶香飘扬千年，以至永远。

喝茶与文学像喝酒与文学一般，同样紧密。我参加过几次茶乡主办的茶叶节，总会见到一批作家诗人，大家对茶的喜爱不亚于酒徒之于酒。古人不去说他，只说周作人、汪曾祺等当代文人，所写茶的文字读起来如品一杯好茶。前年与韩少功、方方、阿成、野莽、聂鑫森等几个人到鄂西北的竹溪县，喝了当地的龙峰茶、箭茶和梅子贡茶，至今余香袅袅。竹溪地处大巴山脉东段北坡，这里气候湿润，山高林密，土质特别，适宜种茶，早在商周时期就有茶叶生产。这里有历史久远的茶山，至今生长着百年以上的茶树。陆羽在《茶经》中说，其巴山川峡，有两人和抱者，伐而掇之。其所指巴山川峡茶树，就出自竹溪梅子垭南端。唐代庐陵王李显途经此地，偶染暑疫，山人煮茶饮之，顿感暑疾弃去，且茶味佳美。李显遂用梅子茶献武则天，武则天饮后大加赞赏，当即钦定为贡品，于是就有了梅子贡茶的名字。我们几个作家把那几种茶叶一盒盒地拎上，越过重重山水，带回海南东北湖南武汉北京各地，当做至宝。与我同行的方方，当称茶徒，她每天喝浓茶数大杯，想必她的那许多小说，定是在那浓浓茶香中泡出来的吧！

茶叶品种众多，喝茶也有许多讲究，我却什么品种都喝，只是太差的茶叶不喝。去年孩子从日本旅行回来，带了一铁罐静冈茶回来。那盒子漂亮，但喝之比国内茶叶差多了。我喝茶也没讲究，不习惯喝那功夫茶，那太费事费时且喝得不畅快。我上班第一件事就是烧水泡茶。当第一口热茶进肚后，就有浑身通泰心舒气平的感觉随之而来，此时或工作或阅读或写作，就顺畅通达。茶能为身体解脂去滞，也能为大脑去阻驱慵。

我爱喝茶。中国的茶叶，茶香一缕越千年，飘飘渺渺，还将逾千年万年，没有尽期。

《向警予之歌》后记

1979年是中国共产党第一个女中央委员、第一任妇女部长向警予烈士在武汉牺牲50周年。那时，我的诗歌创作热情正高，作编辑的我得到了半个月的创作假，于是就一气呵成了这部传记体抒情长诗《向警予之歌》。诗稿写成后，我寄给了出版社，第一家退回又寄第二家，然后是第三家第四家，大约周游了十来家出版社。令我感到鼓励与欣慰的是，这十来家出版社的编辑都给我写了信，并将手写的原稿退回。这些信的意思大致差不多，就是诗还不错，但出版后怕销路不好，怕赔钱。有的编辑给我的回信长达十页稿纸，使我在惆怅中又很感动。

时光飞逝。转眼就到了2007年，《向警予之歌》有幸成为中国作家协会重点扶持的出版项目，同时得到了湖北省委宣传部文艺处及部领导的大力支持。武汉市委常委、纪委书记、诗人车延高同志得知这一情况后，热情地向武汉市新闻出版局局长、武汉出版社社长彭小华同志作了推荐，小华局长当即表示长诗由武汉出版社出版。

向警予烈士在武汉领导革命斗争多年，1929年由于叛徒出卖在武汉被国民党反动派抓捕，1929年5月1日在武汉英勇牺牲。向警予烈士的墓如今还屹立在武汉的龟山顶上，是重要的革命传统教育基地之一。《向警予之歌》由武汉出版社出版一直是我的愿望，应该也是最合适的。

距离我最初写作这部诗稿时已经过去了29年！当年那个29岁的热血青年如今早已暗生华发。这些年中，我无数次重读这部《向警予之歌》，每次都会被烈士的精神所感动，被当年创作时的热情所打动。相信这也是29年后她能够得以出版的原因之一。感谢这个伟大的时代，不仅从经济上物质上彻底改变了我们的生活，也为我们提供了更为丰富的精神生活和思想空间。但无论时代怎么变化，老一辈革命家的光荣与牺牲我们永远都应该铭记。我不相信有什么“垮掉的一代”！我相信，我们今天的青少年同样崇敬英雄热爱人民，向警予烈士短暂却光辉的一生，一定能够像当年深刻地感动了我一样感动他们！